COLLECTION SÉRIE NOIRE
Créée par Marcel Duhamel

DOMINIQUE MANOTTI - DOA

L'honorable société

nrf

GALLIMARD

« Toute classe qui aspire à la domination doit conquérir d'abord le pouvoir politique pour représenter à son tour son intérêt propre comme étant l'intérêt général. »

KARL MARX,
L'idéologie allemande

1

Vendredi

Le studio est grand, aéré, au dernier étage d'un vieil immeuble parisien, au fond d'une cour. Les deux fenêtres sont ouvertes. Dehors, les toits et, ici ou là, les échos de télés en sourdine. Plus loin, présente, discrète, la rumeur de la ville. Aux murs, des affiches de baleines, de marées noires, de champignons atomiques annoncent une apocalypse prochaine, avec une petite note jubilatoire.

Trois jeunes sont là.

Au centre de la pièce, Julien Courvoisier, un blondinet *grassouille* dans la vingtaine, est assis devant une vieille porte en bois posée sur des tréteaux, où trône, au milieu d'un capharnaüm de papiers et de cadavres de bières, un iMac 24 pouces d'un blanc immaculé, sur lequel il travaille, concentré et fébrile. À l'écran, ce n'est pas un bureau *OSX Tiger* qui s'affiche, mais *Windows Vista*, le dernier cri Microsoft en matière de système d'exploitation. Un pointeur de souris s'y déplace tout seul. Des fenêtres sont ouvertes, *Word*, *Explorer* et *Outlook*, et un courrier électronique est en cours de rédaction. Par moments, Julien grogne de plaisir.

Derrière lui, Erwan Scoarnec, même tranche d'âge, grand, brun, fin mais pas maigre, les traits vaguement slaves, est écroulé sur des coussins posés à même le sol. Il ne lâche pas des yeux le dos de Julien, et tâche de maîtriser sa nervosité et sa mauvaise humeur en fumant un joint. « Julien, tu y es ? Ça marche ? » Aucune réponse, Julien n'a sans doute même pas entendu. Exaspérant. Deux bouffées. « Réponds, au moins, dis quelque chose, merde ! »

Un geste désinvolte de la main, rien d'autre.

Erwan se lève, va chercher une bière dans le frigo de la cuisine. Au passage, il jette un regard ambigu sur la fille, Saffron, à peine plus de vingt ans, longue, mince, cheveux noirs à la taille et peau blanche presque translucide qui, un casque sur les oreilles, les Stooges plein pot, s'est coupée du monde. Et de lui. Elle aussi. Frustrant. Elle ondule en rythme devant un miroir étroit, haut, appuyé contre une pile de livres, fascinée par cette image d'elle-même qu'elle n'est pas sûre de reconnaître.

Un rugissement, lointaine réminiscence du cri de Tarzan, et Julien est debout devant l'ordinateur, bras levés. Les deux autres se précipitent. Ils sont là, tous les trois, figés. Devant leurs yeux, le bureau affiché à l'écran change de physionomie, une nouvelle fenêtre s'ouvre, un flux vidéo s'y matérialise et les enceintes de la machine se mettent à cracher des bruits de fond.

« En direct live de l'appartement du père Soubise.

— T'es chez lui ? » Saffron n'en revient pas.

« Sans déconner. » Erwan, pétard aux lèvres.

« *Yes man*. Et je contrôle aussi sa webcam. »

Les images montrent une pièce blanche, haute de plafond, moulures haussmanniennes, encombrée de rayonnages sur lesquels livres et dossiers se disputent la place avec, au fond, une porte, ouverte sur un couloir. Au premier plan un homme, la petite quarantaine, cheveux poivre et sel, le visage glabre et affûté, plutôt pas mal pour un vieux. Il sifflote, assis à son bureau.

Soubise. L'homme de l'ombre. L'ennemi. À portée de main, à leur merci. Le champ des possibles s'élargit jusqu'au vertige.

« Explique, Julien, je ne comprends pas. » Saffron a une voix grave et un accent étrange, où se mêlent les tonalités du Sud-Ouest et un soupçon d'anglais. Son nom, Jones-Saber. Elle est française par sa mère, morte depuis longtemps, anglaise par son père, et elle a grandi dans le Périgord.

Julien parade. « Le plus dur c'était de trouver son IP[1]. Je lui ai envoyé un mail signé de son patron, Cardona, le grand gourou du CEA, avec un fichier jpeg trafiqué en pièce jointe. Et le jpeg vérolé m'a renvoyé l'adresse. » Il jubile, prend du volume devant Saffron. « Soubise, il n'est pas très prudent. Et comme c'est son portable perso, il se croit à l'abri. »

Erwan reprend pied, terrain connu. « De toute façon, ces mecs-là, ils sont à la rue, question nouvelles technologies.

— Pas tous, pas tous. Je me suis fait coincer une fois déjà. » Julien chope sa canette, boit une gorgée puis montre l'écran. « Bon après, avec l'IP, il suffit d'un bon soft qui exploite les failles d'un autre soft. Là, en l'occurrence, le point faible c'est *Quicktime*.

— Arrête ton baratin de spécialiste, tu vois bien que tu emmerdes Saf'.

— Pas du tout, continue, j'aime la poésie.

— Pour faire simple, il y a un problème avec la façon dont la dernière version de *Quicktime* gère les instructions relatives à la mémoire. Comme le logiciel est identifié par les pare-feux et les antivirus habituels, son activité n'est pas suspecte. Passer par là n'attire pas l'attention. Et on peut jouer avec cette gestion bancale, suffit de savoir quel code y insérer. » Un temps. « Moi, je sais. » Julien dans toute sa gloire.

Soubise se penche vers eux, vers son PC plutôt, et dans un même réflexe, Saffron et Erwan ont un mouvement de recul, avant de se regarder et d'éclater de rire.

« Tournée générale ! » lance Erwan. Il rallume le joint, tire dessus une fois et le passe directement à son pote. Puis il retourne vers le frigo et en sort d'autres bières.

1. Adresse Internet protocol : les quatre nombres qui identifient et localisent chaque machine reliée à Internet. *(Toutes les notes sont des auteurs.)*

Une dernière fois, Benoît Soubise se concentre sur son écran pour relire la conclusion de son mail de synthèse. Il corrige un mot, change deux virgules, raccourcit une phrase, puis l'envoie et quitte *Outlook*.

La fenêtre de son bureau est ouverte et, dehors, les façades de sa rue tranquille du dix-septième arrondissement retiennent les derniers traits de lumière du jour finissant. Cette année, avril est particulièrement doux. Il consulte sa montre, vingt heures passées, et se dit qu'il faut y aller, à ce dîner que Barbara a organisé pour lui, même s'il n'en a rien à foutre des amis qu'elle veut lui présenter.

L'écran de veille de son ordinateur se déclenche.

Soubise se lève, passe dans sa chambre, se regarde un instant dans le miroir de son dressing. Il hésite à se changer et renonce, le jeans fera l'affaire, c'est un Armani, et sa chemise blanche présente encore bien. Rapide main dans les cheveux, pour les domestiquer un peu. Il attrape son imper d'été sur le dossier d'un fauteuil, ses clés de voiture, au passage, dans l'entrée, et sort.

L'autoradio est réglé sur *France Inter*. C'est le journal du soir, consacré pour l'essentiel à la campagne présidentielle. Les derniers sondages avant le premier tour, ce week-end, donnent le candidat de droite, Pierre Guérin, largement en tête à l'issue du scrutin. À les en croire, il aura plus de cinq points d'avance sur son *challenger* le plus sérieux, Eugène Schneider, champion du principal parti d'opposition. Parmi les dix autres prétendants au trône, seule la représentante du centre peut, selon l'analyste de la station, tirer son épingle du jeu, probablement au détriment de Schneider, à qui elle volera le plus de voix.

Soubise écoute d'une oreille distraite, le regard en maraude et le coude à la portière.

L'animateur enchaîne sans quitter pour autant la politique et revient sur la signature du décret de mise en chantier du réacteur

EPR[1] de Flamanville, le 11 avril dernier. Guérin, actuel ministre de l'Économie et des Finances et candidat à l'élection présidentielle, aurait dit aujourd'hui même tout le bien qu'il pensait de ce projet, qui fera entrer l'industrie nucléaire française dans une nouvelle ère et confortera sa place de leader.

Intrigué, Soubise monte le volume et suit attentivement le reportage. Il y a quelques mois, l'attitude du ministre était fort différente, il était très hostile à cette nouvelle technologie. Pourquoi cette volte-face ? Maintenant ? Un timing qui risque de contrarier les propres projets de Guérin. À moins qu'il ne prépare un coup fourré.

Sitôt le laïus terminé, Soubise trouve son portable et cherche le numéro de Cardona dans son répertoire — peut-être aura-t-il, lui, une explication à ce mystère — sans se rendre compte qu'il dévie de sa trajectoire. Sa roue avant droite heurte le trottoir, il donne un coup de volant trop brusque et va s'encastrer dans un utilitaire en stationnement. Choc, la ceinture se tend, la main qui tient le téléphone se relève violemment, propulsée par l'airbag qui explose, et l'appareil lui cogne l'arcade. Qui se met à saigner.

Agacé, Soubise sort de voiture, prend la mesure des dégâts, voiture HS, la jupe avant traîne au sol et frotte contre la roue gauche, et regarde autour de lui avec un long soupir. Coulures rouges sur son imper. Il peste et s'essuie d'un revers de la main. En pure perte, il ne fait qu'étaler les taches. Un autre automobiliste s'est arrêté derrière Soubise, demande si tout va bien. Il propose d'appeler le Samu. Pas la peine. Un dépanneur ? Volontiers.

Le temps de faire embarquer sa voiture et de laisser un mot avec ses coordonnées sur le pare-brise de l'autre véhicule accidenté, Soubise a déjà trois quarts d'heure de retard. La nuit est tombée et Barbara appelle, inquiète. Il la rassure mais annule le dîner, en partie soulagé. Il doit rentrer chez lui pour désinfecter son arcade meurtrie

1. *European Pressurized Reactor* : réacteur nucléaire de troisième génération.

et se changer, et il risque d'arriver trop tard. Lorsqu'elle lui propose de le rejoindre, il se dit fatigué et la dissuade, elle doit s'occuper de ses invités. Il lui téléphonera avant d'aller se coucher, pour lui souhaiter une bonne nuit.

Vingt minutes plus tard, un taxi dépose Soubise au pied de son immeuble. Parvenu sur son palier, il glisse sa clé dans la serrure, la tourne et se fige. Quelque chose le dérange. Il met une ou deux secondes à comprendre, la porte n'est pas verrouillée. Il verrouille toujours sa porte. À double tour. Il a pu oublier, en partant ce soir, mais… Sans bruit, Soubise pousse le battant et se glisse à l'intérieur.

Le couloir est plongé dans l'obscurité. Il attend, laisse ses yeux s'habituer au manque de lumière, écoute. Derrière lui, la minuterie de la cage d'escalier s'arrête. C'est le noir total. Quelques secondes passent puis il le voit, faible, intermittent, dans son bureau. Un faisceau lumineux. Une lampe torche. Il y a quelqu'un chez lui. Il entend maintenant. Les bruits de clavier, les papiers déplacés. Il a une arme mais elle se trouve là-bas, avec le ou les intrus.

Silencieux, Soubise s'approche de sa cuisine, à l'opposé de l'entrée. À tâtons, sans quitter du regard la direction dangereuse, il localise son présentoir à couteaux, sur le plan de travail, et attrape le plus gros.

Il s'avance dans l'appartement. Le bureau est au fond, côté rue, la deuxième porte après celle du salon. En face, c'est sa chambre, avec son dressing, et à gauche la salle de bains. Il se rapproche lentement des luminosités, peut enfin jeter un œil. Un homme, seul, qui n'a pas remarqué son retour. Soubise se positionne sur le seuil, lame dans la main droite, l'autre sur l'interrupteur. Il détaille un instant la silhouette penchée en avant. Épaules larges, parka foncée, cagoule, gants, gestes sûrs, un pro. Il surveille l'activité d'un disque dur externe, relié au portable de Soubise, dont le voyant d'activité clignote.

Toujours pas de réaction.

Soubise allume, reste ébloui l'espace d'un instant.

L'homme s'est redressé, surpris lui aussi. Il commence à jurer, à voix basse, en faisant demi-tour puis se rend compte que c'est le maître des lieux qui l'a pris en flag'. Vite, il prend conscience du couteau. Geste réflexe d'apaisement, un pas en avant. « Attendez, je vais vous expliquer. »

Soubise relève l'arme. « T'approche pas.

— On peut s'arranger.

— Recule vers la fenêtre et retourne-toi. »

Le cambrioleur hésite.

« Grouille ! »

Le cambrioleur s'exécute.

Soubise entre, examine un instant son ordinateur. À l'écran une barre de progression aux deux tiers pleine. Il copie mes dossiers. Pourquoi, pour qui ? Soubise interrompt le processus puis regarde l'homme, qui ne le quitte pas des yeux. « Je t'ai dit de te retourner.

— Laissez-moi partir, ça vaut mieux.

— T'es chez moi, tu m'as agressé, je me suis défendu avec les moyens du bord. Si je te plante, tout le monde s'en foutra. » Soubise trouve son mobile. « Alors ce qui vaut mieux, c'est que tu la fermes et que tu obéisses. » Il compose le 17 et s'apprête à appuyer sur la touche d'appel quand son bras droit est brutalement tiré vers l'arrière.

Il y a un second intrus. D'une main il enserre le poignet de Soubise et contrôle l'arme, de l'autre il le pousse contre un mur. Fort, vite. Choc. Face la première, le nez se brise. Choc. Le poignet claque et craque sur le montant de la porte.

Soubise hurle, le couteau lui échappe. Retournement, son second agresseur est lui aussi masqué et il amorce un coup de tronche. Soubise l'évite de peu en décalant son visage. Riposte du gauche, à l'aveugle, étonnamment rapide. Le coup n'est guère efficace mais surprend néanmoins l'adversaire sur le côté de la tête.

L'homme recule, tandis que son complice attrape Soubise par les épaules et le précipite vers le bureau avec un grognement de rage.

Perte d'équilibre, il bascule vers l'avant et sa tempe heurte le rebord de la table. Il s'effondre au sol, inanimé.

Halètements, les deux cagoulés restent là sans bouger, au-dessus du corps.

« On calte ! » dit le premier.

Le second ne bronche pas.

« Fissa, on dégage ! »

Enfin, une réaction. Le disque dur. Débranché, il disparaît dans une musette. Puis une nouvelle hésitation, l'ordinateur ?

« Allez ! Vent du cul dans la plaine ! »

La lumière s'éteint. Des pas précipités dans le couloir. Son pote est en train de se tirer. Le deuxième cambrioleur saisit le portable et, d'un geste sec, arrache tous les câbles avant de le fourrer dans son sac. Et de s'enfuir à son tour.

Dans le studio, Erwan réagit le premier, après un long moment de stupeur. « T'as tout ? » Il secoue vigoureusement son ami. « Oh ! Julien !

— Lâche-moi ! Ça va !

— T'as tout enregistré ?

— Ouais !

— La vidéo et ce qu'il avait dans son ordi ?

— Je t'ai dit que oui ! Lâche-moi maintenant !

— Remontre-la-moi.

— Pour quoi faire ?

— Je veux vérifier qu'on a bien tout. »

À contrecœur, Julien s'approche de l'iMac. Il met quelques secondes à se convaincre de toucher la souris. Après une longue inspiration, il se lance, déplace le curseur d'avancement dans la fenêtre *Quicktime* qui vient d'apparaître et s'arrête sur la silhouette, face caméra, d'un homme cagoulé penché vers l'objectif, dans la pénombre.

La lumière s'allume.

Putain… Mais qu'est-ce que… Attendez, on peut s'arranger…

Amorce d'un bref échange, surréaliste parce que l'issue est déjà connue, dramatique. Trois silhouettes s'élancent dans un ballet morbide et violent. Seul Soubise est identifiable. Bruits de lutte, râles, chocs, craquements, cri de douleur, visage en sang, plaintes, grognements. Encore des coups, des meubles volent, secousses, un corps chute. Puis plus rien, juste des halètements. Et l'urgence.

Julien arrête le film.

Saffron tremble. « Ce type, Soubise, il est mort. »

Ils le savent tous les trois, plus question de simple intrusion informatique à présent, ils sont mêlés à un cambriolage doublé d'une agression violente, probablement mortelle. Et pas sur n'importe qui. L'échelle des emmerdements n'est plus la même.

Erwan pose la question qu'ils ont tous trois en tête.

« Julien, ils peuvent remonter jusqu'à nous ? »

Julien hausse les épaules, baisse les yeux, hésite. « Normalement, on devrait être tranquilles.

— Normalement ? » Erwan s'énerve. « Ça veut dire quoi, normalement ?

— Normalement, ça veut dire normalement. J'ai *spoofé* ton IP pour la cacher, et j'ai rebondi sur plusieurs bécanes et serveurs avant de me connecter à l'ordi de l'autre con, là. Avec ça, il ne serait jamais remonté jusqu'à toi, mais…

— Mais ?

— Comment je pouvais savoir que deux mecs viendraient pour le flinguer et lui piquer sa machine ? Tu le savais, toi ? S'ils jettent un œil dans le système, ils finiront par voir qu'il y a eu une intrusion ! Ensuite, ils se mettront à chercher qui est entré, c'est sûr. Et s'ils sont bons, ils mettront du temps, mais ils trouveront. » Comme pour se justifier encore, Julien ajoute. « Ça devait être discret, mais une couille pareille, c'était pas prévu ! »

Erwan murmure entre ses dents, « s'ils sont bons », puis explose, « putain de merde ! » Il y a un temps de silence. Il fait le tour de la pièce, lentement, s'appuie un instant au rebord de la fenêtre, respire à fond.

Les deux autres le regardent, attendent.

Erwan revient vers eux. « Bon, faut se calmer. Et réfléchir. »

Ils s'installent tous les trois sur les coussins, en cercle.

Erwan devrait parler mais il garde le silence, alors Saffron se lance, sur un ton mal assuré. « Faudrait pas appeler la police ? »

Les deux garçons la fusillent ensemble du regard et c'est Erwan qui répond. « Sûrement pas ! La dernière des choses à faire. Julien a été condamné une fois pour s'être introduit dans des systèmes informatiques et son sursis tomberait. Retour direct à la case prison. Moi, j'ai déjà eu des accrochages violents avec Soubise. C'est même pour ça qu'on est là ce soir. Alors pas question de parler aux flics, trop risqué. »

Julien propose de mettre la vidéo sur le Net. « C'est notre meilleure chance. Une fois qu'elle sera publique, nous serons plus ou moins à l'abri. »

Erwan réfléchit un instant. « C'est possible de savoir qui a mis un fichier sur un site de partage de vidéos ?

— Pas évident. Et on peut essayer de se cacher pour rendre l'identification plus difficile mais… Il y a toujours un risque.

— Alors non, pas le Net.

— Merde, Erwan !

— Pas le Net ! Pas tout de suite. Il nous reste douze jours jusqu'à notre opération. Après ce qui s'est passé ce soir, il va y avoir une enquête. Si nous sommes impliqués dans l'enquête, nous serons interrogés, coincés d'une façon ou d'une autre, et Gédéon tombe à l'eau et ça, il n'en est pas question. Nous ne renoncerons pas à une opération sur laquelle nous travaillons depuis six mois, un vrai truc dont tout le monde rêve, et que personne n'a jamais fait.

— Gédéon ? Et nous alors, il nous arrive quoi si tes pros nous trouvent avant ?

— On va disparaître. On a déjà tout prévu, non ? Deux semaines max à tenir le coup, simple routine. » Silence, puis Erwan se lève. « Très bien, la décision est prise. Consignes de sécurité habituelles. Julien, tu sais où aller, et tu continues à travailler sur Gédéon. Saf', je t'emmène, je te mets à l'abri, ensuite j'irai me planquer. »

Saf' soupire et acquiesce d'un signe de tête.

Erwan lui prend le visage des deux mains. « Je m'occuperai de la vidéo quand Gédéon sera fini, promis. Maintenant, action ! »

Dans les secondes qui suivent, c'est le branle-bas de combat pour organiser la cavale.

Julien s'occupe de l'ordinateur. Après avoir nettoyé le disque dur aussi bien que possible, il débranche l'iMac et le range dans un grand sac-poubelle. Puis il remet une clé USB à Erwan. « Les dossiers pris à Soubise. Avec la vidéo. C'est la seule copie. Vaudrait mieux en faire une autre.

— Non. Celle-là suffit. Contrôler l'info, tu te souviens ? Saf' ? »

La jeune femme, occupée à faire disparaître toute trace de son passage dans le studio, se tourne vers Erwan.

« C'est toi qui vas la garder. Julien et moi, on est bien connus des services de police. Toi, t'as bipé sur les radars de personne. En plus, Julien va être occupé et moi, je vais devoir bouger, c'est plus risqué si je l'ai. Tiens. »

Saffron hésite puis tend la main. La clé disparaît dans une poche de son jeans.

Le ménage se poursuit jusqu'après minuit.

« À partir de maintenant, fini les portables. Vous virez vos puces et vos batteries. Toutes les communications passent par Facebook, selon les codes en vigueur. Et les rendez-vous auront lieu à l'endroit habituel. »

Il leur faut encore une bonne heure pour préparer quelques affaires et s'assurer que rien ne reste dans l'appartement qui pourrait les trahir ou exposer Gédéon. Et une autre encore pour avaler une dernière bière et se décider à se séparer.

Quand ils quittent l'appartement, vers deux heures du matin, Julien, tendu, maladroit, loupe une marche dans l'escalier étroit et fait tomber le Mac en jurant. Il se relève, énervé, refuse l'aide des deux autres. Se remet en route. Quelques minutes plus tard, l'ordinateur est chargé dans la vieille Golf noire de Saffron, dans laquelle Erwan et Saf' s'installent, et Julien part à pied dans la nuit.

2

Samedi

Une Peugeot 307 gris anthracite s'arrête devant un immeuble de l'architecture du fer, dans la contre-allée qui longe Réaumur, juste avant le carrefour avec Sébastopol. Deux hommes à bord. Le passager, black, grand, charpenté, cheveux ras, parka marine, descend, une musette à la main. Trois pas alertes et il s'engouffre sous un porche plongé dans l'obscurité. Digicode, l'homme pousse la lourde porte de métal et disparaît.

Dans le premier bâtiment, sur rue, rien que des ateliers de confection et des showrooms de prêt-à-porter. Il le traverse en empruntant un couloir sombre puis débouche dans une cour, éclairée par les lueurs néon du loft du rez-de-chaussée. Pas d'autres signes de vie que ses pas, caoutchouteux, et une lumière bleutée, salie par des vitres dépolies.

L'entrée qu'il cherche jouxte celle du local à poubelles. À côté, une plaque : *SISS — Société Info Services Sécurité*. L'homme écoute, rumeur de climatisation étouffée, et frappe.

Un type ouvre après quelques secondes. Il est barbu, bedonnant et apparemment seul. Derrière lui, plusieurs bureaux, des PC et un chaos de câbles, emmêlés sur le sol. « Salut, Jean. » Sans attendre, il tend la main d'un air méfiant.

La musette passe de l'un à l'autre.

« On a aussi pris l'ordi portable. »

Surprise mêlée de crainte. « Pourquoi ? »

Le black ne répond pas immédiatement puis, « quand ?

— C'était pas prévu comme ça.

— T'occupe. Quand ? »

Hésitation. « Demain matin, ici, huit heures. » Le barbu referme la porte.

Scoarnec conduit la vieille Volkswagen de façon précise, prudente, sur les petites routes secondaires des alentours de Paris.

Saffron, assise à ses côtés, hypnotisée par l'asphalte qui défile dans la lumière des phares, revit en boucle la scène dont ils ont été témoins deux fois en vidéo. Il est mort. Pensée bloquée. Elle ne sait pas où elle est, elle ne sait pas où elle va. Coup d'œil vers Erwan. Il semble calme. Impossible de parler. Nerfs à fleur de peau. Sensation douloureuse de la toile de jeans qui frotte contre la peau des jambes. Dans sa poche droite, la clé USB, chaude sur la cuisse.

Erwan s'arrête devant la grille d'une propriété qui semble à l'abandon.

Saf' sursaute, regard circulaire. Ils sont sur la rive d'un fleuve.

Erwan ouvre le portail, remonte en voiture, se gare sur le bord d'un chemin et vient aider Saffron à descendre. « Nous sommes arrivés. C'est ici que tu vas te planquer jusqu'à Gédéon. » Sourire. « Je suis sûr que ça va te plaire. » Il lui prend la main, l'entraîne le long d'un sentier sous les arbres. La nuit y est plus noire que noire.

Saf' avance, les yeux mi-clos, en somnambule, accrochée à son bras.

Erwan fait halte devant la porte close d'un bâtiment massif. Non loin de là, dans l'obscurité, le clapotis de l'eau. Il sonne. À cette heure-ci ? Une lumière s'allume à l'étage, puis au rez-de-chaussée. La porte s'ouvre. Éblouissement.

Une grande femme en peignoir, un visage blanc et carré, aux pommettes saillantes, des yeux bleu pâle, une masse de cheveux roux, aux éclats cuivrés. « Erwan ! » Elle l'embrasse. Pas un regard pour Saffron.

« Je t'ai amené une amie, Sylvie Jeansaint. Je te la confie quelques jours. C'est important, Tamara. »

Coup d'œil rapide vers Saf'. « Si tu le dis. Une seule condition, tu restes avec nous pour le week-end. » Tamara se retourne avant qu'il ait pu répondre, décroche une clé dans une armoire, la tend à Erwan. « Le pavillon rouge, tu le connais déjà. Tu prends l'appartement de droite, celui de gauche est occupé. Maurice fait lire à Gérard la pièce de théâtre qu'il a écrite pour lui. » Petite moue sarcastique. « Tu imagines. » La femme salue d'un geste de la main, referme la porte.

Saffron est complètement perdue.

Pavillon rouge. Appartement petit, confortable. Dans le living, un Nicolas de Staël fait hurler ses bleus sur le mur écarlate. Dans la chambre, blanche, apaisante, une peinture du Fuji-Yama au printemps.

Saf' se met à pleurer, silencieusement.

Erwan l'emmène très doucement vers le grand lit immaculé, la déshabille avec des gestes précautionneux, chastes, l'aide à se glisser, nue, sous la couette.

Elle se laisse aller, allongée sur le dos, les yeux fermés, le visage mouillé.

Erwan va chercher dans la salle de bains un verre d'eau, fouille l'armoire de toilette, y trouve sans surprise un assortiment de somnifères, fait son choix, prudent. Saf' n'est pas une consommatrice régulière. De retour dans la chambre, il lui fait avaler les gélules, s'assied au bord du lit, lui tient la main. À peine une minute, elle dort.

Quatre heures du matin et le jeune OPJ[1] à la mine grise qui accueille les hommes de la Brigade criminelle fait la tronche. Il était de permanence de nuit dans son commissariat du dix-septième arrondissement quand l'appel est arrivé. Pour une fois, il avait quelque chose d'intéressant à se mettre sous la dent. Mais il y a d'autres permanences dans Paris, au Parquet et au Quai des Orfèvres. Et, dans la police comme ailleurs, l'implacable réalité de la chaîne alimentaire est à l'œuvre. Un crime, c'est pour la Crim'. Surtout si elle n'a pas grand-chose à foutre en ce moment.

Alors il tire la gueule, le petit lieutenant en uniforme fatigué, quand il précède les trois seigneurs en civil dans les escaliers moquettés de rouge de l'immeuble de Soubise. « C'est sa compagne qui nous a appelés. Vers deux heures du matin. Elle venait de le trouver. » Là, il s'adresse à l'homme juste derrière lui, le plus affable des trois. Petite quarantaine, pas très grand, tignasse brune, raie de côté, lunettes. Une coupe de Playmobil dominant un visage passe-partout. Blouson en daim, jeans et mocassins. *Commandant Michel Pereira, Criminelle*, c'est comme cela qu'il s'est présenté. Commandant. Et c'est lui qui parle le plus. Sans doute le chef de groupe.

« Trouver ? Elle n'était pas avec lui ?

— Non. Elle vit ailleurs.

— Mariée ? C'est sa maîtresse ?

— Célibataire. Enfin non. Pas mariés quoi. Ils étaient ensemble, mais apparemment pas depuis longtemps. Ce soir, elle recevait des amis chez elle. La victime, un certain Benoît Soubise, devait les rejoindre mais il a annulé. Accrochage en voiture, soi-disant. Enfin, c'est ce qu'elle prétend.

— Qu'est-ce qu'elle foutait là, alors ? C'était prévu qu'elle le rejoigne après ? » Celui qui vient de parler, brut de décoffrage, suit Pereira de près. À vue de nez, avec son look juvénile plus urbain, ses pompes de running et sa coupe de militaire, il doit être moins

1. Officier de police judiciaire.

gradé. Un gardien de la paix. *Thomas*, c'est tout ce qu'il a dit en tendant la main.

« Selon la femme, il devait rappeler, il ne l'a pas fait. Elle s'est inquiétée et, dans le doute, elle est venue voir. » L'OPJ du dix-septième hésite. « Elle est plutôt secouée. Enfin, je crois. »

Au moment où les quatre hommes débouchent sur le palier de Soubise, le dernier type du 36, qui n'a pas encore ouvert la bouche jusque-là, même pour dire bonjour, et est resté en retrait, à regarder partout, prend la parole. « Rappelez-moi le nom de la compagne ? »

Le petit lieutenant se tourne vers Pereira, surpris, et ne reçoit qu'un sourire bienveillant. Alors il répond au grand sec à la veste de velours noire, très élégant, dont le ton juste assez impératif marque l'autorité sur les autres. « Barbara Borzeix. Elle habite rue…

— Nous verrons cela plus tard. C'est elle qui est avec les pompiers en bas ?

— Oui. »

Sans attendre, Thomas, *Toto*, reçoit l'ordre de prendre en charge la femme, de vérifier si elle est en état et, le cas échéant, de la conduire *chez eux* et de la faire patienter. Puis *velours noir* se tourne vers leur hôte du dix-septième et le salue enfin. « Pétrus Pâris », la main est fine et délicate, la poigne ferme, « après vous ». Et il pousse l'OPJ dans l'appartement ouvert devant eux, en essayant de ne pas bousculer le technicien de l'IJ[1] qui travaille sur la porte. Le chef de groupe, en fait, c'est lui.

L'autre, Pereira, n'est que l'adjoint. En entrant, il montre la serrure. « Des traces d'effraction ?

— Aucune.

— Le corps ? » Toujours Pereira.

« Dans le bureau, là-bas.

— Cause de la mort ? » Pâris.

1. Identité judiciaire.

Ces deux-là se connaissent par cœur.

« Le légiste est dessus, il pourra peut-être le dire. Le mec s'est battu, ça c'est sûr, c'est le bordel dans la pièce. On a trouvé un couteau de cuisine pas loin du mort mais personne ne s'en est servi. Enfin, pas pour la victime en tout cas. »

Ils avancent dans le couloir et s'arrêtent sur le seuil de la scène de crime, à côté d'un autre homme en civil. Le médecin. Salutations, politesses lasses d'usage entre familiers. À l'intérieur, encore des techniciens, du matériel, des cavaliers jaunes. Un corps. Litanie de précisions sur le décès. L'heure semble compatible avec les premières déclarations de la femme, entre vingt et une heures et deux heures du matin. Il y a eu lutte. La victime a le poignet droit et le nez cassés, une des arcades entaillée et le côté gauche du crâne enfoncé. C'est vraisemblablement ce trauma-là qui a été fatal. Choc probable avec un rebord de table. Le bureau est désigné.

De loin, Pâris examine le meuble en bois sombre, bon marché, type Ikea. Il remarque l'imprimante, posée sur un caisson métallique à tiroirs et roulettes, à droite, et la mallette de transport de portable vide, au sol, à gauche. Les papiers dérangés, éparpillés. Les câbles qui pendouillent. Il manque un truc. Un ordinateur par exemple. D'une oreille distraite, il capte *cambriolage qui a mal tourné*. Il se tourne vers Pereira qui l'observe, signale du menton le centre de la pièce. « Et dans le reste de l'appartement, quelque chose à signaler ?

— Non, à première vue on n'a touché à rien. Notre homme avait encore ses papiers sur lui, du liquide, une montre de prix. Pareil dans la chambre, une autre montre, plus ancienne, en or, et deux ou trois babioles, genre gourmette et chevalière, en or aussi, dans un coffret, sur la table de nuit. À mon avis, il est rentré et a surpris son ou ses cambrioleurs. Ils n'ont pas eu le temps de prendre quoi que ce soit. »

À part peut-être l'ordinateur. Drôle de cambriolage. Nouveau coup d'œil de Pâris à Pereira, qui répond par une moue et un hochement de tête.

Une heure plus tard, les gars du dix-sept sont presque tous partis. Pâris aussi, rentré au Quai des Orfèvres. Pereira est encore là. Avec lui, Ange Ballester, le procédurier, bonne trentaine athlétique — c'est un coureur de fond —, propre sur lui, arrivé entre-temps pour superviser le travail des mecs de l'IJ. Dans l'immédiat, il cherche surtout la clé d'un petit coffre blindé, découvert dans l'un des placards du bureau de Soubise.

Également sur site, Estelle Rouyer et Claude Mesplède, deux des trois brigadiers du groupe, que Pereira a envoyés dans les étages, pour démarrer l'enquête de voisinage, les occupants de l'immeuble ayant commencé à s'agiter à cause du remue-ménage.

« Je l'ai. » Et, *last but not least*, Yves Coulanges, dit *La Coule*, beau gosse blondinet, le mec qui réfléchit transversal, dixit Pâris.

« Elle était où ?

— Salle de bains. Dans une corbeille, au milieu des peignes, brosses et sticks déodorants.

— Drôle d'endroit pour une cachette.

— Pas tant que ça, tu y aurais pensé, toi ?

— Toi, tu y as pensé. »

Coulanges hausse les épaules et précède Pereira jusqu'au coffre. Il déverrouille la serrure de sécurité et ouvre. À l'intérieur, quelques pièces d'or, des papiers personnels, une boîte de cartes de visite au nom de Benoît Soubise portant le logo du CEA[1], des chargeurs approvisionnés, un Glock 19 dans un holster. Une brème, avec sa signalétique tricolore. « Merde, le Soubise, c'est un collègue. »

Le 36, sous les toits, deux pièces exiguës et basses de plafond, en enfilade, à peine séparées l'une de l'autre, encombrées des habituels attributs administratifs standardisés et métalliques. Les mauvais jours, huit personnes travaillent ici, le groupe de Pâris au complet. Lumière

1. Commissariat à l'énergie atomique.

tamisée, ordinateurs d'un autre âge, peinture défraîchie vaguement pastel aux murs, une plante verte pas vaillante qui se bat en duel avec trois cactus riquiqui. Au-dessus des armoires, des emballages et des bouteilles de *single malts* vides. Derrière chaque fauteuil, des bibelots variés au goût du titulaire du poste de travail, ou des photos.

Et tout au fond de cette tanière, Pâris, assis, parle doucement. Dans son dos, rien à part un cliché solitaire. Une femme, la quarantaine, avec deux adolescentes. Sa famille. Dans son dos.

En face de lui, Barbara Borzeix. Grande, imposante crinière châtain mordoré. Vêtements simples mais choisis avec goût. Séduisante, même dans la douleur. Elle n'a pas pleuré, pas devant eux. Les jambes croisées, refermée sur elle-même, elle serre un mug de café noir entre ses mains. Elle n'y a pas encore touché.

« Donc, vous connaissiez M. Benoît Soubise depuis quatre mois. Comment vous êtes-vous rencontrés ?

— À l'occasion d'une partie de poker.

— Vous jouez beaucoup ? »

Borzeix acquiesce mollement. « Quand j'en ai l'occasion.

— Cercles de jeu ou parties privées ?

— Les deux.

— Et votre rencontre a eu lieu…

— À l'*Aviation*, sur les Champs-Élysées. »

Un temps.

« Vous sortiez ensemble depuis ?

— Un peu plus de deux mois. »

Cliquetis du clavier de Thomas, en retrait, qui retranscrit la déposition.

Debout à côté de lui, le lieutenant Pierre-Marie Durand, dernière recrue du groupe. Encore un très grand, tout fin, genre intello, toujours un bouquin à portée de main, très à cheval sur la langue et l'orthographe des PV[1].

1. Procès-verbaux.

Une manie qui a le don d'agacer Thomas.

Il y a un quatrième homme dans la pièce, un intrus. Lui aussi vient d'apparaître dans leur paysage. Il s'appelle Nicolas Fourcade, il est substitut du procureur. Un petit nouveau. Complètement chauve, lunettes aussi rondes que sa bouille, qui agrandissent ses yeux ahuris. Il a tenu à assister à la déposition du témoin. Prise de contact et familiarisation.

Suffisant pour que Pâris s'en méfie. Il reprend. « Que faisait votre compagnon dans la vie ?

— Ce n'était pas mon compagnon.

— Quoi alors ? »

Borzeix ouvre la bouche pour répondre, la referme, indécise. « Je n'en sais rien. » Peut-être bien mon compagnon, oui.

« Passons. Alors, que faisait-il ?

— Ingénieur commercial. Pour l'entreprise EGT.

— EGT ?

— Électricité générale et technique.

— Qu'est-ce qu'ils vendent ?

— Des armoires électriques industrielles. C'est un sous-traitant d'EDF et surtout d'Areva… Le groupe nucléaire. »

Sourire amusé de Pâris à cette précision. Je suis donc censé ne pas savoir ce qu'est Areva.

Borzeix le remarque.

« Revenons au déroulement de la soirée. Il devait venir dîner chez vous, correct ? »

Borzeix acquiesce puis se lance dans un récit des événements de la soirée tels qu'elle s'en souvient. Le coup de fil, l'accident, l'arcade ouverte.

Voilà déjà l'une des blessures expliquée.

Interruption de Fourcade, qui demande des précisions.

Pâris, agacé, coupe la parole à Borzeix alors qu'elle commence à répondre, ils verront plus tard. Il l'invite à poursuivre après le dépannage, à préciser l'heure du retour de Soubise à son appartement. Selon elle.

« Peu après vingt et une heures trente, j'imagine.

— Vous êtes sûre ? » À nouveau Fourcade.

Borzeix trouve son portable dans son sac, parcourt la liste des appels reçus et donnés puis relève le nez. « Je l'ai appelé à vingt et une heures dix-sept. Sa voiture était en train d'être prise en charge par un dépanneur. Il habite vers les Ternes et m'a dit avoir eu son accident avenue Trudaine.

— On vérifiera, n'est-ce pas, commandant ? »

Pâris dévisage le substitut par-dessus l'épaule de Borzeix, qui ne bronche pas. Le regard n'est pas tendre. « Continuez.

— Il n'a pas dû mettre longtemps pour rentrer, s'il a trouvé un taxi tout de suite.

— OK, il arrive donc chez lui entre vingt et une heures trente et vingt et une heures quarante-cinq. Et après ? »

Légère surprise. « Après ? Comment voulez-vous que je le sache ?

— Vous avez bien essayé de le joindre, non ?

— Oui, plusieurs fois. Mais beaucoup plus tard. Quand mes invités sont partis. Je m'inquiétais. Il ne m'avait pas rappelée comme il avait dit qu'il le ferait. Je me suis demandé si l'accident n'avait pas été plus grave qu'il le pensait, s'il avait fait un malaise.

— Il était quelle heure ?

— Je ne sais pas, une heure, une heure quinze du matin.

— Vous avez fait quoi, ensuite ?

— Je me suis rendue chez lui pour vérifier que tout allait bien. » Borzeix raconte qu'en arrivant elle a trouvé la porte ouverte, est entrée et a découvert le cadavre. Passé le premier choc, elle a appelé les pompiers. Qui ont prévenu la police. La suite, ils la connaissent. « Alors, c'est un cambriolage qui a mal tourné ?

— Qu'est-ce qui vous fait dire ça ? »

Pour la première fois, Borzeix se tourne vers le substitut Fourcade. « C'est ce que les autres policiers disaient, tout à l'heure.

— Nous n'en savons rien. Peut-être. » Pâris semble hésiter un instant puis se décide. « Votre compagnon avait un ordinateur, chez lui ? Un modèle portable ?

— Je ne sais pas. C'est possible. Sans doute. » Un temps. « Oui, je crois l'avoir vu avec un portable, une fois. Pourquoi ? »

Pâris n'a pas le temps de répondre, son mobile se met à vibrer sur son bureau. Pereira. Il décroche, « dis-moi tout », écoute quelques secondes, « je vois. Tu rentres ? » Nouveau silence. « OK, à tout à l'heure. » Il raccroche et regarde longuement Borzeix avant de reprendre la parole. « Quel était le métier de votre compagnon, déjà ? »

Fourcade capte une très légère tension dans la voix de Pâris.

Borzeix aussi. « Ingénieur commercial. Que se passe-t-il ?

— Et vous, vous travaillez dans quel secteur ?

— Le droit des affaires. Mais que se passe-t-il ?

— Vous êtes juriste ? Avocate ?

— Avocate jusqu'en 2004. Ensuite, j'ai rejoint le service juridique d'un groupe de BTP que je dirige depuis l'an dernier.

— Quel groupe de BTP ?

— PRG. »

Pâris marque un temps d'arrêt. PRG, Picot-Robert Groupe. Il a bien connu, dans une autre vie, une autre police. Borzeix, jeune, belle et surtout brillante. Elle contrôle tout le légal du numéro un français du béton. D'un seul coup, ce n'est plus la même femme qu'il a devant lui.

« J'exige que vous me répondiez, que se passe-t-il ?

— Commandant ? Voulez-vous que nous parlions en privé ? » Fourcade fait mine de se lever.

« Ce ne sera pas nécessaire, monsieur le substitut. Mademoiselle Borzeix », besoin de remettre la demoiselle de trente-huit ans à sa place, « voyez-vous une seule bonne raison pour que M. Soubise, votre compagnon », Pâris insiste sur ce mot, « vous ait menti sur la nature réelle de ses activités ? »

Trouble. Il n'est pas feint. Pâris sait faire le distinguo, depuis le temps.

« Que voulez-vous dire ?

— Feu Benoît Soubise était apparemment officier de police, comme moi. »

Borzeix encaisse, mal. Vacillante, elle pose son café, toujours intact, sur le bureau. Quelques secondes s'écoulent, elle reprend des couleurs.

Fourcade, pour une fois, ne dit rien.

Pâris apprécie et repart à l'assaut. « Tout ceci est très ennuyeux. Un homme est agressé chez lui, il meurt. Rien n'est volé. C'est sa compagne qui le trouve mort et il semble qu'il lui mentait sur sa vie. Et sur son boulot de flic. À moins que ce ne soit vous qui nous baladiez. Avez-vous quelque chose à cacher, mademoiselle Borzeix ? Mieux vaut nous le dire maintenant, parce que nous finirons par le découvrir tôt ou tard. »

Le regard de Borzeix, jusque-là désemparé et perdu dans le vague, vient se reposer sur Pâris, glacial.

Elle se ressaisit vite, la petite dame.

« Qu'est-ce que vous insinuez ?

— Rien pour l'instant.

— J'étais avec des amis toute la soirée. À l'autre bout de Paris. Appelez-les, ils vous le diront.

— Nous le ferons. Mais d'abord, nous devons en finir avec vous. Et je pense que ce sera plus long que prévu. Puis-je vous proposer un autre café ? »

Du coin de l'œil, Pâris remarque que Fourcade l'observe avec attention. Le substitut n'a pas été long à comprendre que l'affaire venait de prendre une drôle de tournure. Propre à faire les carrières. Ou à les défaire.

Retour dans les locaux de la SISS. Il est un peu plus de huit heures du matin. Dehors, il fait jour, grand beau, mais l'endroit baigne toujours dans la lumière artificielle des néons. Il y flotte une désagréable odeur de pizza froide.

Dans une salle isolée par des parois de verre dépoli, dévolue aux réunions et au stockage de composants électroniques dont personne ne sait quoi faire, le barbu de la veille, les yeux cernés vert-de-gris par les heures de veille, rend compte de ses découvertes. « Votre transfert était incomplet et illisible. » Il montre le disque dur externe utilisé la veille chez Soubise. « Heureusement que j'avais le PC. »

Assis à sa gauche, Jean, le grand black, esquisse un sourire sans décoller son regard du plafond blanc sale. À côté de lui, un autre homme, plus petit, noueux, rouquin, roquet. Il s'appelle Michel et ne semble pas avoir bougé depuis qu'il a posé son cul sur sa chaise.

« Le système était protégé par un mot de passe. Certains dossiers du disque dur aussi. Rien de bien méchant, j'ai pu tout récupérer. Je vous en ai fait des copies. » Le barbu pousse deux DVD-RW, posés sur la table, vers le dernier participant de cette petite sauterie matinale, un homme à l'âge incertain, au visage juvénile sous une chevelure poivre et sel très soignée. Petite quarantaine ? Il porte un costume trois pièces gris de bonne coupe et une cravate, même un samedi matin. C'est le chef des deux autres loustics, celui qui paie les factures de l'informaticien. En liquide. « Vous allez le rendre, l'ordi ?

— Il est un peu tard pour cela. »

Jean et Michel ne mouftent pas.

« Bon, alors je le fais passer à un de mes gars lundi, pour qu'il l'examine en profondeur. Il y a peut-être des données qui ont été mal écrasées et qu'on pourra récupérer.

— Est-ce bien nécessaire ?

— C'est vous qui voyez, mais on ne sait jamais. »

Le commanditaire a un geste désinvolte de la main, genre *faites*. « Vous pouvez nous laisser seuls un moment ? »

Le barbu acquiesce et sort.

Quelques secondes puis, « elle ne nous arrange pas, votre connerie ». Le ton reste courtois mais la colère affleure.

« C'était un accident, lance le rouquin d'une voix tendue, en bougeant sur sa chaise.

— Vous étiez deux contre un, il n'y avait pas moyen de le neutraliser en douceur ?

— Il a agressé Jean avec un couteau, il était fou de rage. » Michel se tourne vers son complice qui approuve d'un hochement de tête. « On a fait ce qu'on a pu. C'était ça ou prendre le risque qu'il nous détronche. »

L'homme au costume gris acquiesce et remercie le ciel en pensée, heureusement que Soubise n'avait pas son arme de service avec lui. « Je suis passé là-bas, ce matin. La Brigade criminelle a été saisie. »

Long silence. La Crim', ce n'est pas une bonne nouvelle.

« Bon, on fait quoi, nous ? » Jean, d'une voix calme.

« Votre mission est finie, alors vous vous faites tout petits jusqu'à ce que j'en sache plus sur l'avancée de l'enquête. Avec un peu de chance, personne ne vous a vus et tout est bien dans le meilleur des mondes possibles. Vous n'avez pris que l'ordinateur ?

— Oui. »

Grimace de costume gris.

« Quoi ? » Michel, pas rassuré.

« Ils risquent de se demander pourquoi seul le portable a disparu. Surtout quand ils auront compris qui était Soubise. »

Le rouquin repousse brutalement sa chaise et se lève, agacé. « J'te l'ai dit qu'on aurait dû rester et piquer d'autres trucs !

— C'est toi qui as détalé comme une merde !

— Quoi ? »

Les deux brutes se défient du regard quelques secondes puis leur chef frappe la table du plat de la main pour signifier la fin de la récréation. « On se calme. Il est trop tard pour réécrire l'histoire de toute façon. Je vais réfléchir à la meilleure manière de nettoyer la merde que vous avez foutue. » Un mec avec la carrière de Soubise n'a pas dû se faire que des amis, je vais bien trouver quelque chose.

Saffron se réveille, comateuse. Chambre inconnue. Grand lit. À côté d'elle, oreillers et draps froissés, le lit a été occupé. Sur le mur, l'élégante silhouette du Fuji. Où suis-je ? Le film de la bagarre, de la mort en direct, voyeurisme et culpabilité, tout revient d'un coup. Puis la fuite dans la nuit, à côté d'Erwan, glacé, glaçant. « Erwan ? » Aucune réponse. Elle se lève. Nue. Ses vêtements en tas sur la descente de lit. Aucun souvenir.

La salle de bains, carreaux rouges et blancs, douche somptueuse encastrée dans le mur. Sous les jets d'eau, Saf' sort peu à peu de son hébètement, alterne eau froide, eau chaude. Et tout à coup, panique. On est samedi 28 avril. Mon train pour Cahors, sept heures cinquante-cinq. Mon père, mamie.

Saffron jaillit de la douche, se précipite sur sa montre. Onze heures dix. Frisson glacé. Elle enfile un peignoir pendu dans la salle de bains, fonce dans la chambre, le jeans, la poche, le portable est encore là. Elle le prend, le caresse, se réfugie dans la salle de bains, ferme le loquet, clique sur le numéro de son père. Deux sonneries, la voix familière. Faire vite, très vite, l'empêcher de parler. « Dad… »

À l'autre bout de la France, un homme au visage buriné, barbe grise de trois jours, surpris. Depuis combien de temps ne l'a-t-elle pas appelé *dad* ?

« … je ne viens pas, je n'ai pas pu venir. » Les mots se bousculent à toute vitesse. « Je suis chez un ami, à la campagne. Le téléphone ne passe pas, je te rappellerai. Embrasse mamie. »

Dans la salle de bains, Saf' entend la porte de l'appartement s'ouvrir. Elle sort la puce et la pile de son portable, maladroite, mains tremblantes, les jette dans les toilettes, tire la chasse, et respire à fond. J'ai peur d'Erwan maintenant ?

Conversation coupée. Neal Jones-Saber rappelle. Pas de tonalité, juste la messagerie. Il range son portable, blessé. Il bougonne. Saffron est une grande fille, les fêtes de famille l'ennuient, d'accord. Mais aujourd'hui... Il y a dix-neuf ans, à cette date, Lucille, l'amour passion de sa vie, la mère de Saf', est morte au Liban. Et ce même jour, c'est aussi l'anniversaire de Saf', vingt et un ans. La fête de la vie et de la mort. Elle aurait pu faire un effort. Il se sent abandonné, une fois de plus, traîne, finit par partir pour rejoindre ses invités, dans un restaurant du centre-ville de Cahors.

Plus tard, après le déjeuner, l'après-midi est déjà bien avancé. Neal marche lentement sur les berges du Lot, entre ses deux amis les plus proches, deux vieux complices. Le premier, c'est Terrence Cooke, correspondant à Paris d'un grand quotidien britannique, *The Herald*. C'est un homme placide au teint rosé si caractéristique des sujets de Sa Majesté. À peine plus jeune que Neal, il a fait le voyage pour être à ses côtés en ce jour anniversaire. L'autre, c'est Pierre Salleton, patron du restaurant *Au Sanglier Bleu*. Comme tous les ans, il a conçu et réalisé le gueuleton. Un bon vivant lui aussi.

Promenade digestive. Les trois hommes fument des petits cigares en silence. Ils arrivent au pont Valentré, magnifique ouvrage fortifié qui enjambe la rivière, et s'y engagent. Ils s'arrêtent entre les deux tours, s'accoudent au parapet et regardent le courant, qui file entre les piles médiévales. Un après-midi si tranquille.

« Maintenant », Salleton, sans quitter l'eau des yeux, « dis-nous ce qui arrive avec ta fille. Et pas de bobards, on est entre hommes.

— Je n'en sais rien. » Avec les années, l'accent *british* de Jones-Saber a presque disparu. « Un coup de fil juste avant midi pour dire je ne viens pas. Simplement ça, je ne viens pas. Je n'ai pas pu placer un mot. Elle a raccroché et depuis son portable est coupé.

— Tu es inquiet ? »

Neal se redresse, dévisage Salleton. « Inquiet ? Non, pourquoi ? La famille l'ennuie, les gueuletons aussi. À son âge, c'est son droit le plus strict. Non, je suis plutôt triste. » Neal se penche de nouveau sur le parapet et envoie d'une pichenette son mégot de cigare dans la rivière. « La communication est coupée entre ma fille et moi. Je n'ai pas su remplacer sa mère. »

Salleton tourne le dos à la rivière. « Arrête avec ce pathos de psy à deux balles et laisse pas les choses partir en quenouille. Si elle ne vient pas te voir, trouve un prétexte quelconque pour monter à Paris et va lui rendre une petite visite, comme ça, en passant. »

Les trois hommes regardent le Lot en silence pendant un temps, puis Neal admet. « C'est peut-être une bonne idée. »

Salleton enchaîne, comme s'il n'attendait que ça. « J'ai un ami qui a un très bon restaurant à Paris, *Chez Gérard*, fréquenté par tous les hommes politiques de la capitale. En pleine campagne électorale, ça peut être une occasion pour une de tes chroniques gastronomiques. Politique et bonne bouffe, tes Anglais vont adorer, et mon ami sera ravi, très bon pour sa clientèle. À Paris, tu trouveras bien un moyen de voir ta fille. »

Cooke se redresse à son tour, sort un paquet de cigarillos de sa poche de poitrine. « Vendu. Je rentre à Paris demain matin, je t'emmène avec moi. Et si tu insistes, j'accepte de t'accompagner pour déjeuner ou dîner *Chez Gérard*. Je suis sûr que tu auras besoin d'un consultant pour décrypter la carte politique des convives. »

Neal sourit, les trois hommes reprennent leur promenade.

Borzeix finit par signer sa déposition et quitter le Quai des Orfèvres vers seize heures. Une fois dehors, fatiguée, déstabilisée par les événements et les révélations de la nuit, désorientée, elle dérive un long moment, portée par la foule insouciante du samedi qui a envahi le quartier Saint-Michel. Elle hèle un taxi et se retrouve en bas de chez elle à dix-sept heures passées de quelques minutes.

Sitôt rentrée, Borzeix s'affale sur le canapé de son salon, fait un tour d'horizon pour reprendre contact avec son intérieur au design du dernier chic, si décalé ce soir, et s'aperçoit qu'il reste encore des reliquats de la veille sur la table du dîner. La femme de ménage n'est donc pas venue ce matin comme prévu. Une petite contrariété de plus.

Celle de trop.

Les larmes montent et Borzeix pleure en silence pendant quelques minutes avant de se ressaisir. Elle rallume son téléphone portable et, sans attendre de savoir si quelqu'un a cherché à la joindre, compose le numéro de sa patronne, qu'elle connaît par cœur. Elle tombe directement sur la boîte vocale. Une annonce sèche, *Elisa Picot-Robert, laissez-moi un message*, suivie de l'habituel bip. Borzeix se trouve à court de mots, trop tôt pour synthétiser ce qui lui est arrivé, et raccroche.

Abandonnant son mobile sur le comptoir de sa cuisine américaine, elle va chercher un somnifère dans la salle de bains. Il faut qu'elle dorme.

Fin de journée au 36, Pâris rend compte à son chef de section, le commissaire Stanislas Fichard, un gros homme à l'allure faussement débonnaire et à la sudation abondante, passé pour se faire briefer sur l'affaire. Un officier de police assassiné, ce n'est pas rien. Mais c'est le week-end et Fichard n'a pas envie de s'éterniser.

Pâris le sait et s'en arrange. Il va à l'essentiel. « Pour le moment, aucune raison de ne pas croire Mlle Borzeix. Nous avons commencé à vérifier son emploi du temps auprès de ses invités d'hier soir et il est raccord avec ce qu'elle nous a déclaré. Par ailleurs, le légiste a revu sa fourchette, pour l'heure du décès. Il le situe nettement avant minuit. Nous attendons les conclusions de l'expertise médico-légale pour le milieu de la semaine.

— Donc cette Borzeix n'est pas coupable ?

— Elle n'était pas présente… » Fourcade s'est incrusté, officiellement pour rencontrer le *patron*. « Mais cela n'exclut pas un lien avec le meurtre. Je trouve étrange que la victime lui ait menti sur son travail de policier, pas vous ? »

Fichard ignore le jeune substitut et se tourne vers son subordonné. « Vous croyez qu'elle cherche à nous enfumer ?

— À propos du mensonge de Soubise ? Non.

— Mais il n'en demeure pas moins qu'il lui a menti. Pourquoi, à votre avis ? »

Pâris hausse les épaules. « Ils se rencontrent dans un cercle de jeu, pas vraiment un endroit recommandable pour un officier de police. Ça vient peut-être de là. Le problème c'est qu'ils se plaisent, alors ils se revoient. Et le mensonge reste. Difficile de faire machine arrière. » Un temps. « Il ne faut pas non plus exclure qu'il ait été là-bas pour le boulot.

— À cause d'elle ?

— Elle ou autre chose. Avec la DCRG[1], tout est possible.

— Vous avez quoi d'autre sur lui ?

— Pas grand-chose. C'est tout juste si la DAPN[2] a daigné nous renseigner sur son service. Pour la suite, je crois qu'il va falloir que vous demandiez à vos homologues de Beauvau. Je vous ai préparé une note. » Pâris tend un papier à Fichard.

« Ensuite ?

— Deux individus, vraisemblablement des hommes, ont été aperçus, sortant précipitamment de l'immeuble de la victime aux environs de vingt-deux heures. Ils ont grimpé dans une voiture de couleur sombre, de type berline compacte, une Clio ou une Golf, le témoin n'était pas sûr, et ont foutu le camp sans demander leur reste.

— Une immat' ?

1. Direction centrale des renseignements généraux.
2. Direction de l'administration de la police nationale.

— Négatif. Pour le moment. J'ai mis deux de mes gars sur la vidéosurveillance du quartier. C'est le week-end, alors il ne faut rien attendre dans l'immédiat côté banques et pharmacies. Avec la préfecture, on aura peut-être plus de bol. En tout cas, avec ces deux-là, on est dans les clous, question horaire.

— Ça nous fait déjà deux suspects. Bien. La téléphonie ?

— On est dessus. Sur les papiers de la victime aussi. Surtout ses comptes, toujours en rapport avec le jeu. Peut-être qu'il avait des dettes.

— Vous m'avez dit qu'ils n'avaient rien pris d'autre qu'un ordinateur ?

— Apparemment. Soubise en possédait un, nous avons trouvé un carton d'emballage vide, un mode d'emploi et un certificat de garantie récent dans l'un de ses placards, mais pas le portable correspondant. Il faut encore qu'on vérifie avec son service, il est peut-être là-bas. »

Fichard gonfle la poitrine et pose une main complice sur l'épaule de Pâris. « Je m'occupe de Beauvau, comptez sur moi. » Il adresse un sourire aux deux hommes. « Bon, il faut que je file. Je vous raccompagne, monsieur le substitut ?

— Non, je vais m'attarder encore un moment.

— Alors, si vous le permettez… » Le commissaire retrouve ses clés de voiture dans une poche de son pantalon et précède ses deux interlocuteurs hors de son bureau. Il ferme derrière lui et, après un dernier salut formel, s'éloigne dans le couloir.

Dès qu'il a disparu, Fourcade se tourne vers Pâris. « Vous n'avez rien dit sur le CEA. Vous allez quand même prendre contact avec eux, non ?

— Dès demain. Si j'y trouve quelqu'un.

— Inutile de vous dire d'y aller sur des œufs, ce n'est pas à vous que je vais apprendre que le nucléaire, c'est sensible, par chez nous. »

Vraiment pas con. Et il s'est renseigné sur moi. Pâris se dit qu'il aurait peut-être dû se couvrir et aussi parler de PRG à Fichard.

Une entreprise si proche du pouvoir. Et puis non, inutile d'affoler le patron. Pas encore.

Fourcade sourit, lui aussi. « Je rentre, la journée a été longue. Bonsoir, Pâris.

— Bonsoir, monsieur le substitut. »

Pâris prend une des voitures du groupe et rentre chez lui, un pavillon à Rosny, dans un quartier de banlieue résidentiel. Pendant tout le trajet, court, peu d'embouteillages un samedi à cette heure, il ne parvient pas à oublier l'enquête. La DCRG, le mensonge de Soubise, le nucléaire. Et maintenant PRG comme un coup de poing à l'estomac, un retour brutal vers le passé, son échec, son humiliation. Un pressentiment, il n'en sortira pas indemne.

Il arrive dans sa rue, presque sans l'avoir voulu, par automatisme, étroite et calme, bordée de petits pavillons pratiquement identiques. Il s'arrête dans une zone d'ombre, à quelques dizaines de mètres de sa porte.

PRG, encore une fois dans sa vie, une seconde chance ?

Sa fille aînée, quinze ans, sort du pavillon familial avec un garçon de son âge. Il le connaît, et il ne l'aime pas. Tous les deux montent sur un scooter, ça, il le lui a formellement interdit, et partent en pétaradant. Pâris ne bouge pas. Ses jambes pèsent deux tonnes.

Une voiture s'arrête devant le portail du pavillon. Sa femme en descend. Quand les deux occupants se penchent pour se saluer, il reconnaît un des collègues de son épouse, qui enseigne dans le même collège qu'elle. L'homme tente un baiser, elle l'esquive, simple bise sur la joue et un sourire chaleureux. Un dernier signe de la main, elle disparaît dans leur maison.

La caisse de l'autre prof s'éloigne.

Pâris ne bouge toujours pas. Pas envie de voir sa femme, ses filles. Il ne leur a plus dit un mot sur sa vie professionnelle depuis qu'il est à la Criminelle. Petit à petit, il les a laissées devenir des étrangères. Subite crise de lucidité, il n'a jamais voulu affronter sa défaite dans leur regard.

Il tâte ses poches à la recherche d'une cigarette, interrompt sa fouille, se souvient qu'il s'est promis d'arrêter et de tenir bon, cette fois. Un autre quart d'heure s'écoule avant qu'il ne se décide enfin à rentrer chez lui, sans trop savoir pourquoi. Il est vingt et une heures passées.

Sa femme, Christelle, est dans la cuisine, et prépare un repas micro-ondes. « Tiens, te voilà. Ça va, bonne journée ? »

Pâris répond par deux grognements, prend trois bières dans le frigo et va s'effondrer dans le canapé du salon devant un match de foot.

Christelle appelle leur fille cadette, enfermée dans sa chambre à l'étage. « À table, ma chérie. » Puis, à voix contenue, en articulant très distinctement toutes les syllabes, comme les profs savent le faire. « J'aurais mieux fait de dîner dehors. »

Elle a raison, pense Pâris alors qu'il entame sa deuxième bouteille de bière, reste à savoir combien de temps je vais supporter ce naufrage.

Cérémonie du samedi soir. Erwan a prévenu Saffron, ici, une seule obligation, si l'on est présent sur le domaine il faut venir faire salon chez la maîtresse de maison. Et il a ajouté, généralement, ce n'est pas désagréable, le lieu est plutôt bien fréquenté.

« C'est qui, ces gens ?

— Pourquoi tu me demandes ça ?

— Je sais pas. Je me sens pas bien, ici. J'ai rien de commun avec eux. »

Erwan sourit à Saffron. « C'est le but. Ici, personne ne viendra te chercher. La planque idéale. Quant à tous les vieux briscards du Grand Soir qui hantent les couloirs, ne t'inquiète pas, ils sont inoffensifs. S'ils avaient fait leur boulot, nous n'en serions pas là. Viens. »

Grand salon, poutres apparentes, canapés profonds, monumentale cheminée, feu de bois somptueux, pas seulement pour la mise en scène, les nuits sont encore fraîches et humides sur les bords de la Seine. Très peu de monde ce soir, les hôtes habituels sont rentrés chez eux pour accomplir leur devoir électoral du lendemain.

À une extrémité de la pièce, l'écrivain metteur en scène et son acteur sont assis à une table de jeu, sous la lumière dorée d'une lampe à abat-jour, mutiques, enfermés dans la bulle d'une partie de go qui va les tenir des heures.

Sur un canapé, face au feu, Tamara, cheveux en liberté et robe d'intérieur en laine multicolore des hauts plateaux andins, est assise à côté du directeur d'un grand théâtre parisien venu préparer au calme sa rentrée de l'automne. Sur un autre divan, proche mais abrité des flammes, Erwan, détendu, presque heureux, parle. Saf' à son côté, silencieuse, distraite, se prend à rêver de Cahors.

Tamara sert du cognac.

Erwan boit une longue gorgée et continue à parler, le regard fixé sur les reflets des flammes dans la chevelure de Tamara, qu'elle fait bouger dans une mise en scène très étudiée. « J'envie les hommes de théâtre. Plus de quarante ans après avoir vu le *Living Theatre* jouer Frankenstein, les heureux spectateurs parlent encore de ces corps accrochés à un échafaudage qui formaient une seule entité, qui ensuite s'éclatait et s'atomisait, parlant d'une seule voix, puis avec des voix multiples. Qui peut aussi bien faire vivre dans l'immédiateté, et donc faire comprendre dans la chair et le sang que tout ce qui nous attache au monde, tous les liens qui nous constituent, tisse des existences singulières et en même temps communes ? J'aimerais avoir ne serait-ce qu'une parcelle de leur force de conviction. » Erwan se bloque. L'émotion, la peur d'être trop sincère ? Saffron sent les muscles de sa cuisse qui se crispent contre la sienne, elle saisit le pétillement de plaisir dans les yeux de Tamara. Les deux joueurs de go ont levé le nez, attentifs.

Le directeur de théâtre soupire, pose un bras sur les épaules de Tamara, sourit à Erwan. « Vous avez bien raison. Mais j'ai peur que tout cela ne soit compromis. Si demain, comme je le crains, Guérin vire largement en tête, la plupart des acteurs de la culture de qualité peuvent s'attendre à souffrir. Ce sera le règne du fric et du profit. »

Erwan s'est levé, très pâle. « Je vous parle culture et vous me renvoyez élections. Votre démocratie représentative est à bout de souffle, gauche-droite, c'est la même agonie, notre civilisation est en état de mort clinique. Je vous crie qu'il nous manque les grandes voix pour le dire dans les formes parfaites du théâtre, de la littérature, de la peinture, du cinéma, qui donneraient son expression universelle à ce constat. Et vous, vous me parlez du premier tour des présidentielles. Les hommes de culture, dans ce pays, entretiennent des relations obscènes avec les hommes politiques et ça leur obscurcit l'esprit. Vous me dégoûtez. Sylvie, on va se coucher. »

Sur le chemin du pavillon rouge, Saf' murmure. « Pas super discret. »

Erwan se tait.

Dimanche

Quand Pâris entre dans le petit café du quinzième arrondissement, Pereira est déjà là, *JDD* déplié devant lui sur le comptoir, une tasse dans la main droite. Les deux hommes se saluent, un second petit noir est commandé.

Pereira referme le journal et prend le temps d'observer son chef de groupe. « La gueule des grands jours. Mal dormi ? »

Hochement de tête.

« La fête à la maison ? »

Pâris avale son expresso d'un trait. « J'ai tourné en rond toute la nuit. » De la main il fait signe au barman. « Un autre. » Une pause, qui n'en est pas vraiment une. « Quand je rentre chez moi, je me demande pourquoi. » Nouvelle pause, le café arrive. Il boit. « Et pour être franc, ça ne m'emmerde même pas. Je suis fatigué. » Il se tourne vers son adjoint. « Ça te choque, ce que je raconte ? »

Pereira est un bon père de famille, heureux en ménage. Il aurait beaucoup à dire sur cette façon de voir les choses. Mais la vie et son métier lui ont appris qu'en la matière les conseils sont souvent inutiles. « Mon fils aîné est en stage en Angleterre jusqu'en septembre, je peux te filer les clés de son studio, si tu veux. »

Pâris hoche la tête, son visage se détend. Son mobile se met à sonner. Le bureau. Il décroche. « J'écoute ! » Quelques secondes passent puis des bribes de phrases sont échangées pendant presque deux minutes avant que le téléphone ne retourne dans la poche dont il était sorti. « Fichard vient de passer au bureau.

— Un dimanche matin ? Sa femme le fait chier, lui aussi ? »

Grimace ironique de Pâris. « Il avait les infos de la DCRG. Sur Soubise.

— Déjà ?

— Beauvau a fait vite, remarquable diligence.

— Tu es un esprit chagrin. Ils disent quoi, les espions ?

— Soubise, bien noté, bla-bla-bla, jusqu'à son détachement au service de sécurité du CEA. Depuis trois ans. Pas d'objets personnels et donc pas de portable au ministère, il n'avait plus de rond de serviette depuis son départ. Enfin, c'est ce qu'ils prétendent.

— C'est tout ?

— Non, plusieurs noms de nuisibles potentiels étaient cités. La plupart en rapport avec sa dernière affectation d'ailleurs.

— Et là, c'est tout ? »

Pâris acquiesce.

« On est peu de chose.

— Ouais, léger pour un type qui a vingt ans de boîte dont douze passés aux RG.

— T'en penses quoi ?

— Que pour le moment nous allons laisser Thomas creuser du côté des nuisibles officiels. Je le rappellerai quand nous sortirons d'ici. » Un temps. « Ah, au fait, que penses-tu d'être reçu comme ça, au débotté, un dimanche matin ?

— Par le patron du CEA ? Pour un simple officier de sécurité ? » Pereira hausse les épaules. « Plus rien ne m'étonne. Et je te l'ai dit, je ne suis pas comme toi, moi, un esprit…

— Chagrin, je sais. » Pâris se déride pour la première fois de la journée. « Allons voir Cardona. Une dernière chose tout de même, Fichard a apparemment peu apprécié notre petite initiative de ce matin. Il aurait aimé être tenu au courant. Alors mollo avec le roi de l'atome.

— Tu me connais, j'ai toujours été respectueux avec les tauliers. »

Second sourire de Pâris. Il paie les trois cafés et suit Pereira dehors, dans la rue Leblanc.

Ils traversent, se présentent à l'entrée du siège social du CEA.

Un vigile vient leur ouvrir la lourde porte, bouclée à double tour. « Entrez, messieurs, vous êtes attendus. » Les paroles du vigile résonnent dans le hall désert. Il vérifie leurs identités, puis les accompagne dans l'ascenseur.

Sixième étage. Un long couloir silencieux. Ils traversent une première pièce avec trois postes de travail inoccupés, sans doute le QG des assistantes du patron, et s'arrêtent devant une seconde porte. Cette fois, le vigile frappe et attend.

Une voix leur parvient à travers la cloison. Sèche. *Faites entrer…*

Ils pénètrent dans un vaste espace plutôt nu, froid, au fond duquel les attend un homme dans la cinquantaine, une allure d'ascète. Maigre et austère, à l'image du domaine sur lequel il règne.

Il est seul. Tranquille. Sûr de lui.

Moine-soldat, pense immédiatement Pereira, serviteur zélé de la République.

Quelques indices, une médaille d'officier de la Légion d'honneur, à titre civil, deux diplômes de docteur honoris causa d'universités prestigieuses au nom de Joël Cardona, un *Annuaire des anciens élèves de l'École polytechnique* de l'année, trois photos, une ancienne représentant un groupe d'étudiants — des X ? Sa promo ? — et deux en compagnie d'éminences grises de la politique, viennent çà et là confirmer l'impression première de Pereira.

Pâris tend la main à leur hôte et ouvre les hostilités. « Pétrus Pâris. Merci de nous recevoir si vite. J'imagine que le commandant Soubise était un proche collaborateur. »

Sur le visage du patron du CEA rien, à part un très rapide plissement des yeux. Il rompt rapidement le contact physique avec Pâris et ignore Pereira.

« Seriez-vous étonné de me voir ici un dimanche matin ? » Il invite les deux policiers à s'asseoir en face de lui, à son bureau. « Nos officiers de sécurité font partie de la maison, de la famille pourrais-je dire, la mort de l'un d'entre eux n'est donc pas une affaire banale. Et celle du commandant Soubise s'est produite dans des conditions particulièrement tragiques. » Un temps d'arrêt. « Que pouvez-vous me dire ? »

Les deux policiers échangent un regard et c'est Pâris qui répond. « Il a été assassiné chez lui, dans la nuit de vendredi à samedi, probablement aux alentours de vingt-deux heures, et sans témoins identifiés. Ce sont les seules certitudes que nous ayons. Il est possible qu'il ait surpris des cambrioleurs en rentrant chez lui à l'improviste. Mais ce n'est qu'une hypothèse. Nous continuons à fouiller, dans sa vie privée comme dans son travail. Avait-il des ennemis ? Travaillait-il sur des dossiers sensibles ? Votre collaboration nous serait très utile.

— Là, très franchement, je ne peux pas vous promettre grand-chose. Les missions du commandant Soubise étaient très diverses et touchaient souvent, de près ou de loin, au secret défense. Vous savez, dans le nucléaire, on arrive vite au secret défense.

— Quelles étaient-elles, ces missions ?

— J'avais très peu de contacts directs avec lui. J'ai donc consulté son dossier ce matin, avant de vous recevoir. Il en ressort deux domaines principaux. Des enquêtes de personnalité dans le cadre des recrutements, entretiens annuels avec certains membres clés du personnel, visites de contrôle de sites, analyses des risques extérieurs, ce genre de choses.

— Donc il a pu être amené à exclure des candidats à l'embauche ou des employés, ou à marcher sur les pieds de certains chefs de service ?

— Oui.

— Cela représente-t-il beaucoup de mécontents potentiels ? » Pour la première fois, Pereira prend la parole.

« Je n'en sais rien. Je ne m'occupe pas de ça.

— Pourrions-nous consulter ses dossiers ? » Toujours Pereira.

« J'en doute fort. Par contre, nous allons diligenter une enquête interne, dont nous vous communiquerons bien sûr les résultats, dès que nous les aurons. »

Pâris reprend la main. « Et le second domaine ?

— Nous avons quelques soucis avec certains groupes écologistes antinucléaires violents, parfois liés aux *Black Blocks* allemands, et le commandant Soubise participait à leur neutralisation, autant que faire se peut. Et en toute légalité, évidemment.

— A-t-il été impliqué dans des incidents récents ?

— Oui. Et les journaux s'en sont fait l'écho, assez largement d'ailleurs. Il y a six mois, à Marcoule, à l'occasion du lancement d'un nouveau programme de recherche, tout notre état-major s'est retrouvé bloqué pendant plusieurs heures. Une dizaine d'écologistes s'étaient enchaînés aux accès extérieurs. Pour dégager le passage, la police a dû cisailler les chaînes. Soubise s'est occupé de tout l'aspect judiciaire de l'affaire. Et c'est probablement ce qui lui a valu de retrouver un matin sa voiture couverte de boue. Cette action a été revendiquée par le groupuscule qui avait mené l'action à Marcoule. Il prétendait qu'il s'agissait de terre radioactive, ramassée à proximité de La Hague. Soubise a déposé une plainte, l'affaire est en cours.

— Vous connaissez le nom de ce groupe et de ceux qui le composaient ?

— Non, à mon niveau, je n'entre pas dans ces détails. J'ai rencontré Soubise deux ou trois fois à cette occasion, pour valider la stratégie qu'il proposait d'adopter. Nous étions d'accord pour estimer que ces gens étaient plus engagés dans la lutte symbolique et virtuelle que dans la lutte directe et violente, et nous ne voulions pas leur donner trop d'exposition médiatique. Mais nous nous sommes peut-être trompés. Vous trouverez trace de tous ces faits en interrogeant les autorités judiciaires compétentes.

— Borzeix. Ce nom évoque-t-il quelque chose pour vous ?

— Non. Jamais entendu. » Pas le moindre sursaut de Cardona.

Pâris pense, sincère ou excellent comédien ? « La dernière compagne de la victime. »

Là, Cardona se permet un sourire. « Mon cher monsieur, je n'ai aucune raison de connaître cette personne. Je ne m'intéresse pas à la vie privée de mes subordonnés et c'est à peine si je savais qui était le commandant Soubise. »

Pâris continue. « Soubise travaillait-il dans ce bâtiment ?

— Oui.

— Pourrions-nous jeter un œil à son bureau ?

— Est-ce nécessaire ?

— Obligatoire même. Mais ne vous inquiétez pas, nous voulons surtout vérifier que l'ordinateur portable de la victime, qui manque à l'appel, n'est pas ici.

— Ah. »

Pâris croit déceler une brève inquiétude chez son interlocuteur. « Je doute que nous trouvions quoi que ce soit d'intéressant ici. Soyez assuré cependant que si c'est le cas, nous ne ferons rien sans votre autorisation.

— Cela va de soi. » Cardona se lève pour signaler la fin de l'entretien. « J'appelle quelqu'un pour vous y conduire. Moi, je dois aller voter. »

Les deux officiers de la Crim' prennent congé et suivent un autre vigile trois étages plus bas. Il leur ouvre le bureau de Soubise et les attend, debout dans l'embrasure de la porte. Un cube blanc sobrement meublé avec une fenêtre qui ne s'ouvre pas. Au centre de la pièce, sur la table de travail, un ordinateur flambant neuf.

« Tellement neuf qu'il n'a jamais servi », s'amuse Pereira, « il n'est même pas branché. Tu crois qu'ils ont pris la peine d'installer un système d'exploitation ? »

Pâris ignore la saillie ironique de son adjoint et prend la mesure des lieux.

Dans l'armoire aucun dossier, juste des fournitures. Pareil dans les tiroirs. Peu d'objets personnels à part un cliché noir et blanc des falaises d'Étretat, encadré, au mur, et une rangée de cactus, sur une tablette, derrière le fauteuil. Quelques revues, des livres.

Pas de portable.

« Le ménage a été bien fait. J'imagine qu'il est inutile que nous embarquions le PC. » Pereira se tourne vers le vigile. « Pourrions-nous jeter un œil sur les bureaux des autres membres du service de sécurité ?

— Ce ne sera pas possible. Je n'ai pas reçu d'ordre pour ça. Et puis ils sont tous à Saclay, au siège administratif. Il n'y a que le commandant Soubise qui avait son bureau ici. »

Pâris s'est approché de la photo murale et fixe les falaises prises sous la pluie.

Sur le cliché une silhouette féminine, de dos, est visible à quelque distance, devant les rochers. Ample chevelure claire, il pourrait s'agir de Borzeix. Étretat, une certaine vision du romantisme. Bon cadrage mais travail d'amateur quand même. Peut-être celui de l'ancien occupant des lieux.

Pâris aurait pu en prendre un du même genre. Deux fois il est allé là-bas avec sa femme. Et il pleuvait. À chaque fois. Il soupire. Inutile qu'ils s'attardent ici plus longtemps.

Dernier dimanche d'avril et premier tour des élections présidentielles. Au coin d'une rue très calme, dans un quartier résidentiel de la proche banlieue parisienne, un groupe d'une trentaine de photographes et de cameramen attend en bavardant devant la porte du bureau de vote.

Une limousine Citroën noire, avec chauffeur et gardes du corps, s'arrête. Un homme en descend, la cinquantaine bien conservée et bronzée, silhouette dynamique, costume sombre, cravate. Guérin, le candidat de la droite, donné gagnant dans tous les sondages.

Flashs en rafales. L'homme sourit.

Dans la voiture, sa femme, Sonia, cheveux noirs coupés court, yeux bleu roi, robe sage blanc et marine, veste courte dans les mêmes tons, absorbée dans une conversation téléphonique. « Non, n'insistez pas, Briançon n'est pas prévu dans le programme du candidat… Nous vous enverrons Bosquin, un ancien guide de montagne… C'est cela. Les habitants de Briançon seront enchantés. » Elle coupe, relève la tête.

Guérin, impatient, lui prend la main et l'entraîne vers l'entrée du bureau de vote.

Nouvelle déferlante de flashs. Images du couple uni.

Guérin, à voix très basse, en lui serrant le bras à lui faire mal. « Souris. Si tu sais encore le faire. »

Eugène Schneider, principal *challenger* de Guérin, a voté dans une ville nouvelle de la grande banlieue parisienne. Son directeur de campagne, Paul Dumesnil, ami d'enfance et complice de toujours, est venu le chercher en voiture à la sortie du bureau de vote.

« Quoi de neuf ?

— Pas grand-chose. D'après les tout derniers sondages, aucune chance que tu vires en tête. Et au second tour, toujours quatre points de retard sur Guérin. La tendance est stable.

— Il faudrait dénicher quelques belles casseroles à lui foutre au cul à ce connard.

— Ne rêve pas. Nous avons déjà cherché et rien trouvé de concret. »

Schneider laisse ses yeux se poser sur la tristesse périurbaine qui défile derrière la vitre de la voiture. « Ce type fasciné par le fric qui joue les tribuns populaires me soulève le cœur.

— Épargne-moi tes états d'âme, ils ne servent à rien, ils ne nous rapportent pas une voix. » Dumesnil coule un regard de côté vers Schneider. « Je te trouve petite mine, ce matin. »

Schneider répond, d'une voix enrouée. « Mireille me manque.

— Il fallait peut-être y penser avant de prendre l'habitude de la cogner.

— Cogner, tu exagères. » Une hésitation. « Elle a retiré sa plainte.

— Pour ne pas gêner ta campagne. C'est une femme bien.

— J'espère toujours qu'elle reviendra.

— Ça, mon vieux, ça ne dépend pas de moi. Par contre, je t'emmène déjeuner au *Prieuré*, pour combattre la mélancolie. À proscrire, pour un candidat. »

Quand ils arrivent aux environs de Paris, Schneider est passé à autre chose, repris par la campagne. « Tu as vu le décret sur l'EPR de Flamanville ?

— Oui.

— Un sacré revirement. Pendant des mois, son ministère bloque toute avancée dans le domaine. Officiellement, le projet n'est pas sûr et ce con se pose en défenseur de l'environnement. Pourtant, tout le monde sait qu'il bosse en sous-main pour certains de ses bons amis. Et jusqu'à nouvel ordre, une éventuelle réussite de l'EPR n'arrange pas leurs affaires. Alors, tu expliques son changement d'avis comment ?

— Aucune information.

— Si Guérin a bougé sur le sujet, c'est qu'il y a une bonne raison. Le nucléaire est un sujet sensible pour notre électorat, il n'y a rien à exploiter là ? Essaie de voir. »

Daumesnil hausse les épaules. « Ça ne mange pas de pain. Je vais voir ce que je peux faire. »

Thomas, au 36, a bien bossé. Le groupe écologiste impliqué dans les incidents mentionnés par Cardona s'appelle les *Guerriers de l'Écologie*. Leur chef, on peut presque dire leur gourou, est un certain Erwan Scoarnec, dont le nom figure parmi ceux que mentionne la note DCRG concernant Soubise. C'est même celui qui revient le plus souvent. Le garçon, qui n'est pas très vieux, vingt-six ans, s'est déjà distingué dans de nombreux incidents, de plus en plus violents. Accrochages avec des chasseurs, commandos antifourrure, raids sur des laboratoires pratiquant la recherche *in vivo* sur des animaux. Puis il monte d'un cran. Occupations de pylônes, blocages de trains de transport de déchets radioactifs et de sites nucléaires. Dégradations diverses. En France et à l'étranger. Le tout, souvent accompagné de voies de fait sur des agents de la force publique ou des représentants de l'État. En général, *en bande organisée*.

Et maintenant, un meurtre ?

Scoarnec habite le treizième, place des Alpes. Pas si loin que ça du CEA. C'est un matin électoral, les rues sont vides et Pâris n'a aucune envie de rentrer chez lui. Il persuade donc son adjoint de faire un saut du côté du boulevard Vincent-Auriol pour voir s'ils ont affaire à un meurtrier. Ou juste à un convaincu.

En chemin, Pereira revient sur l'entrevue avec Cardona. « Joli numéro de claquettes.

— Oui. » Un temps. « Il peut aussi juste s'agir de la propension congénitale à l'opacité de la filière nucléaire française.

— Tu veux bien me répéter ça plus doucement ?

— Ça fait cinquante piges que le CEA existe et contrôle de près ou de loin tout ce qui relève du nucléaire en France. Aussi bien la recherche que les programmes militaires et surtout les applications civiles, via Areva. Et le CEA est l'actionnaire très majoritaire d'Areva. Industriellement, c'est la poule aux œufs d'or, ce groupe. Avec EDF, il produit l'essentiel de notre électricité et assure notre domination mondiale question atome. On est les premiers du secteur et ça chiffre en dizaines de milliards d'euros. Il ne faut surtout pas la tuer, cette pondeuse. Donc c'est silence à tous les étages. Tu imagines, si les gens commencent à s'interroger sur les éventuels méfaits de la chose ?

— C'est ce qui nous a valu d'être épargnés par le nuage de Tchernobyl ? »

Pâris acquiesce. « Entre autres.

— Comment tu sais tout ça, toi ?

— L'affaire qui m'a permis de te rencontrer. » Le ton de Pâris est ironique. « Elle a commencé avec une boîte appelée Centrifor, qui fabrique notamment des centrifugeuses pour les centrales nucléaires. C'est la grande concurrente de Siemens, actuel fournisseur d'Areva en la matière. PRG l'a rachetée dans des conditions folkloriques, pour pas dire autre chose. En tout cas, il a fallu que je m'intéresse à la question à ce moment-là. Et j'ai une bonne mémoire. »

Un temps.

« Et si ce n'est pas le cas ?

— Quoi donc ?

— Si c'est pas, comme tu dis, le silence bla-bla-bla…

— Nous retournerons voir l'administrateur général Cardona. » Pâris fait claquer sa langue contre son palais. « Une chose m'ennuie, pourquoi Soubise était le seul flic à bosser au siège ? Et le ménage, si vite ? Et Borzeix ?

— Mais encore ?

— Qui est Barbara Borzeix ?

— Une jolie femme qui aime le poker.

— PRG vend du béton. Les infrastructures nucléaires ont besoin de béton. Beaucoup. Borzeix est la directrice du service juridique de PRG, un groupe qui entretient des liens étroits avec le pouvoir.

— C'est à ces gens que tu dois ta super-promotion chez nous, alors un peu de respect. Avoue, tu es quand même mieux à la Crim' qu'à la Brigade financière, non ? »

Pâris serre les mâchoires et regarde dehors, le boulevard Auguste-Blanqui, sur lequel ils viennent de s'engager.

« Excuse-moi. »

Pendant quelques secondes, le silence est juste troublé par les bruits de la voiture et *RTL*, en sourdine. La radio de bord est éteinte.

Pâris se met à chercher un paquet de cigarettes puis s'interrompt et secoue la tête, pour lui-même. « C'est à côté de là où nous allons.

— Quoi ?

— Le Château des Rentiers[1], c'est à côté de chez Scoarnec. »

Pereira sort un paquet de chewing-gums et le tend à son chef de groupe.

« Merci. » Pâris prend deux dragées et rend le paquet. « J'aimais ce que j'y faisais, tu sais.

— Je sais. Même si ça me dépasse.

— Quand ils m'ont dégagé au 36, d'un simple claquement de doigts, je me suis aperçu que mon travail ne servait à rien. Que je n'étais rien.

— Si les tauliers avaient des couilles, ce genre de choses n'arriverait pas.

— Tu te trompes, les tauliers sont comme nous, face aux mêmes non-choix. Tout perdre ou lâcher peu à peu leur dignité. C'est ce que j'ai fait, j'ai fermé ma gueule et accepté ma *promotion*. Et quand je vois où j'en suis aujourd'hui, je me demande pourquoi.

— T'es un bon flic. Et je suis pas le seul à le penser. »

Nouveau silence.

Pereira finit par reprendre la parole, sur un autre sujet. « Si Soubise a approché Borzeix pour des raisons autres que personnelles, il faut se demander pourquoi il l'a fait.

— Et pour qui. Pas pour Beauvau, visiblement, puisqu'il ne travaillait plus là-bas.

— Ce qui nous ramène à Cardona et à la, comment tu as formulé ça, déjà ?

1. Surnom du siège de la brigade financière.

— La propension congénitale à l'opacité de la filière nucléaire française.

— Je prends le pari qu'il va falloir retourner au CEA.

— Peut-être pas. Nous, enfin je veux dire, je me fais peut-être des idées. La photo, dans le bureau de Soubise…

— Les falaises ?

— Je crois que Borzeix est dessus. Elle est très personnelle, cette photo, intime. Possible que l'histoire entre eux ait été sincère. »

Pereira secoue la tête, pas convaincu. « On vérifiera. Pour le moment, notre seule certitude c'est qu'il nous manque un PC portable. Et qu'il devait être vachement joli, cet ordi, parce que si quelqu'un a tué un flic juste pour ça, c'est du lourd. »

Pâris observe un instant le profil de Pereira qui sourit de façon carnassière sans lâcher la route des yeux. Son adjoint est un limier qui aime l'odeur du sang. Et cette fois, la victime est un collègue, autant dire presque un membre de la famille.

La voiture ralentit à côté d'une place de stationnement et ils se garent sur le boulevard, à une cinquantaine de mètres de leur destination.

À l'adresse de Scoarnec, ils trouvent un concierge revêche qui, leurs cartes tricolores à peine sorties, les renseigne sans difficulté sur l'appartement du *gamin*, dans le bâtiment sur cour, sous les toits. Non, il ne l'a pas vu ce matin, il n'a pas que ça à faire, surveiller les locataires. À la réflexion, il ne l'a pas vu hier non plus.

Les deux policiers laissent le râleur s'enfermer à nouveau dans sa loge et rejoignent l'immeuble qui leur a été indiqué. Pas d'ascenseur, ils s'engagent dans l'escalier, un vieux truc raide aux marches lustrées par les années. Arrivés devant la porte de Scoarnec, ils frappent et attendent. Pas de réponse. Après une quinzaine de secondes, ils recommencent, plus fort, en joignant cette fois-ci la parole au geste. C'est le week-end, peut-être que Scoarnec dort à poings fermés après une nuit agitée.

Personne ne vient leur ouvrir mais, à l'étage inférieur, quelqu'un sort sur le palier et les interpelle parce qu'ils font trop de bruit. « La nuit, le jour ! C'est dimanche, merde ! Jamais moyen d'être peinard ! »

Pâris descend quelques marches et se retrouve face à un homme dans la trentaine, en T-shirt et caleçon, le cheveu ébouriffé. Petite nuit. « Vous avez des problèmes avec le voisin du dessus ?

— Vous êtes qui ? »

Pâris montre sa carte tricolore et son interlocuteur se redresse instantanément, au garde-à-vous. « Alors, vous avez des soucis avec lui ?

— Non, pas vraiment. » Hésitation. « Lui et ses potes font pas très attention au bruit, c'est tout. »

Au dernier étage, Pereira tambourine à nouveau à la porte.

Le voisin de Scoarnec regarde un instant ses pieds puis lâche. « Il est pas là.

— Comment vous le savez ?

— Avant-hier, ils m'ont réveillé en pleine nuit. Quand ils se sont barrés. Ils ont foutu un bordel d'enfer. Et c'était tendu. »

Pâris lui coupe la parole. « Ils au pluriel ?

— Ouais. Le mec du dessus avec un autre gars. Et une fille, je crois.

— Pourquoi vous dites qu'ils sont partis ?

— Parce qu'ils sont pas revenus.

— Vous ne les avez peut-être pas entendus.

— Quand il est là, l'autre, je le sais. Les cloisons, ici, c'est du papier à cigarette.

— À quelle heure, la cavalcade nocturne ?

— Vers deux heures du mat'. »

Disparition subite, compatible avec l'heure du décès de Soubise.

D'une voix n'appelant aucun commentaire, Pâris ordonne au voisin d'aller s'habiller puis il appelle Pereira et l'envoie chercher le concierge. S'ils ont de la chance, il aura un double des clés de

Scoarnec et ils n'auront pas à péter la porte. Et il sera parfait en second témoin, pour la perquisition.

Quelques minutes et tractations plus tard, le temps de rappeler à tous le principe de la flagrance, histoire de faire taire les objections, Pâris pénètre dans l'appartement de Scoarnec. Il va juste jeter un œil, pour vérifier que tout va bien avant que le reste du groupe et l'IJ, appelés en renfort, ne débarquent. Seul, pour ne pas trop perturber les lieux.

Et pour son plaisir personnel.

C'est un moment que Pâris apprécie. Une découverte agréable depuis qu'il est arrivé à la Crim'. Entrer le premier chez une victime ou un suspect, essayer de sentir qui occupe les lieux, comment les personnes vivent.

Ou vivaient.

La première chose qu'il remarque chez Scoarnec, c'est le bordel ambiant. Pas le résultat d'une fouille, plutôt le genre produit par une personne désordonnée. Pâris le reconnaît, il fait écho au sien, lui qui n'est rigoureux que dans le boulot.

C'est un studio, pas très grand, lumineux. La fenêtre est restée grande ouverte sur un bout de ciel, au-dessus des toits de zinc. Pâris s'approche, en bas la cour pavée, calme. Pâris respire à fond, deux fois, il aime cet endroit. Il se retourne. Des étagères sur la gauche, surchargées de livres, un clic-clac sur lequel une couverture à motifs exotiques, en laine grossière, a été jetée, des affiches au mur, des revues et des papiers un peu partout, sur tous les meubles. Dans le coin cuisine des verres, de la vaisselle pas faite, la poubelle pas vidée. Au fond, sous la fenêtre, une table de travail, de la récup', jonchée de câbles informatiques.

Pas d'ordinateur ici non plus.

Emporté, volé ?

Pâris passe dans la salle de bains. Sur les étagères, dans la console, sous le lavabo, et le cabinet à miroir, juste au-dessus, rien que de très courant. Mais pas l'essentiel. Il manque les affaires de toilette usuelles, brosse à dents, dentifrice, peigne ou brosse, déodorant. Pas de gel douche ou de shampoing dans la cabine. Pas de trousse.

Emportés. Le strict nécessaire. Départ. Précipité.

Fuite ?

Il y a des poils qui traînent sur les faïences blanc sale, pas mal de cheveux aussi. Des châtain blond foncé, courts, plus épais. Et des bruns. Très longs, très fins. Une fille.

Celle que le voisin a entendue avec Scoarnec l'autre soir ?

Punaisée au-dessus des toilettes, la reproduction d'une affiche de 1968 dont le slogan proclame : *Ouvrez les yeux, éteignez la télé !* Quelqu'un a gribouillé un dessin dans le coin inférieur droit, comme une signature, un gros canard jaune qui lui rappelle vaguement quelque chose. Qu'est-ce que c'était déjà ? Un truc de son enfance ? Cela lui fait penser à des moments avec son grand-père. Pâris soupire, décidément sa mémoire lui fait défaut, sourit, tant pis, puis repère une corbeille à linge en tissu. Il retire le couvercle, regarde à l'intérieur. Elle est à moitié pleine. Parmi les fringues il découvre un T-shirt plutôt original, dans les tons noir et bleu-vert. Un truc d'été. Définitivement féminin.

La fille vivait ici ?

Essayer de l'identifier. Scoarnec est peut-être chez elle maintenant.

Impulsion, Pâris fourre le vêtement dans sa poche et retourne dans la pièce principale.

Coup d'œil à Pereira et aux deux civils, qui attendent sur le palier, puis il prend à nouveau la mesure des lieux. Tout cela lui rappelle ses années étudiantes. Il a vécu dans des endroits comme celui-ci. Avec des filles qui parfois oubliaient leurs affaires. Ou les laissaient, pour marquer leur territoire.

La bibliothèque est très intello, des situs, des philosophes des années 80-90, quelques grands textes marxistes et anarchistes. De la propagande écologiste, évidemment, en partie en anglais. Et beaucoup de polars. Quelques Américains, des Italiens, beaucoup de

Français, les inévitables Manchette, Daeninckx, Izzo, Fajardie. ADG qui, dans un autre registre, côtoie Céline, plus loin sur le même rayonnage. D'autres classiques. Des livres usés d'avoir été dévorés.

Des livres que Pâris a lus et relus, lui aussi, pour la plupart.

Scoarnec, un mec cultivé, qui pense. Peut-être de travers, mais qui pense.

Et qui fuit ?

Au pied des étagères, des boîtes de rangement cartonnées. Mal alignées. Sur le devant de chacune d'elles, inscrit au marqueur, le libellé de leur contenu : banque, EDF, SFR... Elles sont presque toutes vides. Ne pas laisser de trace. L'hypothèse de la fuite se confirme.

Scoarnec, suspect définitivement plausible. Deux individus au moins ont été aperçus quittant l'immeuble de Soubise. Trois personnes abandonnent celui de Scoarnec quelques heures plus tard.

Les mêmes, tous complices en cavale ?

Pereira l'interpelle, les autres sont arrivés, il est temps pour Pâris de céder la place.

Dans le bar d'un grand hôtel parisien, un groupe d'hommes, les responsables de la campagne de Guérin, boivent des whiskies pour occuper le temps. Bonne humeur et décontraction, tous les signaux sont au vert.

Une voiture stoppe devant le perron de l'hôtel. Guérin et sa femme en descendent. Camille Guesde, le directeur de campagne de Guérin, est là, qui guettait. Dès qu'il les voit, il se précipite, entraîne Guérin à l'écart.

Sonia feint de ne rien voir et entre seule dans l'hôtel.

Guesde a la cinquantaine, comme le candidat. C'est un homme très grand, très maigre, chauve, le visage étroit, le nez saillant. Il se tient voûté, penché vers ses interlocuteurs, les bras ballants, tel un échassier en train de couver. À part ça, énarque, intelligent, mais moins qu'il ne le croit, aucun sens de l'humour et une vocation d'homme de l'ombre. Guérin lui fait confiance, parce qu'il n'arrive pas à imaginer en lui un rival possible. Il prend la parole à voix basse. « Soubise, c'est fait. » Il glisse à Guérin un CD-ROM, que celui-ci empoche.

« Et ça sent quoi ?

— Mauvais. Tu verras toi-même. Soubise et, donc, le CEA savent à peu près tout. Nous avons repéré le tamponnage de Borzeix par Soubise trop tard. Le mal était fait. »

Le visage de Guérin s'affaisse. « Le CEA va s'en servir pendant la campagne, à ton avis ?

— Je ne crois pas. Ce n'est pas dans les habitudes de la maison. Pas comme ça, pas aussi directement politique. » Guesde marque un temps d'arrêt. « Par contre, Cardona peut sérieusement emmerder PRG… »

Guérin se redresse. « Allons-y, nous sommes attendus.

— Pars devant, je te rejoins. » Guesde attend qu'il ait disparu dans l'hôtel puis se dirige vers le parking.

Tout au fond, dans une autre berline noire, le commanditaire du cambriolage, aperçu à la SISS, attend. « Alors ?

— Je lui ai remis le disque, tout va bien.

— Que dit-il de la mort de Soubise ?

— Je ne lui en ai pas parlé. Pas maintenant. Rien ne presse. Les médias n'ont encore rien sorti. Attendons les résultats officiels du premier tour, ils sont bons, ça atténuera le choc. Et puis cela vous donne le temps de trouver des parades. La Criminelle aura peut-être des suspects quand je lui annoncerai la nouvelle.

— J'y compte bien.

— Ce serait effectivement mieux pour vous, Michelet. Et pour moi. Votre hiérarchie vous fiche toujours la paix ?

— Le directeur des RG sait bien que je suis proche de vous et donc du probable futur président. Comme il se préoccupe de son avenir, il sait qu'il vaut mieux ne pas poser de questions et me laisser la bride sur le cou. Au-dessus aussi, ils préfèrent regarder ailleurs.

— Prévenez-moi, si cela venait à changer. »

Les deux hommes se saluent. Le sous-préfet Michelet démarre et s'éloigne, et Guesde rejoint le hall de l'hôtel.

Peu après son arrivée à Paris, Neal entreprend de rendre visite à sa fille, qui ne répond toujours pas au téléphone, et passe au petit studio qu'il lui loue, rue du Faubourg-Saint-Martin.

Il monte au quatrième, sans ascenseur, sonne à la porte. Pas de réponse. Il regarde sa montre, trois heures de l'après-midi, pas très étonnant, elle a autre chose à faire. Il redescend, trouve la gardienne en pleine réunion familiale. Neal a un sourire charmeur, une irrésistible pointe d'accent anglais et elle prend le temps de lui répondre.

« Votre fille n'habite plus ici depuis plusieurs mois.

— Comment ça, elle n'habite plus ici ? Je lui loue ce studio, elle me téléphone une fois par semaine, et elle ne m'a jamais rien dit. »

La gardienne hésite. « En fait, elle ne vient que pour prendre son courrier. » Devant la mine déconfite de ce père naïf, la concierge poursuit. « Vous avez des problèmes avec elle ?

— Peut-être.

— Les enfants ! » Soupir. « Si vous voulez jeter un coup d'œil dans son studio, elle cache sa clé au-dessus de sa porte d'entrée, à droite. Vous verrez, il y a un trou, à la jointure avec le plafond. »

Deux minutes plus tard, Neal entre dans le studio. Air confiné. Il ouvre la fenêtre, le bruit de la rue, comme une bouffée de vie. Matelas nu, frigo vide, débranché. Dans les placards de la cuisine, quelques boîtes de conserve.

Neal a les jambes coupées. Il s'allonge sur le lit, le regard au plafond.

Ta fille est une parfaite inconnue pour toi. Disparue la petite fille sage, la bonne élève, l'étudiante en prépa véto à Paris qui te téléphone une fois par semaine. Ont-elles jamais existé autrement que comme des masques ? Où, quand as-tu perdu le contact ? Sans doute depuis longtemps. Un peu de sincérité, le contact a-t-il jamais existé ? Depuis la mort de Lucille, as-tu jamais cherché en Saf' autre chose que l'image de sa mère disparue ?

Le plafond blanc tourne lentement, se creuse, vertige.

En milieu d'après-midi, Pâris et Pereira se rendent rue du Faubourg-Saint-Martin. Le concierge de Scoarnec a joué son rôle, il a confirmé l'existence de la fille, une brune magnifique, à cheveux très longs, et les habitudes du couple. Notamment chez l'arabe du coin. Là-bas, Coulanges a mis la main sur un chèque qui date de vendredi dernier, que la fille a utilisé pour payer des bières et des chips. Vers dix-neuf heures. Le chèque a révélé un nom, Saffron Jones-Saber, qui était dans l'annuaire, avec une adresse.

Ici, dans le dixième.

Le STIC[1] n'a rien donné, rien à reprocher à la demoiselle au patronyme anglais. Apparemment. Mais Estelle Rouyer, restée au 36 avec Thomas, a signalé qu'elle possédait une vieille Golf noire. Une berline compacte de couleur sombre donc. Comme celle entrevue en bas de chez Soubise, dans laquelle deux individus potentiellement suspects ont embarqué peu de temps après l'heure estimée du meurtre. Deux individus dont une fille ?

Une raison suffisante pour venir frapper à sa porte sans délai.

Ou sonner.

Pâris sonne. Deux coups secs. Ils attendent. Rien, puis du mouvement. Quelqu'un s'approche de la porte. Démarche lourde. Pas féminine. Un homme ouvre, les salue, il a l'air endormi, et leur demande ce qu'ils veulent. Avec un léger accent anglais. Vu son âge, peut-être le père.

1. Système de traitement des infractions constatées.

Pereira montre sa brème. « Police judiciaire. Nous cherchons Mlle Saffron Jones-Saber. Elle vit bien ici ?

— Qu'est-ce que vous lui voulez ?

— Qui êtes-vous ?

— Son père. »

Pâris détaille l'homme au visage bronzé sous sa barbe grise. Charpente plutôt solide, dégaine aventurière, juste assez négligée. Il a baroudé. Cela ajoute au charme de l'ensemble. Il parle bien français. « Vous vous appelez ?

— Neal. Jones-Saber.

— Votre fille est ici ?

— Pourquoi vous voulez le savoir ? » Une ombre d'inquiétude dans la voix.

« Pouvons-nous entrer ? »

Méfiance de Neal.

Pâris reprend la parole, sa voix est apaisée. « La loi nous y autorise et c'est dans son intérêt. »

Après un temps de réflexion pour la forme, Neal s'écarte et laisse entrer les deux policiers. « Il est arrivé quelque chose à ma fille ? »

Pereira s'avance jusqu'au centre du studio. Tour d'horizon puis il se tourne vers son chef de groupe en secouant la tête.

Personne.

Pâris acquiesce, regarde le lit sans drap. Un appartement déserté depuis longtemps. « Rien à notre connaissance. Mais nous aimerions lui parler. Une affaire pour laquelle elle peut sans doute nous aider.

— Quel genre d'affaire ? »

Pâris revient vers Neal, resté dans le couloir d'entrée, un sourire sur le visage. « Nous sommes de la Brigade criminelle. » De sa poche il extrait le T-shirt récupéré chez Scoarnec et le montre. « Vous reconnaissez ceci ? »

Pas de geste réflexe, juste une réponse factuelle. « C'est à ma fille. Je le lui ai acheté l'été dernier. Où est-elle ?

— Nous aimerions bien le savoir. Des suggestions ?

— Non. Dois-je m'inquiéter ?

— Pas nécessairement. Vous habitez Paris ? » Pereira s'est rapproché, lui aussi.

« Non.

— Où ?

— Cahors.

— Jolie ville. Et vous faites quoi dans la vie ?

— Critique gastronomique. »

Pâris dévisage Neal, dont le front est creusé de rides soucieuses. L'homme est perdu. Un autre père qui ne comprend plus rien. « Vous êtes ici pour…

— Manger. Et critiquer.

— Et pas voir votre fille ? »

Pas de réponse.

« Combien de temps ?

— Quelques jours.

— Où pouvons-nous vous joindre ? À l'hôtel, chez un ami ?

— À l'hôtel. *Jeu de Paume*, sur l'île Saint-Louis.

— Ce n'est pas très loin de chez nous. Vous pouvez nous trouver là. » Pâris tend une carte de visite que l'Anglais accepte avec réticence. « Prévenez-nous si vous avez des nouvelles de votre fille. C'est vraiment dans son intérêt. »

Grand calme dans les rues de Paris. Dans moins d'une heure, les résultats officiels du premier tour seront proclamés. Tout indique que la participation sera très forte. Les Français sont devant leur télé.

Une berline Mercedes grise roule sagement en direction du siège du parti de Guérin, rue du Quatre-Septembre. Sur la banquette arrière une grande femme, la quarantaine triomphante, le visage carré, les traits fins et lisses, les yeux vert pâle, une masse de cheveux blond doré savamment agencée en chignon. Une beauté qui provoque chez les hommes qu'elle croise un frisson de peur infiniment attirant.

Droite, immobile, elle regarde défiler les rues, n'écoute pas la radio en bruit de fond, pense à ses affaires. Sonnerie du BlackBerry, sur la banquette, à portée de main. Elle regarde le nom qui s'affiche. Borzeix. Un geste d'agacement, elle prend le temps de sortir un paquet de cigarillos de son sac fourre-tout, en prend un, l'allume, branche le haut-parleur, prend la communication en laissant le téléphone sur la banquette.

… *Elisa, je cherche à vous joindre depuis hier soir…*

Elisa Picot-Robert tire une première bouffée, profonde.

… *Ce que j'ai à vous dire est difficile…*

Silence.

… *J'ai eu un amant…*

Elisa articule *je m'en fous* sans un bruit.

… *Je le croyais cadre commercial dans une entreprise quelconque…*

Un temps.

… *C'était un flic.*

D'un geste vif, Elisa saisit le portable, éteint le haut-parleur, porte l'appareil à son oreille. « Je vous écoute. »

… *Il a été assassiné hier et son ordinateur a été volé. Il y a une enquête…*

Elisa Picot-Robert écrase son cigarillo dans le cendrier. Pas de temps à perdre en paroles inutiles. « Retrouvons-nous ce soir, à minuit. Je ne peux pas avant. Au siège, votre bureau. Vous avez bien fait d'appeler. Inutile que je vous présente mes condoléances, n'est-ce pas ? » Elle coupe, jette son portable dans son sac, excédée.

La Mercedes arrive rue du Quatre-Septembre.

Des groupes de militants occupent la rue, visages souriants. Une estimation fiable des résultats du premier tour est déjà connue grâce aux correspondants étrangers, Guérin est largement en tête.

Elisa les évite et monte au premier étage, celui des patriciens.

Juste avant la fermeture des derniers bureaux de vote, les télévisions filment les militants rassemblés aux sièges des différents partis et égrènent les dernières secondes. Les résultats se lisent déjà sur les visages, joie contenue chez Guérin, déception et sérieux chez Schneider.

Les premiers chiffres tombent.

Guérin est en tête, avec trente-huit pour cent des suffrages, applaudissements et hourras enthousiastes chez ses partisans. Schneider fait un bon deuxième, avec vingt-neuf pour cent des voix, applaudissements retenus dans l'autre camp, haut les cœurs, l'élection se gagne au second tour.

À peine un quart d'heure plus tard, Guérin apparaît sur l'escalier monumental qui relie le hall de l'immeuble, où se pressent les militants, aux étages supérieurs. Enfermé depuis deux heures avec ses conseillers, il a soigneusement préparé son analyse du premier tour. Il veut intervenir très vite, avant les autres, pour donner le ton de la soirée et captiver les médias. Il s'arrête à la moitié de l'escalier, entouré de sa garde rapprochée, au milieu de laquelle se trouve Camille Guesde, pour laisser le temps aux télés de filmer l'ovation qui monte du hall.

Ailleurs dans le bâtiment, Sonia, au téléphone avec un cacique du parti, prépare le meeting du lendemain, dans une ville tout acquise à la cause de Guérin. Il faut un triomphe, pour accentuer la dynamique de victoire. Il sera toujours temps de visiter les terres de mission plus tard. Ils pointent les résultats locaux, bureau de vote par bureau de vote.

Devant Sonia, une télé est allumée, France 2, son très bas. Elle jette de temps à autre un œil à l'écran. Elle voit Guérin, sourire XXL, saluer les militants.

Le commentateur signale la présence, plutôt insolite, dans le groupe qui accompagne le candidat, d'Elisa Picot-Robert, patronne du groupe PRG. À cet instant précis, Guérin se retourne vers Elisa, la prend par le bras de façon familière, se penche vers elle et lui parle bas, en riant. La télé cadre cet instant d'intimité.

Sonia s'est figée. Elle regarde.

Puis Guérin se détache du groupe, descend seul les dernières marches de l'escalier, entre dans la foule, les caméras le suivent, poignées de main, sourires, bons mots.

Sonia revient à son interlocuteur. « Excuse-moi, Raymond. Tu pourrais reprendre les derniers chiffres, je n'ai pas bien suivi ? »

Guérin monte à la tribune aménagée face à l'escalier, il va parler.

Sonia éteint la télé.

Scoarnec a subrepticement emprunté à la maîtresse des lieux un poste de télévision portable, et maintenant, allongé aux côtés de Saffron sur le lit de leur appartement du pavillon rouge, tous deux regardent les premiers commentaires qui suivent l'annonce des résultats. Odeur de joint.

Saf somnole, les images télé l'ont toujours endormie.

Scoarnec coupe le son. « Tous des guignols. » Il se lève. « Je vais partir.

— Si tard ?

— J'ai encore à faire, avant Gédéon. »

Saffron a soudain l'air perdue.

Erwan lui caresse la joue. « Ne t'inquiète pas. Pour toi, tout va bien. Personne ne te recherche. Personne ne sait que tu es ici. Tamara t'accueille pour une quinzaine de jours. Elle ne te posera aucune question. Tu manges, tu dors, tu bouquines. Prends ça comme des vacances.

— En général, j'aime bien choisir les dates, les lieux et les amis, pour mes vacances. »

Scoarnec n'entend même pas. « Écoute-moi bien, voilà ce qu'il faut que tu fasses. D'abord, tu consultes Facebook. Au moins deux fois par jour. Quand il aura fini la mise au point de Gédéon, Julien t'y fixera rendez-vous. Vers la fin de la semaine sans doute. Tu planques la clé, comme prévu, et tu vas le voir. Il te remet le logiciel et toi tu lui donnes le code pour qu'il aille chercher la clé USB quand il en aura besoin. Comme ça, il sera prêt pour la mise en ligne de l'assassinat de Soubise, après Gédéon. Et on n'a jamais tous nos œufs dans le même panier. D'accord ? T'as compris ? »

Saf' hoche la tête.

« Je suivrai aussi Facebook de mon côté. Donc je serai au courant de votre rendez-vous et nous pourrons nous retrouver après, selon nos procédures habituelles. Si quelque chose foire, rendez-vous à midi, le jour suivant. Rien de compliqué, on a déjà fait ça des dizaines de fois. OK ?

— C'est bon, je suis pas débile ! »

Scoarnec ramasse quelques affaires à lui qui traînent dans la chambre, les jette en vrac dans un grand sac en plastique. Il lui tourne le dos et continue à parler. « Deuxième mission, ta soirée avec l'autre. » Un temps. « Faut vraiment que tu le gardes sous pression jusqu'au bout. » Il ne voit pas la grimace de Saffron.

« J'ai pas envie d'y aller. Pierre est bien accroché à Gédéon, il ne reste plus que dix jours et j'ai un bon prétexte, je dois me planquer. »

Scoarnec revient vers le lit, se penche vers elle, écarte une mèche de cheveux d'un geste tendre pour mieux mettre à nu son visage. « Délicieuse petite bourge de province. C'est justement parce qu'il va apprendre que nous sommes en fuite que tu dois le rassurer, lui expliquer que nous ne sommes pas des assassins et lui redonner confiance. Pour Gédéon. » Un baiser sur le front. « Tout dépend de toi. Encore un mercredi et c'est fini. » Il lui caresse les cheveux. « Fais-le pour moi, d'accord ? »

Saffron détourne la tête, envie de vomir. Ce type, là, qui traîne autour de moi, je l'aime ou je le hais ?

Scoarnec s'est redressé, il ramasse son sac, s'arrête à la porte. « Je prends la voiture, Tamara te prêtera la sienne, c'est prévu. La période risque d'être agitée, il faut être prudent et rigoureux. Sécurité maximum. Respecte les consignes. Je t'aime. » Et il disparaît.

La soirée électorale bat son plein sur toutes les chaînes de télé.

Au rez-de-chaussée du siège du parti de Guérin, un grand buffet a été préparé pour les militants. Jambons, fromages et vins de pays. Plusieurs postes de télévision retransmettent les débats et les commentaires des différentes chaînes.

Au premier étage, Guérin, les membres de la garde rapprochée qui ne sont pas sur les plateaux de télé et quelques amis choisis commentent les prestations de tel ou tel, et boivent du champagne.

Sonia n'a pas fait d'apparition.

Elisa est restée un long moment appuyée contre la rampe de l'escalier, absorbée dans ses pensées, le regard plongeant sur la foule des militants, sans les voir. Puis elle coince Guérin dans l'embrasure d'une fenêtre. « Soubise, c'est nous ?

— Nous quoi ?

— Son assassinat. »

Le candidat blêmit. Il a été assassiné ? Première nouvelle. Avis de tempête. Et puis comment sait-elle ? Elle et pas moi ? Ne pas lui laisser la main, réagir vite. « Pas ici. Pas maintenant. Mais, petit conseil en passant, n'attends pas après nous, fais le ménage dans ta boutique. Nous aurions moins de problèmes si PRG n'était pas une maison de verre. »

3

Lundi

Barbara Borzeix se fait déposer par un taxi, à minuit et quart, devant le siège social de PRG, avenue Hoche. Elle préfère ne pas conduire, trop secouée, réflexes émoussés.

L'immeuble, devant elle, lui semble brusquement inconnu.

Très vite, un vigile vient lui ouvrir et elle monte à son étage, le sixième. Couloirs, bureaux obscurs, déserts. De nouveau, cette sensation d'être en territoire inconnu. Elle a souvent quitté l'immeuble à la nuit, sans même y penser, mais elle n'y est jamais entrée. Vaguement peur ?

Son bureau, enfin.

Elle allume le plafonnier, toutes les lumières, jette un regard circulaire sur le vaste espace, les meubles familiers, la moquette épaisse, tabac brun, le bureau, les armoires crème, le coin salon, un gros fauteuil et un petit canapé autour d'une table basse en verre et acier. Le lieu dans lequel elle passe l'essentiel de son temps depuis trois ans.

La sensation perdure de ne pas être tout à fait chez elle, d'être un peu à côté.

Pas le temps de s'installer dans le malaise, Elisa Picot-Robert arrive dans les minutes qui suivent. Toujours impeccablement habillée, maquillée, coiffée, après une soirée entière de représentation mondaine. La ressemblance avec les blondes hitchcockiennes est frappante, correctes et glacées au milieu des pires catastrophes, et il n'est pas sûr que ce soit le fruit du hasard.

Elisa, chez elle dans toute la maison, s'assoit dans le fauteuil le plus confortable, près de la table basse, puis se tourne vers Borzeix. « Faites-nous un café, Barbara, et puis venez vous asseoir. Il faut me raconter toute l'histoire. »

Borzeix, contente de pouvoir occuper son corps, s'affaire à la machine à café en tournant le dos à sa boss. Depuis qu'elle travaille avec cette femme, pas un accrochage. Synchrones, confiance. Elle revient vers la table basse, pose les deux tasses de café, s'assied, et se lance. « J'ai rencontré, il y a quatre mois, un homme dans la quarantaine, plutôt romantique, genre promenade sous la pluie au bord de la mer… »

Elisa ne la lâche pas des yeux, une lueur d'agacement dans le regard. « Abrégez. Vous l'avez rencontré où ? »

Douche froide, il faut pourtant continuer, en finir, vite. « Dans un cercle de jeu, autour d'une table de poker. Vous savez que j'aime jouer, nous en avons déjà parlé.

— Et vous contrôlez plutôt bien ce plaisir dangereux, je sais. Il ne s'agit pas de ça. Restez-en à notre affaire.

— Il n'y a pas grand-chose d'autre à dire. Il s'est présenté comme un cadre commercial dans une entreprise prestataire d'EDF. Moi, je lui ai dit que je travaillais au service juridique d'une entreprise de BTP. Sans autre précision. Il n'a jamais manifesté le moindre intérêt pour le sujet ni posé de question sur mon travail.

— Vous l'avez reçu chez vous ?

— Bien sûr. Souvent. » Un souvenir tendre remonte à la surface. « Il aimait beaucoup mon appartement.

— Cela ne m'étonne pas. Et qu'a-t-il pu trouver, chez vous ? »

Borzeix marque un temps d'arrêt. Le dialogue vire à l'échange de prétoire. Ta patronne est ton juge. Normal. Tu t'attendais à quoi ?

« À peu près tout. Par petits bouts. Selon les dossiers sur lesquels je travaillais. J'ai toujours rapporté du travail chez moi.

— Bien. Au moins, nous savons comment il a pu s'y prendre. Passons à son décès.

— Vendredi soir, il devait venir dîner chez moi. Il a eu un accident de voiture, sans gravité, et est rentré chez lui à l'improviste. Apparemment, des gens avaient pénétré dans son appartement, il y a eu bagarre, il a été tué. J'ai découvert son corps au milieu de la nuit. » Long frisson, la voix cède.

Elisa Picot-Robert ne bronche pas.

Borzeix reprend. « La police m'a longuement interrogée, ils avaient l'air de me soupçonner. C'est à ce moment-là que j'ai découvert son véritable métier, il était flic. Et le vol de son ordinateur portable. C'est tout ce que je sais.

— Qui est en charge de l'enquête ?

— La Criminelle. Un certain Pâris et son équipe. »

Elisa se fige, pâlit. Elle cesse de regarder Borzeix, fixe ses mains croisées sur ses genoux. Réfléchir vite. Cette femme a été une collaboratrice irréprochable. A été. Infantile, décevante, donc dangereuse, mais pas traîtresse. Lui en dire assez pour qu'elle n'ait pas le sentiment d'être complètement perdue, mais le moins possible, pour ne pas risquer de réactiver les vieilles affaires. Et préserver Guérin. Il est mouillé, lui ou son entourage, dans cette histoire. Une barbouzerie qui a mal tourné. À enterrer, en urgence.

Quand Elisa relève la tête et fixe Borzeix, celle-ci croise son regard, glacial. Un tête-à-tête avec un ours polaire.

La grande patronne parle lentement, en détachant les mots. « Ce flic, Pâris, n'est pas un inconnu pour moi, autant que vous le sachiez. Il y a quelques années, la justice s'est intéressée aux conditions dans lesquelles mon père a racheté Centrifor, qui est aujourd'hui dans notre groupe. Lui, il était à la Brigade financière et il a été chargé de l'enquête. Un fouineur obstiné, qui n'aime pas les riches et se prend pour le vengeur masqué. Le vieux Pasquier, le père de Sonia

Guérin, a fait jouer ses relations. Il nous en a débarrassé en le faisant muter à la Criminelle sous couvert d'avancement. Cela m'étonnerait qu'il nous en soit reconnaissant. Et, évidemment, cela complique notre problème. » Elisa pianote deux minutes sur son genou puis reprend. « Prenons le maximum de précautions. Nous allons expurger vos archives de tous les documents compromettants... au cas où il y aurait une perquisition.

— Compromettants, c'est-à-dire ?

— Réfléchissez. Tout ce qui intéressait le fringant Soubise. Pour votre gouverne, feu votre amant », Elisa insiste cruellement sur ce dernier mot, « était détaché au CEA. Donc il faut se débarrasser d'absolument tout ce qui concerne le *Jardin des Hespérides* ». Elle se lève, se dirige vers les armoires. « Au travail. Mais laissez-moi quand même vous dire que vous choisissez bien mal vos partenaires. »

Borzeix suffoque, entre chagrin et rage. Trahie, bafouée dans sa vie amoureuse, débordée, humiliée dans sa vie professionnelle. Elle a eu la faiblesse de considérer Elisa presque comme une amie. Une vie à recomposer.

Barbara se lève à son tour et va s'asseoir à l'abri de son ordinateur.

Les deux femmes travaillent en silence. Au petit matin, il ne reste plus aucune trace du *Jardin des Hespérides*, ni dans les archives ni dans les ordinateurs.

Elisa Picot-Robert soupire, chasse de la main d'imperceptibles traces de poussière sur son tailleur. « Bien. Je rentre chez moi me rafraîchir. Tout à l'heure, nous nous retrouvons au bureau, comme d'habitude. Mais ce soir, faites le ménage chez vous. À fond. Et surtout, Barbara, ne vous laissez pas aller. Vous oublierez cet homme, comme vous en avez oublié d'autres. Nous sommes de cette race-là, vous et moi. L'important est ici, dans cette maison. »

Lorsqu'il entre dans la brasserie de la place d'Italie, Pierre Moal affiche son habituelle mine de quarantenaire satisfait et bonhomme.

Celle des journalistes installés, implantés pourrait-on dire, qui ne crèvent pas la dalle. Pierre Moal est un nom qui compte dans le petit monde de la presse parisienne. Chroniqueur police et justice du quotidien de référence, il est respecté par tous pour son incomparable réseau de sources. Avec lequel il entretient des liens si étroits qu'il lui arrive souvent de recevoir, comme ce matin, des appels inopinés et pleins de promesses. Seul *Le Canard* fait mieux, en matière de remontées d'informations spontanées. Et *Le Canard*, c'est là-bas qu'il entend atterrir, un de ces quatre, Pierre Moal.

Claude Petit est là, qui l'attend, au fond, dans un box discret, à l'écart. Lui bosse à l'Intérieur, au bureau des enquêtes dites « réservées » des RG. Leurs premiers contacts remontent au temps où Moal commençait à s'intéresser aux soubresauts des syndicats policiers, sous la précédente présidence, il y a cinq ans. Petit était alors délégué du Syndicat national des officiers de police, officiellement ancré à gauche, et plus que disposé à influencer les négociations dans lesquelles il était engagé avec le gouvernement en faisant fuiter dans la presse ce qui servait les intérêts de son organisation.

Ou les siens.

Avec des types comme Petit, on ne sait jamais. Même si jusqu'ici, il faut bien l'avouer, Moal n'a jamais été déçu par les confidences de *son Claude*. Et si aujourd'hui, Petit prend la peine de venir jusque sur ses terres, ce n'est sûrement pas pour jouer du pipeau. Vigilance. « À qui ou à quoi dois-je l'honneur ? »

Petit lève le nez de sa tasse, avale d'un coup sa bouchée de croissant sans la mastiquer et s'essuie la bouche avant de répondre. « Salut, Pierre, une course à faire dans le coin. »

Grand sourire de Moal. « Mais bien sûr. »

Petit lui rend son sourire. « Disons un petit travail de vérification qui m'est tombé dessus hier soir, à l'improviste, en plus de tout ce que j'ai à faire. Comme je passais par là, j'ai eu envie de prendre le temps de te dire bonjour. »

Moal fait signe à la serveuse et demande un café et un autre crème, pour Petit. Le temps que la commande arrive, la conversation se concentre sur le superflu, les femmes, les gosses, la nouvelle pigiste que se tape Moal. La vie qui défile, trop vite.

Quand ils sont servis et de nouveau seuls, Petit se penche vers Moal, et se lâche, sur le ton de la confidence. « Avec les semaines que je m'enquille, mon taulier trouve le moyen de me coller une nouvelle connerie à vérifier. Une mission pot de pus, je la sens pas cette affaire. Je crois qu'elle va faire *pschitt* ! » Avec ses doigts, il mime une explosion, avant de s'attaquer à un second croissant.

Moal s'adosse à la banquette, prend son temps. Le rituel de la danse d'approche est terminé. Garder son sang-froid. Il tire un carnet et un feutre de sa poche, les pose sur la table, bien en évidence. « Raconte. »

Petit termine sa viennoiserie et vide sa tasse. « Je ne suis pas sûr que ce soit pour toi.

— Laisse-m'en juge.

— Comme tu veux. D'abord, un fait divers. Un type qui s'est fait agresser chez lui dans la nuit de vendredi à samedi par des cambrioleurs. Il en est mort. La Crim' enquête. Tes potes du 36 ne t'en ont pas parlé ? »

Moal, bien calé sur sa banquette, se contente d'un non de la tête. Laisser venir.

« Enfin bon, ils ont juste eu le temps de lui piquer un ordi portable, genre dernier cri. Ils ont été dérangés apparemment.

— Abrège, Claude. Dis-moi ce qu'un cador des RG comme toi fait dans cette affaire.

— Cador, tu me flattes. » Un temps d'arrêt. « Mais pas complètement faux. Le mort est un collègue de chez nous. Détaché au CEA. Et dès qu'il y a du nucléaire dans l'air, tu sais… »

Moal note, *RG*, une flèche, *CEA*, *nucléaire*. Ce dernier mot est entouré d'un cercle. « Il a un nom, ce collègue ?

— Je ne sais pas si je peux. »

À son tour, Moal se rapproche de la table. « Tu sais que tu peux avoir confiance. Je mettrai comme d'hab', source anonyme du ministère. »

Petit fait mine de réfléchir, approuve, puis se lance. « Soubise. Benoît. Commandant de Police. »

Moal note le nom et le grade. « OK. Merci. Mais ça ne me dit toujours pas pourquoi tu t'en occupes. Ce n'est pas juste parce que c'est un collègue qui est mort. Ceux du 36 feront diligence, ils n'aiment pas plus que vous que l'on s'en prenne à un poulet.

— Pour tout te dire, on soupçonne fortement un groupe d'écolos, le genre plutôt très radical, d'avoir agressé le collègue. Les gusses sont sous surveillance depuis quelque temps. Une mouvance qui gravite autour d'un quasi-gourou dont le casier n'est pas tout à fait vierge, si tu vois ce que je veux dire. Nous craignons des dérives violentes, dont cet assassinat serait la première manifestation. »

Moal écrit *écolos (terrorisme ?)*, sans rien dire. Inutile de couper son copain flic dans son élan de révélations.

« Le type s'appelle Scoarnec, Erwan Scoarnec. Il habitait par ici. »

Moal reporte *Scoarnec*. « Habitait ?

— Il s'est barré. Depuis hier, la Crim' le cherche pour l'interroger.

— Et toi.

— Et moi.

— Pourquoi toi ? Vous le surveilliez, OK. Mais pourquoi vous ne vous contentez pas de transmettre vos informations à la Crim' ?

— En fait », Claude Petit hésite, visiblement mal à l'aise, « le fameux Scoarnec a été vu traînant dans deux ou trois réunions alters où s'est rendu Schneider.

— Schneider… Le Schneider ? Le *challenger* de Guérin ?

— Lui-même. C'est pour ça que ça urge. Lui et Scoarnec auraient même été vus en train de se parler à plusieurs reprises. »

Moal note *Schneider*, et trace une flèche entre Scoarnec et Schneider. « Ils sont réellement proches ou Schneider est juste, lui aussi, une cible potentielle de tes écoterroristes, entre guillemets ?

Parce que, entre parler et être pris à partie, la frontière est parfois ténue.

— Je n'en sais rien. Pas encore. Et c'est pour ça que je suis sur le coup. Mais si risques terroristes il y a, pas question qu'ils viennent perturber l'élection en cours. Surtout que, jusqu'ici, tout s'est plutôt bien passé. »

Pierre Moal referme son carnet et se lève. « Bon, ce n'est pas que je m'ennuie avec toi, mais j'ai à faire. Quelques petites vérifications. »

Petit pose sa main sur le bras de Moal, comme pour le retenir un instant. « Un prêté pour un rendu, Pierre. C'est pour ça aussi que je suis là. Tes sources ne sont pas les miennes. Si tu apprends quoi que ce soit, tu me fais signe.

— Comme d'hab'. » Moal pose quinze euros sur la table. « Ça devrait suffire.

— Merci, Pierre.

— De rien. À plus. »

Moal rentre au journal à grandes enjambées. Publier quelque chose, immédiatement, pour marquer son territoire, tout en restant prudent. Ce scoop, si scoop il y a, lui appartient. Réserver tout de suite un espace limité dans les pages *Société*. Pas encore la une, mais ça pourrait venir. Puis procéder à quelques vérifications. Petit n'est pas un enfant de chœur.

Nicolas Fourcade ne peut cacher sa surprise quand il entre dans son bureau, au Palais. Le procureur de la République, son patron, est là qui l'attend, assis à l'endroit où les suspects, mis en examen ou prévenus prennent habituellement place. Première visite de ce genre et, à vrai dire, probablement unique. Normalement, ce sont les substituts qui se déplacent.

Immédiatement, Fourcade est sur ses gardes, à juste titre.

À peine les politesses d'usage passées, le proc' entre dans le vif du sujet. « Cette histoire Soubise, vous vous sentez de taille ? Vous venez d'arriver, peut-être conviendrait-il de la confier à un magistrat instructeur plus expérimenté dès aujourd'hui.

— Ai-je fait quoi que ce soit qui mette la procédure en péril ?

— Non, pas du tout. Je m'interroge juste. Un policier tué, le nucléaire, je ne voudrais pas que votre carrière, qui en est à ses balbutiements, soit mise en danger par un dossier trop gros pour vous.

— Jusqu'ici, rien ne me semble insurmontable ou de nature à représenter un danger pour mon intégrité professionnelle. J'aimerais disposer de quelques jours de plus.

— Pour ?

— Apprécier un peu mieux ce que donnent toutes les pistes que nous explorons.

— Il y en a une que vous privilégiez ?

— Un groupuscule écologiste radical.

— Très bien. J'ai jeté un œil aux différentes pièces et cette hypothèse me semble effectivement la plus prometteuse. » Le procureur de la République se lève. « Les informations circulent vite au Palais et, déjà, je subis quelques pressions pour saisir un juge d'instruction.

— Des pressions ?

— Oui, vous savez à quel point le parquet antiterroriste jalouse son pré carré. La 14e chambre aimerait récupérer l'affaire, question de légitimité, je suppose. En pleine période électorale, compte tenu de leur proximité avec Guérin, j'aimerais être sûr de ne pas me tromper en vous gardant ma confiance.

— Je vais essayer de me montrer à la hauteur de celle-ci. » Fourcade, qui s'est levé également, raccompagne son supérieur à la porte de son bureau.

« Ah, une dernière chose… Méfiez-vous des petits malins de la Crim', ne les laissez pas vous balader. Parce qu'ils vont essayer, croyez-moi. Pâris, le chef de groupe, est à surveiller tout particulièrement. Il n'a pas très bonne réputation. »

C'est Coulanges, à l'invitation de Pereira, qui se lance en premier, alors qu'ils abordent le dernier point de leur briefing de début de semaine, l'homicide du commandant Soubise. « L'histoire de Barbara Borzeix tient la route. » Son regard parcourt le groupe, tout entier entassé dans les deux pièces qui lui servent de repaire, et s'arrête sur Pâris, veilleur silencieux, derrière son bureau. « Les invités confirment tous sa présence, le dernier étant parti juste avant minuit, et j'ai pu retrouver le dépanneur qui a pris en charge la voiture accidentée. Il confirme tout, bête perte de contrôle, dixit Soubise lui-même, sur place. C'est un autre gars, qui le suivait, qui s'est occupé du dépannage, parce que le collègue semblait un peu groggy, après le choc. Il était blessé à l'arcade.

— Tu l'as retrouvé, cet autre gars ? » Pereira.

« Pas encore mais j'y travaille. Je vais aller jeter un œil à la bagnole avec un mec de l'IJ aussi, juste pour être sûr qu'elle n'a pas été trafiquée. Bon, sinon je travaille sur la téléphonie de Borzeix et Soubise mais je n'ai pas encore reçu les *Fadets*[1]. Week-end plus élection, c'est plus lent que d'habitude. Je devrais avoir tout ça dans l'après-midi. »

Pâris approuve et c'est au tour du lieutenant Durand et du brigadier Mesplède de prendre la parole. « Ce qu'on a appris sur Soubise en approchant discrètement quelques-uns de ses anciens collègues de Beauvau confirme les premières impressions. Droit dans ses bottes, intègre, coureur certes, mais pas le genre salaud. Élégant. Le bon républicain, quoi.

— En parlant de bons républicains, j'espère que vous êtes allés voter, hier. » La saillie très sérieuse de Pereira déclenche un fou rire général. L'adjoint du groupe est un psychorigide du devoir électoral.

« Oui maman », souffle Thomas. « On risque quoi, sinon ?

1. Factures détaillées.

— Mon pied au cul et privés d'apéro pendant au moins... » Pereira compte sur ses doigts, faussement concentré. « Deux jours. »

Nouveaux ricanements auxquels Pâris met un terme en reprenant le fil de la discussion. « La piste crapuleuse, liée à une éventuelle dette de jeu, elle donne quoi ? »

Durand secoue la tête négativement. « À mon avis, c'est mort. J'ai prévu une visite au *Cercle de l'Aviation*, par acquit de conscience, mais au vu des relevés bancaires saisis chez Soubise, il apparaît plutôt du genre prudent et économe, avec sa fraîche. » Il consulte ses notes. « D'ailleurs, ses dépenses de jeu remontent à tout juste cinq mois. Avant, aucun mouvement ne laisse supposer une passion pour les cartes. Et toutes les sommes engagées au cercle ont été remboursées, au centime près, par le CEA.

— Ah ? Il commence à jouer peu de temps avant de rencontrer Barbara Borzeix. En service commandé ? Une administration qui transforme un fonctionnaire en gigolo, ce serait une première. »

Durand ricane. « Bon, on a trouvé aussi des trucs, sur la vidéosurveillance de son quartier. » Il se tourne vers Mesplède, qui est plutôt capable, pour un jeune poulet, mais du genre timide, et lui fait signe de poursuivre.

Le brigadier s'éclaircit la voix puis se lance. « Les caméras d'un Monoprix situé à deux rues du domicile de Soubise, dans la direction générale prise par les fuyards selon notre témoin oculaire, ont chopé une voiture noire qui roulait à vive allure vers 22 h 14. Compatible avec l'heure de l'agression.

— Une marque, une immat' ? » Pereira pose sa question en se levant, pour se resservir un café. Il fait signe à Pâris, qui refuse en silence.

« Négatif. Images basse définition. En plus, la bagnole passe assez loin des objectifs. Les enregistrements originaux sont partis à Écully, au labo central, pour voir s'ils peuvent en tirer quelque chose. En tout cas, ça peut correspondre au véhicule de nos écolos radicaux.

— Pas d'autres films de surveillance ?

— Rien pour le moment. Mais faut pas se faire trop d'illusions, à trois pâtés de maisons de chez Soubise, le quartier s'anime et à cette heure-ci, un vendredi soir, la bagnole suspecte s'est probablement perdue dans le flot de la circulation.

— Bon, les écolos alors. » Pâris soupire, peu emballé par cette perspective. « J'ai vu que l'avis de recherche national était passé. OK. Les fichiers ont craché quoi, sur Scoarnec ? »

La question s'adresse à Estelle Rouyer. « Ils confirment ce qui était indiqué dans la note DCRG, donc rien que nous ne sachions déjà. La seule chose intéressante que j'ai découverte c'est un nom, Julien Courvoisier. Il a été entendu plusieurs fois dans des affaires qui concernent Scoarnec, ils sont potes, apparemment, mais aussi pour des délits où il est le seul mis en cause. Et pour lesquels il a été condamné. Sa spécialité, c'est l'informatique. Le gamin est ingénieur réseau et il n'aime rien de moins qu'aller se balader dans des systèmes où il n'a rien à foutre. Ça, mis en perspective avec la disparition de deux ordinateurs dans notre affaire, je me suis dit que ça valait le coup d'être creusé.

— Le troisième suspect repéré chez Scoarnec ? »

Estelle hausse les épaules.

« Tu as une adresse ?

— Et des photos aussi.

— Parfait. » Pâris se redresse sur sa chaise. « Tu y vas avec Thomas dès qu'on a fini ici. Si tu le trouves, tu le ramènes et on lui cause. Sinon, tu vas revoir le témoin de l'immeuble de Soubise, et le voisin et le concierge de Scoarnec, et tu leur montres sa tronche. Qu'ils nous disent au moins si nos deux terroristes en herbe étaient ensemble samedi. La petite Jones-Saber ?

— Rien sur elle. Elle n'apparaît nulle part. »

Pereira reprend la parole. « Son père nous a dit qu'elle étudiait à l'École vétérinaire de Maisons-Alfort. Il faudra y passer, quand vous aurez le temps. La téléphonie ? »

Là, c'est Thomas qui répond. « Pareil que pour *La Coule*, on est dessus. Ça devrait arriver dans la journée. Pour Scoarnec et Jones machin. Courvoisier, je vais faire la demande ce matin.

— Très bien. Du côté des parents de Scoarnec, rien n'est remonté. Les collègues de Clermont sont allés chez eux, à Saint-Flour, des fois qu'il se planquerait là-bas, mais ils ont fait chou blanc. Ses vieux n'ont plus de nouvelles depuis deux semaines. Leur téléphonie va être passée au crible, pour vérifier qu'ils n'ont pas raconté de connerie. » Pereira se tourne vers Pâris, pour voir s'il a quelque chose à ajouter puis, devant l'absence de réaction de ce dernier, perdu dans ses pensées, il met fin à la réunion. « Au boulot. »

Vers onze heures, Moal a fini de rédiger son papier. Il le relit une dernière fois…

> Dans la nuit de vendredi à samedi, le commandant Soubise, un officier de la Direction centrale des renseignements généraux affecté à la sécurité du CEA, et très apprécié de ses chefs, a été retrouvé mort à son domicile. Selon nos informations, il s'agirait d'un homicide. La Brigade criminelle a été chargée de l'enquête.
>
> Ce policier de haut niveau occupait un poste sensible. Et pourtant, aucune déclaration officielle de la part du CEA ou de la Direction de la Police nationale, aucun communiqué de presse, malgré l'importance des questions de sécurité nucléaire sur les plans économique, politique et militaire. Pourquoi ce silence ? Certes, en France, tout ce qui touche au nucléaire est traditionnellement entouré de secret. Mais il y a une autre raison à ce silence, l'enquête de la Brigade criminelle semble privilégier la piste d'écologistes radicaux, connus pour avoir déjà mené à diverses reprises des actions violentes et s'être distingués lors d'émeutes aux côtés des *Blacks Blocks*, une mouvance écoterroriste à l'échelle européenne bien connue des services de police. Nous sommes encore en pleine campagne électorale et le vote écologiste est un enjeu, à manier avec des pincettes. L'assassinat du commandant Soubise, si la piste que suit le Quai des Orfèvres se confirme, tombe bien mal, et on semble craindre, dans les états-majors politiques, qu'elle n'ait des répercussions politiques inattendues. Affaire à suivre.

Puis il l'envoie sur le serveur du journal, pour relecture et intégration au chemin de fer.

Guérin s'est éclipsé du siège du parti, comme régulièrement, deux lundis par mois. Seul à l'arrière d'une berline anonyme aux vitres teintées qui roule à faible allure, il savoure son triomphe électoral. Il ne s'en lasse pas. Sensation de légèreté, de quasi-apesanteur. Bientôt l'homme le plus puissant de France. Jubilatoire. Il s'amuse d'un début d'érection. Bien sûr, une petite appréhension, Elisa risque de le cuisiner sur cette histoire de Soubise, mais vite enfouie, pas aujourd'hui, elle n'osera pas.

Coup de fil de Sonia. Il ne répond pas.

Le chauffeur le dépose devant l'entrée des fournisseurs du restaurant *Chez Gérard*, il s'engouffre dans le bâtiment. Dans quelques instants, il va ouvrir la porte du salon privé où, dans la plus stricte confidentialité, il retrouve régulièrement Albert Mermet et Elisa Picot-Robert, pour faire le point sur l'avancée de leurs projets, l'état de la campagne, et l'attitude des médias.

Nouvelle poussée d'adrénaline et de testostérone.

Dans le triangle il occupe enfin une position dominante. Pendant une année, il a été leur homme. Le vote d'hier a tout changé. Un rêve en forme de fantasme, à peine franchie la porte du salon, Elisa tombe dans ses bras, il l'allonge sur le canapé, et la prend avec violence, devant un Mermet pétrifié. Sourire, caresse furtive au sexe en érection. Je suis prêt.

Pierre Guérin pousse la porte. Albert et Elisa l'accueillent en levant leurs coupes de champagne, honneur au vainqueur.

Elle porte un tailleur bleu marine très simple et bien coupé, et un chemisier vert. Guérin frissonne. Elle est brûlante comme la glace. Mermet, toujours le même genre de costume anglais, taillé là-bas sur mesure, d'une grande qualité mais qui ne parvient pas tout à fait à masquer la vulgarité de sa silhouette. C'est un cinquantenaire replet, au visage grêlé, qui a fait fortune en Afrique, en développant les activités portuaires de pays amis.

Second appel de la femme de Guérin. Il laisse et rejoint vite ses deux hôtes à table.

Ils mangent sans y prêter attention une somptueuse côte de veau aux morilles, conviennent que leurs projets sont en bonne voie. Elisa parle de cette victoire comme d'un retour sur investissement et, très furtivement, Guérin se perçoit comme une bonne gagneuse. Puis ils passent en revue le comportement des médias. Globalement satisfaisant. Les patrons n'ont pratiquement pas eu à intervenir.

Arrive le dessert, baba au rhum façon *Gérard*, avec fruits rouges sur lit de chantilly. Elisa embraye sur l'incident de la nuit de vendredi à samedi. « Je vous ai demandé hier si nous étions mêlés à cette affaire et je n'ai pas eu de véritable réponse. »

Guérin la regarde. Sans merci, impénétrable. Son excitation, son sexe douloureux à force de bander l'empêchent de se concentrer. Mais il a appris son texte. « Certains services de police ont repéré les manœuvres du commandant Soubise auprès de cadres très supérieurs de PRG. Ils ont voulu connaître l'étendue des dégâts. Mais, évidemment, ils n'ont rien à voir avec son assassinat.

— Heureusement, parce qu'un dérapage de ce genre, s'il devenait public, pourrait vous faire perdre le deuxième tour. »

Mermet intervient. « C'est Cardona, le CEA qui sont derrière ? Que feront-ils de ces informations ?

— D'après Guesde, rien dans l'immédiat. Il est donc crucial pour nous de maintenir le silence dans les médias jusqu'au deuxième tour. Après, nous aurons d'autres moyens. »

Mermet approuve.

Elisa revient en force dans le dialogue. « L'ordinateur de Soubise a été volé.

— Rien à craindre de ce côté-là. »

Elle incline la tête, comprend le sous-entendu, et continue. « La

Criminelle enquête. Si elle découvre les activités de Soubise, elle peut remonter jusqu'à PRG.

— D'après ce que je sais, la Criminelle est déjà sur la piste des assassins. » Silence. Guérin pense avoir marqué un point et veut exploiter son avantage. « Si je puis me permettre, nos grandes entreprises devraient être plus prudentes et ne pas confier des postes clés à des femmes amoureuses. »

Mermet sourit, se tourne vers Elisa. « Diriez-vous qu'il a tout à fait tort, ma chère ? »

Elle, glaciale, regarde fixement Guérin. « J'ai commencé le nettoyage dans ma maison, soyez tranquille. Vous devriez en faire autant dans la vôtre et vous débarrasser des anciens barbouzes qui traînent dans votre entourage. Ils sont plus dangereux qu'utiles. »

Mermet prend congé. « Je vous laisse, puisque tout va bien, rendez-vous urgent. »

Dès qu'il est sorti, Guérin se lève, présente son bras à Elisa. « Passons au salon, pour prendre le café. »

Ils s'asseyent côte à côte sur un petit canapé, devant une table basse. Un serveur apporte cafés et mignardises. Le portable de Guérin sonne. Il l'ouvre. Sans surprise, c'est Sonia, pour la troisième fois. Il coupe la sonnerie, fourre le téléphone dans sa poche, se tourne vers Elisa avec une grimace d'excuse et ironise. « La future *first lady.* » Il prend la main de son hôtesse, l'attire de force vers sa braguette. « Tu vois l'effet que tu me fais ? »

Elle se penche vers lui, le dévisage, regard indéchiffrable. « Moi ? Ou la proximité du pouvoir ? » D'un geste rapide, elle fait sauter deux boutons, « vous devriez vous méfier, monsieur le Président, n'importe quel idiot avec un téléphone portable pourrait devenir une star d'Internet, s'il surprenait ce que nous sommes en train de faire », glisse sa main sans rencontrer la moindre résistance jusqu'à son sexe. Lui, exhibo ?

Guérin sent un frisson monter le long de sa colonne vertébrale, des reins jusqu'au crâne. Doucement, Elisa fait glisser son ongle le long du sexe, sans le lâcher du regard. Puis elle l'empoigne fortement. Il ne peut retenir un râle et éjacule en grognant, sans se contrôler.

Elisa sourit, un sourire dans lequel Guérin croit lire beaucoup d'ironie, se lève d'un seul mouvement fluide, marche vers la table où traînent les restes du déjeuner, plonge sa main dans une carafe à moitié vide, d'un geste naturel et désinvolte, s'essuie avec une serviette de table, ramasse son sac, puis, très grande dame, se retourne pour lui sourire, toujours le même sourire, et s'en va en saluant d'un petit signe de la main le futur président, affalé sur le canapé, braguette ouverte, pantalon taché.

Neal, rasé de près, pantalon de toile beige, saharienne assortie sur chemise rose à manches longues et col rond, beaucoup d'allure dans la décontraction, a déjà bu deux verres de pouilly-fumé, en guise d'apéro, et appris le menu et la carte des vins par cœur quand Cooke arrive enfin, très en retard. Le critique fait signe au garçon, qui sert immédiatement les entrées. « Comme tu m'avais prévenu que tu étais en retard, j'ai commandé pour nous deux. Et choisi les vins. Un assortiment de crus de Loire, pour rester léger. Ça te va ?

— Très bien.

— N'oublie pas, je compte sur tes appréciations pour enrichir ma chronique. » Neal sort un calepin, un crayon finement taillé, les pose sur la table, prêt à agir au moment où les entrées sont présentées aux convives. Velouté d'asperges vertes pour lui, langoustines rôties laquées au miel pour Cooke.

Moment de recueillement, puis quelques remarques, que Neal note soigneusement.

À la dernière bouchée, Cooke embraye. « Tu as des nouvelles de ta fille ?

— Aucune depuis que j'ai croisé les deux policiers chez elle.

— Tu as réessayé son portable ? »

Hochement silencieux puis dénégation. *No news.*

« Elle fait fort, ta fille. »

Neal a un bref rire d'impuissance. « Je ne quitte pas Paris avant de l'avoir rencontrée. J'ai droit à quelques explications.

— Tu sais évidemment que tu peux compter sur moi.

— Comme au bon vieux temps.

— Bien sûr, avec les élections françaises à couvrir… *But I'll do my best.* »

Après les entrées, les plats. Ris de veau braisé au fenouil pour Cooke, filets de sole farcis aux champignons et épinards pour Neal. Les deux Anglais dégustent, apprécient, discutent de choses et d'autres. Puis arrive le dessert.

Devant son baba au rhum, Cooke prend un air de conspirateur. « Tout à l'heure, avant de te rejoindre, je suis passé par les toilettes, et dans le couloir, devant moi, un serveur qui portait sur un plateau trois splendides babas comme ceux-ci a ouvert la porte d'un salon privé. J'ai jeté un œil, déformation professionnelle, et devine qui j'ai vu ? »

Neal secoue la tête

« Guérin, le futur président français. En grande conversation avec deux grands patrons du CAC 40, Elisa Picot-Robert, la patronne de PRG, et Albert Mermet, président et principal actionnaire du groupe qui porte son nom.

— Et alors, c'est un scoop pour ton journal ?

— *I don't know*, j'hésite. La complicité entre Elisa Picot-Robert et Guérin, ce n'est pas bien nouveau, plutôt une vieille histoire de famille.

— Quel genre ?

— Profitable. Elisa est la fille de Denis Picot-Robert, qui a commencé, il y a une quarantaine d'années, comme petit chef d'entreprise du bâtiment, dans le 92, le département le plus riche de France. À l'époque, l'homme fort local, c'était François Pasquier, sénateur, ministre à plusieurs reprises, président du conseil général. Les deux compères se sont trouvés et ne se sont plus lâchés. Picot-

Robert est devenu le principal entrepreneur dans la construction du quartier d'affaires de La Défense, le grand rêve du père Pasquier. Tu imagines la suite, une telle amitié, on est en France, ça coûte. Ou ça rapporte. » Cooke marque une pause, le temps de se rincer la bouche avec du vin. « À l'arrivée, le groupe PRG est devenu le premier groupe français de BTP. Mais pas que ça, le fondateur rêvait de diversification, il aimait les paillettes, la puissance des médias. Et puis il est mort. Il n'avait qu'une fille, Elisa, qui a repris l'affaire de main de maître, avec des idées bien arrêtées. Elle cède toutes les danseuses que son père s'était payées, recentre sur le bâtiment, le cœur de métier de son groupe, et se développe à l'international.

— Le genre de femme qu'on ne croise pas assez souvent.

— Et très belle en plus.

— Mais Guérin dans tout ça ?

— Pasquier n'avait lui aussi qu'une fille, qu'il a bien formée à tous les arcanes de la politique française. Elle a été son bras droit dans la gestion du département. Mais, en France, une femme seule ne peut pas tenir un fief politique aussi important que le 92. Il lui fallait un homme. Le vieux Pasquier l'a mariée à Pierre Guérin, qui a repris la clientèle et les mœurs politiques du beau-père. Dans l'héritage, il y avait les liens avec PRG. Et la belle Elisa.

— Il couche avec ?

— Un bruit qui court, chez les journalistes, mais difficile d'avoir des certitudes. Guérin cavale après tout ce qui bouge mais elle n'est pas du genre à se laisser faire.

— Bon, et ton Mermet, qu'est-ce qu'il vient faire dans l'histoire ? *Ménage à trois* ? » interroge Neal en forçant sur son accent british.

Cooke rit. « Non, je ne crois pas. Mermet, c'est un nouveau venu. Il dirige un conglomérat familial dont la plus grande partie se trouve en Françafrique. Comme l'influence de son groupe recule à cause des Chinois et des Américains, il se replie vers la France. Il a récemment pris des participations dans plusieurs ensembles médiatiques et cherche à racheter les actifs de PRG dans ce secteur. Ça tombe bien, Elisa veut les vendre.

— Et rien de ce qui est média n'est étranger à Guérin.

— Tu as tout compris. Mais cela ne fait pas un papier pour mon journal. À peine un paragraphe venimeux sur les liaisons dangereuses de Guérin dans un article plus général. »

Neal, silencieux, griffonne pendant quelques secondes sur son calepin. « Si l'héritière Picot-Robert vend ses filiales médias, elle va disposer de pas mal de cash.

— Oui.

— Elle en fera quoi ?

— Bonne question. Peut-être profiter de soldes sur des privatisations postélections. Si Guérin gagne, ce qui est plus que probable. La nouvelle droite française aime brader le capital de ses électeurs.

— Peut-être étaient-ils là pour en parler ?

— Peut-être.

— C'est sorti, pendant la campagne ?

— Non, pas une fois. » Cooke prend le temps de dévisager son compagnon. « Dis-moi, tu n'aurais pas envie de travailler avec moi sur ces sujets, enquêter, creuser ? En free-lance, pour mon journal. Tout le monde t'accueillerait à bras ouverts. Tu as laissé un sacré souvenir à Londres, tu sais. »

Neal se plonge dans ses notes, laisse filer les secondes puis relève la tête. « Ne me tente pas, c'est mauvais pour un vieux journaliste comme moi, au bout du rouleau. J'ai perdu la main. Presque vingt ans d'exil à la rubrique gastronomique, ça marque. Et puis je voudrais d'abord retrouver Saffron. »

Trois quarts d'heure plus tard, Neal Jones-Saber et Cooke sortent ensemble du restaurant, se séparent sur le trottoir.

Cooke sourit. « Ne t'inquiète pas, je ne vais pas te lâcher. Plus j'y pense, plus l'idée de ton retour me semble bonne. Mais d'abord, Saf. »

Neal répond d'un vague signe de la main et s'éloigne en marchant vite, vers l'Étoile, le métro, Maisons-Alfort. Au passage, il s'arrête à un kiosque à journaux, achète *The Herald*, pour voir, simple curiosité bien sûr, ce qu'écrit Cooke en ce moment, et le grand quotidien du soir. Il le feuillette rapidement, trouve la page *Société*. Si la police judiciaire recherche Saffron comme témoin, il apprendra peut-être dans le journal de quoi elle a bien pu être le témoin. Peu de choses. Neal survole un article signé Pierre Moal qui relate l'assassinat du commandant Soubise, un policier affecté à la sécurité du CEA, un poste stratégique. D'après des sources proches de l'enquête, la police serait sur la piste d'un groupe d'écoterroristes.

Le journaliste grimace. D'après son expérience personnelle, tout ce qui touche au nucléaire est source d'embrouilles. Mais il est rassuré de ne voir aucun élément qui puisse concerner sa fille.

« Intéressant bonhomme, notre Neal Jones-Saber. » Début d'après-midi, Pâris est seul avec Pereira dans le bureau du groupe.

L'adjoint relève le nez de la synthèse qu'il était en train d'étudier.

« Avant d'être critique gastronomique, il était correspondant de guerre. Principalement Proche et Moyen-Orient. Arabophone et arabophile, apparemment. D'après ce que j'ai pu lire sur Internet. Mon anglais est rouillé mais si j'en crois les articles que j'ai trouvés, de lui et d'autres, il était plutôt apprécié, de l'autre côté de la Manche, à l'époque de sa splendeur. Il s'est fait connaître au moment de l'affaire de la bombe atomique israélienne. Il aurait fait partie de la bande qui en a révélé l'existence. Tu te rappelles cette histoire ? »

Pereira fait non de la tête.

« Mais si, ils avaient même trouvé un gars, en Israël, qui était prêt à témoigner de son existence. Le mec a été arrêté ensuite et foutu en taule, réduit au silence. On a reparlé de lui, il n'y a pas longtemps.

— Ouais. Peut-être. Le rapport avec notre bonhomme ?

— Aucun. Sauf qu'il était quelqu'un avant de retomber dans son quasi-anonymat culinaire. Il a même une notice Wikipédia.

— Et t'as vu où il en est, aujourd'hui ? Ça fait envie.

— Sa femme est morte dans un attentat au Liban. Leur fille, la fameuse Saffron, avait à peine deux ans. Il aurait tout plaqué pour se mettre au vert et s'occuper d'elle après le drame.

— C'est sûr, le foie gras et les grands crus, c'est moins dangereux. »

Pâris ne relève pas l'ironie facile de Pereira. Jones-Saber vaut mieux que cela, il le sent, il le sait. Parcours atypique, engagé, et du jour au lendemain, il change diamétralement le sens de sa vie. Un mec sans doute bien plus complexe que le papa perdu qu'ils ont entrevu hier. La fille est mêlée à une histoire qui touche à l'industrie nucléaire française. Le père a gagné ses titres de gloire en allant chatouiller les Israéliens sur le même terrain. Un hasard ?

Pereira, qui n'a pas vu que son chef de groupe est toujours perdu dans ses pensées, continue sur sa lancée. « En parlant de journaliste, il y a un certain Pierre Moal qui s'est pointé à l'accueil, en fin de matinée. Il voulait nous parler… Oh, tu m'écoutes ? »

Pâris revient dans la conversation. « Qui voulait nous parler ?

— Un journaliste, qui s'appelle Moal.

— Il voulait parler de quoi ?

— Soubise.

— Et alors ?

— Je l'ai envoyé se faire foutre. »

Les deux policiers échangent un sourire.

« Mais il avait l'air bien renseigné. Et apparemment, il est pote avec le groupe Levasseur.

— Ça vient de chez eux, tu crois ? »

Pereira hausse les épaules. « Ils jactent trop, les gars de Levasseur, de toute façon.

— J'ai reçu les premiers rapports d'expertise, ça vous intéresse ? » Ange Ballester entre dans le bureau, une liasse de papiers à la main.

« Vas-y. » Pâris se lève pour prendre une bière dans un frigo de bar acheté avec la caisse commune. « Tu veux une roteuse ? »

Le procédurier fait non de la tête.

Tout comme Pereira. « On t'écoute.

— Alors, côté Soubise… Chez lui. La porte a bien été forcée mais par un mec qui s'y connaît en serrures. Du travail propre. Les empreintes sur le couteau de cuisine trouvé dans son bureau sont celles de la victime. Rien d'anormal donc. Par ailleurs, l'autopsie confirme que la cause de la mort est un choc violent au niveau temporal gauche avec une surface dure et pointue. Le coin de table est bien l'arme du crime. Cependant, le corps présente aussi plusieurs hématomes résultant vraisemblablement de coups violents. Dont un au foie, qui a fait pas mal de dégâts. *Idem* pour la fracture du nez et du poignet. Il s'est fait tabasser avec méthode. Du travail bien fait. »

Pâris avale une gorgée de bière en grognant. « Vous en pensez quoi ? »

Ballester se tourne vers Pereira, qui se lance le premier. « Le mec rentre chez lui, trouve porte ouverte. Il n'a pas son flingue, donc il prend un couteau de cuisine, au cas où, ce qui explique pourquoi le schlass est allé se balader dans le bureau. Là, il tombe sur son ou ses cambrioleurs et il se fait désarmer sans ménagement.

— Pourquoi il a pas appelé le commissariat ?

— Orgueil mal placé. T'es de la maison, t'as des mecs chez toi, ton premier réflexe, c'est d'appeler les collègues ou de régler le problème tout seul ? »

Pas de réponse.

La bouteille de bière en rejoint deux autres dans une corbeille, Pâris rote. « En tout cas, je ne sais pas où ils sont allés s'entraîner, nos écoterroristes, mais ils sont rudement pros. »

Neal n'est pas forcément bien accueilli au secrétariat de l'École vétérinaire. Saffron est majeure et les dossiers de l'École, qui contiennent les appréciations des enseignants, sont strictement confidentiels. Il faut une demande officielle, agréée par la direction des études, pour y avoir accès.

Mais la secrétaire sait que la jeune fille ne fréquente effectivement plus les cours depuis le mois de janvier, le père a donc quelques bonnes raisons de s'inquiéter, et puis il est si sympathique, avec ses traits marqués et son sourire d'homme qui a vécu. Elle lui glisse le dossier de Saffron. « Installez-vous là, dans le coin, faites vite, et ne dites rien à personne. »

Jones-Saber feuillette rapidement. Bon, Saffron a bien commencé l'année, assidue, notes autour de 14-15 pendant tout le premier trimestre. Il passe rapidement. Puis plus aucune évaluation de son travail, à partir de janvier. Elle disparaît. Neal lève les yeux, regarde par la fenêtre, un arbre, le soleil, un brin de vent. Saf' était descendue à Cahors pour les fêtes de fin d'année, elle lui avait semblé gaie, détendue, comme d'habitude.

Il replonge dans le dossier, sans trop savoir ce qu'il cherche. Et là, sur une feuille volante, peut-être un espoir d'en apprendre plus, la composition du groupe de travaux pratiques auquel sa fille participe, les noms, les adresses, les numéros de téléphone.

Pas le temps de prendre des notes et puis trop repérable, Neal glisse la feuille dans une des poches de son gilet, en tournant le dos à la secrétaire, avant de lui rendre le dossier, avec un petit geste de découragement, de la remercier et de s'en aller.

Guérin doit se rendre en avion à son premier meeting de l'entre-deux-tours. Il est en retard, trépigne dans la voiture, en jaillit dès qu'elle s'arrête devant le bâtiment de l'aéroport du Bourget, fonce vers le salon privé où l'attendent une trentaine de journalistes et tout son état-major de campagne qui boit et plaisante pour masquer son irritation.

Sonia se tourne vers lui dès qu'il entre, sourire en coin et regard sarcastique, changement de costume, déjeuner mouvementé. Guérin lui tourne aussitôt le dos.

Le personnel de la compagnie aérienne entraîne tout le monde vers la piste, il est plus que temps d'embarquer.

Le candidat s'assied seul dans un fauteuil club en cuir, à côté d'un hublot, commande un cognac et s'absorbe dans la contemplation du va-et-vient des avions. Dès la fin du décollage, il se lève et, verre en main, va rejoindre les journalistes. « Vous avez vu la gueule de Schneider, hier soir ? Quelle raclée ! » Il lève son verre. « Je bois à ma victoire prochaine. Qui m'accompagne ? »

Brouhaha, des rires, quelques plaisanteries complaisantes, puis un journaliste de la presse économique se lance. « Et sur le nucléaire, qu'allez-vous lui répondre à Schneider ? Son intervention ne manquait pas d'intérêt. »

Guérin perd pied, sombre. Le nucléaire ? Pourquoi cette question maintenant ? Des fuites sur le *Jardin des Hespérides* ? Sonia ? Non, impossible. Et qu'a-t-il bavé, Schneider ? Silence épais autour de lui. Il faut dire quelque chose. « Le nucléaire n'est pas le sujet de la campagne. Je ne me laisserai pas entraîner par Schneider sur le terrain des technocrates, où je ne doute pas qu'il soit très à l'aise. Ce dont je veux parler avec tous les hommes et les femmes que je rencontre, et avec vous aussi, pourquoi pas, c'est de la lutte contre la misère et les injustices, contre les inégalités et le désespoir. Je veux remettre le travail et les travailleurs au cœur de notre société. Voilà ce que je veux. Et rien ne me distraira de ma tâche. »

Guérin tourne le dos aux journalistes en abandonnant son verre, trempé de sueur de la tête aux pieds. Il vient s'asseoir à côté de sa femme et à voix très basse, rage contenue. « Qu'a dit Schneider, bordel, je peux le savoir ? »

Sonia est très calme. « Non seulement tu ne réponds pas au téléphone, mais tu n'as pas non plus consulté ta messagerie ? Faute professionnelle, mon chéri. Schneider a déclaré au journal de 13 heures de TF 1 que le gouvernement auquel tu appartiens venait d'adopter en catimini un décret sur l'EPR de Flamanville qui enfonce la France dans une impasse technologique et lui fait perdre sa place dans ce domaine parmi la concurrence internationale. Il exige un débat public sur les choix nucléaires.

— Quelle raclure ! Il était le premier à pousser pour l'adoption du décret avec tous ces traîtres qui se prétendent mes amis et n'attendent qu'une chose, me poignarder dans le dos ! » Depuis des mois, ses *meilleurs* ennemis, dans son propre camp, militent pour le lancement du chantier de Flamanville. Ils savent qu'une réussite dans ce domaine ferait grimper les prix et contrecarrerait ses plans avec PRG et le groupe Mermet. Il n'a accepté de céder que pour une raison, le temps joue pour lui. Les centrales à réacteurs EPR ne seront pas au point avant longtemps. Ils ont au moins deux ou trois ans devant eux. Largement assez. « Ces connards de la presse n'ont pas de mémoire, ils l'ont oublié, ça !

— Peut-être, mais les premiers échos qui remontent des journalistes sont plutôt positifs, et il n'est pas sûr que ton brillant numéro populiste suffise à détourner leur attention.

— Ça se paiera, tu m'entends ? Quand j'aurai les pleins pouvoirs, je me chargerai moi-même d'en pendre quelques-uns à des crocs de boucher ! »

Neal s'attaque à la liste des membres du groupe de travail. Les premiers contacts sont plutôt décevants. Deux portables sur répondeur. Au troisième appel, une certaine Caroline Cordier, voix jeune, refuse sèchement de rencontrer Neal Jones-Saber et coupe sans plus d'explications.

Quatrième tentative, Virginie Lambert répond. « Ah, vous êtes le père de Saffron. »

Neal entend la curiosité dans la voix, accentue son accent anglais et gagne, Virginie accepte de dîner avec lui, le soir même. Mais c'est elle qui choisit le restaurant, une grande brasserie chinoise, à Belleville, à côté de chez elle et très fréquentée.

Après la curiosité, la méfiance. S'il faut en passer par là. Ce sera à vingt et une heures.

Barbara Borzeix rentre chez elle vers dix-neuf heures, à bout de forces, à bout de nerfs. La journée, après sa nuit blanche au bureau, et la tension entre elle et Elisa, qu'elle a dû côtoyer toute la journée, ont eu raison de ses dernières réserves d'énergie. Et il faut encore faire le ménage dans ses archives ici.

Et puis toujours cette sensation de ne plus être à sa place nulle part, que tout ce qui lui était familier, tout son univers, contrôlé, maîtrisé, planifié, est devenu hostile. Même ici, dans cet appartement imaginé dans le moindre détail lorsqu'elle l'a acheté, elle ne peut s'empêcher de penser que chaque meuble, chaque objet est un piège ou un leurre.

Trompée, abusée jusque chez elle, par un homme dont elle ne savait finalement rien. Il lui a volé des documents mais puisqu'il était flic, des RG, peut-être a-t-il également plombé son téléphone, planqué des micros et des caméras partout, trafiqué son ordinateur. Les possibilités sont infinies et lui donnent le tournis. Sa vie amoureuse, un mensonge. Sa vie professionnelle, un désastre.

Elisa ne lui pardonnera jamais.

Elle ne se pardonnera jamais à elle-même.

Borzeix s'appuie un instant sur le montant d'une porte, sur le point de tomber, puis respire, profondément, et se ressaisit. De la raison, de la méthode. De la force. Elle est surveillée ? Donc il n'y a plus rien à craindre, ils savent déjà tout. Dans le cas contraire, il est encore temps de sauver ce qui peut l'être. Benoît n'était plus vraiment flic, il était détaché au CEA. Et puis Elisa est proche de Guérin et Guérin contrôle toujours l'Intérieur, en sous-main. Cela ne peut pas venir d'eux.

Survivre.

Barbara se débarrasse rapidement de sa veste et de son sac à main sur le canapé et, consciencieusement, traverse chaque pièce pour rassembler les papiers et documents relatifs à son travail. Ils finissent tous, mais il n'y avait pas grand-chose, dans la cheminée design de son salon. L'essentiel se trouve dans l'iMac, dans son bureau.

Elle l'allume, trouve rapidement ses dossiers professionnels et entreprend de les effacer après les avoir parcourus en diagonale. Elle en isole deux, qu'elle garde pour la fin. Le premier s'intitule *Italie-Libye*, le second *Jardin des Hespérides*.

Ces deux-là, pas besoin de les consulter, elle sait ce qu'il y a dedans. Depuis plusieurs mois, ils occupent la majeure partie de son temps. Mais elle hésite à les faire glisser dans la petite corbeille qui agrémente sa barre d'outils.

Borzeix se lève, retourne dans son salon. Dans une petite boîte en bois ramenée d'un voyage en Inde, elle prend un joint, déjà roulé. Vieille manie, tout prévoir, elle en a toujours quatre ou cinq d'avance. Elle l'allume et se dirige vers sa terrasse. Elle inhale les premières bouffées lentement, pour les savourer et maximiser leur effet. Les effluves de l'herbe lui picotent bientôt le nez, la fumée envahit ses poumons et la brûle de l'intérieur. Elle est sur le point de tousser mais se retient. Agréable douleur. La vie. Après une minute, son corps commence à se détendre. Méthode Coué ou effet réel, qu'importe, la fumette lui fait du bien.

Se débarrasser des deux derniers dossiers semble la seule chose intelligente à faire. Au bureau, il n'en reste plus rien, sauf une copie qu'Elisa est allée cacher quelque part. Les dernières traces, les derniers éléments compromettants sont chez elle, sur son ordinateur. Ne rien laisser pour les autorités judiciaires. Mais… Elisa ne me pardonnera jamais. Que se passera-t-il ensuite, quand toute cette affaire sera oubliée et l'élection terminée ? Ils attendront un temps raisonnable puis ils la vireront. Ou, pire, elle subira le même sort que Soubise. Paranoïaque ? Peut-être. Je suis fatiguée.

Il faut garder des preuves.

Le regard de Barbara descend vers la rue en contrebas. Il fait encore jour, plutôt beau. Il y a deux cafés au pied de son immeuble.

Les terrasses sont bondées. Les gens profitent de la clémence du temps, ils se détendent, s'amusent. Ils ont de la chance. Il y a encore trois jours, elle aurait appelé un ami, une copine, et aurait partagé un verre de blanc attablée, là, dehors. L'arabe du coin est devant chez lui, il plaisante avec un passant. Le libraire est encore ouvert. Quelqu'un sort du *Cityssimo*. Pratique, ce nouveau service de la Poste. Borzeix y a pris une boîte aux lettres dès qu'il a ouvert. Elle en avait marre que sa gardienne réceptionne tous ses paquets. Cette pipelette en parlait à tout l'immeuble.

Cityssimo.

Borzeix sourit. Elle termine son pétard et retourne dans son bureau. DVD vierge dans le lecteur de l'iMac, elle copie les deux dossiers délicats puis les efface de son ordinateur avant de lancer un nettoyage du disque dur en profondeur. Le DVD atterrit dans une enveloppe. Demain, elle se l'enverra à elle-même.

Garder des preuves, quelques cartes en main. Comme au poker.

Début de soirée, il est tard pour être encore au bureau, surtout sans urgence véritable et après un week-end déjà particulièrement chargé. Pâris traîne au 36, écoute les bruits dans le couloir, ce soir c'est plutôt calme, juste un cri tout à l'heure, suivi de deux sérieux coups de gueule étouffés par une porte vite refermée, digère les derniers retours de la journée, termine sa septième bière. Je devrais rentrer chez moi mais je ne suis pas en état. Et puis pas envie, ici, je suis bien.

Trois coups à la porte et elle s'entrebâille, une tête apparaît.

Fourcade. « J'ai attendu votre visite tout l'après-midi. » Le ton est sec.

« Débordé.

— Un coup de fil, pour me prévenir ?

— C'est vrai. J'aurais dû. » Pâris est las. Pas besoin de ça maintenant.

« Comprenez-moi, il est important d'établir une certaine confiance entre nous. J'ai besoin d'avoir des comptes rendus plus fréquents. » Devant l'absence de réaction de l'officier de la Crim', qui le regarde d'un œil absent, Fourcade enchaîne. « Quelles sont les nouvelles ? »

Soupir, puis, « Scoarnec et Saffron Jones-Saber sont toujours dans la nature. Nous avons peut-être identifié le troisième larron, un certain Courvoisier, défavorablement connu de nos services. Pour fraude informatique. Un pirate. Nous allons ajouter son nom à l'avis de recherche national lancé ce matin.

— Si l'on tient compte des deux ordinateurs qui ont disparu, il y a une certaine cohérence. Et puis ce sont bien deux hommes qui ont été aperçus, en bas de chez Soubise ? »

Pâris acquiesce mollement.

« La voiture noire ?

— Deux de mes gars ont récupéré un enregistrement qui en montre une fuyant la scène de crime. Impossible pour le moment de savoir s'il s'agit de la Golf de la fille Jones-Saber. On attend. Les portables de nos trois rebelles sont morts depuis samedi, trois heures du matin. À part celui de la gamine. Un appel à son père, le même jour vers midi. Très bref. Je vais creuser de ce côté-là.

— Ils se cachent. Attitude de gens qui ont quelque chose à se reprocher. Je crois qu'on tient le bon bout. » Il y a une certaine jubilation, dans le regard et la voix du substitut, lorsqu'il prononce ces mots, affaire rondement menée. « Il faut s'attaquer aux proches », de la délectation même, « et surtout ne pas les lâcher. Ils nous conduiront à nos suspects ». Le regard du magistrat se promène dans le bureau du groupe, les deux pièces où travaillent huit personnes à peine plus grandes que celle qu'il occupe, au Palais. Seul. Puis il s'arrête sur la corbeille de Pâris et ses bouteilles vides. Trouble puis dureté. Mépris ?

« Vous en voulez une ? »

Fourcade se redresse brusquement, comme s'il venait d'être pris en faute et s'empresse de secouer la tête, pour refuser l'offre.

Pâris se lève, ouvre le frigo pour se resservir mais il est vide. Nouveau soupir puis il se laisse retomber dans son fauteuil. « Ce n'est pas tout. »

La phrase cueille le substitut au moment où celui-ci faisait mouvement vers la sortie, une moue gênée et vaguement dégoûtée sur le visage.

Qui es-tu pour me juger ? « Cardona a menti. Les *Fadets* de Soubise ont révélé qu'ils se téléphonaient très régulièrement depuis l'arrivée de notre collègue au CEA. Et depuis cinq mois, les coups de fil avaient également lieu le week-end. Soubise a rencontré Mlle Borzeix il y a cinq mois. » Pâris laisse cette dernière information faire son chemin quelques secondes dans l'esprit de son interlocuteur. « Autre découverte intéressante, le collègue a beaucoup téléphoné en Italie. Nous avons relevé une dizaine de numéros différents. Pour l'instant, nous en avons identifié deux. »

Le silence retombe sur le bureau. Après quelques secondes, Fourcade, qui n'y tient plus, demande à qui appartiennent ces fameux numéros.

« Deux magistrats du Parquet antimafia de Rome.

— Vous savez ce qu'il cherchait là-bas ?

— Pas encore.

— Faites-moi passer les détails, je vais m'en occuper.

— Je comptais le faire demain matin. Par ailleurs, je pense qu'il serait intéressant d'étendre les recherches en matière de téléphonie.

— Mais encore ?

— Intercepter les lignes de certaines personnes, Cardona, Borzeix entre autres, identifier tous les numéros ayant activé les bornes autour de chez Soubise, à l'heure supposée du crime, ce genre de choses.

— Tout ceci a un prix et le budget du Parquet n'est pas extensible. » Ne pas se laisser déborder. Fourcade vient s'asseoir bien droit en face de Pâris. Ne rien céder. « Et puis vous allez avoir du mal à le justifier. Borzeix ? Je croyais que les déclarations de cette jeune femme avaient été vérifiées et confirmées. Et Cardona ? Ces gens, jusqu'à nouvel ordre, sont à classer dans le camp des victimes. Il faut se concentrer sur nos écolos radicaux en fuite.

— Et s'ils n'y sont pour rien ?

— Comment ça ?

— Ceux qui se sont introduits chez Soubise sont des pros. Surpris par un officier de police en pleine possession de ses moyens, ils l'ont tué rapidement, sans arme et surtout sans bruit.

— La victime non plus n'avait pas d'arme.

— Si, un couteau de cuisine. Un gros, » Pâris insiste sur ce mot, couteau de cuisine. « Une fois leur besogne achevée, ses agresseurs n'ont laissé aucune trace derrière eux. » Un temps. « Scoarnec et Courvoisier n'ont pas le profil.

— Sur quoi fondez-vous une telle conviction ?

— Leurs dossiers et vingt-trois ans de police.

— L'instinct du grand flic.

— Quelque chose comme ça.

— Il me semble que votre instinct vous a déjà desservi, par le passé. Avant de suivre une piste, mieux vaut s'assurer qu'elle mène quelque part. » Tes initiatives intempestives et tes intimes conviction ont déjà coûté sa carrière à un substitut et à un juge d'instruction, pense Fourcade. Je ne veux pas être le troisième sur la liste.

Nouveau silence.

Pâris détecte un jugement, une méfiance, dans les yeux du magistrat, qui se sont reposés un instant sur la corbeille pleine de cadavres de bières. Petit con. Aux ordres en plus. Tu sais, tu t'es renseigné sur moi ? Donc quelqu'un t'a mis en garde. Qui ? Ingérence du Parquet, probablement. Empressé de... De quoi ? Clore le dossier. Pourquoi ? Faire plaisir à quelqu'un. À qui ? Qui est dans le dossier ? Le CEA, PRG, via Soubise et Borzeix. PRG. Elisa Picot-Robert est proche de Guérin. Élections présidentielles. Guérin vainqueur probable. Le Parquet dépend de l'exécutif. Faire plaisir. Étouffer l'affaire. Clore le dossier.

Pâris dévisage le substitut qui finit par baisser les yeux. Secouer le cocotier. Retourner voir Borzeix. À son bureau. Sans rien dire à personne. Pour voir ce qui va se passer. Pour voir si j'ai raison.

Fourcade se lève.

Lui, je l'emmerde.

Fourcade sort après une nouvelle demande de comptes rendus réguliers.

Ils m'ont baisé une fois. Pas deux.

Dans une grande salle sans charme, éclairée au néon, bruyante, Virginie et Neal se retrouvent face à face, à une petite table, entre trois générations d'une même famille chinoise et un couple d'Allemands.

Il la sent empruntée, mal à l'aise. Il en profite. « Vous n'avez pas résisté à la tentation de me rencontrer. Curieuse, pourquoi ?

— Saffron m'a beaucoup parlé de vous.

— De moi ?

— Oui, vous avez l'air étonné ?

— Un peu. Que dit donc ma fille quand elle parle de moi ?

— Vous voulez vraiment le savoir ?

— Ça m'aiderait.

— Pas sûr. » Virginie réfléchit en buvant du thé glacé, puis se lance. « Saffron pense que vous êtes un égoïste, trop occupé par vous-même pour prêter la moindre attention aux autres en général, et à elle en particulier. Votre métier, chroniqueur gastronomique, elle dit que c'est un prétexte pour vous réfugier dans votre cuisine et ne pas avoir à prendre parti dans la vie de la cité, la politique, les grandes questions, où va le monde et le reste. Elle vous trouve lâche.

— Ah. La folle course du monde. Elle fait quoi, ma fille, pour la changer ?

— Elle milite dans un mouvement écologique et végétarien.

— Végétarienne, Saf ? » Neal revoit le ragoût d'oie, le foie gras, les confits, le cassoulet des dernières vacances de Noël, et sa fille, joli coup de fourchette…

« Elle m'a même traînée à une conférence là-dessus, en décembre dernier. Bon, faut dire que c'était trop impressionnant. Le type nous a expliqué que les techniques de destruction massive employées dans les camps d'extermination pendant la dernière guerre mondiale avaient profité des procédés mis au point dans les abattoirs de masse, à Chicago et ailleurs. Il y avait des projections de photos dégueulasses, des corps d'animaux entassés et disloqués, un court-métrage sur une usine d'abattage. » Un temps d'arrêt. « Ça m'a trop traumatisée. » Puis elle continue. « Saffron a décidé d'arrêter de manger de la viande. Pas moi. Quelques jours après, nous sommes parties en vacances, et elle n'est plus revenue à l'École. Depuis, plus aucun signe de vie. »

Pause, chacun dans ses pensées. Ils grignotent du porc laqué, puis Neal Jones-Saber repart à l'attaque. « Cette conférence, qui l'organisait, qui était le conférencier ?

— Une association qui s'appelle *Urgence Planète Bleue*, un nom que j'ai trouvé assez poétique. Le conférencier, aucune idée. Je n'ai pas gardé de souvenir précis de cette soirée, l'écologie, végétarienne ou non, ne m'intéresse pas, en vrai. C'était dans le Quartier latin, mais je ne sais plus où, exactement. »

Neal se fait plus pressant, plus chaleureux aussi. Il se penche vers Virginie, pose sa main sur son poignet. « Essayez de vous souvenir. Ma fille s'est tirée, c'est son droit, mais je voudrais la retrouver, pour lui parler, avoir une chance de lui dire qui je suis. C'est à ce soir-là que remonte sa décision de disparaître. Donnez-moi quelque chose, pour que je puisse continuer à la chercher. »

Virginie hésite, puis se décide. « On n'était pas seules, à la conf'. C'est Roberto Bonaldi, le petit ami de Saf', un véto stagiaire à l'École, qui nous avait emmenées. Lui, il est membre de l'association, et même, d'après ce qu'il raconte, un des responsables. Elle l'a plaqué le soir de la conférence, mais il aura peut-être des trucs à vous dire.

— Et vous savez où je pourrais le rencontrer ? »

Virginie hésite un instant. « C'est sans garantie. Mais demain soir, il y a une assemblée des militants d'*Urgence Planète Bleue*. Bonaldi y participera sans doute.

— Et pour y entrer ?

— Bonaldi m'a inscrite à la *newsletter* électronique des militants de l'assoc'. C'est sans doute son truc pour draguer. Hier, j'ai reçu un mail, avec l'adresse du lieu où se tient l'AG. Ça sert de laissez-passer pour entrer. Je vous transfère tout ça en rentrant ce soir, si vous voulez. »

Neal lui serre les deux mains, sourit. « Merci. »

Virginie sourit à son tour. « Chroniqueur gastronomique. Je vous imaginais court sur pattes, avec un gros ventre et le teint rouge. Et…

— Et ?

— Et ce n'est pas le cas. » L'étudiante rougit. « Saf' a dû manquer quelque chose. »

Mardi

Moal est à son bureau dès sept heures. La veille, en fin d'après-midi, même si ce n'était pas aussi directement qu'il l'aurait aimé, il a eu la confirmation que c'était bien la piste Scoarnec que privilégiait la Crim'.

Quand mon article sera fini, je referai une tentative au 36, auprès du groupe Pâris. En attendant, Internet, Scoarnec. Gourou d'un groupuscule appelé *Les Guerriers de l'Écologie (?)*, qui revendique quelques actions spectaculaires, le blocage du centre de Marcoule, la destruction de la voiture d'un responsable de la sécurité du CEA *(pourquoi pas Soubise ?)*. Donc des partisans déclarés de l'action illégale. Violente. À partir de là, tout est possible.

Restent les rapports entre Schneider et Scoarnec suggérés par Petit. Le vrai scoop est là. Et lui, Moal, les écolos, il n'y connaît rien.

Conversation informelle avec le chef de la rubrique politique de son journal. La mouvance écolo est très étendue, mal définie, peu structurée. Bien sûr, dans les vastes forums altermondialistes ou forums sociaux alternatifs, des responsables des partis de la gauche traditionnelle traînent, à la recherche d'idées, de futurs collaborateurs ou tout simplement de voix pour les prochaines élections. Même les partis de la droite classique pratiquent ce sport, mais moins ouvertement, ils envoient souvent les marginaux de leurs formations.

Donc une rencontre Schneider-Scoarnec est plausible.

Moal obtient de son confrère trois noms de militants écologistes bien disposés à l'égard du journal. Coups de fil. Scoarnec est connu dans le milieu. Pas forcément apprécié, mais connu. Et puis le petit miracle. Oui, Scoarnec a été vu, pendant une réunion préparatoire au contre-forum de Davos, il y a deux ans, en discussion avec Schneider. Il y avait même eu une photo, à l'époque, publiée dans la presse. Certains écologistes avaient d'ailleurs, à cette occasion, violemment reproché à Scoarnec de jouer les vedettes.

Moal retrouve la photo, dans *Le Parisien*. Scoarnec et Schneider face à face. La légende suggère un renouveau du dialogue entre partis traditionnels et écologistes.

Scoarnec et son groupe des *Guerriers de l'Écologie*, leurs méthodes ultra-violentes, recherchés dans l'enquête sur l'assassinat de Soubise, en contact avec Schneider. Moal tient son scoop. Il se met immédiatement à écrire.

Au réveil, Neal fait brutalement le rapprochement entre sa conversation avec Virginie et l'article de Moal lu dans la presse hier après-midi. Il en a mis du temps. Saffron écolo, la nouvelle l'avait pris de court. Mais comment ne pas envisager le rapprochement ? Des radicaux verts impliqués dans l'assassinat d'un policier dans la nuit de vendredi à samedi, sa fille, récemment convertie, donc zélée comme une néophyte, disparaît le samedi matin. Puis il trouve les flics chez elle. Et pas n'importe quels flics.

Neal se remémore la voix de sa fille au téléphone, samedi matin. *Dad, je ne viens pas, je n'ai pas pu venir... Embrasse mamie.* Comment a-t-il pu ne pas saisir la peur, plus, la panique dans sa voix ? L'appel au secours. Saf impliquée dans une histoire qui tourne autour du nucléaire ? Il se rue sur son ordinateur.

Première bonne nouvelle, il trouve le mail de Virginie. Charmante, cette fille. L'AG se tient dans une impasse, dans le onzième arrondissement de Paris. Pour entrer, il suffira de donner son nom, puisqu'elle est sur la liste du mailing. Le programme de la soirée est donc réglé.

Ensuite, Neal navigue sur la toile, à la recherche de tout ce qu'il pourra trouver sur *Urgence Planète Bleue*. Il trouve rapidement quelques informations, une association, américaine à l'origine, implantée en France depuis cinq ans, siège social à Neuilly-sur-Seine, qui pratique la défense musclée des animaux. À son actif, l'attaque d'une animalerie accusée de se livrer à un trafic d'espèces protégées, détruite de fond en comble, et la mise à sac d'un laboratoire pratiquant l'expérimentation animale.

Comment l'interpréter ? Rassurant, pas rassurant ? Bien loin du nucléaire, mais des méthodes qui peuvent entraîner à peu près n'importe quel dérapage.

Neal commande un solide petit déjeuner continental et, entre deux gorgées d'un thé très noir, mâchouillant un croissant, replonge dans Internet, visite divers forums et des sites d'échanges, pour tenter de se familiariser avec le langage et les idées qui circulent autour de l'association, et être moins perdu ce soir.

Le bureau est au troisième étage, sur cour, dans un immeuble pris dans le dédale de bâtiments disparates et artificiellement reliés les uns aux autres qui forment l'arrière-boutique du ministère de l'Intérieur. Il donne dans un couloir sans la moindre signalétique, à portée de voix du cabinet du directeur. Dans la famille DCRG, tout le monde sait qui bosse là. Ceux dont les investigations ne regardent personne à part le grand patron, parfois son ministre de tutelle. Et parfois le Président. La chasse gardée des Réservées.

Devant le sous-préfet Michelet, toujours impeccablement mis, trois quotidiens nationaux, aux sensibilités de droite, ouverts aux pages *Société*. Il s'amuse à faire des rapprochements entre l'article initial de Moal, daté de la veille, et ceux de ses deux confrères trop curieux qui se sont engouffrés dans la brèche Soubise sans attendre. Déjà, la version publique de la mort du policier met en cause des illuminés de l'écologie. Et ce n'est que le début. Bientôt viendront des noms, aucun doute. Et comme les suspects en question, idiots utiles, ont eu la bonne idée de disparaître, les soupçons qui pèsent déjà sur eux n'en seront que renforcés.

Que l'info sur Schneider prenne et Michelet aura fait d'une pierre deux coups. Alors, en temps utile, il pourra rappeler à qui de droit avec quelle habileté il a sauvegardé un plan dont lui-même ne donnait pas cher au départ — mais qui, alors, l'a écouté ? — et modestement contribué à la victoire du champion le plus à même de lui assurer un avenir radieux.

Le téléphone sonne. Le fixe, sa ligne directe. Le sous-préfet regarde sa montre, presque neuf heures, et décroche. « Michelet. »

Je suis au café, rue La Boétie… La voix, familière, du patron de la SISS. *Il y a un problème…*

« J'arrive. »

Quand Michelet entre dans le petit bistrot qui leur sert de lieu de rendez-vous habituel, l'informaticien barbu attend au zinc, devant un double expresso. Toujours le même visage gris de fatigue. Michelet commande aussi un jus, ne perd pas de temps, exige une bonne raison, contrarié d'être là.

Lassitude dans la voix de l'ingénieur. « L'ordi portable fonctionnait encore quand vos gars se sont mis au travail dessus. Et il a fonctionné probablement jusqu'à ce qu'ils l'embarquent. Le flic mort, c'est eux, non ? »

Michelet ne répond pas.

« Je lis les journaux, vous savez.

— Soubise n'aurait pas dû être là. » Geste agacé. « Ça veut dire quoi, fonctionnait ? »

Le barbu plonge le regard dans le fond de sa tasse. « Nous avons retrouvé les traces d'une connexion entrante.

— Entrante ?

— Quelqu'un de l'extérieur s'est branché en douce à la machine, si vous préférez.

— Qui ? »

L'informaticien secoue la tête. « C'est du beau travail. Je vous passe les détails techniques mais le mec savait ce qu'il faisait. Heure de début, dix-neuf heures vingt-trois. Vers la demie, il commence à pomper le contenu du disque dur, doucement, pour ne pas éveiller les soupçons. À cinquante-huit, il prend le contrôle de la webcam. À partir de là, il voit tout ce qui se passe devant l'objectif.

— Tout ?

— Affirmatif.

— Jusqu'à quelle heure ?

— Probablement trop tard. »

Les deux hommes restent silencieux, le temps que ces informations et leurs conséquences potentielles fassent leur chemin dans l'esprit du sous-préfet. Quand celui-ci reprend la parole, sa voix est moins assurée que tout à l'heure, à son arrivée. « Qu'a-t-il pu voir, cet intrus ? Il a enregistré ?

— Impossible à savoir. Mais les caméras installées sur ce type de bécane ne sont en général pas de très bonne qualité. Elles ne captent pas grand-chose dans une pièce peu éclairée, par exemple, et leur définition d'image est rarement terrible. J'imagine que vos deux zozos n'ont pas allumé la lumière en entrant ? »

À Michelet de faire non de la tête. Nouvelle pause puis, « il faut que vous me retrouviez qui a fait ça.

— Ça va être difficile. Et puis tout seul, je n'y arriverai pas. Il va falloir aller voir chez les fournisseurs d'accès. Entre autres. »

Le sous-préfet attrape une serviette en papier sur le comptoir, la retourne et griffonne un prénom et un numéro de téléphone sur le verso. « Vous appelez de ma part. Inutile de donner trop de détails. Vous demandez juste ce dont vous avez besoin. »

Le barbu opine du chef.

« Et vous faites vite. »

La première chose qui frappe Pereira, lorsqu'il entre dans la voiture de service de Pâris, c'est l'odeur de fauve, signe que son chef de groupe a passé la nuit à l'intérieur. Puis il remarque les vêtements froissés et les ombres sur ses joues. « T'as pas retrouvé le chemin du nid, hier soir ? »

Pâris se contente de montrer du menton un gobelet de café posé sur le tableau de bord et boit dans un autre gobelet, identique, qu'il enserre à deux mains. « Ça tient toujours, pour le studio ?

— Ça tient toujours. Et puis si tu veux parler… »

Une minute passe, sans un mot.

« Je peux y aller quand ? »

Pereira sourit, sort un trousseau de clés, en récupère deux, reliées par un anneau. « La grosse, pour l'immeuble, l'autre, dernier étage, porte tout au bout à droite.

— Merci.

— Laisse tomber.

— Quelles nouvelles au bureau ?

— Aucune, sauf pour le jeune Julien Courvoisier, l'as des réseaux. Son mobile a activé la même borne relais que ceux de Scoarnec et Jones-Saber entre dix-huit heures trente, le vendredi, et zéro heure quarante-cinq, le samedi. Après, silence radio, comme les deux autres. Au moins, cela confirme qu'ils étaient ensemble.

— Où, la borne ? Attends, laisse-moi deviner, à côté de chez Scoarnec. »

Pereira acquiesce. « Et alors ? Rien ne prouve qu'ils ne sont pas allés chez Soubise. Ils ont très bien pu laisser leurs portables là-bas et bouger dans l'intervalle. Courvoisier est informaticien, il sait ce genre de choses.

— Rien ne prouve qu'ils y sont allés non plus.

— Mouais, essayons déjà de les retrouver, comme ça on leur posera la question.

— Rouyer et Thomas sont passés chez Courvoisier ?

— Ils y vont ce matin. Pas eu le temps hier. » Pereira laisse filer quelques secondes. « Dis, pourquoi sommes-nous ici ? » Ses yeux se posent sur l'entrée du siège social de PRG, de l'autre côté de l'avenue Marceau.

Pâris sourit, attrape son imper, sur la banquette arrière, « viens », et sort de la voiture.

« Fichard et Fourcade sont au courant ?

— Pour quoi faire ? »

Une fois dans le hall, Pâris montre sa carte tricolore et demande à voir Barbara Borzeix. Il glisse discrètement à l'oreille de Pereira qu'il sait qu'elle est là, il l'a vue arriver une demi-heure avant son adjoint.

Rapidement, un vigile vient escorter les deux officiers de police jusqu'aux ascenseurs, situés derrière une barrière de sécurité vitrée fermée aux personnes étrangères à l'entreprise, et leur explique qu'une assistante les prendra en charge au cinquième étage.

Ils montent puis sont conduits par une jeune femme timide et élégante jusqu'au bureau de Borzeix, qui les attend. Politesses d'usage, elle leur propose des cafés, de s'asseoir. La tension est là, autant du côté de Pereira, pas très sûr qu'ils ne sont pas en train de faire une énorme connerie, que de la directrice juridique de PRG, dont la voix, trop empressée, trahit une certaine nervosité. Une visite de la police rend toujours les gens nerveux. Ne pas y lire trop de choses.

Pâris, lui, ne se départ pas d'un léger sourire qui veut tout et rien dire. « Comment allez-vous, depuis samedi, mademoiselle Borzeix ?

— J'imagine que ce n'est pas uniquement pour avoir de mes nouvelles que vous êtes venus ce matin ? D'ailleurs tout cela est-il bien orthodoxe ?

— Vous préféreriez une convocation au 36 ?

— Non, évidemment.

— C'est bien ce que je pensais. Nous sommes entre gens de bonne compagnie, ici, n'en doutez pas. »

Borzeix hoche la tête.

« D'ailleurs, laissez-moi commencer par vous remettre ceci... » Pâris sort une carte de visite de son portefeuille. « J'avais oublié de le faire à l'issue de notre première entrevue. » Il la tend à son interlocutrice, qui ne bronche pas, et finit par la poser sur la table basse, devant eux. « Alors, vous tenez le coup ? »

Un temps.

« Je vais aussi bien que peut aller une personne qui vient de perdre un compagnon. Et de s'apercevoir que celui-ci lui mentait sur sa vie depuis plusieurs mois. »

Pâris sourit. « Justement, à propos de mensonge, je me demandais si vous aviez réfléchi aux raisons qui auraient pu pousser le commandant Soubise à vous cacher son véritable métier. »

Pas de réaction.

« Je sais que nous avons déjà évoqué ce point samedi mais le temps aidant...

— Non, je ne vois toujours pas ce qui peut justifier son attitude. J'espérais que vous pourriez m'éclairer sur ce point. Entre policiers... »

C'est au tour de Pereira de sourire. Elle est bonne.

« Le commandant Soubise et nous ne sommes pas exactement faits de la même étoffe. Son métier et le nôtre diffèrent en de nombreux points. Et puis il n'était plus vraiment flic. Il travaillait pour le CEA. »

Aucune surprise sur le visage de Borzeix.

Elle est au courant. Depuis quand ?

« Le groupe PRG ou l'une de ses filiales a-t-il des contrats avec le CEA ?

— C'est possible, il faudrait que je vérifie.

— Vous ne le savez pas ?

— Avez-vous la moindre idée du nombre de dossiers dont je m'occupe ?

— Non, à vrai dire.

— Beaucoup. Quoi qu'il en soit, je doute que les motifs de

Benoît aient eu quoi que ce soit à voir avec les activités de PRG. Nous n'avons rien à cacher et surtout rien qui puisse intéresser le CEA.

— Il semble qu'en ce qui concerne le volet PRG-CEA Joël Cardona soit de votre avis.

— Qui ? »

Joueuse de poker.

« Le patron du CEA. Il n'a jamais entendu parler de vous et se dit persuadé que le drame de ce week-end relève de la vie privée. Mais vous nous assurez que non. Qui croire ? » Pâris attend avant de repartir à l'attaque. « Quelques détails me chagrinent, voyez-vous. Il est probable que notre collègue a été tué par des individus qui savaient ce qu'ils faisaient. Des pros, si vous préférez. »

À la mention du mot *pros*, une ombre passe sur le visage de la directrice juridique de PRG. « J'ai peur de ne pas comprendre.

— Quelqu'un avait-il des raisons d'en vouloir à votre amant ? Quelqu'un que vous auriez pu croiser avec lui ? Au cercle, pour des dettes de jeu, par exemple ? Son comportement avait-il changé récemment ? Était-il plus tendu que d'habitude ?

— Vous m'avez déjà interrogée sur tout cela.

— Je sais, mais avec deux ou trois jours de recul…

— Je ne sais toujours pas quoi vous répondre.

— Qui pouvait être au courant de votre dîner ? Savoir qu'il ne serait pas à son appartement, vendredi soir ?

— Si des pros l'ont assassiné, n'auraient-ils pas plutôt attendu un moment où ils étaient sûrs de le trouver chez lui ? »

Pâris ne répond rien. Pereira fait de même. Ils dévisagent Borzeix, impassibles.

« Je ne sais pas à qui il a pu en parler. Moi, je crois ne l'avoir dit qu'à mes invités. Pour des raisons évidentes. »

Pâris approuve, apparemment satisfait. Il fait mine de se lever puis lâche, « au fait, sauriez-vous par hasard pourquoi Soubise avait récemment pris contact avec deux juges antimafia de Rome ? »

Là, Borzeix ne peut dissimuler sa surprise. Et même une certaine angoisse.

Les deux policiers le remarquent.

Pereira prend la parole. « Le groupe PRG a des intérêts en Italie ? »

La question prend Borzeix au dépourvu une seconde fois. Un court instant, elle panique puis tente de se ressaisir tant bien que mal. « Je ne vois pas le rapport avec…

— À moins que cela ne soit lié à vous, à titre personnel ? » Pâris.

« Notre collègue aurait-il été tué à cause de vous ? » Pereira.

« Êtes-vous mêlée à une histoire mafieuse, mademoiselle Borzeix ? » Pâris.

« Seriez-vous menacée ? » Pereira.

« Surtout, ne répondez pas ! » Immédiatement, la voix d'Elisa Picot-Robert s'impose à tous. « Je peux savoir ce qui se passe ? » Elle se plante au milieu du bureau. Derrière elle, sur le seuil, trois vigiles indécis.

D'un bond, Borzeix s'est levée, comme prise en faute. La même impulsion lui a fait saisir la carte de visite de Pâris, sur la table, pour la dissimuler dans une poche de pantalon.

Pas assez vite. Sa patronne la voit faire. Un instant, trahison et méfiance obscurcissent les traits réguliers de la grande dame blonde, vite remplacés par le masque de frigidité distante qu'elle offre habituellement au monde extérieur.

Pereira est lui aussi debout, réflexe de caste.

Seul Pâris n'a pas bronché. Il regarde Elisa.

Et Elisa regarde Pâris. Ils sont seuls, les deux autres n'existent plus.

« Puis-je savoir pourquoi vous êtes ici ?

— Nous sommes là pour tenir Mlle Borzeix au courant des derniers progrès d'une enquête dans laquelle elle se trouve mêlée. Et éclaircir avec elle certains points de nature à faire avancer ladite enquête.

— Je ne suis pas sûre que le lieu et le moment soient des plus opportuns.

— Les circonstances ne nous laissent parfois pas le choix. » Pâris se redresse à son tour. « Mais je crois que nous en savons assez pour le moment. » Il tend la main à Borzeix, « merci de votre accueil, et au plaisir, mademoiselle Borzeix, » puis s'arrête à hauteur d'Elisa Picot-Robert et la salue. La patronne de PRG n'esquisse pas le moindre geste dans sa direction.

Pâris contourne son interlocutrice et se faufile entre les vigiles, qui tardent à s'écarter juste ce qu'il faut.

Pereira bredouille un salut rapide et suit.

Elisa referme derrière eux et prend Borzeix à partie, en colère. « Vous auriez dû me faire appeler.

— Je n'en ai pas eu le temps.

— Eh bien, la sécurité l'a trouvé, elle, le temps ! Ne vous ai-je pas mise en garde, prévenue que ce policier cherchait à nous nuire ? Depuis longtemps ? » Elle fouille la mémoire de son BlackBerry, appuie sur une touche d'appel, attend. « Pierre ? Elisa. Sais-tu qui sort des bureaux de PRG ? Notre vieil ami le commandant Pâris. Je croyais que la Crim' avait déjà les bons suspects dans le collimateur ? » Elle déclenche le haut-parleur, pour que sa subordonnée puisse profiter de la réaction de *Pierre*.

Borzeix met quelques secondes à réaliser à qui appartient la voix qui déverse un tombereau d'injures, à l'autre bout du fil, tellement le ton est vulgaire et violent. Guérin, le probable futur président de la République. Accès direct et immédiat, histoire commune, familiarité, il se lâche, l'autre. Je joue à une table dont les mises me dépassent. Je le savais mais une chose est de savoir, une autre de le toucher du doigt.

Cette fois, je vais le défoncer, ce con !

« C'est ce que je voulais entendre. À très vite. » Elisa raccroche, dévisage Borzeix. « Ce qui vient d'être dit ici ne sort pas d'ici. » Elle se dirige vers la porte, puis se ravise et se retourne vers Borzeix.

« Demain, je serai absente du bureau tout l'après-midi pour préparer le vernissage de notre nouvelle galerie, sur l'île Saint-Louis. Si jamais qui que ce soit, policier ou magistrat, en lien avec cette histoire, revenait ici, j'exige d'être prévenue dans l'instant. Et vous jouez la montre, jusqu'à mon arrivée. Avec le *Jardin des Hespérides*, c'est l'avenir industriel et financier de mon groupe qui est en jeu. Personne ne se mettra en travers de ma route ! » Puis, juste avant de sortir, Elisa ajoute, « ne commettez pas l'erreur de nous sous-estimer. Nous avons l'habitude de jouer gros. Et nous en avons vu d'autres. Ne vous trompez surtout pas d'équipe ».

Une heure avant la sortie du *Journal du Soir*, l'article de Pierre Moal est sur l'écran de l'ordinateur de Dumesnil, le directeur de campagne de Schneider. Ils sont trois dans son bureau à le lire et le relire, stupéfaits.

« Qui est ce Scoarnec ?

— Aucune idée, jamais entendu parler. »

Coup de fil à leur champion, lui non plus n'en a jamais entendu parler. Les documentalistes du parti sont priés de répondre à la question de toute urgence.

Dumesnil s'isole pour téléphoner à un contact au ministère de l'Intérieur.

Un pub de l'autre côté du Pont-Neuf, derrière les Halles, suffisamment loin pour ne pas risquer d'y croiser trop de collègues. Le groupe y a ses habitudes le midi. Rouyer et Thomas arrivent, en retard, et retrouvent les autres. Tout le monde est là sauf Pâris.

On leur fait de la place, ils s'installent, Pereira attaque. « Alors, Courvoisier, il est au frais chez nous ?

— Négatif.

— Pas là, le roi de l'Internet. » Un serveur pose un demi devant Thomas, la routine, qui se jette dessus, boit, trop vite, et rote.

« Depuis quand ?

— Impossible à savoir. Immeuble pourri, pas de concierge, aucun voisin dispo. » Thomas finit sa bière.

Le serveur revient, pour la commande de leurs plats. Pereira attend qu'il se soit éloigné pour continuer. « Bon, elle n'avance pas des masses, notre affaire. » Il soupire.

« Il est où, le chef ? » Thomas pose sa question et tout le monde plonge le nez dans son assiette.

C'est Coulanges qui finit par répondre. « Chez Fichard. »

L'heure est grave, le taulier a fait sauter son déjeuner.

« Depuis que vous êtes arrivé chez nous, je n'ai pu que me féliciter de ce que vous avez accompli. » Le commissaire Fichard sue à grosses gouttes, son ventilateur est cassé et il fait lourd. « Vous avez su gagner la confiance de vos subordonnés, montrer que vous étiez en mesure de vous adapter à de nouvelles méthodes d'investigation… Ce qui n'était pas gagné, croyez-moi, vu votre parcours. Ici, à la Crim', c'est autre chose, le boulot. »

Pâris trouve obscène la vision de toute cette graisse humide.

« Je vous ai toujours soutenu… »

Nous y voilà.

« Mais là, je dois avouer que je suis déçu. Trois jours que notre regretté collègue est mort, vous avez une piste solide, des suspects et, pourtant, personne n'a été appréhendé. Je m'attendais à mieux de votre part. Cet assassinat, d'un policier remarquable… »

Remarquable.

« A provoqué beaucoup d'émoi dans les rangs de l'institution. Surtout chez les officiers. Il nous faut des résultats. Et vite ! La réputation de la Crim' est en jeu. Pas question qu'elle souffre d'initiatives malheureuses. Notre taux d'élucidation est le meilleur de France, vous savez pourquoi ? »

Pâris secoue la tête. Son portable se met à vibrer. Il se concentre là-dessus plutôt que sur le monologue convenu de son patron qui lui fait le coup de la poursuite des pistes solides et du travail concret. Éviter de voir des affaires là où il n'y en a pas, souvent la réalité est plus prosaïque, bla-bla-bla.

« Concentrez-vous sur les écolos, il est là, le nœud de l'affaire. Et certainement pas chez PRG. »

En son for intérieur, Pâris sourit. Puis il sent de nouvelles vibrations dans sa poche.

« PRG, c'est le passé. Inutile de rouvrir les vieilles plaies, le dossier n'est pas là. Nous sommes-nous compris ? »

Moins de trois heures depuis leur intrusion dans le fief de la belle Elisa. Avec la meilleure volonté du monde, il va être difficile de ne pas raviver les anciennes querelles.

« Pâris, on s'est compris ? » Fichard s'agace du silence de son chef de groupe.

« Parfaitement, monsieur.

— Alors trouvez-moi ce Scoarnec vite fait. »

Pâris attend d'être dans l'escalier principal du 36 avant d'écouter sa messagerie de portable. Premier appel, sa femme. Elle s'inquiète de son absence imprévue de cette nuit, d'habitude, il prévient toujours. *Enfin* serait-il tenté de penser mais le ton de Christelle indique qu'il s'agit là d'une angoisse plus polie que réelle.

Il l'efface et passe au suivant.

Fourcade. Ce message-là ne le surprend guère. Après la remontée de bretelles déguisée de Fichard, il s'attendait à celle du Parquet. Le substitut s'interroge sur la pertinence de l'initiative du matin chez PRG. Pourquoi n'a-t-il pas été mis au courant hier soir ? Cette visite malavisée pourrait compromettre la suite de l'enquête, il faut à tout prix qu'ils se parlent.

Le policier regarde l'heure, trop tard pour rejoindre les autres, autant se débarrasser de la corvée.

Fourcade déjeune d'un sandwich à son bureau lorsque Pâris arrive. Devant lui, une montagne de dossiers. Il invite son visiteur à s'asseoir et attaque bille en tête, cassant. « Pourquoi ne m'avez-vous pas fait part de vos intentions de vous rendre au siège de PRG ?

— Je suis juste allé parler à Barbara Borzeix. Elle est le principal témoin, et j'avais besoin d'éclaircissements. »

Les deux hommes restent un instant à s'observer, méfiance de rigueur de part et d'autre, puis Fourcade met fin à l'échange de regards. « Je ne demande qu'à vous faire confiance, commandant, mais ce genre de choses marche dans les deux sens. Comment puis-je protéger cette enquête si je ne sais pas quand et où les coups vont pleuvoir ? »

Nouveau silence.

Pâris sort son paquet de cigarettes. « Je peux ? »

Fourcade acquiesce, demande une clope. La première bouffée passe.

« L'enquête piétine. » Pâris, factuel.

« Je sais. Presque quatre jours et toujours pas de Scoarnec.

— Donnez-moi les moyens de creuser du côté de la téléphonie.

— Pour quoi faire ?

— Parce que nous avons déjà mis au jour des débuts de piste prometteurs.

— L'Italie ?

— Oui, entre autres. Et aussi la proximité entre Soubise et Cardona, le patron du CEA, beaucoup plus importante que ce que ce dernier a bien voulu nous dire.

— L'avez-vous interrogé à ce sujet ?

— J'aimerais bien mais il ne me prend plus au téléphone et son assistante n'a pu me donner un rendez-vous qu'en fin de semaine. Je pourrais toujours le convoquer ici mais…

— Une fois encore, tout cela nous éloigne de nos suspects prioritaires, Scoarnec, la fille au nom imprononçable et Courvoisier. »

Pâris soupire. « Tout ceci est trop simple, pour ne pas dire simpliste.

— Pourtant, ils courent toujours.

— Question de temps. Écoutez », Pâris se penche sur le bureau de Fourcade, « le professionnalisme du ou des visiteurs et probables assassins de Soubise, les mensonges de ce dernier à sa maîtresse, ceux de Cardona, la nervosité d'Elisa Picot-Robert après mon numéro de ce matin chez PRG, et ses conséquences immédiates et directes en haut lieu… » Il dévisage le magistrat.

« Que sous-entendez-vous ?

— Rien. Nous savons tous les deux pourquoi je suis ici, non ? »

À nouveau Fourcade approuve.

« Tout cela, plus cette histoire de Parquet antimafia…

— Je m'en suis occupé. J'attends encore un retour de Rome. »

Pâris sourit. « Je disais donc, tout cela nous éloigne naturellement de la piste des agités de l'écologie. »

Le substitut se laisse glisser en arrière dans son fauteuil, sans quitter son interlocuteur des yeux. « Le procureur de la République insiste beaucoup pour que je creuse cette piste. Probablement trop. »

Nouveau sourire du policier.

« Pour autant, Scoarnec et ses deux camarades sont en cavale. Et je refuse de croire que ce n'est pas lié à notre affaire. C'est pourquoi il faut que vous les retrouviez, Pâris. Très vite. »

Le Jardin des Tuileries, peu après quatorze heures. De la verdure, quelques coureurs, des promeneurs, pas rebutés par la touffeur de l'orage qui approche.

« Putain, on pouvait pas faire ça au bureau ? » Michel tourne autour de sa chaise métallique. « Non seulement faut se faire chier à venir se garer par ici mais, en plus, on va se prendre la flotte !

— Il doit sûrement avoir ses raisons. Pose-toi, tu me files la gerbe. » Jean, impassible, assis les jambes sur la bordure d'un bassin. Aucun voilier miniature ne fend l'onde aujourd'hui.

Michelet arrive. Rapide salut du menton. « On va faire vite parce qu'il va pleuvoir. » Il fait un tour d'horizon, hésite, se lance, le strict nécessaire fera l'affaire. « Il faut que vous me retrouviez des gens vite fait. »

Le ton, grave, déclenche un coup d'œil de Jean à Michel. Et c'est ce dernier, la grande gueule, qui pose la question. « Qui et pourquoi ?

— Le pourquoi, c'est mon affaire.

— Qui ? » Là, c'est Jean qui parle.

« Ils s'appellent Julien Courvoisier et Erwan Scoarnec.

— Comme le mec des journaux ? »

Michelet hoche la tête. Déduction logique. Deux trois coups de fil, un brin de réflexion pour essayer de comprendre pourquoi ce con de Scoarnec s'est barré avant l'arrivée des flics, ce qui arrangeait bien tout le monde au départ, un passage en revue de son dossier et de celui de Soubise, au bureau, le temps de mettre au jour l'existence de Courvoisier, un pirate informatique déjà condamné. Additionner deux et deux. L'intrusion informatique, il en mettrait sa main à couper, c'était eux. Et ils se sont barrés parce qu'ils ont pris peur. Ou qu'ils préparent un sale coup. Le mec de la SISS ne fera que le confirmer. Quand il aura trouvé. S'il trouve. Et cela ne résoudra pas leur problème, à savoir empêcher ces putains d'écolos de parler.

« Il y a un souci ?

— Peut-être, je vous le dirai quand vous me les aurez retrouvés.

— Pas simple s'ils ont les collègues de la Crim' aux fesses.

— Pas le choix. »

Jean dévisage Michelet, le jauge. Son supérieur est réellement inquiet. « Et si on les trouve pas avant eux ?

— C'est la merde. Mission dans les choux et nos carrières avec. »

Michel attrape le dossier de sa chaise, attentif, et s'assied près de son patron. Très près. Lui aussi, qui n'est pourtant pas le plus fin des psychologues, a senti la peur dans la voix du chef.

Trop près. Le sous-préfet n'aime pas ça. Pour une raison qui lui échappe, le grand black ne peut se passer du petit rouquemoute. Mais lui craint ce mec autant qu'il apprécie Jean. Trop instable. Tout à fait capable de péter un câble s'il apprenait que le meurtre de Soubise a probablement été filmé. Tout le contraire de ce dont ils ont besoin pour le moment. Donc, le minimum d'infos.

La Crim' a un peu d'avance sur nous, c'est vrai, et c'est grâce à moi, se fustige Michelet en silence, mais je dispose de quelques éléments qui ne leur ont pas été transmis. Des contacts, entre autres. Il n'y a rien qu'une bonne série d'écoutes administratives ne puisse révéler. Le meilleur pote de Scoarnec s'appelle Bonaldi. Ils militent ensemble depuis des années. Il tend une enveloppe, sortie de la poche de son pardessus, à Jean. « Vous saurez où le trouver là-dedans. Approchez-le et voyez ce qu'il a à dire. »

Les deux officiers des RG se lèvent.

« Et messieurs… En souplesse, cette fois. »

Quand Pâris entre dans le bureau de son groupe, tous sont là et le suivent des yeux alors qu'il se dirige vers sa place, dans le fond.

Pereira n'attend même pas qu'il se soit assis. « Alors, où t'avais disparu ? Je suis passé devant le bureau du taulier, mais il était avec quelqu'un d'autre. J'ai cru que t'étais parti te fumer. » Le ton se veut léger sans y parvenir tout à fait.

« Me flinguer pour Fichard ? Ça me ferait mal au cul. J'étais chez Fourcade.

— Alors, il t'a massacré lui aussi ?

— Non, pas exactement. Mais il est inquiet, il craint que le dossier lui soit retiré pour être confié au Parquet antiterroriste.

— On perdrait l'affaire ?

— Sans doute.

— Enterrement de première classe.

— Ouais, donc fini la déconne. » Pâris élève la voix. « Venez tous ! »

Le reste du groupe vient s'entasser devant son chef.

Pâris attend que l'agitation s'arrête et reprend la parole. « Bon, soufflante de Fichard, mise en garde du Parquet, vous connaissez la musique. Pour ceux qui n'auraient pas suivi, c'est à cause de mon passage au siège de PRG ce matin. Ce qui tend à confirmer ce que nous pensons tous tout bas, les écolos, mauvaise pioche. Enfin peut-être pas tout à fait. Mais bon, nous sommes d'accord pour dire qu'ils n'ont certainement pas tué le collègue. Des objections ? »

Personne ne réagit.

« Maintenant, Scoarnec, Courvoisier et Jones-Saber ne sont certainement pas étrangers à notre homicide, même si je ne comprends pas encore comment ils y sont reliés. Alors il faut mettre le paquet sur eux, pour faire plaisir à tout le monde. Pour le moment. » Pâris se tourne vers Estelle Rouyer. « Ça a donné quoi, chez Courvoisier ? »

La jeune femme secoue la tête.

« Son appartement va être placé sous surveillance dès ce soir. Fourcade est d'accord pour saisir la BRI[1]. Il faudrait qu'on le fouille de suite mais il est encore possible que notre pirate revienne chez lui à l'improviste. Alors je vais prendre le pari d'attendre jusqu'à demain matin pour y envoyer l'IJ. Avec un peu de chance… Pour info, les collègues vont aussi planquer aux domiciles de Scoarnec et Jones-Saber. *La Coule* ? »

Coulanges apparaît derrière Thomas. « Chef vénéré ?

— La téléphonie de nos zozos, on remonte qui ?

— Plusieurs personnes apparaissent sur les relevés de nos trois amis, un copain de Scoarnec qui est son ancien colocataire, un prof

1. Brigade de recherche et d'intervention.

du Collège de France qui leur sert plus ou moins de gourou, un type qui travaille à France Télévisions…

— Journaliste ?

— Non, un techos.

— Ils ont tous été entendus ?

— Ouais.

— Alors tu y retournes et après tu me repasseras en revue leurs autres proches. Et tu vérifieras que personne n'a été oublié. »

Le *Journal du Soir* est dans les kiosques depuis quelques heures et, à l'état-major de campagne de Schneider, c'est alerte générale. Avalanche de coups de fil de journalistes plus ou moins inquiets, plus ou moins agressifs. Cette histoire avec le meurtrier présumé d'un grand flic, qu'en est-il ? Le candidat a-t-il vraiment fréquenté Scoarnec ? Oui par hasard, dans un forum altermondialiste, et il y a eu en réalité altercation entre les deux hommes. Sévère. Vous pouvez le prouver ? Non, mais ce n'est pas à nous de donner des gages. En tout cas, vous ne niez pas la rencontre. Non, mais il n'y en a jamais eu d'autre. C'est vous qui le dites, vous ne pouvez pas le démontrer. Il n'y a rien à démontrer, Eugène Schneider n'a rien à voir avec cet illuminé et si vous continuez à insinuer le contraire, nous vous attaquerons en diffamation ! Je ne fais que mon travail, la photo, ce n'est pas moi qui l'ai inventée…

D'où vient cette information bidon ? Faut-il faire une protestation officielle auprès du rédacteur en chef du journal qui a le premier sorti l'info ? Non, sûrement pas. La défense de la liberté de la presse est un de nos marqueurs dans cette campagne, ne l'oublions pas. Mais nous lui avons déjà fait parvenir notre sentiment sur l'article de Pierre Moal.

Schneider suggère qu'il peut s'agir d'une réponse sous forme d'avertissement aux questions fondées et sérieuses qu'il a posées la veille à Guérin sur sa stratégie en matière d'énergie nucléaire. Il est partisan d'en remettre une louche, frapper là où ça fait mal. Même si, pour l'instant, il l'admet, c'est à l'aveugle. Dumesnil y est opposé. Les aveugles, il n'aime pas. Comme d'habitude, son point de vue l'emporte.

Neal arrive en avance à l'endroit où doit se tenir l'AG des militants d'*Urgence Planète Bleue*, un atelier rénové, au fond d'une impasse, façade élégamment repeinte en noir et blanc, noyée dans un bouquet d'arbustes et de fleurs. Beaucoup de charme mais porte fermée. Heureusement pour lui, il ne pleut plus. Il traîne dans le quartier, qu'il ne connaît pas du tout, et découvre une succession de culs-de-sac bordés d'anciens bâtiments industriels rénovés avec beaucoup de goût et beaucoup de fric, peuplés d'ateliers de graphisme et de pub, groupes de théâtre, cabinets d'avocats, quelques associations, sans doute pas dépourvues de moyens.

Dans la venelle parallèle à celle où est située l'entrée de l'atelier où va se tenir la réunion des écolos, il admire une ancienne usine d'un étage, en briques vernissées multicolores, superbe. Elle abrite maintenant un cabinet d'architectes. Tout le quartier est silencieux, tranquille, presque mort. À une centaine de mètres de là, c'est la cohue des grandes artères.

Neal revient lentement sur ses pas. Cette fois, la porte de l'atelier est ouverte, des militants entrent par petits groupes. Il suit le mouvement et, grâce au nom de Virginie Lambert, franchit sans encombre un contrôle bon enfant. Le rez-de-chaussée est entièrement occupé par une longue salle dégagée, sol en béton, une estrade sur l'un des côtés, sonorisation et *paperboard*, et des chaises empilées le long des murs. Les arrivants se servent et s'installent de façon informelle. Dans un coin, un escalier monte vers une mezzanine, probablement des bureaux occupés dans la journée.

Les lieux se remplissent vite, des gens de tous âges, qui s'agglutinent par affinités et commencent à discuter. Neal se concentre.

Observer chaque instant, chaque individu, chaque détail, sans que personne ne s'en aperçoive, un art difficile qu'il a beaucoup pratiqué, autrefois, quand il était correspondant au Proche-Orient, dans des milieux souvent hostiles, où parfois un simple regard indiscret pouvait entraîner la mort. Il retrouve les vieux réflexes avec une facilité qui le surprend. Et beaucoup de plaisir.

Bientôt plus de deux cents personnes et les discussions sont maintenant générales. Malgré ses efforts de formation accélérée, Neal ne saisit pas tous les enjeux. Puis un homme d'une cinquantaine d'années monte à la tribune, prend le micro, se présente : « Sébastien Bontemps, d'Aix-en-Provence. »

Le silence se fait.

« Vous me connaissez, je ne suis pas un partisan des interminables discussions, sans actions. Mais je suis comme tout le monde, je lis les journaux, la chasse aux écolos est ouverte. D'autant qu'Erwan Scoarnec a fait partie de notre association un temps et que la police ne va sans doute pas tarder à le savoir. Il faut nous tenir tranquilles pendant quelques jours. On reparlera action quand nous ne serons plus dans le collimateur. »

Brouhaha, quelques cris, *dégonflé*.

Neal les entend à peine, il a pris une suée, les nerfs à fleur de peau. Scoarnec, un nom lu dans le *Journal du Soir*. Peut donc avoir rencontré sa fille à l'association. De plus en plus probable, Saffron dans cette sale histoire.

Une femme apparaît ensuite à la tribune. Elle donne son nom, elle a l'air d'une bonne grand-mère, et défend l'idée qu'au contraire il faut profiter de l'exposition médiatique. Pas de mauvais prétexte, elle, au moins, n'a rien à voir avec les assassins, et les chevaux martyrs transportés depuis la Pologne dans des conditions indignes ne peuvent pas attendre.

Le débat est lancé, les orateurs commencent à se succéder.

Borzeix s'étire longuement. Elle s'est attardée au siège de PRG. Devant elle, les restes d'un plateau de sushis, un cadavre de bière japonaise et les différentes pièces d'un dossier qu'Elisa lui a demandé de traiter en urgence. Elle les rassemble dans une enveloppe, se rhabille, laisse ses détritus en plan et va déposer le pli au courrier, pour sa patronne. Puis elle rentre chez elle.

Premier réflexe en arrivant, virer ses pompes. Une seule idée en tête, se faire couler un bon bain. Elle se débarrasse de sa veste dans sa chambre, prend sur sa table de nuit le polar qu'elle est en train de lire, l'ouvre à la page que marque une lettre soigneusement pliée. Celle que lui a envoyée Soubise, il y a quelques semaines, après leur escapade à Étretat. Vague de tristesse et de nostalgie. Elle suit du doigt les premiers mots, *Ma bien-aimée*, belle écriture, parcourt la page ouverte des yeux… Et ne comprend pas ce qu'elle lit. Il lui faut quelques secondes, la fatigue sans doute, pour réaliser que le marque-page n'est pas placé au bon endroit. Elle feuillette, retrouve le passage où elle s'est arrêtée le matin même, le lieutenant de police vient de découvrir le cadavre de sa femme assassinée. Elle se revoit précisément déposer la lettre de Soubise entre ces deux pages-là, et refermer le livre avec soin sur ses propres souvenirs. Elle ne peut pas s'être trompée. Quelqu'un a touché à ce livre en son absence.

Bouffée de paranoïa.

Elle lâche son livre et se précipite dans son bureau. Elle allume tout, passe quelques secondes à observer la pièce dans ses moindres détails puis s'avance à l'intérieur. Quelques dossiers ont peut-être bougé, dans la bibliothèque, sur les étagères. Leur ordre est le bon mais les alignements ? Son sous-main, mal centré, l'angle du pied de sa lampe de travail ? Elle délire ? Peut-être mais il y a une note franchement discordante. Sa chaise de bureau, repoussée sous le plateau en verre et Inox, le dossier heurte les matières dures. Elle se précipite, deux petites entailles sur le dossier en bois précieux et fragile. Voilà pourquoi elle la range toujours bien alignée, à dix centimètres du bureau. Maintenant, c'est certain. Quelqu'un est entré et a fouillé.

Moment de panique vite suivi d'un énervement grandissant. Elle revient dans son salon, tourne en rond pendant plusieurs minutes puis récupère son BlackBerry et commence à parcourir son répertoire. Non. Laisser la colère se dissiper. Elle repose le téléphone, se forçant au calme.

Elle va se servir un verre dans la cuisine, fouille dans le tiroir des couverts avant de revenir s'affaler dans son canapé. Bientôt, elle boit sa première gorgée de vodka glacée et gobe trois somnifères d'un coup. Fermer les yeux, sombrer.

Deux heures déjà et Neal, tendu à l'extrême, attend toujours qu'un homme monte sur l'estrade et dise *Roberto Bonaldi*. En vain. Sensation d'une présence lourde sur sa gauche. Il feint de regarder sa montre-bracelet et chope, à quelques mètres de lui, la silhouette d'un grand black, cheveux très courts, dégaine plus militaire que militant, qui joue au même petit jeu d'observation que lui, avec les mêmes techniques. Les flics. Déjà au courant pour Scoarnec et l'association. Les écolos ont plusieurs trains de retard. Astucieux d'envoyer un black. Il faut trouver Bonaldi avant eux. Bouge-toi.

Le journaliste repère un garçon très souriant qui circule entre les groupes et distribue des petits cartons. Peut-être des numéros d'ordre de passage à la tribune. Le garçon s'approche de la zone où Neal se tient. Celui-ci s'avance de deux pas, lui touche le bras. « Roberto Bonaldi est-il ici ?

— Qu'est-ce que vous lui voulez ?

— Lui parler. Je suis le père de son ex-petite amie. Elle a disparu. Et lui peut savoir où elle est.

— Vous le connaissez, Bonaldi ?

— Non.

— Je ne sais pas s'il est là. Je vais me renseigner, ne bougez pas d'ici. Je reviens. »

Tout en regardant ostensiblement ailleurs, Neal suit attentivement les tours et détours que fait le garçon, qui finit par s'arrêter à côté d'un trentenaire blondinet, appuyé à la tribune, une mèche en travers du front, visage gras, silhouette molle, fatiguée. Il ressent un élancement dans la poitrine. Bonaldi, c'est lui. Qu'est-ce que Saf' a bien pu faire avec ce type ? Elle te trouve lâche et celui-là, il incarne le courage ?

Bonaldi coule des yeux inquiets vers l'endroit où se tient Neal, puis amorce une retraite vers le mur du fond de la grande salle, en slalomant entre les groupes, un poil trop vite pour passer inaperçu.

Neal en état d'alerte maximum. Il entraperçoit une porte qui s'ouvre, tout au fond de la pièce, en partie masquée par la cohue, image furtive d'un mur de briques vernissées multicolores, puis la porte se referme. Bonaldi se tire par la sortie de secours. Le rattraper avant qu'il ne rejoigne la foule des grandes artères. Neal sort par la grande porte. Au passage, il enregistre, sans s'y arrêter, la disparition du grand black.

Dès qu'il est dans la rue, pas de Bonaldi en vue, le journaliste court jusqu'à la deuxième impasse, coup d'œil circulaire, toujours pas de Bonaldi. Il s'engage dans le cul-de-sac et s'arrête net. Bonaldi est coincé contre le mur de briques vernissées par deux hommes dont les intentions ne sont manifestement pas pacifiques. Le grand black repéré pendant l'AG, et un rouquin, plus râblé. Bonaldi est décomposé, il ne tient plus sur ses jambes, les deux hommes l'ont empoigné par les bras et le cognent contre le mur.

Neal s'arrête à une vingtaine de mètres, sort son portable et hurle : « Arrêtez ! Roberto, que se passe-t-il ? J'appelle la police. »

Avec un bel ensemble, les deux nervis lâchent Bonaldi qui glisse à terre, se retournent, voient un homme, téléphone à l'oreille, qui parle d'agression et donne le nom de l'impasse. Le rouquin décoche un violent coup de pied dans le bas-ventre du militant, ce connard, puis les deux prennent le large à grande vitesse, sans un regard pour Neal.

Lui, dès qu'ils ont tourné le coin de la rue, range son portable et vient s'accroupir à côté d'un Bonaldi gémissant, les larmes aux yeux et les deux mains en emplâtre sur son sexe. Une pauvre loque. « Je suis le père de Saffron. »

Bonaldi grince. « Je sais.

— Je la cherche. Et vous allez m'aider à la trouver avant ces deux brutes. »

Silence. Attente.

Bonaldi devient livide, se penche et vomit.

Neal se redresse, fait un saut de côté, évite de justesse le flot de bile. Ce type n'a aucune classe. Il lui tend un mouchoir en papier. « Alors ? J'attends toujours ma réponse.

— Fichez-moi la paix ! Je ne sais rien. Je n'ai pas vu cette connasse depuis une éternité ! »

Neal pose une main légère sur la nuque de Bonaldi, presque comme une caresse, puis d'une pression forte et rapide, lui plonge le visage dans la flaque de vomi et le relâche. Il lui jette le paquet entier de mouchoirs. « Essuyez-vous, vous êtes répugnant. Et ne vous foutez pas de moi. Saf' me connaît mal, vous savez. Je précise ma question, avec qui est-elle partie après la conférence de décembre ? »

Bonaldi ne répond pas. Il est secoué de spasmes, essaie de se mettre debout, n'y parvient pas, grimace de douleur.

Neal pose de nouveau la main sur sa nuque.

Bonaldi couine. « Lâchez-moi ! Elle s'est tirée avec Erwan. Erwan Scoarnec. »

Frisson glacé. Garde ton calme. Au fond, tu le savais déjà. « Comment puis-je le joindre, ce Scoarnec ? Avant les flics si possible ?

— Il a un studio, une adresse très protégée, dans le treizième. Ils doivent s'être planqués là tous les deux. »

Neal se relève, sort son carnet de notes et se fait dicter les coordonnées. Puis il vérifie le bon ordre de sa tenue, force sur son accent anglais. « Merci de votre confiance. Dans quelques minutes, vous pourrez marcher. Si j'ai un conseil à vous donner, c'est de disparaître pendant quelque temps, parce que les deux qui vous ont bousculé sont des vrais méchants et, s'ils reviennent vous voir, je ne serai plus là pour vous tirer d'affaire. »

4

Mercredi

Milieu de la nuit, une petite rue étroite du quartier de la Goutte-d'Or, un éclairage public pas vaillant, des façades vieilles de plus d'un siècle, tassées les unes contre les autres, qui mériteraient un sérieux coup de neuf. Dans cette rue, on respire un air de pauvreté. La rumeur de la ville semble extraordinairement lointaine, le lieu est quasi désert. À peine, de temps à autre, une ombre se hâte de rentrer chez elle.

Invisibles dans leur Renault Trafic amoché reconverti en sous-marin, deux hommes de la BRI veillent depuis plusieurs heures sur l'entrée du 18. Échanges sans conviction de plaisanteries vaseuses, partage d'une bouteille de soda, un paquet de biscuits passe de main en main. La routine.

Soudain, dehors, c'est l'agitation.

Une voiture de la BAC[1] arrive en trombe, deux tons à réveiller les morts, et pile devant le numéro 16, bientôt rejointe par une ambulance du SAMU et plusieurs camions de la BSPP[2]. Stroboscope des gyrophares sur les murs, la rue se teinte bleu et orange. Les sirènes se taisent les unes après les autres, vite remplacées par des instructions lancées avec force professionnalisme. Trois pompiers

1. Brigade anticriminalité.
2. Brigade des sapeurs-pompiers de Paris.

franchissent la porte cochère du 16 tandis que d'autres déploient déjà de quoi faire face à un incendie.

Dans le soum, passé la surprise initiale, l'incident est signalé par radio aux collègues qui attendent deux pâtés de maison plus loin, dans un autre véhicule banalisé. Ces derniers se rapprochent pour venir aux nouvelles sans que soit révélée la planque des guetteurs. Rapidement, une évidence, fausse alerte. « Une coutume du coin », lâche un sous-officier de la BSPP fatigué, « sauf que d'habitude, ils se donnent au moins la peine d'allumer une ou deux poubelles ».

Moins de vingt minutes plus tard, tout le monde est reparti et les veilleurs retournent à leur ennui. Sur l'une des parois intérieures de l'utilitaire, plusieurs photos de Julien Courvoisier. C'est à cause de lui qu'ils poireautent ici. Sans grand espoir, les a prévenus leur chef de groupe.

Dans la cour du 18, un soldat du feu est entré sans que personne ne fasse attention à lui. Sous le casque, Jean. Il retire sa tenue d'intervention et la range dans un grand sac marin noir. À voix basse, « ça donne quoi, dehors ? » Dans son oreille, la réponse ne tarde pas à arriver, discrète.

RAS, ça bouge plus…

« Je monte. »

Cagoule, gants, trois étages à pas de loup, pas un bruit dans le bâtiment, repérage de la bonne porte dans le halo rougeâtre de la frontale, une serrure basique, deux ou trois coups de pistolet à aiguilles dans le cylindre, les goupilles sautent puis claquent, Jean tourne la poignée et entre chez le complice de Scoarnec. Personne ne l'a vu.

Reconnaissance rapide, deux pièces principales. Le salon-bureau est encombré de matériel informatique posé sans logique particulière sur tous les supports disponibles. Par terre, au milieu d'un capharnaüm de câbles, traînent de vieilles carcasses de PC désossés. Et des emballages divers, des fringues, des papiers. La cuisine est américaine parce que largement ouverte sur cette pièce. Personne n'a jamais dû penser à l'isoler du reste.

De l'autre côté d'une cloison en Placoplâtre, la chambre. Encore un PC, portable, par terre, près du lit. Toujours des vêtements en vrac et une pile de documents administratifs, chancelante. Une salle de bains, pas nette.

Cet appartement est une caverne. Inhabitée depuis plusieurs jours et qui pue le renfermé. Difficile de savoir si le bordel ambiant est la conséquence d'une simple accumulation dans le temps ou d'un départ en catastrophe.

C'est comment, là-haut ?

« Crade. »

Ça devrait pas beaucoup te gêner... Un rire, gras.

Retour dans le salon. Perquisition mexicaine méthodique, très vite. Peut-être que le ménage a été fait, pas sûr. Si c'est le cas, ce fut sans grande précaution. Seul un ordinateur semble manquer, au centre de ce qui sert probablement de bureau principal. Mais il reste encore pas mal de supports de stockage et deux unités centrales décapotées, sous tension, sur la même table.

Jean éteint les machines, débranche et dévisse leurs disques durs, récupère les DVD et les disquettes qui traînent autour de l'emplacement vacant, tout ce qu'il peut, et les fourre dans un grand sac à gravats en plastique. Il découvre deux vieux téléphones mobiles et les prend aussi. Puis il se rend dans la chambre et embarque le portable.

Demain, à l'aube, le 36 doit débarquer ici en force, dixit Michelet, mais ces disparitions informatiques ne surprendront personne, bien au contraire, c'est une constante de cette affaire, la disparition des ordis, ça renforce les soupçons de culpabilité qui pèsent sur Courvoisier et Scoarnec. Et puis, vu le désordre ambiant, il y a de grandes chances que les collègues de la Crim' mettent du temps à remarquer les absences.

Ça va ? Tu trouves quelque chose ?

« Ouais, ouais, t'inquiète. »

Rappelle-toi, on a dit pas les petites culottes ni les sextoys... Le ricanement de Michel provoque à nouveau des craquements électrostatiques.

Jean tique, referme son premier sac plastique, en déplie un second, prend le temps de considérer le chaos de la chambre. Soupire. Découragement devant l'ampleur de la tâche. Ils auraient été mieux à deux mais il fallait quelqu'un pour faire le guet, dehors, et surveiller les péteurs de portes de la BRI.

Jean s'approche de la pile de documents, commence à la parcourir. Elle s'effondre. Il jure entre ses dents, soupire à nouveau, marmonne, agacé, se remet au boulot, replace tout comme il l'a trouvé, si possible dans le bon ordre. Repère un tiroir en contreplaqué seul, posé à même le sol, rempli à dégueuler de saloperies, vieux gadgets, câbles, cartes à puce, un calepin, griffonné dans tous les sens. Des gens, leurs adresses, numéros de téléphone, parfois mails. Dans le sac. Une photo de famille, au dos, une date, des noms. Courvoisier, sa sœur apparemment, une certaine Marilyn, plus âgée, et leurs parents. Dans le sac aussi.

Quatre heures trente, ça traîne... Michel, qui s'impatiente.

Jean se redresse, regarde autour de lui. Aux murs, quelques posters écolos et surtout des tableaux affreux, sans cadre, agrafés à la sauvage. Des affiches d'expos, aussi, toutes du même collectif d'artistes. L'une d'entre elles est illustrée par l'une des toiles de la chambre. Parmi les artistes de celle-là, une certaine *Marie-Line.* Au bas de tous les tableaux, sauf un, la même signature.

Le petit Julien apprécie le travail de sa sœur.

Beaucoup. En passant dans le salon, Jean découvre d'autres tableaux et affichettes. Par terre, des flyers, aussi pour les expos. Il en ramasse quelques-uns, les détaille. Tout se passe toujours au même endroit, un lieu à Montreuil. Un squat d'artiste. Un trou à rats.

La sœur, là-bas ? Trouver la sœur, trouver Courvoisier ? S'ils sont si proches, elle doit savoir où il se cache. Peut-être.

Coup d'œil à sa montre, presque cinq heures, il n'a plus beaucoup de temps. Nouveau passage en revue du salon.

Une petite demi-heure.

Ça commence à arriver…

Et il n'a rien trouvé d'intéressant.

Faut que tu dégages de là… Tension, dans la voix de son complice.

« Je descends. » Jean se change puis saisit les deux grands sacs en plastique noirs. « Trois minutes. » Il ouvre doucement la porte, vérifie qu'il n'y a personne, dépose délicatement son butin sur le palier, verrouille l'appartement derrière lui, s'engage dans l'escalier.

Ça se regroupe devant le 18…

Une fois en bas commence la partie délicate, la sortie. Pour entrer, la diversion a suffi. Refaire le même coup pour filer, impossible. D'où le changement de tenue. Un boubou, un chèche bleu pour couvrir juste assez son visage et empêcher une identification tout en montrant la couleur de sa peau, bien noire. Et puis franchir la porte, comme ça, au bluff, comme n'importe quel nègre du quartier. La probabilité, les collègues ne feront pas attention à lui. Et s'ils le prennent en photo, ils auront du mal à le reconnaître, plus tard. Et il a des faux papiers, notamment une carte de séjour, reliquat d'une opération plus ancienne, pour l'occasion.

Foireux, un peu, quand même.

Jean respire un grand coup et se remet en marche. Alors qu'il traverse la cour, il remarque que le mur de séparation avec la résidence mitoyenne, au-dessus du cagibi à poubelles, n'est pas très haut.

« Attention, ça rentre. T'es où ? » Planqué à l'arrière d'un Kangoo Express muni de fausses plaques d'immatriculation, Michel observe à la jumelle, à travers le pare-brise, l'armada de la Crim' qui investit le 18. « Jean, t'es où bordel ? ! » Ils sont venus en force, les enculés. Toujours pas de réponse. Putain, il fait quoi ce con ? S'il se fait toper… Mieux vaut ne pas envisager cette éventualité, ce serait la vraie merde. « Jean, réponds ! » Michel doit se bouger, faire quelque chose. Comment réagirait Jean, à sa place ? Il irait voir ? Pas coxé par des mecs de la maison, putain, non ! « Jean ! » Il a dû couper sa radio, pour éviter de se faire remarquer.

Plus loin dans la rue, l'agitation grandit.

Montée d'adrénaline. Ils ont dû le coincer. Pas rester ici. Il faut que je prévienne le patron. Non, d'abord il faut que je décampe d'ici. Non, Jean c'est mon pote, putain ! Putain, putain, putain ! Qu'est-ce que je fais ? Tout est foutu. Michel hésite, commence à passer à l'avant de la voiture puis s'arrête net.

Jean sort du 16, habillé comme un putain de Touareg échappé du désert. Il trimbale deux gros sacs-poubelle noirs.

Entre ses dents. « C'est ça, écarte-toi connard ! » Michel voit un gardien en tenue faire un pas de côté pour laisser passer son pote. Il sourit. « Bande de ploucs ! »

Nonchalant, le grand black rejoint leur utilitaire et prend place côté passager. Ils dégagent en souplesse.

Saffron s'ennuie, heure après heure, dans sa cache de luxe. Elle éprouve méfiance et aversion spontanées pour Tamara, qui le lui rend bien, et lui fait sentir à tout propos à quel point il est étonnant qu'un être lumineux comme Erwan s'encombre d'une petite provinciale.

Et Saf' finit par se poser aussi la question.

Dans sa fuite, elle n'a rien emporté, pas de livres, de radio, juste son iPod, dont elle a fait trois fois le tour de tous les morceaux, elle a rendu le minitéléviseur prêté pour la soirée électorale, elle évite les repas à la table de Tamara, les soirées dans son salon, très brillantes cette semaine-là, autour d'un grand peintre qui est sorti de sa retraite dans le sud de la France pour venir inaugurer la rétrospective que lui consacre le Centre Pompidou, et a choisi de loger, pendant ces quelques jours, à la résidence. Ce qui a provoqué un afflux de beaux esprits.

Mais Saffron est obligée de fréquenter la bibliothèque, attenante au salon, dans laquelle se trouve le seul ordinateur à la disposition des invités, un PC qui n'est plus de première jeunesse, installé à l'écart, sur une petite table, juste à côté d'une fenêtre qui surplombe la Seine.

Dans cette espèce de couvent des lettres et des arts, la toile est le seul lien qui lui reste avec le monde réel. Elle vient s'y perdre au moins deux fois par jour, quand elle espère pouvoir être seule, tôt le matin ou le soir, à l'heure du dîner. Elle navigue parfois au hasard, pour tuer l'ennui, parfois s'attarde sur Facebook, avec toujours l'espoir d'avoir des nouvelles de ses complices. De son amant.

Lundi, rien. Mardi, rien, mais Saf' apprend ici et là sur des sites de news indépendants que des *écoterroristes* sont recherchés pour le meurtre de Soubise, ce qui la bouleverse et l'intrigue. Elle a beau se dire qu'il s'agit forcément d'Erwan, Julien et elle, elle n'arrive pas à y croire. Trop absurde. Pas fiable.

Il est un peu moins de sept heures du matin mercredi quand Saffron se glisse en silence dans la maison de Tamara. Pas un bruit, tout le monde dort encore, épuisé par les interminables conversations salonardes de la nuit. Elle s'installe devant le vieux PC. L'ordinateur met plus d'une minute à se lancer et Saf' patiente en jouant à déplacer le curseur de la souris à l'écran. Puis elle se connecte à Internet, via *Explorer*.

Elle se rend sur Facebook et s'identifie sous le pseudo *Roudoudou Lelapin*. Elle remarque la trace du passage, sur son mur de dialogue, de *Placide Lechien*. Julien. *Gédéon Lecanard*, c'est Erwan. Autant de noms extraits d'albums de *Gédéon*. Et il y en a d'autres, comme *Goupil Lerenard*, mais lui, elle préfère ne pas y penser encore.

Yo, quoi de neuf, mon Roudoudou ?

L'informaticien lui a donc laissé un message cette nuit.

Saf' sourit et clique sur le profil de son complice. Là, elle ouvre un album qui contient plus d'une centaine de photos. Il s'agit principalement de mannequins féminins, glanés sur des sites de mode.

Placide Lechien est un amateur de belles femmes et de gadgets de luxe pour métrosexuels décomplexés. Une couverture idéale que Saf' soupçonne depuis longtemps d'être l'expression des fantasmes honteux de Julien.

Elle passe les onze premiers clichés et s'arrête sur le douzième. Il a été ajouté il y a trois heures. Elle le copie sur le PC puis se rend sur un autre site qui propose des logiciels libres en téléchargement. Elle trouve celui qui l'intéresse, qui porte un nom abscons qu'elle a eu du mal à retenir, au début, et l'installe sur la machine de Tamara.

Coup d'œil alentour en attendant que la procédure prenne fin. Saffron tend l'oreille, tout est calme dans la demeure.

Double clic sur l'utilitaire, pointage sur la photo, le PC mouline avec lenteur puis recrache une ligne de texte incompréhensible. La photo a disparu. Stéganographie, art de la dissimulation ou, en langage simple, comment planquer un message dans un autre contenu, quel qu'il soit. Les garçons adorent ces petits jeux d'espions. Saf' n'en saisit pas vraiment l'utilité. Mais elle se plie aux règles d'Erwan, c'est si important pour lui.

Elle imprime le fichier, désinstalle le logiciel, efface l'historique de navigation d'*Explorer* et le registre d'utilisation des applications, et éteint le PC. Satisfaite, elle récupère son tirage et file dans sa chambre.

Personne ne l'a vue.

Julien leur a appris un autre tour. Pour s'assurer que personne ne comprenne leurs échanges, il a décidé de les chiffrer avec une vieille méthode requérant une table et une clé. Cette dernière, le nom de famille d'une ancienne passion de l'UCPA, islandaise, est ABRAMSDOTTIR. Avantage, c'est un mot étranger, tiré d'une langue dont les fréquences de voyelles et consonnes sont différentes du français, donc plus difficiles à identifier, et il est assez long, douze lettres.

Douze lettres, toujours la douzième photo, facile à mémoriser.

Saffron s'installe sur son lit, commence par reporter *Abramsdottir* sous tous les mots inintelligibles de son message codé, autant de fois qu'il est nécessaire, jusqu'au point final. Puis elle se fabrique une grille avec deux alphabets, l'un inscrit horizontalement, l'autre verticalement. Dans chaque colonne à partir de la seconde, elle reporte un nouvel alphabet, chaque fois décalé d'une lettre. Ainsi, le deuxième démarre sur un B, le troisième sur un C et ainsi de suite jusqu'au vingt-sixième, qui commence par un Z.

À partir de chaque lettre du message et de la lettre du mot clé correspondante, elle retrouve la lettre originale, en clair et, peu à peu, reconstitue le message de Julien.

Rendez-vous dans quarante heures dans le Pacifique. N'oublie pas d'apporter nos souvenirs.

La photo a été postée sur le réseau social à quatre heures du matin. Ils doivent donc se voir pour l'échange des clés USB le lendemain à vingt-deux heures, dans ce bar où ils ont leurs habitudes et qui porte un nom d'océan.

Enfin.

Saffron se laisse aller contre la tête de lit, soulagée. Elle n'est plus si seule, Courvoisier existe, Erwan va lire le message lui aussi, elle retrouve quelques points de repère, elle a quelque chose à faire, une sorte de permission de sortie.

Il ne lui reste qu'à aller voir Tamara, avec un peu plus d'assurance, et comme convenu avec Erwan, lui demander la vieille voiture de la résidence, théoriquement à sa disposition.

Il est prévu que Soubise soit incinéré au Père-Lachaise. La cérémonie commence très tôt, à huit heures, et on se bouscule aux abords du crématorium.

Pâris s'y rend avec un certain plaisir. Certes, le lieu est sinistre et les rituels laïques qui entourent la mort désespérément creux et plats. Mais les enterrements sont toujours des moments privilégiés pour observer et se *faire une idée*, comme il a l'habitude de le dire, sur les proches du mort. Le policier prend soin d'arriver en retard, pour que sa présence passe inaperçue autant que possible, et il reste debout, dans le fond de la salle nue du crématorium.

Le cercueil est sur une estrade, devant la porte fermée du four. Il est couvert de fleurs, couronnes, bouquets. Il y en a partout. Le CEA a bien fait les choses. Une quinzaine de rangées de chaises, soigneusement alignées au pied de l'estrade, presque toutes occupées.

Sur la gauche, devant, la famille et les amis du mort, sa mère et sa sœur, les yeux gonflés, les hommes le visage crispé. Pâris ne s'attarde pas. Il cherche Borzeix et finit par la trouver, en retrait, au quatrième rang, seule, figée dans une petite robe noire discrète, une écharpe de soie noir, gris et bleu sur la tête. Presque méconnaissable. Le visage et les paupières bouffis, le regard fixe, elle est profondément atteinte. Mais par quoi ?

Derrière Borzeix, Pâris repère les représentants de la grande maison police. Ils sont venus en force — service commandé ? — et écoutent avec une attention feinte l'un d'entre eux qui, à la petite tribune installée à côté du cercueil, prononce l'éloge du mort. Un grand flic, un grand serviteur de l'État, sa mort tragique sera vengée, au nom de tous les collègues, il en fait la promesse solennelle à la famille du défunt, en ce jour de recueillement et de deuil. Les salades habituelles.

À droite de la famille, en uniforme de cadres supérieurs, la délégation du CEA, peu nombreuse, et au milieu d'eux Cardona, le visage fermé. Il est venu. Obligé de le faire ? Pas sûr. Le type assis à la droite de Cardona se lève, monte à la tribune, hommage vibrant à Soubise, qui sonne sincère. Un homme perspicace, combatif, accrocheur et un fin analyste. Benoît Soubise va beaucoup nous manquer.

Pâris ne lâche pas Cardona des yeux. Il est véritablement ému. À dix contre un, il est l'auteur de cette homélie que sa conception des intérêts du CEA lui a interdit de prononcer. Les deux hommes étaient proches, bien au-delà de leurs obligations professionnelles. Et les opérations dans lesquelles Soubise était engagé ne pouvaient être médiocres.

Pierre Moal surgit au côté du policier sans qu'il l'ait vu venir. Il sursaute, surpris et fâché de l'être.

« Bonjour, vous êtes Pâris, non ? » Il tend la main, se présente. « Moal, du *Journal du Soir.* »

Pâris lui serre la main, sans un mot. Son portable sonne, il en profite. « Permettez. » Il s'éloigne, sort son téléphone. Sa femme. Il ne répond pas puis efface le message sans l'écouter. Débarrassé de Moal. Il s'applique à l'éviter.

Les discours sont terminés. Un requiem. La porte du four s'ouvre sur un feu intense, le cercueil se met en mouvement.

Pâris sort sur l'esplanade, fait quelques pas pour se mettre à l'abri des arbres et attend.

Deux minutes à peine, puis Borzeix apparaît à son tour, se dirige tout droit vers lui, s'immobilise, enlève son écharpe, fait bouffer ses cheveux de la main.

Pâris la regarde faire sans impatience.

« Dites-moi, commandant, pourquoi vous êtes-vous introduit chez moi en douce ? Vous cherchiez quoi, l'arme du crime ? » Le ton est provocant, agressif.

Pâris sourit, amusé. « Votre domicile a été visité ? »

Borzeix s'impatiente, fourre son écharpe dans son sac. « J'attends une explication.

— Ce n'est pas nous. » Pâris, sur un ton détaché. « Les perquisitions clandestines ne font pas partie des méthodes de la Crim'. D'autant que je n'ai pas besoin de me cacher pour cela et vous le savez. En revanche, les barbouzes qu'emploient parfois nos grandes entreprises... »

Borzeix hésite, fuit le regard de Pâris, ouvre la bouche pour parler, se ravise.

Pâris poursuit sur sa lancée. « Si votre appartement a effectivement été fouillé, je ne saurais trop vous recommander la prudence. Il y a déjà un mort dans cette histoire, vous êtes bien placée pour le savoir. »

Borzeix lui tourne le dos sans un mot et s'éloigne vers la sortie du cimetière en marchant trop vite.

Pâris la regarde jusqu'à ce qu'elle disparaisse. Oui, quelqu'un a fait une descente chez elle. Maintenant, elle sait qui et elle a peur. Mais sa peur ne l'amènera pas à me parler, et moi, je suis bloqué.

La cérémonie est terminée. La salle du crématorium se vide sur l'esplanade, la famille de Soubise est très entourée.

Le policier aperçoit Moal, qui tourne autour des groupes. Il lui fait signe, l'autre s'approche. « Dans une demi-heure, aux *Phares*, place de la Bastille. »

Moal a l'air surpris et gourmand.

Pâris s'est installé à l'intérieur du bar, dans le fond, près des chiottes. Il n'y a personne à cette heure, juste un serveur qui prépare des sets de table pour le déjeuner. Posée sur la table, à côté de sa tasse de café crème, une pile de quotidiens ouverts à la page des articles qui racontent tous à peu près la même histoire sur le meurtre de Soubise, la piste des écoterroristes et leurs liens possibles avec Schneider. Il mange un jambon-beurre, les enterrements, ça ouvre l'appétit, le regard dans le vide. Le journaliste, initiative improvisée, mal maîtrisée. Que dire ? Le moins possible, assez pour qu'il y ait quelque chose à écrire…

Moal arrive, ponctuel.

Pâris le salue d'un sourire, l'invite à s'asseoir. Il désigne d'un geste les journaux. « Vous faites un vrai malheur avec vos écolos terroristes. J'ai écouté la radio ce matin. Pareil. Tout le monde reprend votre histoire. Meurtre de Soubise, piste des radicaux verts, Schneider en embuscade. Pratiquement pas de variantes. Vous devez être content.

— Très.

— Vous ne trouvez pas qu'écoterroriste, c'est une formule superbe mais un costume un tantinet trop grand pour Scoarnec et ses copains ? »

Le garçon arrive, Moal commande un express, Pâris un autre crème. Ils attendent en silence d'être servis.

Moal feuillette les journaux, un petit sourire aux lèvres. « Vous insinuez que Scoarnec n'est pour rien dans le meurtre de Soubise ? Je vous écoute, commandant. Et, bien entendu, je ne vous ai jamais rencontré et ne vous citerai pas.

— Je ne dis pas ça. Mais la police travaille aussi sur d'autres pistes et je m'étonne que les médias ne s'intéressent qu'à celle-là. Je me demande même pourquoi.

— Parce que c'est la seule dont nous ayons connaissance. Il ne tient qu'à vous…

— La maîtresse de Soubise, par exemple. Directrice du service juridique de PRG. C'est elle qui a trouvé le cadavre. Les circonstances de sa rencontre avec un flic détaché au CEA, il y a quelques mois, sont pour le moins étranges. Vous devriez aller voir du côté du *Cercle de l'Aviation.*

— PRG, le CEA, quel rapport ? »

Pâris se lève, ramasse les additions sur la table. « Je n'en sais rien. Pas encore. Mais je vais trouver. »

Pâris prend congé et se rend ensuite chez Julien Courvoisier, où la perquisition est toujours en cours.

Devant l'entrée du numéro 18, il tombe sur le procédurier du groupe, Ange Ballester, qui range des scellés dans l'une des voitures du groupe. « Alors, cet enterrement ?

— Beaucoup de monde, c'était intéressant. Ça donne quoi, chez notre pirate ?

— Ça patauge dans le bordel. Encore un qui a jamais dû apprendre à ranger sa chambre.

— Bon, mais concrètement ?

— Des papiers, du matériel informatique. On embarque tout ce qu'on peut et on fera le tri après. Ah, et je crois qu'il y a du neuf pour sa sœur.

— La fameuse rebelle anar' et bohème dont même les parents ne savent pas où elle est ?

— Elle-même. Elle squatte à Montreuil apparemment.

— Une visite s'impose.

— C'est prévu. Autre bonne nouvelle, le lieu du dernier appel d'un des portables de nos trois fuyards a été localisé.

— Enfin ! Lequel ?

— Celui de la fille. Samedi, il a activé une borne dans un bled en bord de Seine. Durand doit s'y rendre dans la journée. »

Pâris acquiesce, satisfait. « Pereira est là-haut ?

— Ouais, tu montes le voir ? »

Pâris acquiesce et se dirige vers l'entrée de l'immeuble. Un officier de la BRI s'approche pour lui annoncer que l'équipe qui planque dans le treizième vient de voir Neal Jones-Saber pénétrer chez Scoarnec. Ses gars demandent des instructions.

Pâris se met à sourire. « Qu'ils l'interceptent et me le gardent au chaud sur place. Je suis parti. »

Gyro sur le toit, voies de bus, le policier met à peine dix minutes pour traverser Paris et se rendre place des Alpes. L'Anglais l'attend dans le hall de l'immeuble, discrètement surveillé par un policier. Le bonhomme n'a plus la même allure tranquille, le visage s'est creusé, le corps crispé. Il a dû prendre conscience, enfin, du merdier dans lequel sa fille s'est fourrée. Pas sûr que cela le rende plus coopératif.

« Monsieur Jones-Saber, je vous raccompagne à votre hôtel ?

— Ai-je bien le choix ?

— Évidemment. Je peux aussi vous emmener à mon bureau au 36 pour une audition dans les formes. »

Les deux hommes échangent un regard et rejoignent la voiture.

Neal, sur ses gardes. Quels sont les rapports entre ce flic de la Crim' et les deux malabars d'hier soir ? D'expérience, quand on ne sait pas où on met les pieds, le mieux est de se taire.

« Toujours pas de nouvelles de votre fille ?

— Aucune.

— Et comme vous aviez l'adresse de son copain…

— Dont je n'ai appris l'existence que depuis que je suis à Paris.

— Vous êtes donc un critique gastronomique plein de ressources. »

Neal choisit d'ignorer la question sous-jacente.

Pâris continue. « Lui, est embarqué dans une sale histoire. Où il y a eu mort d'homme.

— Je sais, vous me l'avez déjà dit. Et je lis la presse. » Dans les journaux, à la radio, à la télé, le nom de Scoarnec est régulièrement associé au mot *terrorisme* et, depuis ce matin, cité avec celui de l'un des deux candidats en lice pour les élections présidentielles. L'affaire pue l'instrumentalisation politique et sa fille y est mêlée. *And when the shit hits the fan…*

« Mais rien ne met en cause votre fille. Pour le moment, Saffron est tranquille. »

Saffron, il utilise son prénom. Neal hoquette un ricanement. Chercher l'intime, l'émotion, se rapprocher, montrer de l'empathie. Toujours les mêmes vieux trucs de flics. Ou de journaleux. « Vous la recherchez, pourtant.

— Pour lui parler. Nous pensons qu'elle peut nous aider.

— Moi aussi, je la cherche. » Pause. « Parce qu'il semble que je l'ai perdue depuis longtemps. »

Pâris laisse filer, il a envie d'entendre la suite.

« Elle devait me rejoindre à Cahors, ce week-end. Tous les ans, à la même période, nous nous y retrouvons, avec quelques amis et certains membres de la famille de Lucille, c'était ma femme… » La voix de l'Anglais déraille. « Lucille est morte un 21 avril. »

Et c'est toujours aussi difficile à encaisser, visiblement.

« C'est aussi la date d'anniversaire de ma fille. »

Pâris ne peut s'empêcher de penser merde, pas simple à gérer, pour la gamine.

« Quand Saffron m'a appelé pour me dire qu'elle ne venait pas, cela m'a mis en colère. J'ai bien senti que quelque chose n'allait pas mais je me suis laissé dominer par mon énervement. Comment pouvait-elle faire ça à sa mère ? » Pathétique. Neal se tourne vers le policier. « Vous avez des enfants ?

— Deux.

— Filles, garçons ?

— Des filles.

— J'espère que vous êtes un meilleur père que moi.

— Si seulement… Je ne pige rien à leur façon de fonctionner. Je n'y ai jamais rien pigé, je crois. » Pâris s'abstient d'ajouter, et je ne suis pas sûr de le vouloir.

« Voilà, moi non plus, je ne comprends plus Saf. »

Nouveau silence, jusqu'à ce qu'ils se trouvent sur l'île Saint-Louis, devant l'hôtel du *Jeu de Paume*. Pâris arrête la voiture.

« Monsieur Jones-Saber, c'est le père ou l'ancien correspondant au Proche-Orient qui est sur la piste de sa fille, là ? »

Neal se contente d'un petit rire. Le flic sait. Il connaît son boulot, bien sûr qu'il a fouillé son passé. Comment répondre à cette question ? Lui-même n'en a pas la moindre idée.

« J'espère que le père a compris qu'il faut que nous parlions à Saf. »

Le diminutif à présent.

« Avec nous, elle sera plus en sécurité que toute seule dans la nature. »

Neal, la main sur la poignée de la portière, suspend son geste un instant. Il revoit les silhouettes du grand noir et du petit rouquin en pleine action dans l'impasse. « Je suis conscient qu'elle est en danger, croyez-moi. » Lui dire ? Non.

Pâris a perçu l'hésitation. « Il faut me faire confiance. »

Neal sort de la voiture et disparaît dans le hall de son hôtel. C'est bien là la question, pourquoi lui faire confiance ?

Pâris gare sa voiture quelques dizaines de mètres plus loin. Besoin de réfléchir. Il allume une cigarette, peste contre lui-même d'avoir repiqué à la nicotine si facilement. L'Anglais chez Scoarnec. Il fait sa propre enquête, je n'ai pas su gagner sa confiance, mauvais signe. Il va ressortir, à tous les coups, pour aller où ? Comment a-t-il trouvé cette adresse ? Qu'est-ce qu'il sait que je ne sais pas ?

De l'autre côté de la rue, une camionnette *Options* garée devant une porte cochère largement ouverte. Le logo de l'entreprise, apparemment spécialisée dans les réceptions en tout genre, lui rappelle Tintin, *Les Cigares du Pharaon*, son enfance. Un temps plus doux, plus simple.

Pâris se détend, sourit et se laisse aller sur son siège, tout en continuant à surveiller la porte de l'hôtel.

Des manutentionnaires déchargent de la vaisselle et pénètrent sous le porche. Neal n'est toujours pas réapparu. Une grande femme blonde longe sa voiture. Pâris sursaute. Elisa Picot-Robert. Elle ne l'a pas vu. Elle entre dans l'immeuble d'en face. Comme les manutentionnaires. Qu'est-ce qu'elle fout ici ?

Pâris ne réfléchit pas. Dès qu'elle a disparu, il sort de sa voiture et la suit. Il entre dans la cour d'un magnifique hôtel particulier, invisible de la rue. À l'entrée, sur une large plaque de cuivre, gravé dans une typo sobre et élégante, un nom : *Grande Galerie de l'Île*.

Beaucoup d'agitation, dans la cour et à l'intérieur. À travers les vitres des monumentales portes-fenêtres du rez-de-chaussée, Pâris aperçoit des peintures contemporaines accrochées aux murs, quelques sculptures. Et Elisa en grande conversation avec deux hommes plus jeunes, habillés, pour autant qu'il peut en juger, selon la mode du moment. Le costume est sombre, forcément sombre, étriqué. La chemise, quant à elle, se porte blanche, sans col et donc sans cravate, et largement ouverte. Ici aussi, la grande dame commande, dirige, décide. Mais avec sans doute une once de décontraction et peut-être plus de plaisir qu'à PRG.

Pâris écrase sa clope. Le premier moment de surprise passé, il réalise qu'il n'a rien à faire ici. Ce serait même une faute de se faire voir. Il tourne les talons et, au même moment, capte un mouvement derrière les vitres. Elisa l'a repéré, il en est sûr. Dans le vide, il fait un geste de la main et s'en va, sans se retourner, sans accélérer le pas.

Sitôt que le policier a disparu, la patronne de PRG dégaine son BlackBerry et appelle Pierre Guérin.

Dans le quartier d'Austerlitz, Saffron tourne assez longtemps avant de trouver une place de stationnement autorisé. Consigne : pas d'amendes, le moins de traces possible. Elle se rend d'abord à la poste du boulevard de l'Hôpital déposer la clé USB dans une boîte postale numérotée. Consigne : ne rien avoir sur elle quand elle rencontrera Courvoisier, demain, dans le lieu convenu à l'avance.

Puis elle descend vers la gare, le nez au vent dans le grand soleil, s'achète *Libération* dans un kiosque, s'assied à la terrasse d'une brasserie, commande un croissant et un thé au lait. Parfum de liberté et de bonheur. Jambes étendues, tête appuyée au dossier, yeux clos, elle absorbe la lumière, béate. En mangeant sa viennoiserie, elle contemple les flots de voitures et de piétons qui circulent. Magnifique. La vraie vie.

Tout en sirotant son thé, elle ouvre le journal, presque distraitement. Le choc. Dans le quotidien, en troisième page, un grand article donne l'identité de l'assassin présumé de Soubise, Erwan Scoarnec. Le cœur de Saf' s'emballe. Il n'aurait pas agi seul mais avec un complice. La police recherche activement les deux hommes, actuellement en fuite.

Saffron s'affole, esquisse un geste pour se cacher, épie les regards, tout autour d'elle. Rentrer directement chez Tamara, s'enfermer dans le pavillon rouge ? Comment ces mots-là ont-ils pu être écrits ? Sur quelle base ? Elle a peut-être mal lu.

Elle reprend le papier, plus loin. Il détaille, dans un paragraphe, des rencontres entre Scoarnec et Schneider. Schneider se serait-il laissé séduire par ce jeune théoricien que tous les témoignages décrivent comme un esprit brillant ? Ils sont fous. Erwan vomit les hommes politiques de la gauche traditionnelle en général et Schneider en particulier. Le caractère absurde du rapprochement entre Erwan et Schneider la rassure quelque peu. Trop c'est trop. Presque une farce.

Elle commande un café. Sensation de flotter, sans repères. Calme-toi. Personne ne te regarde de façon insistante. Ton nom n'est pas dans le journal. Et brusquement elle se souvient de la clé USB, preuve irréfutable que Scoarnec et Courvoisier ne sont pas les assassins de Soubise. Elle se redresse sur son siège. Convaincre Erwan de la rendre publique. Il ne voudra pas. Pas avant jeudi. Il est têtu. Non, pas têtu. Saf' cherche le mot. Messianique. Voilà, il est messianique. La clé est là, à sa portée, à quelques dizaines de mètres. Elle pourrait… Elle ne le fera pas. Qu'est-ce qui la retient ? Elle n'arrive pas à le comprendre.

Saffron règle son addition, se lève.

Ferme les yeux, respire à fond et fais ce qui est convenu. Erwan sait ce qu'il fait.

Pour tuer le temps, la ménagerie du Jardin des Plantes, frissons garantis devant les serpents du vivarium. Puis cinéma, n'importe lequel, plusieurs séances jusqu'à l'heure du rendez-vous avec l'infâme Goupil Lerenard, dont elle a même du mal à penser le nom. Sourire amer. Là, ce sera à toi de jouer, ma fille.

Neal consulte sa montre, quinze heures et des poussières. Avec de la chance, Cooke sera à son bureau. Et pas encore en pleine bourre. Passer le voir, un soutien précieux. Le seul auquel il parvienne à penser. Il appelle. Oui, Cooke est là, content de l'entendre.

Passe tout de suite, je t'attends.

Pour rejoindre le petit espace qu'un grand quotidien français met à sa disposition dans ses locaux, à charge de revanche pour son propre correspondant à Londres, il faut traverser la salle de rédaction du service politique. Entre les rangées d'ordinateurs, une trentaine de journalistes écrivent, téléphonent, discutent, consultent, s'agitent dans un grand désordre apparent. Neal respire un grand coup, ça faisait longtemps. Un journal dans sa phase d'accouchement, une vraie drogue.

Cooke vient à sa rencontre, arrache son ami à son vertige, prend deux cafés à la machine automatique de l'étage et l'entraîne dans son bureau. « Alors, ta fille ?

— Beaucoup plus sérieux que je ne le croyais. » Neal marque un temps d'arrêt, réfléchit à la façon de présenter les choses. « D'abord, Saf' est devenue ces derniers mois une militante écologiste.

— Jusqu'ici, tout va bien.

— Elle a un nouveau copain, un certain Scoarnec.

— Celui des journaux ? »

Neal acquiesce. « Et elle est mouillée dans l'histoire jusqu'au cou. La police la recherche. Voilà, c'est dit et ça soulage.

— *Shit !*

— Je n'ai rien vu venir.

— C'est le lot commun d'à peu près tous les parents. Ce Scoarnec, tu t'es renseigné ?

— Un rigolo. Hier soir, j'ai obtenu son adresse par un de ses amis. Un refuge prétendument ultra-secret. J'y suis allé ce matin et je suis tombé sur les flics qui étaient là comme chez eux. » Un moment de silence qui paraît très long. « Ce n'est pas tout. Je n'étais pas le seul après Scoarnec hier soir. J'ai croisé deux brutes, le genre *spooks*, qui le cherchaient aussi. Je ne veux pas dramatiser, mais si tu ajoutes le nucléaire à l'équation…

— Saf' est en danger. » Cooke, préoccupé. « Qu'est-ce que tu attends de moi ?

— Le flic qui dirige l'enquête sur la mort de Soubise, et qui recherche Saf', soi-disant pour l'entendre comme témoin et pour la protéger, s'appelle Pâris, et travaille à la Crim'. Je l'ai déjà croisé deux fois. Je le crois sincère mais je préfère vérifier. Vois ce que tu peux trouver sur lui.

— Dès que j'ai quelque chose, je t'appelle. »

En quittant Cooke, Neal s'arrête dans un café, commande une bière. Angoisse lancinante. Que puis-je faire maintenant pour trouver et aider Saf ? En boucle, sans réponse. Attendre. Désœuvrement forcé. Contraste avec l'ambiance de la salle de rédaction qu'il vient de traverser. Ses souvenirs de grand reporter, enfouis depuis la mort de Lucille, remontent, teintés de nostalgie. Le siège de Reuters est à deux pas. Pourquoi ne pas y passer, pour voir, ce serait une façon de tromper l'attente. Et peut-être y retrouver d'anciennes connaissances ?

Quand il entre dans l'agence, Neal se sent plutôt emprunté mais il tombe immédiatement sur deux journalistes qu'il a connus au Proche-Orient. Accolades. Très heureux de le revoir, ils saisissent l'occasion d'évoquer le bon vieux temps, lui font faire le tour des lieux, le présentent aux jeunots qui n'ont pas connu la guerre, racontent ses exploits et les leurs.

Neal constate avec stupeur que tout le monde a plus ou moins entendu parler de lui, et pourtant, vingt ans déjà. Les gens se bousculent pour serrer la main à l'ancienne gloire. Le père de Saffron vacille, les souvenirs anciens s'enchevêtrent avec les angoisses des derniers jours, les bouteilles de scotch sortent des tiroirs.

Un immeuble de quatre étages tout en haut de la rue de Paris, juste avant d'arriver à la Croix-de-Chavaux, à Montreuil. La façade est bariolée et, au-dessus de l'entrée, dont les montants ont été agrémentés de sculptures de plâtre multicolores, un grand panneau annonce *Bienvenue* en lettres pourpres et or.

« Putain, je comprendrai jamais rien à l'art, moi. » Toujours assis derrière le volant du Kangoo, Michel examine l'extérieur du squat d'un œil circonspect.

« Ça tombe bien, t'es pas payé pour.

— Si ça c'est de l'art, je me les coupe.

— Fais gaffe avec des promesses comme ça, un accident est vite arrivé. Bon, t'y vas ? »

Des visiteurs entrent et sortent du lieu, des curieux genre touristes et d'autres, couleur plus locale. L'accès est en libre service.

« T'es sûr qu'il est là ? »

Jean soupire. « Il n'y a qu'un moyen de le savoir, aller jeter un œil à l'intérieur, alors bouge ton cul et va faire ton petit numéro. »

Michel sort de l'utilitaire agacé, claque la porte et traverse la rue.

Au rez-de-chaussée, dans le hall, la loge du concierge a été reconvertie en accueil. Derrière le comptoir, assez haut, un chevelu lit une revue.

Le flic des RG s'approche et, sur un ton qu'il veut le plus innocent possible, amorce un salut. « L'autre soir, j'étais chez des potes galeristes et j'ai vu ce truc... » Il tire de sa poche un flyer illustré par l'une des œuvres de Marie Line. « Je cherche la personne qui fait ça. »

Le chevelu prend le carton, le considère un moment.

Dans le dos de Michel, un type qui ne ressemble à rien passe en parlant fort à une fille en minishort. Salope.

« C'est une vieille expo.

— Oui, mais cette peintre, elle...

— Elle est plus là. » Le ton de la réponse est sans appel.

« Ah, pourtant mes amis m'avaient dit que... »

Le chevelu se lève, visage fermé. Il est très grand. « Elle est partie depuis longtemps. »

Il est balèze ce con. Michel se marre intérieurement, il aime bien se cogner des grands cons. En général, ils pensent que leur taille suffit. « Et vous ne sauriez pas où elle vit, maintenant ? J'aimerais vraiment voir son travail. »

Une famille africaine pénètre dans le hall et s'attire pendant quelques secondes les bonnes grâces du chevelu. Il fait même un signe au dernier entrant, un black qui sourit de toutes ses dents.

Michel en profite pour examiner la loge en détail. Au mur, derrière son interlocuteur, plusieurs plans des lieux et des ateliers, par étage. Sur celui du second, appartement de droite, est inscrit *Marie Line*.

« Elle est partie, je vous dis. Je ne pense pas que vous trouverez quoi que ce soit qui vous plaise ici. Bonne journée. »

Le policier considère un instant le visage suffisant du chevelu, un coup de tronche par-dessus le comptoir le démange, puis hoche la tête et sort.

Le black souriant s'est isolé au premier dans un atelier de sculpteur et fait semblant d'admirer le travail du plasticien. Dans sa poche, son portable vibre un coup.

SMS. Michel. *Deuxième droite.*

Jean monte d'un étage. Trois logements. L'appartement de droite est le seul à ne pas être ouvert. Sur la porte, aucune indication du nom de l'artiste, contrairement aux deux autres.

Jean s'approche, colle une oreille contre le panneau de bois, entend une radio puis un début de conversation. Il écoute, ne distingue pas le moindre mot, comprend quand même qu'il s'agit d'un échange entre un homme et une femme. Il jette un œil alentour. Personne ne vient. Se concentre à nouveau sur la discussion. Le ton est vif puis soudain un *non !* suivi d'un prénom, lancé par la femme, qu'il parvient à saisir. *Julien*. Il est là !

« Cet atelier est fermé. »

Jean sursaute presque mais la voix derrière lui, elle aussi féminine, est douce. « J'étais pas sûr. » Il se retourne et se compose un masque bienveillant. « Et comme je veux tout voir… »

L'artiste qui a parlé est petite, la soixantaine, et a dû être très jolie, plus jeune. « Alors venez par ici, je vais vous faire visiter mon espace. Mon truc à moi, c'est la peinture avec des pigments obtenus à partir de déchets organiques pressés. »

Grand meeting de campagne au Palais Omnisport de Clermont. Dans les vestiaires ont été préparés une cabine de maquillage pour le candidat et un buffet, dans une pièce attenante, où les conseillers et les journalistes les plus proches, sur fond d'échanges de points de vue et de pseudo-informations, s'empiffrent de canapés au foie gras et au saumon fumé sous l'œil attentif de Patoux.

Dans la cabine, Guérin, qui est venu avec sa maquilleuse personnelle, est assis devant une grande glace sommairement éclairée, une serviette blanche autour du cou et sur les épaules, pour protéger sa chemise.

Sonia, debout, surveille les opérations.

Guérin voit dans la glace son visage attentif au moindre détail, ses échanges brefs, un mot, l'esquisse d'un geste, avec la maquilleuse, leur connivence. Trop pâle, dit Sonia, monte un peu. Aujourd'hui, il prend pas, répond l'autre. Lui, un objet inerte aux mains de ces deux femmes.

Le portable très privé du candidat sonne. Il jette un regard hostile à l'image de Sonia dans la glace, interrompt le travail de la maquilleuse et porte le téléphone à son oreille. La voix d'Elisa.

Pierre ?

« Oui. »

Pourquoi ne m'as-tu pas rappelé ? Je t'ai laissé plusieurs messages.

« Des urgences à régler. »

Moi aussi, c'était urgent. Très urgent. Il est revenu fouiner.

« Qui ? »

Pâris. Il est passé à la galerie, vers midi.

« Pour quoi faire ? » Guérin se lève, soudain énervé, commence à faire les cent pas. « Qu'est-ce qu'il voulait ? »

Je n'en sais rien. Il est venu et il est reparti, sans un mot... Un temps. *Il est toujours là et il veut nous le faire savoir.*

Le candidat balance son téléphone à toute volée contre le miroir qui se fend, un coup de pied dans son fauteuil, qui heurte la maquilleuse. Elle tombe. Guérin arrache la serviette blanche, la jette à la tête de sa femme et se met à hurler. « J'en ai marre ! Marre, tu entends, salope ! »

Sonia se précipite vers la salle du buffet, fait signe à Patoux, ferme la porte de communication derrière lui. À eux deux, ils relèvent la maquilleuse, ramassent le fauteuil, asseyent Guérin dessus.

Sonia fouille dans son sac, y trouve un flacon plein de pilules, prépare un verre d'eau, le tend à Guérin qui le renverse d'un revers de bras.

« Je ne veux plus de tes poisons ! »

Patoux se met à lui parler à voix basse, il psalmodie. « La salle est pleine. Ils sont des milliers, ils t'attendent, notre plus beau meeting, encore dix jours... »

Guérin se calme lentement, il ferme les yeux, respire à fond à plusieurs reprises puis se lève, ajuste sa veste devant la glace fendue. « Allons-y. »

Patoux, inquiet, regarde Sonia, qui lui répond en haussant les épaules.

Quand Guérin pénètre dans le hall, ovation debout. Il ne parvient ni à sourire ni à saluer. Il monte à la tribune, la salle commence à tanguer, il s'accroche au pupitre pour ne pas tomber, il cherche à accommoder sa vision sur le premier rang de l'assistance, sans y parvenir. Il est livide et muet, les secondes passent.

Le public se tait, conscient que le rituel n'est pas respecté, dérouté et inquiet.

Le candidat parvient enfin à articuler quelques mots. « Nous sommes le camp du peuple en mouvement... » Sa voix est inaudible. Sa vue s'éclaircit. Il voit maintenant clairement le premier rang, il se concentre sur une petite jeune femme à lunettes. Femme à lunettes… Et embraye enfin. « Je veux, avec vous, grâce à vous, construire une France forte… » La voix prend de l'ampleur. « Créer des emplois, construire des logements. Je veux que le travailleur puisse vivre de son travail, je veux donner sa chance à l'enfant pauvre… » Le tribun est de retour.

Au fond de la salle, Patoux baise la main de Sonia.

C'est la nuit depuis une heure, Saffron arrive à Ville-d'Avray, gare sa voiture dans une rue tranquille du centre, toujours très réglementairement, et gagne à pied le portail d'entrée d'une splendide propriété, dont le domaine s'étend jusqu'au sommet de la colline qui domine l'agglomération, dans un enchevêtrement très sophistiqué d'arbres centenaires, de pelouses et de massifs de fleurs.

Un instant, Saf', en tirant une clé de sa poche, en ouvrant le petit portillon sur le côté de la grille, pense à autre chose qu'au meurtre de Soubise et à ses interprétations et conséquences. Une pause salutaire.

Elle grimpe jusqu'en haut du parc par un sentier caché sous les arbres et s'approche de la vaste villa du dix-neuvième siècle qui domine le panorama. Toutes les lumières sont éteintes sauf une, dans une pièce au premier étage. Sans doute une lampe de chevet, dans la chambre de la vieille propriétaire des lieux. Et cette unique et faible lumière fait paraître la maison encore plus désolée et solitaire.

Saffron la contourne en s'efforçant de ne pas faire crisser les gravillons de la cour et de rester à l'abri des arbres. Dans ses visites précédentes, tout ce manège l'amusait beaucoup, ce petit parfum de clandestinité, bien que le danger n'ait pas été bien grand, lui rappelait les jeux de l'enfance, cache-cache délivrance quand, le cœur battant, elle s'approchait en rampant dans les hautes herbes des prisonniers à délivrer sans se faire voir.

Aujourd'hui, elle ne parvient pas à écarter l'idée que toutes les polices de France sont peut-être déjà à sa recherche. Et ce petit jeu lui semble pitoyable.

Devant la villa, une vue splendide sur tout l'Ouest parisien, jusqu'à la tour Eiffel, sur le côté une longue piscine, bleutée dans la nuit, et au bout de la piscine, caché dans les arbres, un petit pavillon dont l'architecture évoque les refuges de chasse d'autrefois.

La propriété appartient à la grand-mère d'une militante d'*Urgence Planète Bleue*, qui admire et aime Scoarnec, le chef des *Guerriers de l'Écologie*, précisément parce qu'il en est le chef, et parce que ces *Guerriers* sont mystérieux et envoûtants. Une groupie prête à tout pour qu'il la regarde avec considération et qui rêve d'accéder à ses secrets. Lui, grand seigneur, consent à accepter ses hommages et ses dons, tout en la maintenant dans la périphérie éloignée des non-initiés.

Saffron, elle, est dans le cercle très restreint des initiées utilitaires, tout près du centre, tout près du chef, ce qui rend l'autre grinçante de jalousie. Mais, ce soir, elle n'en tire aucune gloire.

Quand Scoarnec le lui a demandé, la groupie a mis à sa disposition le pavillon qu'elle utilise lorsqu'elle vient rendre visite à son aïeule, avec empressement, à condition qu'il reste discret et que personne ne s'aperçoive de rien. Une chance, la grand-mère est très âgée et ne se rend plus compte de grand-chose.

C'est donc à cet endroit qu'Erwan a décidé que Saffron rencontrerait Goupil Lerenard, dont le vrai nom est Pierre Marsand, technicien télé de son état, tous les mercredis soir, jusqu'à la réalisation de l'opération. Ici, elle lui joue le jeu de l'amour, pour mieux s'assurer de sa collaboration, de sa loyauté. Erwan pense que ce décor hyper-luxueux comme ce petit parfum d'aventure sont particulièrement bienvenus.

Et Marsand y croit, à cet amour.

Saf' ouvre la porte du pavillon, entre, ferme les rideaux avant d'allumer la lumière. Une seule grande pièce, sol en tomettes, un coin salon avec deux canapés en cuir devant une cheminée en pierre blanche, une table basse garnie de quelques livres d'art, un coin chambre, avec un large lit recouvert d'une couette blanche. Deux peignoirs éponge sont jetés sur le lit, et la porte de la salle de bains, au fond, est entrouverte.

Saf se déshabille et se couche nue dans le lit, la couette remontée jusqu'au menton. Vite. Lerenard va bientôt arriver, à la nuit, comme tous les goupils. Se déshabiller devant lui est au-dessus de ses forces.

Elle se répète des bribes du raisonnement de Scoarnec. *Tu es une femme libérée... La révolution sexuelle, nous l'avons faite il y a plus de trente ans... Tu joues un rôle, comme au théâtre, rien de bien difficile... Le sort de toute notre opération dépend de toi, de ta capacité à tourner la tête de ce con de Marsand... Tu seras brillante, comme d'habitude, je te fais confiance.* Et dimanche dernier, encore. *Fais-le pour moi.* Et elle, obéissante, s'apprête à jouer une fois de plus la musique du sentiment sincère à ce pauvre minable.

Honte.

L'envie de vomir la reprend.

Ce soir, le technicien est en retard, l'attente se prolonge, Saffron se met à espérer qu'il ne viendra pas. Et s'allume un joint, pour passer le temps et se donner du courage.

Il arrive, une heure après l'horaire prévu, s'arrête sur le seuil de la pièce. Il semble avoir bu.

Saffron se redresse dans le lit. La couette glisse, découvre ses seins. Ils sont hauts, ronds, d'un blanc laiteux avec des aréoles sombres. Elle lui fait signe de venir s'asseoir à côté d'elle. Sa poitrine bouge doucement. « Qu'est-ce qui t'arrive ? Viens ici.

— Scoarnec est un assassin. Et je ne veux pas travailler avec un mec comme lui. Foutre le bordel dans une émission de merde, c'est une chose. Assassiner un mec, c'en est une autre. À partir de maintenant, c'est sans moi. »

Ainsi, ce soir, il fallait venir. Tout aurait pu foirer. Erwan avait raison, une fois de plus. Saf' laisse la couette glisser plus bas, en dessous de sa taille. Le sommet du trait de ses poils pubiens apparaît. « Erwan n'a tué personne.

— C'est dans tous les journaux.

— Et alors ? Tu crois à ce que raconte la presse aux ordres, toi ? C'est nouveau. »

Marsand est venu se poser au bord du lit, à portée de main du corps de Saf'. Il lutte mais ne peut s'empêcher de regarder le sexe de sa maîtresse. « Et puis les flics sont venus me voir.

— Quand ?

— Lundi, en fin de journée. Chez moi.

— Tu leur as dit quoi ? » Soupçon d'inquiétude dans la voix de Saffron, au début, mais elle se reprend vite. « Rien, j'espère.

— Bien sûr que non. Tu me prends pour qui ? » Le petit coq est de retour.

« Ils voulaient savoir quoi ?

— Si je vous avais vus, quand c'était la dernière fois. Ce que je faisais vendredi soir. Je bossais, ils ont dû vérifier parce qu'ils m'ont pas trop fait chier là-dessus. N'empêche, ça craint. Et puis il ne devait pas y avoir de mort, c'était le deal !

— Erwan n'a tué personne, il y a des preuves.

— Lesquelles, où ? Il faut les utiliser !

— Elles sont à l'abri. On s'en servira mais après l'opération. Si on le fait maintenant, il faudra s'expliquer, témoigner, et Gédéon tombera à l'eau. »

Saffron paraît très sûre d'elle. Elle se laisse aller sur les oreillers, découvrant plus encore son pubis.

Marsand s'efforce de détourner les yeux et continue. « On a les flics au cul. J'ai failli ne pas venir. Je croyais trouver une bande de poulets dans ton lit. »

Saf' lui prend la main, l'entraîne jusqu'à sa fente. « Tu n'as aucune raison d'avoir peur. Erwan n'a laissé aucune trace derrière lui. » Soupir léger, juste assez provocateur. Elle est humide. « Tu le connais, il n'a pas de carte bancaire, plus de téléphone portable, pas de voiture. La police n'a pas l'ombre d'un début de piste et nos planques sont sûres. La preuve, je suis ici. Si tu tiens ta langue, tout ira bien. »

Les doigts de Saf' massent l'entrejambe de Marsand. Elle l'attire sur le lit, le déshabille, avec des gestes très lents. Lui tremble puis, à peine à poil, se couche sur elle, la prend très vite, maladroitement.

Elle contemple le plafond, au-dessus de son épaule, s'efforce de ne penser à rien et puis, soudain, elle est prise d'un accès de rage incontrôlable, elle tremble, elle se hait, elle le hait, elle le renverse, le bourre de coups de poing en rythme, le mord à l'épaule.

Lui, trompé par ce déchaînement de violence, hors d'haleine, jouit très vite, et ils se séparent, allongés côte à côte sur le lit.

Saffron roule un autre pétard, qu'ils se passent en silence. « Alors, ça va mieux ? »

Hochement de tête. « Demain matin, je vais prendre les billets d'avion dont nous avons parlé. Une fois l'opération passée, on se barre tous les deux. »

Saf' ramasse un peignoir qui traîne au sol, s'enroule dedans et va prendre une longue douche. Quand elle revient, Marsand dort.

Ils se quitteront vers six heures du matin, sur un dernier baiser sans âme après avoir franchi le portillon de la propriété. Saffron récupérera la voiture et rentrera chez Tamara. Une petite heure de trajet, tout le temps de méditer sur la nuit passée, entre dégoût et fierté de la mission accomplie, et avec brio. Puis elle cessera d'y penser, il fera jour, il ne restera plus qu'un immense soulagement. Fini, quoi qu'il arrive, le petit pavillon de Ville-d'Avray.

Plus jamais à faire la pute.

Jeudi

Déjà deux heures du matin et Jean est toujours à Montreuil. Appuyé contre un break garé en face du squat d'artistes, il tourne le dos à l'immeuble et ne fait que vaguement attention à la musique qui s'échappe de son second étage. Cette nuit, chez les barbouilleurs, c'est fiesta. Et c'est la merde. Ça leur complique l'existence. Il bâille. Je suis fatigué. Encore une journée comme celle-là et c'est la connerie assurée. Il faut que je dorme. Dans cet état de veille léthargique, il devine plus qu'il ne voit ou entend la berline qui glisse derrière lui et effectue un créneau une vingtaine de mètres plus loin.

Michelet se rapproche à pas rapides, peu rassuré d'être ici aussi tard. La banlieue Est, pas franchement son territoire de chasse habituel. Jean se marre intérieurement.

Brefs saluts de la tête.

« Il est toujours là-dedans ? » Le sous-préfet montre le squat du menton.

« Faut croire.

— Quel appartement ?

— Avec sa sœur, au second. Les fenêtres éteintes à côté de la petite fête. »

Michelet soupire. Il semble perdu, incapable de prendre une décision.

Jean commence à regretter de s'être laissé embarquer dans cette histoire par ce type incapable de faire face. « Faut vraiment qu'on lui parle ?

— Oui. Et qu'on mette rapidement la main sur Scoarnec aussi.

— J'imagine qu'il est hors de question d'attendre que la Crim' l'embarque pour nous incruster à l'audition.

— Pas vraiment, non.

— Alors va falloir faire vite. En ressortant de là cet après-midi, j'ai vu deux types du 36 se présenter à l'accueil et demander après Marilyn Courvoisier.

— Ils sont rapides, ces cons.

— Oui. Et ils vont revenir. Vous voulez pas me dire pourquoi c'est si important qu'on passe avant eux ? »

Michelet s'agace, finit par céder. « Julien Courvoisier possède un enregistrement. Il me le faut. Avec toutes les copies existantes.

— Un enregistrement de quoi ? »

Un temps.

« Du contenu de l'ordinateur de Soubise. » Le sous-préfet détourne le regard vers le squat. « Vous le sentez comment ?

— On n'a pas des masses de choix. Soit attendre que notre ami sorte tout seul comme un grand. Avec le risque que les collègues reviennent et le chopent avant nous…

— Soit ?

— Entrer et l'arracher. Cette nuit. »

Une minute s'écoule. Deux cailleras en survêt' passent devant eux sur un scooter et les matent de travers. Ils s'éloignent puis reviennent sur leurs pas, toujours aussi belliqueux.

Jean se déplie et leur offre son plus beau sourire.

Le scoot dégage et le bruit du pot d'échappement se perd dans la nuit après quelques secondes.

« Michel, il est où ?

— Derrière l'immeuble, il y a un jardin qui sert aussi aux voisins. Très agréable. J'y ai pris un thé avec l'une des artistes, cet après-midi. » Jean se marre. « Le jardin a un portail d'accès sur la parallèle à la rue de Paris. Il le surveille. »

Nouvelle pause.

« OK, allez-y. » Michelet retourne à sa voiture.

Jean le regarde faire demi-tour pour repartir en direction de Paris puis il traverse, emprunte une ruelle perpendiculaire et rejoint Michel qui l'attend dans leur utilitaire. Rapide passage en revue du matériel qu'ils ont préparé pour l'occasion, des Serflex, un beau sac en toile de jute, pour lui foutre la tête dedans, à ce connard, ce gaffeur, le rouquin teste sa matraque électrique. « Avec ça, il va pas nous faire chier, l'informaticien. »

Cagoules repliées en bonnets sur le sommet du crâne, ils abandonnent leur Kangoo et se faufilent jusqu'au portail. Un coup de dégrippant dans les gonds, pour éviter que ça grince, quelques manipulations sur la serrure — pour une raison qui échappe à Jean, Michel préfère gratter à l'ancienne, au crochet palpeur — et ils pénètrent dans le jardin. Ils vont se dissimuler dans la pénombre offerte par un arbre, près du mur d'enceinte. Ils recouvrent leurs visages, laissent leurs yeux s'habituer à l'obscurité puis s'avancent vers le squat.

Putains de poètes qui ferment même pas la porte de derrière. Michel entre le premier dans le hall désert et sombre. Au-dessus de sa tête, en sourdine, la musique. Ils ont vraiment rien de mieux à foutre, ces parasites. Il s'engage dans l'escalier. Jean est sur ses talons. Premier étage, RAS. Reste plus qu'à espérer que le gamin dorme chez sa sœur, bien sage. Deuxième étage. Michel s'arrête à l'entrée du palier, dresse l'oreille, prend son temps. Tout est OK. Il fait signe à Jean, qui passe devant et va jusqu'à la porte de Marie Line.

Verrouillée.

Deux coups de pistolet, Jean sent les goupilles sauter, il tourne la poignée, s'introduit dans l'appartement. Michel, derrière, referme, pas tout à fait à fond. Noir total. Frontales avec filtres rouges. Ils sont dans le salon. Un canapé qui fait office de lit. Vide. Un ordinateur portable posé juste à côté, sur une table basse. À Courvoisier ? Jean fait signe à son complice d'attendre près de l'entrée. Il s'enfonce dans l'appart', jusqu'à la chambre. Vide aussi. Merde ! Le gamin et sa sœur sont à côté. Il revient dans le salon. Signes cabalistiques à Michel. Personne. Il montre le PC. On l'embarque ? Dialogue silencieux malaisé. Hésitations.

Puis c'est le choc dans le dos de Michel. Le flic, accroupi, manque de tomber en avant. Quelqu'un a poussé la porte.

Une femme. « Mais ? » et « qu'est-ce que vous foutez là ? »

Jean bondit.

Michel, sur ses pieds, matraque en avant. La pétasse n'a pas le temps de dire qui êtes-vous qu'elle prend une décharge et bascule en arrière sur le palier. Lumière. Il y a quelqu'un sur le seuil de l'appartement où la fête bat son plein.

Des hurlements. Puis des cris.

Jean pousse Michel dans l'escalier. Du bruit au-dessus d'eux. Ça s'agite, des voix d'hommes et de femmes mêlées. Ensuite, c'est derrière que ça gueule, quand ils atteignent le hall. Rapidement, il n'y a plus que des injonctions masculines. Et des insultes. Ils sont poursuivis. Ils traversent le jardin, bousculent le portail, s'enfuient à toutes jambes dans la rue et laissent, dans un même réflexe, le Kangoo sur place. Plus tard. Après quelques centaines de mètres, Jean et Michel peuvent enfin ralentir, il n'y a plus personne à leurs trousses.

QG de Schneider, il est très tôt et tout le monde est déjà sur le pont. Aujourd'hui est un grand jour. Le *challenger* présente son programme à une assemblée de grands patrons. Opération séduction. Il faut les convaincre que l'époque n'est plus à la mode du rouge révolutionnaire, ce qu'ils ont compris depuis longtemps, et que Schneider entend faire aussi bien que Guérin en matière de pouponnage des grandes entreprises françaises, mais là, quelques résistances demeurent, personne n'aime changer ses habitudes.

Le staff voit et revoit l'argumentaire, ajoute un détail, un chiffre ici ou là. Schneider suit d'une oreille distraite, et s'ennuie. Il trouve cette assemblée inutile. Et sa campagne trop conformiste, trop techno. Dumesnil lui dirait, qu'est-ce que tu crois ? Les chiens ne font pas des chats. Quand le texte sera au point, un communicant l'aidera à le dire avec du sentiment. En attendant, il boit un café et contemple la photo de son rival, au bord de l'évanouissement à la tribune d'un meeting, qui s'étale à la une de toute la presse du matin.

Dumesnil, assis à côté de lui, le surveille du coin de l'œil. « Ça fait plaisir à voir mais Guérin ne va pas calancher avant le deuxième tour. Ne compte pas trop là-dessus. Et les sondages que nous avons eus hier soir ne s'améliorent pas.

— Je sais. On a une idée de ce qui a provoqué son malaise ?

— J'ai eu des remontées, mais sous toutes réserves.

— Dis toujours.

— Il semblerait qu'Elisa Picot-Robert, la patronne de PRG, et la grande amie de Guérin, ait reçu deux fois la visite de la police dans le cadre de l'enquête sur l'assassinat de Benoît Soubise, ce flic détaché à la sécurité du CEA. Guérin aurait piqué une crise en l'apprenant, juste au moment de monter à la tribune. Moal a d'ailleurs fait un édito ce matin sur *France Inter* à propos des liens qui pourraient exister entre PRG et le meurtre de Soubise.

— Le CEA, PRG, Guérin, intéressant, non ? Il n'y a pas moyen d'activer nos réseaux à l'Intérieur et au CEA pour en savoir plus ?

— Si, évidemment, mais je ne suis pas sûr que ce soit productif.

— Fais-le quand même. »

Guérin, dans son bureau, enfoncé dans un bon fauteuil, achève en pleine décontraction une longue interview très sérieuse sur *La France de demain*, travailleuse, combative, en mouvement.

Devant lui, le journaliste relance en douceur, enregistre les mots, les phrases, séduit par le style et le ton.

Sonia entre. « Désolée, messieurs, c'est l'heure. La voiture attend. »

Les deux hommes se lèvent.

Le journaliste risque une ultime intervention. « Une dernière question, monsieur le Ministre. Ce malaise, hier soir… »

Guérin le coupe. « Il n'y a pas eu de malaise. C'est vraiment une lubie des médias. En entrant dans cette salle comble, chaleureuse, enthousiaste, j'ai été ému, profondément ému. J'ai senti physiquement l'attente de tous ces gens autour de moi. Ne pas les décevoir, vous comprenez ? Voilà, j'ai vécu quelques secondes d'intense émotion. La politique, c'est ça aussi, l'émotion. »

Le journaliste s'en va.

Sonia commence à ramasser dans le bureau quelques objets, stylos, agendas, mouchoirs, bonbons, pilules, une bouteille d'eau, qu'elle jette dans une serviette en cuir. « Un peu corde raide, mais bien récupéré pour hier soir. Le mieux possible. »

Guérin, assez gauche. « Sonia, j'ai besoin de toi. »

Elle, sensible au ton inhabituel, se tourne vers lui, brusquement attentive.

« Le moment est délicat et j'ai peur que cette histoire Soubise ne prenne une mauvaise tournure. »

Sonia, sourcils levés, surjoue la surprise. « Comment ça ? Qu'est-ce que tu as à voir là-dedans ?

— Absolument rien. Mais le Parquet a saisi un flic que tu connais, ce Pâris, là… Qui continue sa croisade contre les Picot-Robert et contre nous.

— PRG, je vois, j'ai lu la presse, mais toi ?

— S'il te plaît, Sonia. » Ton agacé. « Ne joue pas les fausses ingénues. Il a déjà fait une descente dans les locaux de PRG et, malgré des ordres très stricts de sa hiérarchie, hier, il a suivi Elisa jusque dans sa galerie d'art. Une manœuvre d'intimidation, sans aucun doute.

Je veux savoir s'il a en réserve quelques bombes qu'il a l'intention de nous faire sauter à la figure et…

— Tu comptes sur moi pour aller le lui demander.

— Exactement. Et lui conseiller fermement d'arrêter ce jeu dangereux. Pour lui.

— Je ne suis pas sûre que ce soit une bonne idée, ce type de démarche, en pleine campagne électorale. Il ne reste que dix jours à tenir. Et ma visite pourrait attirer l'attention. De Schneider, par exemple. »

Guérin s'approche de Sonia, tendre, il lui met la main sur l'épaule, cherche la complicité. « Pas quelque chose d'officiel, une rencontre presque amicale. Je te le demande, parce que je sais que tu peux le faire. Votre première rencontre, du temps de ton père… »

Sonia s'arrête un instant, songeuse. Pâris. Elle n'a pas pensé à lui depuis longtemps. Une voix, un ton, un regard. Une différence. Quelques moments étonnants. Envie de le revoir ? Elle tend la sacoche de cuir à son mari. « Bon, sois bien sage à Bordeaux, sans moi. Ne fais pas de bêtise. Je te rejoins ce soir. »

Dans la voiture qui l'emmène au Bourget, Guérin appelle Elisa. « Elle a accepté. Nous serons au clair ce soir. »

Dans les coulisses d'un grand salon de l'hôtel *Park Hyatt*, à deux pas de la place Vendôme, le staff de campagne de Schneider fait passer un examen de contrôle sévère à son candidat. La tenue est correcte, identique à celle des patrons du CAC. Le teint a été rehaussé par une touche de maquillage, pour faire ressortir la bonne santé du *challenger*. Schneider a déjà déclamé deux fois son texte et a été briefé sur tous les pièges possibles, et la façon de les éviter. L'entrée en scène est annoncée dans cinq minutes. Un assistant vient l'informer que dans la salle il y a une trentaine de patrons et deux fois plus de journalistes.

Dumesnil s'approche de Schneider. À voix très basse. « Nos amis confirment que PRG apparaît dans l'enquête de la Criminelle. Certains vont jusqu'à dire que la piste écoterroriste ne serait qu'un leurre. Ne t'emballe pas trop vite, mais je reconnais que c'est intéressant. Autre chose, le policier qui dirige l'enquête, le commandant Pâris... Tu te souviens de l'affaire Centrifor, voilà quelques années ?

— Vaguement.

— En gros, le vieux Pasquier a organisé le sauvetage d'une entreprise du 92, Centrifor, grâce à l'argent de l'État, avec le concours de PRG. Gros soupçons de commissions occultes. Dans le groupe chargé de l'enquête, un certain capitaine Pâris, alors à la BRIF. Comme il s'approchait trop près de Pasquier, il a été *promu* à la Criminelle. Et l'enquête a été enterrée. Il en aurait gardé une sérieuse rancune.

— D'après toi, ça vaut le coup de le rencontrer ? Il parlerait ?

— On peut essayer.

— Tu t'en charges ?

— D'accord. Allez, en scène. Et sois bon. »

Dans le car régie de France 2, stationné devant l'hôtel, Pierre Marsand est derrière la console. Sur un signe du réalisateur, il sélectionne une prise serrée sur le visage de Schneider, avant de suivre son regard et de balayer la salle, bondée et silencieuse.

À l'heure du déjeuner, Pâris quitte seul le 36. Besoin d'échapper quelques instants au poids du groupe, de glander tranquille. Dans ces cas-là, il a ses habitudes, un écailler, rue Saint-Jacques. Il le rejoint en marchant lentement, nez au vent. Profiter de temps à autre de la chance de travailler au cœur du vieux Paris. Façade de Notre-Dame, un bras de la Seine, le chevet de Saint-Séverin.

Son portable sonne, coup d'œil, sa femme, l'appel quotidien. Il ne répond pas, continue à marcher. Savoir où j'en suis, savoir ce que je veux. Trop tard, trop vieux. Alors ? Il décide de la rappeler. « C'est moi… S'il te plaît, pas maintenant… Pas au téléphone, je te dis… Oui, ce soir, un dîner… Astier ? Vingt heures ? J'y serai. » Pâris soupire, des choix qui n'en sont pas, remet le téléphone dans sa poche, lève le nez, il est devant le *Bar à Huîtres*.

Il entre, va s'asseoir au bout du comptoir, salue le garçon. Une douzaine de belons, une bouteille de pouilly-fumé, comme d'habitude. Le vin arrive, il se sert un verre, bien frais, comme il l'aime, commence à se détendre, ouvre le journal récupéré sur le bar. La télé, au fond du restaurant, passe quelques images de Schneider devant une assemblée de grands patrons, dans le cadre somptueux du Hyatt Vendôme, sans le son, qui a été coupé.

Le garçon lui apporte son plateau d'huîtres, commente. « Vous avez vu, le Schneider, il pète dans la soie, pareil que l'autre. »

Pâris grommelle et garde un œil sur son journal, tout en beurrant une tranche de pain de seigle.

« La place est libre ? Je peux m'asseoir ? »

Une voix féminine qui ne lui est pas inconnue. Pâris lève la tête et découvre Sonia Guérin, grimpée sur le tabouret à ses côtés. D'abord très surpris, puis amusé, il fait signe au garçon d'apporter un autre verre, le remplit de pouilly et le fait glisser vers elle sur le comptoir.

Sonia le prend, leurs mains se frôlent. « Six belons, pour moi, pour accompagner monsieur. » Elle goûte le vin, l'apprécie. « Vous n'avez guère changé. Toujours le même bar, les mêmes huîtres, le même vin.

— Vous n'avez guère changé ? Vous ? Ce n'est donc pas une visite amicale ? Alors, vous », Pâris insiste sur le *vous*, « non plus, n'avez guère changé, semble-t-il. Il vous plaît toujours ce petit pouilly-fumé. Et je parie que vous êtes venue me dire la même chose qu'à notre première rencontre, ne vous mêlez pas de nos affaires, laissez mon père, pardon, mon mari, tranquille.

— À peu près. Pierre est un teigneux. Il va être élu président. Vous prenez de très gros risques. Pour pas grand-chose.

— Pas grand-chose. » Pâris s'attarde un instant sur son verre, le vide d'un trait et le remplit à nouveau. « Vous savez, je touche le fond, côté vie privée. Alors, me renier sur le plan professionnel ? Maintenant ? Ce serait abandonner le peu qui me reste. Votre mari a tort de s'agiter. Les gens vont finir par s'en apercevoir et se demander s'il n'y a pas anguille sous roche. »

Ils finissent tous deux leurs huîtres en silence.

Pâris la dévisage de temps à autre, par-dessus le plateau. « Étrange démarche de faire intervenir sa femme pour protéger sa maîtresse. Pourquoi acceptez-vous ? Vous n'aimez pas ce rôle. Vous l'aimez d'autant moins que vous ne connaissez pas le fond du dossier. Et que, comme moi, vous détestez cette bonne femme. Vous seriez plus persuasive, sinon. Après votre père, les caprices de Guérin ? Vous n'avez pas envie d'être vous-même, libre, au moins une fois dans votre vie ? »

Sonia, troublée, plonge dans son sac, cherche ses cigarettes, fait tomber son briquet. Pâris le ramasse, joue un instant avec, fait jaillir l'étincelle. Elle se penche vers lui, la cigarette aux lèvres, effleure son épaule. Il respire l'odeur de ses cheveux, approche la flamme, allume la cigarette d'un geste lent, attentif, presque tendre.

Elle se redresse, tire une première bouffée. « Ma vie privée ne se porte guère mieux que la tienne. » Elle ramasse son sac, se lève, pose sa main sur la sienne. « Oublie ce que je suis venue te dire. Ça m'a fait du bien de te revoir. »

Pâris, la gorge nouée, la regarde s'éloigner. Une sacrée allure.

Au moment où Sonia Guérin et Pétrus Pâris commencent leurs huîtres, Elisa Picot-Robert entre comme une furie dans le bureau de Barbara Borzeix, un tirage d'imprimante à la main. Avant-première du *Journal du Soir*, cadeau d'Albert Mermet. Blanche de rage, elle profère quelques accusations à peine voilées à l'endroit de son employée. Elle serait à l'origine de fuites vers la presse. Qui mentionnent PRG et associent le groupe à la mort de Benoît Soubise. S'ensuivent des menaces de dépôt de plainte contre sa directrice juridique, pour divulgation d'informations confidentielles ou autre chose, on trouvera, et une promesse de carrière brisée, si jamais il s'avère qu'elle l'a ouverte.

Borzeix met quelques secondes à réagir, surprise par la violence de l'intrusion. Puis elle reprend le dessus, se lève, récupère sac à main et veste de tailleur, et plante là sa patronne. Juste avant de sortir, elle se lâche. « Je ne suis plus une gamine. Et j'ai toujours été réfractaire à l'hystérie. Je vous croyais mieux préparée à faire face ! »

Retour à la maison. Sur le chemin, quelques courses, des DVD au vidéoclub. S'enfermer, réfléchir. Est-ce que j'ai encore de quoi fumer ? Quand elle arrive chez elle, Borzeix s'empresse de débrancher téléphone et ordinateur, et d'éteindre son portable. Coupure totale jusqu'à lundi.

Dans la pénombre de sa chambre d'hôtel, Neal émerge difficilement d'un sommeil lourd, plombé au whisky. Très mal au crâne. Un rai de soleil entre les rideaux. Regarde sa montre, bientôt quatorze heures. Souvenir confus de ce qui s'est passé la veille. Début de beuverie dans les bureaux de Reuters. Et après ? Comment s'est-il retrouvé à son hôtel et dans son lit ? Il se traîne jusqu'à la douche, chaude, froide. Lendemain de cuite difficile à gérer, parce qu'il trimbale une énorme mauvaise conscience. Et qu'il n'a plus l'habitude. Il s'habille, en s'appliquant à chaque geste. Vaguement mal au cœur. Pas envie de manger. Mais une glace, bonne idée, plusieurs glaces, souverain contre l'envie de vomir, le café du coin se sert chez Berthillon.

En sortant de l'hôtel, il achète le *Journal du Soir*, le soleil lui fait mal au fond des yeux, il se réfugie dans l'arrière-salle du café, déserte et fraîche, commande un assortiment de sorbets, commence à se sentir mieux. Il ouvre le journal, cherche un article de Moal et le trouve. Quelques secondes avant d'arriver à fixer les lignes qui ont une fâcheuse tendance à s'emmêler, un temps avant de comprendre ce qu'il vient de lire. La piste des écoterroristes ne serait pas la seule piste suivie par la police, le groupe PRG et une dénommée Barbara Borzeix, directrice juridique, seraient-ils mêlés à l'histoire ? Neal est submergé par un flux d'adrénaline, les mains moites, les idées confuses et agitées. Ma fille hors de cause ? Un gros truc derrière tout ça ? Hors de cause, peut-être, mais pas hors de danger. Joindre Cooke. Il prend son portable, l'allume et reçoit le SMS que son ami lui a envoyé en début de matinée. « Je suis à mon bureau, passe me voir dès que tu as ce message. »

Vers quatorze heures trente, réunion des substituts dans le bureau du procureur. Les affaires courantes sont expédiées en trois quarts d'heure puis le ton change, très subtilement. Fourcade sait que la remontée de bretelles va être pour lui. Il l'a su à peine entré, quand il a aperçu l'exemplaire du *Journal du Soir*, ouvert aux pages *Société*, sur le bureau de son supérieur. PRG cité dans un article sur la mort de Soubise, le grand chef espère que ça ne vient pas de chez eux, sinon il se montrera intraitable. Il insiste sur la nécessité de tenir ses enquêteurs. Fourcade sent les regards des autres magistrats sur lui. Il ne dit rien, ne réagit pas puisque l'on ne s'adresse pas directement à lui. Se justifier reviendrait à reconnaître sa faute, et là, il ne voit pas où il aurait pu en commettre une. Et il ne croit pas une seconde que Pâris ait à nouveau débordé. Pas après ce qu'ils se sont dit la veille. Ou alors, il a extrêmement mal compris le bonhomme. Il laisse passer l'orage, même s'il est très agacé.

En quittant le restaurant, Pâris est perturbé. Il croyait cette page-là tournée. Elle devrait être tournée. Elle ne l'est pas. Aucune envie de s'enfermer au 36, il appelle Pereira pour prendre des nouvelles et se laisser le temps de réfléchir à la suite de son après-midi.

Le taulier te cherchait encore, tout à l'heure…

« C'est plus de l'amour, c'est de la rage ! À ton avis, il était contrarié ? » Fichard ne lit pas la presse, trop paresseux, mais il est très sensible aux soubresauts de la hiérarchie. Et entre l'incident d'hier, à la galerie, et l'article de Moal, cet après-midi, des soubresauts, il y en a eu. À commencer par la visite de Sonia.

Pas du tout. Plutôt le contraire. Il voulait savoir où nous en étions.

« Tu lui as dit quoi ? » Clope, briquet, se concentrer sur la fumée qui envahit ses poumons. C'est si bon.

T'inquiète, on est bordés. Je lui ai parlé de Courvoisier, du squat et de notre seconde visite de ce matin, plus approfondie, qui a fait chou blanc. Il a paru déçu mais sans plus.

« Sans plus ? Le con ! Moi, je suis déçu. Je pensais qu'on le tenait. »

Je crois qu'on le tenait.

« Raconte. »

Coulanges est rentré juste après ton départ. L'arabe du café d'en face lui a dit qu'il y avait eu du grabuge, cette nuit, chez les artistes. Tentative de cambriolage. Quand l'agitation est retombée, trois personnes ont quitté l'immeuble en voiture. Une des trois correspond au signalement de Courvoisier. La piste est chaude.

« Enfin une bonne nouvelle ! Du côté de la petite Jones-Saber, ça dit quoi ? »

Dudu est sur place avec Besnier. Il cherche. Je lui ai envoyé Estelle et Thierry parce qu'il y a pas mal de refuges potentiels à visiter.

Pâris laisse filer quelques secondes sans rien dire. Il pense à Neal Jones-Saber qui s'inquiète pour sa fille. Il se demande ce qu'il penserait d'un mec qui traquerait ses propres enfants. Un mec comme lui. Il ne serait sans doute pas rassuré.

Tu vas pas repasser au bureau ?

« Je vois Christelle ce soir. »

Silence.

« Deux jours qu'elle cherche à me joindre pour qu'on ait une discussion entre adultes. » Dernier fixe de nicotine, il écrase sa cigarette à moitié consumée, enrage en silence de ne pas arriver à chasser de son esprit l'image de Sonia, à côté de lui, au comptoir. « Entre adultes, mon cul… »

Si t'as besoin de parler après, appelle, je laisse mon portable allumé.

« Merci. » Que restera-t-il à dire, après ?

Quand Neal Jones-Saber entre dans son bureau, Cooke est en pleine bourre, très concentré sur un article. Il lui fait signe de s'asseoir et d'attendre. « *I'll be just a minute.* »

Neal lui tourne le dos, écoute le cliquetis du clavier, les bruits du journal qui parviennent par la porte ouverte.

Cooke envoie son article sans le relire et se tourne enfin vers son ami. « Alors, tu as lu Moal ?

— Naturellement.

— *It's going to be big.* Peut-être une affaire d'État. T'en penses quoi ?

— Rien, je cherche Saf'.

— Mon vieux, le meilleur moyen de la retrouver, c'est de tirer tout ça au clair. Et c'est pas en restant assis sur ton cul, à te saouler la gueule en t'apitoyant sur ton sort, que tu l'aideras à se sortir de là. Je suppose que tu es encore capable de comprendre ce que je te dis ? »

Neal ferme les yeux, se tait.

« Toi, en free-lance. Juste sur ce coup-là. J'ai appelé Londres ce matin, après avoir entendu Moal à *France Inter*. Ils sont d'accord. Et plutôt deux fois qu'une ! »

Le père de Saffron ouvre les yeux, se lève lentement. « Par quel bout je commence ? Je pourrais peut-être aller voir cette Borzeix dont parle Moal ? »

Cooke vient à lui, hilare, et lui donne l'accolade. « Mon vieux Neal, j'attends ça depuis vingt ans. Enfin, presque. » Il sort de son tiroir une bouteille de whisky. « On arrose ?

— Non, pitié, j'ai déjà du mal à me remettre de celle d'hier. J'ai plus l'âge pour ces conneries. Les vieilles habitudes de travail, OK, mais pour le whisky, attendons un peu.

— Regarde, je t'ai déjà installé une table, à côté de la porte. Pas grand-chose, mais c'est tout ce qui reste. Je t'ai même trouvé un vieux Mac. Dedans, je t'ai copié trois dossiers.

— Tu étais tellement sûr que j'allais accepter ?

— Premier dossier, ce que j'ai pu trouver sur Pâris, comme tu me l'avais demandé. Tu liras, c'est étonnant, ce type a déjà une longue histoire avec Guérin et PRG, une histoire qui doit véhiculer pas mal de haines. Mais autant que je puisse en juger, pas un profil de tordu. »

Neal s'installe devant la bécane.

« Deuxième dossier, l'entreprise PRG. Une analyse très économique de la boîte, ce qu'elle couvre, l'évolution du secteur. »

Neal clique sur l'icône qui porte le nom du groupe de BTP et trône au centre du bureau de l'ordinateur.

« Troisième dossier, Picot-Robert, Pasquier, Guérin. La façon dont ces familles se sont fait la courte échelle pour arriver à la conquête du pouvoir et de l'argent. Je t'avais déjà raconté ça, en gros, au déjeuner *Chez Gérard*. Ici, j'ai regroupé pas mal de documents pour que tu puisses te faire une idée précise. À mon avis, tu devrais lire tout ça avant de rencontrer qui que ce soit. Mais avant de t'y mettre, je vais nous chercher deux cafés, et je te raconte une histoire. »

Quelques minutes plus tard, les deux hommes, assis à leur bureau, boivent lentement un café chaud, plutôt mauvais.

Cooke a ajouté dans le sien une lampée de whisky, pour passer le goût. « Ce que je te raconte, je ne l'écrirai pas, mais il faut que tu le saches. Le vieux Pasquier avait épousé en secondes noces une femme qui avait trente ans de moins que lui, et dont il était éperdument amoureux. Denis Picot-Robert, un très bel homme, plus jeune que Pasquier, sûr de lui et conquérant, prêt à écraser tout le monde y compris ses meilleurs amis, a levé la femme de Pasquier, au vu et au su de toute la presse people française. On dit que le chagrin a tué le vieux. Sa seule fille, Sonia, qui l'adorait, ne l'a pas pardonné à la famille Picot-Robert, et quand Denis est mort dans un accident d'avion, elle a transféré sa haine sur la belle Elisa, qui passe pour être aujourd'hui la maîtresse de Guérin.

— Les Atrides à la française, une histoire pleine d'adultères et de fric. Mais pourquoi tu me dis tout ça ? Quel rapport avec Saffron et le meurtre de Soubise ?

— Sans doute aucun. Mais sait-on jamais. »

Vers dix-sept heures, le lieutenant Pierre-Marie Durand et le brigadier Claude Mesplède sont garés, moteur au ralenti, sur le bas-côté d'une petite départementale qui longe la Seine, à l'entrée d'une voie privée sommaire bordée de chênes centenaires. Durand, assis côté passager, a déplié une carte sur ses genoux. « C'est là je crois. » Un panneau de bois, cloué à un arbre, indique *Moulin de Saint-Pierre.*

Une 2 CV rouge se matérialise sur le chemin, cahote sur ses suspensions jusqu'à la route. Au volant, une femme, âge incertain, foulard sur la tête, grosses lunettes de soleil qui lui mangent le visage. Elle tourne devant eux en direction de Paris sans leur prêter la moindre attention.

Les deux policiers la regardent s'éloigner puis reviennent à la piste creusée d'ornières. « Si elle, elle est passée, on peut y aller. »

Dans son rétroviseur, Saffron voit la Peugeot grise partir en direction du domaine de Tamara. Son cœur bat la chamade, sans qu'elle comprenne trop pourquoi. Deux types, dans une voiture anonyme, ici, au milieu de nulle part ? Pourtant, ils l'ont laissée passer. Et ils ne la suivent pas. Trouver une autre planque ? Que ferait Erwan ?

Sonia Guérin a rejoint son mari sur les plateaux de France 3 Région Aquitaine.

À la fin de l'enregistrement, après être passé au démaquillage, le candidat se dirige très vite vers elle, la prend par le bras, attentif et souriant. « Tu l'as rencontré ?

— Oui.

— Eh bien, comment a-t-il réagi ? Raconte.

— Je ne lui ai pas parlé de son enquête. »

Guérin lâche le bras de Sonia. « Je peux savoir pourquoi ? »

Sonia est très froide, le visage sérieux et fermé. « Pour deux raisons. La première, je pense que la démarche était inutilement contre-productive, je te l'avais dit. La seconde, plus importante, j'ai de l'estime pour cet homme », la voix appuie le mot *homme*, « et je ne tiens pas à me déconsidérer à ses yeux ». Et elle s'éloigne rapidement.

Guérin reste sans voix.

Astier, une institution du onzième arrondissement. Une institution dans leur vie, leur vie d'avant. Avant les filles, avant tout le reste. Pâris entre dans le bistrot.

Christelle est déjà là, un verre de blanc et quelques fines tranches de saucisson dans une coupelle devant elle. Elle le regarde approcher, n'ose pas bouger ou sourire. Ce soir, ils jouent tapis et elle le sait.

Il s'assied, ils échangent quelques mots de rien, il commande le même apéro que sa femme. Il pose son mobile sur la table, n'a plus la force ou le besoin de préciser « pour le travail ». Et son vin arrive en même temps qu'un appel de Pereira. Pâris décroche, ne prend pas la peine de se lever. « Je t'écoute. »

T'y es déjà ?

« Oui. »

Alors pardon de déranger mais je pensais que tu voudrais savoir. Coup dans l'eau pour Saffron Jones-Saber. Durand aimerait qu'on planque près d'une communauté d'intellos barrés mais je pense qu'on va perdre notre temps.

« Courvoisier ? »

Ça donne rien non plus.

Coup d'œil à sa femme. Ce qu'elle lui renvoie n'est pas tendre. « Je te laisse. On en parle demain. » Pâris raccroche.

« Tu vas l'éteindre ?

— Non.

— Nous avons des choses importantes à nous dire.

— Ça aussi, c'est important.

— Trop. »

Un maître d'hôtel vient prendre la commande. Pâris, peu inspiré, se contente d'une viande, saignante, sa femme prendra une entrée, avec un bar de ligne. Et encore du blanc, une bouteille.

Dès qu'ils sont à nouveau seuls, elle embraye. « Qu'est-ce qui t'arrive ? Qu'est-ce qui nous arrive ? »

Pâris ne répond rien, ses yeux passent de son verre de vin à son téléphone, désespérément muet.

« Tu as pensé aux filles ? »

Saffron arrive au *Bar du Pacifique*, à l'angle des rues de Belleville et des Pyrénées, par cette dernière, après avoir remonté la rue de la Mare, depuis Ménilmontant où elle a garé la 2 CV. Elle est en avance, s'installe sous l'auvent, devant le café, pas tout à fait au bord du trottoir, juste assez en retrait, commande un demi, se met à attendre. Elle est tendue. Toujours pas rassurée à cause de ces deux hommes croisés à la sortie du *Moulin*. Impression que le temps s'allonge, que Julien ne va jamais arriver.

Sa bière sur la table. Une bande de gardiens de la paix, deux hommes, trois femmes, pantalons de treillis bleu marine, chemisettes blanches, presque tous en surpoids, passe devant le café, s'arrête un instant. L'un des flics salue le propriétaire, ils tchatchent. Coincée ! Trop tard pour s'esquiver aux toilettes, cela attirerait l'attention sur elle. Saffron détourne aussi naturellement le visage qu'elle le peut, derrière ses lunettes et sous son foulard, et fait semblant de s'intéresser à une affiche, sur l'une des portes vitrées. Attendre, encore, qu'ils partent.

Julien sort du métro à la station Belleville. Il n'est pas seul, sa sœur et un autre mec du squat l'accompagnent. Ils remontent la pente en direction de la rue des Pyrénées. À mi-chemin, son escorte le lâche, comme prévu, au milieu de la foule chinoise, très active à cette heure de restauration et de business. Le soir approche, les devantures s'allument, idéogrammes et couleurs criardes redessinent les façades. La rue est encombrée par les voitures, bouchons en montée et en descente. Boucan d'enfer.

L'informaticien se faufile entre les gens, sur le trottoir, parfois sur le bitume, entre les vélos et les voitures. Il marche d'un bon pas, le souffle court, pressé d'en finir, de se débarrasser de cette clé USB qui lui brûle la paume de main, dans sa poche. Tout donner à Saffron. Se faire dire où récupérer l'autre clé, disparaître jusqu'au signal d'Erwan, quand tout sera terminé. Il sait où il va aller. Il a un pote dans le Sud, à Marseille. Ce sera bien, prendre un peu le soleil, enfin, se baigner. Loin de tout ça.

Il arrive au carrefour, ne peut s'empêcher de jeter un œil en direction du bar. Une patrouille de flics ! Ils s'éloignent, d'un pas tranquille. Saffron est là. Ils ne l'ont pas vue. Il ne la rejoint pas encore, dépasse les Pyrénées, continue à monter sur cent mètres, observe les deux côtés de la rue, comme Erwan le lui a appris, pour voir s'il y a des véhicules suspects, en embuscade. Si quelqu'un le suit.

Mais rien.

Rassuré, Julien revient sur ses pas. À l'approche du café, alors qu'il se trouve encore sur le trottoir d'en face, il ne peut s'empêcher de sourire à Saf', qui vient de l'apercevoir. À peine s'il parvient à se retenir de lever la main pour lui faire un signe.

Puis une voiture vient boucher son horizon, en se posant devant lui, à l'angle du croisement. Il n'y prête pas attention, il y a des gens autour de lui, ce grand black… La porte latérale de la voiture est ouverte, il se sent bousculé vers l'avant, commence à râler mais une main vient se poser sur sa bouche, il n'a même pas le temps de crier. Sur l'instant, une réflexion, il porte des gants et la peau de son poignet est noire. Poussée, par l'arrière. Julien bascule en avant dans l'utilitaire. Un corps pesant retombe sur lui. Il sent que le véhicule bouge, une décharge électrique, puis c'est le noir.

Saf' a vu Julien lui sourire. Saf' a vu des gens à côté de lui, au feu. Saf' a vu la voiture, un utilitaire qui s'arrête juste devant Julien. Saf' a vu son ami s'en approcher dans un mouvement bizarre, peu naturel, puis disparaître à l'intérieur. Beaucoup de gens autour. Que se passe-t-il ? Elle se lève, trop lente, renverse sa table et sa bière sur un autre client qui gueule. Elle s'en fout, elle hurle le prénom de Julien. Trop lente. Elle veut sortir mais un homme l'attrape par le bras. Elle hurle de nouveau, encore plus fort, se débat. Trop lente. Ça se lève autour d'elle, sa vue est occultée. Elle est dehors, enfin. Trop lente. Quelqu'un la retient toujours. L'utilitaire disparaît en direction des Buttes-Chaumont. C'est le patron qui l'enguirlande. « Il faut les poursuivre ! » Trop lente ! La patrouille de flics arrive en courant. Ils ont entendu les cris.

Trop tard.

« Qu'est-ce que tu veux entendre ? Que tout est de ma faute ? »

Se retenant de crier, Christelle plonge le nez dans son dessert, un fondant au chocolat, qu'elle ne parvient pas à terminer.

Pâris la dévisage, agacé, amer. Tout ce cirque lui pèse, il ne rime à rien. Je ne supporte plus toute cette hypocrisie. Il n'y a plus rien à sauver, sauf les apparences. Et encore. À mesure que le dîner avance, la tension monte et leurs voisins de table profitent du spectacle pathétique qui leur est offert.

Le mobile du policier se met à sonner. Il le regarde. Pereira. Une deuxième fois ? Une urgence.

Sa femme a vu le coup d'œil à la dérobée. « Si tu réponds… »

Pâris décroche.

On a la petite Jones-Saber…

« Quoi ? Comment ? »

Le hasard. Une patrouille, à Belleville. Ballester est allé la chercher avec Thomas pour la ramener chez nous…

« J'arrive. » Pâris se lève, fouille ses poches, trouve des billets, les jette sur la table. Il y a sans doute trop. « Je suis seul responsable. J'aime mon boulot. Plus que toi. Plus que les filles. C'est dit. Je ne changerai plus, c'est trop tard. Refais ta vie, tu mérites mieux. » Il sort sans attendre la réaction de Christelle, court presque jusqu'à sa voiture, met le contact. Il est heureux, pour la première fois depuis longtemps. L'image de Sonia Guérin s'impose alors à lui. Pourquoi ? Brève réminiscence de ses dernières paroles, *ça m'a fait du bien de te revoir…* Pâris fonce en direction du 36.

5

Vendredi

Pâris est déjà installé derrière son bureau, avec Pereira, assis sur un coin de table, quand Saffron Jones-Saber arrive, droite comme un *i*, diaphane et jolie malgré ses vêtements sales et fripés, et le visage creusé d'avoir trop pleuré. Peu de ressemblance avec son père, sauf peut-être la ligne des yeux.

Derrière elle, qui la poussent, Ballester et Thomas. Ils ont tous les deux l'air agacé et le premier réflexe de Ballester, lorsqu'il aperçoit son chef de groupe, est de secouer la tête.

Pâris se lève, dépasse la jeune femme sans lui adresser un regard et va s'entretenir à voix basse avec son procédurier. Un hochement de tête et Pâris revient vers Saffron. D'un geste, il l'invite à prendre place sur une chaise, en face de lui.

Saf', prête au pire, se contracte tout en posant pour la première fois les yeux sur ce nouvel interlocuteur.

Pâris offre à la jeune femme son plus beau sourire. « Bonsoir, mademoiselle Jones-Saber. Je suis ravi de faire enfin votre connaissance, j'ai beaucoup pensé à vous ces derniers jours. »

Saf' ne lui renvoie qu'un regard noir opaque.

« Il y a beaucoup de choses dont j'aimerais m'entretenir avec vous.

— J'ai rien à vous dire.

— Au contraire.

— Vous avez pas le droit de me garder ici ! » Saf', énervée, bouge et fait mine de partir.

D'une main ferme sur son épaule, Pereira la force à se rasseoir.

« Me touche pas, espèce de porc !

— Laissez tomber votre petit numéro de gauchiste en herbe. » Alors qu'il prononce ces mots, Pâris surprend une lueur de peur dans le regard de Saffron. « Vous savez, vous n'avez rien à craindre de nous si vous vous montrez coopérative.

— Sinon quoi, je vais avoir droit au même traitement que Julien ? Toute la panoplie des brutalités policières ? Ils l'ont emmené où, vos potes ?

— De qui parlez-vous ?

— De vos copains. Ceux qui ont embarqué mon ami Julien à Belleville.

— Courvoisier ? » Pâris regarde Pereira qui hausse les épaules.

« Je l'ai dit aux autres, dans le vingtième, des gars de chez vous l'ont emmené de force dans une bagnole banalisée. Devant moi. »

Ballester intervient. « C'est effectivement ce qu'elle a raconté aux collègues du commissariat. Sauf qu'ils n'avaient aucune patrouille en civil dans le coin à ce moment-là. Et personne n'a vu quoi que ce soit, sur place. À part elle, qui gueulait.

— La BRI ?

— Négatif, j'ai vérifié. »

Pâris se tourne à nouveau vers Saffron. « Vous aviez rendez-vous avec Julien Courvoisier ? »

Silence.

« Et si vous nous expliquiez tout depuis le début ? Peut-être que nous pourrions alors comprendre ce qui est arrivé à votre complice. »

Rire sarcastique de Saf', plus pour se donner une contenance qu'autre chose, parce que la peur est toujours là. « Pas mal votre petit numéro, mais ça prend pas. C'est vous qui avez embarqué Julien, personne d'autre.

— Si c'était le cas, nous le saurions. »

Pas de réaction.

« Je pense que vous ne réalisez pas la gravité de votre situation.

— Vous me retenez pourquoi ? » Saf' se lève à nouveau.

Pereira la repousse de la main. « Assise !

— Je t'ai dit de pas me toucher, connard ! Je suis en garde à vue là, ou quoi ? Parce que sinon, j'ai rien à foutre ici !

— Calmez-vous. Vous aviez donc rendez-vous avec Julien Courvoisier. »

Silence. Qui dure.

Pâris considère longuement la jeune femme. Elle s'est repliée en elle-même et, dans l'immédiat, ils n'en tireront plus rien. Il consulte sa montre, soupire. « Mademoiselle Jones-Saber, il est minuit vingt-trois. À compter de cet instant, vous êtes en garde à vue pour complicité de meurtre en bande organisée sur la personne du commandant de police Benoît Soubise. Le brigadier Thomas va vous conduire sans attendre à l'Hôtel-Dieu pour que vous y subissiez un examen médical. Puis nous reprendrons cette conversation, si possible dans de meilleures dispositions. »

La seule chose que Julien perçoit de son environnement, c'est l'écho que provoque chaque bruit, chaque parole. Et la fraîcheur. Il se trouve dans une grande pièce qui résonne et qui est froide. Sous ses pieds, le sol est dur et glisse comme s'il était couvert de poussière. Il a un sac sur la tête, les mains attachées dans le dos par des liens qui lui coupent la circulation et il est assis sur une chaise. Il a mal dans tout le corps. Et il a peur.

« Alors, petit con, t'allais faire quoi à Belleville ? » La voix est celle d'un homme, très agressive. Vaguement familière. « Réponds ! »

Cette familiarité accentue le malaise de Julien. Où a-t-il entendu cette voix ? Il met du temps à réagir et une gifle vole, rapide. Elle claque et le cueille sur le côté du crâne, au niveau de l'oreille.

Bourdonnement violent, la toile qui lui recouvre le chef n'a rien amorti.

« Dépêche ! » Une autre.

Julien crie, il sent les larmes lui monter aux yeux.

« Tu faisais quoi, à Belleville ? »

Guerriers, tu parles, sacré merdier, oui.

« Accouche, j'ai pas toute la nuit. »

Troisième gifle, un revers, pleine face. Son nez le pique, puis il a le chaud et le goût de son propre sang, très métallique, sur les lèvres, dans la bouche.

« Tiens, regarde. » Une autre voix, elle aussi masculine, plus grave, plus calme aussi.

Julien ne parvient pas à entendre la suite de la conversation.

« C'est quoi, cette clé USB ? » À nouveau la première voix. « C'est là-dessus que t'as enregistré les trucs ?

— Oui.

— T'as des copies ?

— Non, c'est la seule !

— Te fous pas de notre gueule ! »

Baffe qui claque.

« C'est vrai ! Je vous jure ! »

Jean donne un coup de coude à Michel. Une flaque est en train de se former entre les pieds de leur prisonnier. « C'est sûr, la révolution, la vraie, ça fait mal ! » Échange de sourires. « Pas facile, hein, quand on n'est plus planqué derrière son ordi ? »

La voix du début revient. « Alors, qu'est-ce que tu foutais à Belleville ? Réponds ou je te cogne.

— J'avais rendez-vous.

— Avec qui ?

— Une amie.

— C'est qui cette amie ? »

Hésitation. Un coup de poing cette fois. Aux côtes flottantes. Julien peine à reprendre son souffle. La douleur est aiguë, il a l'impression qu'une lame lui déchire le côté gauche. « Saffron... » Entre deux hoquets. « Elle s'appelle Saffron... Jones... Saber.

— Comment tu lui as filé rencard ?

— Par le Net.

— Ah ouais ? Mais encore ? »

Pas de réponse. La punition est immédiate. Une nouvelle gifle part.

« Facebook, on a des comptes Facebook. Avec des noms de Gédéon.

— C'est quoi ça, Gédéon ?

— Une BD.

— Tu nous prends vraiment pour des cons, hein ? »

Michel lève la main pour frapper mais Jean le retient. « Attends. Gédéon. C'est quoi les noms ?

— Moi... » Inspiration. « Placide Lechien. Tout attaché Lechien. » Râle. « Erwan c'est Gédéon Le... Lecanard. Tout attaché aussi. » Julien crache dans la cagoule. « Saf', c'est... » Il renifle. « Roudoudou Lelapin. Et...

— Pourquoi vous aviez rendez-vous ?

— Pour les clés USB.

— LES clés ? » Michel se jette sur Julien et l'empoigne brutalement. « Tu te fous de ma gueule ? Tu as dit qu'il n'y en avait qu'une seule ! » Claque. « Elle est où, l'autre ? Où ? » Claque.

« J'en sais rien ! » Julien détourne le visage, pour tenter de se protéger de la violence à venir. « Saffron devait me le dire ce soir !

— Il y a quoi dessus ? Parle, il y a quoi ? » Michel se met à secouer le prisonnier si fort que la chaise sur laquelle il est assis bascule. Le policier part en avant, entraîné par le poids de Julien. Qu'à cela ne tienne, dans sa rage, il met les deux genoux devant lui et, profitant de l'inertie, tombe lourdement sur la poitrine du jeune homme. Quelque chose craque sous ses rotules.

Des côtes.

Julien hurle.

Mais Michel n'y fait pas attention. Il lui cogne la tête contre le sol de béton. « Il y a quoi dessus ? » Encore une fois. « Réponds, enculé ! »

Le corps du militant est pris de tremblements et de contractions. Grandes respirations sifflantes. Des gargouillis se font entendre sous le sac.

Jean se précipite, défait la cordelette qui maintient la toile attachée autour du cou de Julien et la retire d'un coup sec. Yeux révulsés, peau bleuâtre, nez encombré par des caillots, salive rougeâtre qui coule de la bouche. Respiration pénible. Toux liquide. « Il est en train de s'étouffer ! » Coup d'œil à Michel, qui s'est reculé et ne sait plus que faire. « Putain ! Qu'est-ce que t'as fait ? » Jean bascule Julien en position latérale de sécurité, lui dégage les voies aériennes, mais ne provoque qu'un afflux de sang supplémentaire. Entre deux spasmes, un mot, *film*, puis le début d'un autre, *meur*. Puis plus rien. Julien est parti.

Un policier en uniforme prend Saffron en charge à son retour de l'Hôtel-Dieu. « Votre avocat est là. »

La jeune femme, qui n'a plus ouvert la bouche depuis une heure, fronce le nez. « J'ai pas d'avocat. Et j'ai rien à lui dire.

— C'est la procédure. Levez-vous. » Le gardien de la paix l'emmène dans un réduit aménagé à l'extrémité d'un couloir, une table, deux chaises, la lumière sinistre d'un plafonnier.

Un homme d'une soixantaine d'années, petit, le visage avenant, lunettes sérieuses, une belle chevelure blanche, costume strict, l'attend. Il se lève pour se présenter. « Maître Leterrier, je suis votre avocat. À moins que vous ne me récusiez, évidemment. »

Saffron, le visage blanc, le corps crispé, reste sur la défensive. « Qui vous envoie ?

— Votre père, mademoiselle.

— Dad ? » Surprise puis agressivité. « Il est à Cahors. Il en a rien à foutre de ma gueule ! »

Maître Lemercier s'est rassis. Il la regarde par-dessus la monture gris acier de ses lunettes. « Votre père est à Paris depuis dimanche dernier. Pour vous retrouver. Il m'a tiré du lit il y a moins d'une heure et nous nous sommes rencontrés. Il m'a semblé plutôt inquiet pour quelqu'un qui n'*en a rien à foutre de votre gueule*. Au moment où je vous parle, il m'attend dehors pour avoir des nouvelles fraîches. »

Désarçonnée, Saf' prend place en face de son interlocuteur avec des gestes gauches, sans jamais le regarder. « Comment il a su ? Je ne l'ai pas fait prévenir…

— Il en a été peiné, d'ailleurs. Il a été mis au courant par le responsable de l'enquête, qui l'a croisé au cours des derniers jours et le savait inquiet. Démarche assez inhabituelle. Et probablement pas gratuite. » Maître Lemercier enchaîne. « Nous avons très peu de temps, ne le gâchons pas. Je suis ici pour m'assurer que vous avez été bien traitée et je prendrai régulièrement de vos nouvelles pendant toute la durée de votre garde à vue.

— Combien de temps ? » demande Saffron, d'une petite voix.

« Vous êtes partie pour au moins vingt-quatre heures mais…

— Mais ?

— Vu ce dont on vous soupçonne, un homicide, et la qualification de bande organisée, cela peut aller jusqu'à quatre-vingt-seize heures. »

Saf' effectue le calcul en silence. Quatre jours… Elle se recroqueville.

« Et le fait que la victime a été officier de police n'arrange rien. Je n'ai pas encore eu accès à votre dossier pour commencer à préparer votre défense, mais votre père m'a déjà appris tout ce qu'il savait. Y a-t-il quelque chose que vous vouliez me dire ?

— Oui. Un de mes amis, Julien Courvoisier, avec lequel j'avais rendez-vous hier soir, a été enlevé dans la rue, sous mes yeux. Il a été poussé dans une camionnette blanche. J'ai crié, j'ai voulu rattraper la camionnette, mais les clients du café m'en ont empêchée. Ensuite, les flics m'ont arrêtée. J'ai la trouille pour lui. » Elle ferme les yeux, revoit les deux silhouettes de la vidéo. « Il faut faire quelque chose.

— Vous avez signalé cet enlèvement aux enquêteurs qui vous interrogent ?

— Oui. C'est même la seule chose que j'ai dite. Ils ne me croient pas. Ou plutôt ils font semblant de ne pas me croire. Parce qu'ils savent.

— Ils savent quoi ?

— Que c'est leurs potes qui ont kidnappé Julien.

— D'autres policiers ? »

Saf' acquiesce.

« Vous avez des preuves de ce que vous avancez ?

— Je le sais, c'est tout ! De toute façon, j'ai décidé que je ne dirai plus rien.

— Pas facile de résister aux gens d'ici, vous savez. Mais ce serait préférable jusqu'à ce que nous en apprenions plus. Maintenant, et de façon parfaitement confidentielle, avez-vous un message à faire parvenir à votre père ? »

Saffron regarde fixement l'avocat pendant quelques secondes. Proposition vraiment inattendue. Un piège ? Une chance qui se présente ? Penser, penser vite. Et prendre une décision. « Oui. Dites-lui : Poste du boulevard de l'Hôpital, boîte numéro 137, ma date de naissance. À partir de douze heures, et jusqu'à treize heures, *Chez Jenny*, premier étage. »

L'avocat se lève, l'entretien est terminé.

Ultime angoisse de Saf', à présent qu'elle a craché le morceau. « Vous vous souviendrez ? »

Sourire. « Je crois, oui. »

L'aube est grise, le jour pas encore tout à fait là. Prenant garde à chaque pas, Jean et Michel s'approchent de l'eau par un petit sentier qui file dans la végétation dense du bord de Marne. Parvenus à la rivière, ils se débarrassent de leur fardeau, saucissonné dans de vieilles couvertures de déménagement grises. Balancements, un, deux, trois, et le cadavre de Julien Courvoisier troue la surface à quelques mètres du bord. Lesté, il disparaît rapidement sous les eaux.

« Hé ! Qu'est-ce que vous foutez tous les deux ? »

Les deux hommes, surpris, localisent rapidement l'origine de la voix. Un ponton branlant, à une trentaine de mètres de là où ils se trouvent. Ils y distinguent la silhouette d'un homme, noire contre le ciel plus clair. Avec un chien. Gros.

Le bruit provoqué par le choc avec la surface a attiré l'attention de cet insomniaque venu avec son berger se promener là. En voyant les deux hommes filer, un grand et un petit, c'est tout ce qu'il a aperçu, après qu'ils ont jeté leur truc à l'eau, il se précipite vers la route. Un moteur démarre. Bientôt, une Peugeot sombre file dans la direction opposée. Le promeneur sait que c'est une 307 parce qu'il a la même. En revanche, il n'a pas le temps de noter le numéro d'immatriculation.

Après une nuit très courte, Neal se rend avec une certaine impatience à l'ouverture de la poste du boulevard de l'Hôpital. Poste restante. Il trouve le bon numéro, entre le code. La boîte s'ouvre. Dedans, une clé USB. Il l'empoche et s'en va. Puis il traîne dans le quartier, pour s'assurer de ne pas être suivi. Encore quatre heures avant le rendez-vous *Chez Jenny*. Il appelle Cooke. « Du nouveau, oui… Difficile à dire. T'es au bureau ? J'arrive. »

Michelet est arrivé très énervé, prévenu par le patron de la SISS.

Jean est dans la salle de réunion, seul, il attend. Il a refusé de transmettre aux informaticiens ce qu'il avait trouvé sur Courvoisier.

Quand le sous-préfet entre dans la pièce, en colère, Jean produit la clé de Julien et la pose sur la table.

« C'est la seule ? » Mouvement de Michelet pour l'attraper.

Jean place sa main sur le support de stockage USB. « Il y a quoi, là-dessus ? »

Le haut fonctionnaire recule, surpris à la fois par le ton de la voix et le geste d'insubordination, tous deux inhabituels. « Je vous l'ai dit, un enregistrement.

— De quoi ? »

Pas de réponse.

« Tu le veux, alors va falloir jouer franc jeu. Sinon, je le garde et je me débrouille avec ce que je vais y trouver.

— Où est Michel ?

— T'occupe pas de lui.

— Ça le concerne aussi. » Michelet fait signe au barbu de sortir. Dès que l'homme est parti, il reprend la parole. « Le soir où vous vous êtes introduits chez Soubise, Courvoisier piratait son ordinateur. Il a pompé le contenu de son disque dur mais, d'après notre ami », il montre le bureau, à l'extérieur de la salle de réunion, « il a aussi enregistré tout ce que voyait la webcam de Soubise. Jusqu'au moment de sa mort ».

Jean pige tout de suite. « Il y a un film du meurtre ?

— Peut-être. Sans doute.

— T'attendais quoi pour nous le dire ?

— J'avais peur de votre réaction. Surtout celle de votre acolyte. J'ai eu tort. Maintenant ça va, puisqu'on l'a récupéré. » Michelet montre la clé.

« Je ne sais pas ce que tu vas trouver là-dessus, mais ce n'est probablement pas ce que tu cherches. La vidéo, c'est Saffron Jones-Saber qui l'a. Courvoisier avait rendez-vous avec elle hier soir, quand on l'a intercepté. Pour faire l'échange. On a bougé trop tôt.

— Merde ! Et elle est où, cette putain de gamine ?

— J'en sais rien.

— Retournez parler à Courvoisier. Il faut qu'on la chope.

— Il est mort. »

Michelet ouvre la bouche mais ne dit rien. Stupeur sur son visage.

« Michel y est allé un peu fort, l'autre a fait un malaise. Je suis pas médecin. »

Le sous-préfet s'assied, abattu.

« On s'est débarrassé du corps. Ça va nous faire gagner du temps.

— Pour faire quoi ?

— Trouver Jones-Saber. Courvoisier a eu le temps de nous expliquer en partie comment ils se fixaient rendez-vous. Ils utilisent Facebook pour garder le contact. Scoarnec et la fille courent toujours, tout n'est pas perdu. On leur met la main dessus, vite, et ensuite on s'en débarrasse.

— Vous ne croyez pas que ça suffit, là ?

— Nous n'avons plus le choix. Que crois-tu qu'il se passera si les collègues de la Crim' les trouvent vivants avant nous ? Combien de temps avant qu'ils parlent ?

— On ne sait pas ce qu'ils ont vu véritablement. Vous étiez cagoulés.

— C'est ma vie et ma carrière. Je prends pas de risque.

— Ce sont des gosses.

— Ce sont des putains de terroristes qui font chier le monde. Quand tu joues à des jeux de grands, des fois, ça pique. »

Michelet regarde le grand black comme s'il le voyait pour la première fois.

« Et ça vaut aussi pour toi. »

La clé USB quitte la main de Jean et glisse jusqu'à celle du sous-préfet.

Pompiers et policiers s'activent sur les rives de la Marne. Dans l'eau, des plongeurs fouillent le lit de la rivière. Vers onze heures, l'objet que l'homme au chien a vu partir à la baille est repêché. Beaucoup plus en aval que l'endroit où il a été immergé. Le courant. Un Zodiac le ramène et vient le déposer sur une petite plage où tout le monde attend. Sa forme, sa taille et son poids ne laissent de doute à personne, et l'Identité judiciaire est appelée à la rescousse avec le légiste de permanence.

Quand celui-ci arrive, le temps de quelques clichés de référence, le *colis* est démailloté et les secouristes découvrent le visage gris d'un jeune mec. Il semble apaisé, malgré son teint morbide et les traces de coups. Un examen rapide indique qu'il est entièrement nu. Pas de papiers dans les replis des couvertures. Ils vont ramer pour l'identifier.

« J'ai déjà vu cette tronche. » Un brigadier-chef avec pas mal de bouteille finit cependant par reconnaître le mort. « Sur un avis de recherche lancé en début de semaine. »

Saffron vient de repartir en cellule. Fourcade, passé assister à la troisième audition de la jeune femme, reste un moment avec Pâris et Pereira dans leur bureau. Les deux policiers, avachis dans leurs coins respectifs, ont les traits tirés.

« Je m'inquiète pour Julien Courvoisier. » Pâris allume une cigarette. La dernière du paquet entamé la veille avant le dîner avec sa femme. Je fume déjà trop. Il écrase l'emballage en boule et le jette dans sa corbeille. « La petite n'en démord pas, de son histoire.

— Vous y croyez vraiment à sa fable sur des policiers impliqués dans un enlèvement ? » L'air sceptique du substitut ne laisse guère de doute sur sa propre opinion.

« Pour les collègues, non, évidemment. Mais le kidnapping…

— N'est-il pas possible qu'elle vous balade ? Gagne du temps ?

Pour que les deux autres puissent s'enfuir ? Vu qu'elle refuse de parler de quoi que ce soit d'autre.

— Deux de mes gars sont retournés voir la sœur de l'informaticien, tôt ce matin. Elle a fini par avouer qu'elle avait hébergé son frère pendant quelques jours. Jusqu'à la tentative de cambriolage, avant notre visite. Ensuite, ils ont squatté ailleurs pour une nuit puis elle a accompagné son frère à Belleville, avec un ami, pour son rendez-vous. Ils l'ont lâché à cent mètres à peine du lieu de la rencontre. Elle a paniqué, quand elle a appris l'histoire de Mlle Jones-Saber. »

Fourcade se tait pendant un long moment. Il finit par terminer le café qui lui a été offert et par reprendre la parole. « À la lumière des récents développements, ce que j'ai à vous apprendre n'est guère rassurant. J'ai eu des réponses, officieuses mais apparemment fiables, de mes homologues italiens. »

Les deux policiers se redressent dans leurs sièges.

« Benoît Soubise s'intéressait à une entreprise appelée Trinity Srl., spécialisée dans le retraitement des déchets. Jusqu'ici, tout va bien. Sauf que la justice italienne soupçonne cette boîte de se livrer à des enfouissements illégaux de déchets de tous types, y compris nucléaires. En Libye, notamment. Récemment, elle a été associée à une sombre affaire de coulage de navires, eux aussi chargés de matières radioactives, au large des côtes italiennes. Et son capital appartiendrait en partie à des intérêts camorristes.

— La Mafia ?

— La Camorra. Ils sont sur le continent, eux. » Le substitut corrige Pereira. « Mais bon, c'est presque la même chose. Des gens qui ont l'habitude d'enlever ou de tuer ceux qui les gênent. Ici, à Paris, ce serait une première cependant.

— Quel rapport avec PRG ? »

Fourcade se tourne vers Pâris, l'air sévère. « Pourquoi y en aurait-il un ?

— Soubise enquête sur Trinity Srl. et dans le même temps tamponne Barbara Borzeix, directrice juridique de PRG.

— Deux choses qui n'ont peut-être rien à voir l'une avec l'autre. D'autant que, dans votre raisonnement, nos écoterroristes n'ont pas leur place. En revanche, si Soubise s'intéressait à Trinity pour le compte du CEA, afin de contrôler la probité de ses dirigeants et sa réputation, en vue d'une éventuelle collaboration par exemple, ce qui relevait de sa mission, et que nos militants antinucléaires en ont eu vent, peut-être se sont-ils mêlés de quelque chose qui les dépassait.

— Notre enquête ennuie pourtant Elisa Picot-Robert. Et ses amis politiques.

— Des gens qui, par nature, détestent que l'on s'intéresse à leurs affaires. Surtout en période électorale. Et surtout quand c'est vous. » Fourcade verrouille son regard sur Pâris. « J'espère que vous continuez à vous montrer prudent à leur égard. »

Hésitation du policier qui jette un œil en direction de son adjoint. « Avant-hier, j'ai croisé la route de Mme Picot-Robert. De façon tout à fait fortuite. Je ne lui ai même pas parlé. Je sais, en revanche que cette rencontre l'a », Pâris cherche le mot juste, « troublée ».

Fourcade considère un instant son interlocuteur, le visage neutre, puis se détend. « Remontée de bretelles du chef ? J'y ai eu droit aussi et je me demandais pourquoi.

— Non, cette fois, ils ont essayé la douceur.

— Et ?

— Je doute que cela ait fonctionné comme ils l'espéraient.

— Faites quand même attention, nous marchons sur des œufs. »

Midi, *Chez Jenny*, une grande brasserie alsacienne près de la place de la République, au décor surchargé et chaleureux, beaucoup de monde, beaucoup de passage. Le premier étage est moins fréquenté, mais il y a un va-et-vient incessant des clients qui se rendent aux toilettes. Neal estime le lieu plutôt bien choisi pour la circonstance. Il s'installe à une table près de la fenêtre, commande une choucroute maison, un demi de Kro et pose sur la nappe blanche, bien en évidence, la clé USB, sans manifester le moindre intérêt pour tous ceux qui l'entourent.

Le temps s'écoule très lentement. Neal se remémore chaque mot, chaque expression de l'avocat. *Votre fille est très secouée par son arrestation, peu préparée à faire face à une garde à vue qui, selon toute vraisemblance, se prolongera quatre interminables jours. Convaincue que son copain Courvoisier a été enlevé sous ses yeux, en pleine rue, sans que personne ne s'en aperçoive. Et par des policiers en plus. Pâris, que je connais bien, dans un contact rapide et officieux, qualifie toute l'histoire de pure affabulation.* Si je pouvais la voir, l'entendre, je saurais. Faire la part du trouble, de la terreur, entendre la vérité. Tu saurais ? Tu crois ? Rappelle-toi samedi dernier, son coup de fil, tu n'as rien su entendre. Oui, mais samedi dernier, c'était il y a une éternité.

Même en traînant, manger une choucroute, quand on est seul, cela ne prend pas une heure. Neal enchaîne sur un strudel aux pommes et un café. Puis, à treize heures très précises, il se lève, rempoche la clé USB de façon ostensible, paie son addition et quitte la brasserie. Il prend la direction de la place de la Bastille, en marchant lentement sur le large trottoir pendant une centaine de mètres puis il perçoit une présence derrière lui. Il ne se retourne pas, continue à marcher.

Une voix, masculine. « Vous êtes qui ?

— Le père de Saffron. »

Un homme se matérialise à son côté. Neal glisse un regard discret. Qu'il est jeune…

« Vous pouvez le prouver ? »

Neal fouille ses poches, sort son portefeuille, extrait son permis de conduire international, très usagé.

Son interlocuteur le scrute, touche la photo. Il a vraiment l'air authentique.

« Et vous, qui êtes-vous ?

— Moi, son mec. »

Scoarnec, enfin je le vois.

« Vous avez quelque chose pour moi ? »

Le journaliste sort la clé USB de sa poche et la donne à Erwan.

« Pourquoi Saf' n'est pas venue elle-même ? »

Neal prend son souffle. C'est maintenant qu'il faut être vigilant et jouer juste. « Elle a été arrêtée par la police. »

La nouvelle percute Scoarnec, qui manifestement n'avait jamais envisagé d'être confronté *en vrai* à des situations de ce genre. « Arrêtée ? Quand ?

— Hier soir. Dans un café, à Belleville. »

C'est crédible. Scoarnec a le souffle court. « Comment le savez-vous ? »

Bonne question. L'homme cherche à reprendre son équilibre.

« Je cherche ma fille depuis dimanche. J'ai vite compris que je n'étais pas le seul et que la Crim' était sur sa trace. Sur vos traces. J'ai été prévenu quand elle a été arrêtée et je lui ai trouvé un avocat. C'est lui qui m'a rapporté les conditions de l'arrestation. Il m'a aussi transmis le message pour la clé et le rendez-vous de midi. Je ne savais pas avec qui j'avais rendez-vous, ni ce que contenait la boîte postale. »

Scoarnec reste silencieux, il réfléchit.

Neal prend le temps de l'examiner. Il est plus séduisant que Bonaldi, avec ses yeux très bleus et mobiles, mais il ne dégage rien de sympathique. Un intellectuel imbu de lui-même. Voyons comment il va réagir maintenant. « L'avocat m'a dit autre chose. Saf' devait retrouver un ami à vous, Julien, quand elle a été arrêtée. Elle est convaincue qu'il a été embarqué dans une camionnette, au milieu de la foule, sous son nez. Elle n'a apparemment pas vu par qui mais elle pense que ce sont des flics. »

Scoarnec vacille, s'assied sur un banc, sa tête bascule vers l'arrière, yeux fermés.

Neal craint un instant qu'il ne s'évanouisse.

Plusieurs respirations à fond, Erwan se redresse et reprend très lentement son calme.

Pour Neal, une chose est sûre, l'enlèvement de Courvoisier lui paraît vraisemblable. Très inquiétant.

Scoarnec prend sa tête dans ses mains, essaie de réfléchir. Probablement, le rendez-vous n'était pas connu, puisque Courvoisier a été enlevé avant. Donc, personne n'est arrivé via Facebook. Courvoisier a été repéré et suivi autrement. Par qui ? Et Saf', les flics étaient aussi sur ses traces ? Je peux essayer de vérifier. À deux pas, il repère une cabine téléphonique. « J'ai un coup de fil à donner, attendez-moi. »

Le Moulin, Tamara. Oui, des policiers sont passés hier, sa copine — comment s'appelle-t-elle déjà ? — n'était plus là. Et ma voiture ? Scoarnec a déjà raccroché. Saf' aussi était suivie. Si Facebook est encore *safe*, tous les réseaux humains sont vérolés. Angoisse, tournis. Que faire ?

Neal, las de patienter à côté de la cabine, le prend par le bras et l'entraîne vers le dédale des petites rues du Marais. « Je ne sais pas à qui vous avez téléphoné, mais sans être parano, il est plus prudent de s'éloigner. »

Erwan se dégage vivement, fait quelques pas en silence, puis se tourne vers Jones-Saber. « Pourquoi vous faites tout ça ?

— Parce que j'aime ma fille et qu'elle me l'a demandé. Parce que je pense qu'elle n'a pas assassiné Soubise, vous non plus d'ailleurs, et qu'il faut que je lui donne un coup de main pour la sortir du merdier dans lequel elle s'est fourrée. Vous, vous pouvez m'aider à le faire. »

Ils marchent en silence. En débouchant sur la place des Vosges, Scoarnec demande : « J'ai besoin d'une planque pour quelques heures, quelques jours. Vous pourriez m'aider ? »

Neal réfléchit, laisse s'écouler une poignée de secondes. « Peut-être. »

En début d'après-midi, retour dans le bureau de Joël Cardona. Cette fois-ci, un autre homme assiste à l'entrevue, que le patron du CEA présente à Pâris et Pereira comme un responsable juridique. Aucun nom n'est mentionné.

Les policiers expliquent dans un premier temps où ils en sont dans l'enquête et leurs doutes quant à la culpabilité de Scoarnec et Courvoisier dans l'affaire Soubise. « Nos investigations, notamment en matière de téléphonie, tendent à démontrer que vous étiez beaucoup plus proche de Benoît Soubise que vous avez bien voulu nous le dire. »

Cardona, qui les a poliment écoutés jusqu'ici, se contente de hocher la tête.

Et c'est son subordonné qui prend la parole. « Les relations entre messieurs Cardona et Soubise sont confidentielles.

— J'entends bien », répond Pâris, « mais peut-être aurait-il été opportun de nous dire qu'il menait des recherches potentiellement dangereuses sur des sociétés aux capitaux mafieux.

— Qu'est-ce à dire ?

— Trinity Srl., monsieur Cardona », sciemment, Pâris ignore le juriste, « que pouvez-vous nous en dire ? Qui ne relève pas du secret d'État, évidemment. »

Une ombre de surprise vient obscurcir le visage de Cardona. Il connaît cette boîte mais ne s'attendait pas à ce qu'elle soit mentionnée au cours de cet entretien. Il garde cependant le silence.

« Comment avez-vous entendu parler de cette société ?

— Nous sommes policiers. Trouver des informations c'est ce que nous faisons tous les jours. N'employiez-vous pas Benoît Soubise dans cette capacité, d'ailleurs ? » Sourire faux cul de Pâris, toujours fixé sur Cardona. « Alors, Trinity ?

— Il n'y a rien que nous puissions vous dire. » À nouveau, le factotum.

« Pas même sur les enfouissements illégaux pratiqués par cette entreprise ? Travailleriez-vous avec ?

— Ou aviez-vous le projet de le faire ? » Pereira entre dans la danse.

Cette fois, le patron du CEA ne peut s'empêcher de réagir. « Grands dieux, non !

— Qui, alors ? »

Le responsable juridique se lance pour répondre mais il est pris de vitesse par Cardona. « Cette information, comme tout ce qui concerne les activités de Benoît Soubise, relève du secret défense. Si vous souhaitez le faire lever, il faudra en faire la demande dans les règles. Maintenant, si vous voulez bien m'excuser, j'ai fort à faire. »

Les deux policiers quittent le CEA contrariés.

« Ce vieux con sait sans doute qui a tué Soubise mais il refuse de le dire. » Le monologue de Pereira a commencé dans l'ascenseur. « Et nous, on rame comme des truffes. »

Pâris ne fait pas attention à lui. Pendant le rendez-vous, il a reçu un appel de Coulanges, qui lui a laissé un message. Il l'écoute puis raccroche. « Mauvaise nouvelle. Le corps de Courvoisier a été repêché ce matin dans la Marne. Et transféré à l'IML[1] sitôt identifié. Ballester et Coulanges sont sur place.

— Merde.

— Allons-y. »

Le temps de traverser Paris et ils se trouvent quai de La Rapée, dans une longue pièce froide où les morts sont plus nombreux que les vivants. L'autopsie n'a pas encore eu lieu mais le légiste, après un premier examen superficiel, a remarqué des hématomes au niveau de la cage thoracique. À gauche et à droite, plus importants de ce côté-là, où une distension suggère un pneumothorax traumatique.

1. Institut médico-légal.

« Le médecin pense qu'on l'a cogné trop fort, qu'il y a eu une lésion au niveau costal et que les poumons ont souffert. Cause probable de la mort : asphyxie. » Ballester achève de consulter ses premières notes.

« Qui l'a trouvé ? » Pâris, l'air triste, examine le cadavre de l'informaticien.

« Un retraité, qui a prévenu les collègues parce qu'il a vu deux types balancer quelque chose à la flotte.

— Description des mecs ?

— Un grand et un petit, avec une chevelure claire. Il faisait encore sombre.

— Pas lourd. Vers quelle heure ?

— Six heures trente.

— Qu'est-ce qu'il foutait sur les bords de la Marne, à cette heure-ci, celui-là ?

— Il baladait son chien.

— Rien d'autre ?

— Si, il a vu une 307, noire ou gris foncé, filer à toute blinde. »

Échange de regards entre les policiers et c'est Pereira qui verbalise ce que tous pensent sans rien dire. « Deux hommes, une berline compacte sombre, ça ressemble aux deux tueurs de Soubise.

— Et ça innocente de fait Courvoisier, puisqu'il en est mort », poursuit Coulanges.

« La gamine sait des choses. Et il faut qu'elle les crache, de gré ou de force. » Pâris ordonne à Ballester et Coulanges de récupérer des clichés du mort et de le rejoindre au 36.

Quarante-cinq minutes plus tard, tout le monde a pris place autour de Saf', dans le bureau du groupe.

Pâris attaque, sans prendre de gants, il veut choquer. « Il faut que vous nous parliez. » D'une enveloppe il extrait deux tirages du cadavre de Courvoisier. Le premier, de son corps entier et nu, le second, de son visage tuméfié.

Saf' porte ses mains à sa bouche et détourne le regard. Elle se met à pleurer, plus pâle encore qu'à l'accoutumée. Sans regarder, elle demande : « De quoi il est mort ? Il a souffert ?

— Nous pensons qu'il a été passé à tabac, a fait un malaise et s'est étouffé. Ce n'est jamais très doux. » D'une voix étale, Pâris pousse l'avantage. « Il faut que nous mettions la main sur votre petit copain, Erwan Scoarnec. Il est en danger. »

Saffron se redresse et dévisage le policier de ses yeux rougis, accusatrice. « Pourquoi ? Pour pouvoir l'exécuter, comme Julien ?

— Arrête avec tes accusations à la con ! » Pereira tape du plat de la main sur la table. « N'inverse pas les rôles ! Nous on n'est pas les assassins ! On les arrête. Plus tu la fermes, plus tu aides les deux enculés qui ont flingué ton pote à poursuivre leur sale besogne tranquilles. Ils ont aussi fumé un de nos potes, rappelle-toi.

— Comment vous savez qu'ils sont deux ? » Trop tard, Saffron comprend qu'elle en a trop dit.

Pâris réagit immédiatement. « Et vous, comment le savez-vous ? »

Pas de réponse.

Pereira se penche vers la jeune femme, l'air mauvais. « Qu'est-ce que tu nous caches, hein ? Tu as vu quelque chose ? Crache-la ta Valda, merde !

— Ces hommes sont dangereux, mademoiselle Jones-Saber. Pensez à Erwan. »

Erwan, elle y pense, Saffron. Et elle a peur pour lui. Presque plus que pour elle-même. Elle espère que son père a pu le trouver. Oui, elle espère de toutes ses forces qu'Erwan a établi le contact et qu'il est à présent à l'abri. En train de réfléchir à la meilleure façon d'utiliser la vidéo, pour la sortir d'ici. De toute façon, Gédéon est foutu. Julien devait me remettre sa clé, avec le soft pour Marsand et il n'a pas pu. Et il est mort, maintenant. Je dois tenir bon. Erwan est avec mon père. On va s'en sortir. Ils vont m'aider. Tenir bon.

« Mademoiselle Jones-Saber ?

— Je sais rien. J'ai rien à vous dire. »

Selon le plan mis au point le matin même avec Cooke, Neal a récupéré une voiture de location et emmené Scoarnec se planquer sur les hauteurs de Trouville, dans une villa qui appartient à l'un des amis de Cooke, en mission en Chine.

Deux heures et demie de route, un voyage sinistre. Scoarnec, tassé dans son siège, hautain, renfermé sur lui-même, répond par onomatopées et monosyllabes à toutes les tentatives de dialogue de Neal. Il méprise profondément les journalistes et entend que Neal le sache. Ce sera encore plus dur que prévu. Neal sent monter la rage. Pendant ce temps, Saf' est en taule, le dénommé Courvoisier, leur copain, peut-être en danger de mort, et l'intello boude et se donne des airs de penseur profond. J'aurai du mal à me contrôler. Attendre l'arrivée de Cooke, ce soir, pour faire le clash.

Ils arrivent enfin devant une très jolie villa, une longère de style normand, bien cachée dans un jardin d'herbes et de fleurs, ceint de très hautes haies touffues. Scoarnec ne desserre pas les dents.

Au rez-de-chaussée, un vaste living, cuisine ouverte, à l'étage quatre chambres, dont deux avec vue sur la mer. Erwan choisit la sienne, y installe d'autorité le Mac de la maison et s'enferme. Après quelques bidouillages, il se connecte à Facebook. Pas de traces de Marsand ni de Courvoisier. Il navigue, pour passer le temps, en revenant régulièrement sur le site du réseau social, sans plus de succès.

Neal récupère toute l'intendance et s'en accommode, ça l'occupe. Il aère la grande pièce, les chambres inoccupées, trouve des vêtements de rechange et des affaires de toilette pour Scoarnec et pour lui dans les stocks laissés par Cooke lors de ses différents passages.

Patoux et Guesde en ont discuté longuement, avant de rencontrer le sous-préfet Michelet. Pas facile de trouver le ton juste.

« Nous sommes coincés. Ce connard de Michelet a complètement merdé mais si nous le sacquons purement et simplement, il peut nous faire sauter. Un risque que nous ne pouvons pas prendre. Il faut qu'il continue à penser que son avenir est avec nous. »

Guesde approuve. « En somme, il a tellement merdé qu'il nous tient, c'est ce que tu es en train de me dire.

— Quelque chose comme ça, au moins un certain temps. Après… »

Michelet a donc été convoqué en fin d'après-midi dans un petit bureau du ministère des Finances, pour que le rendez-vous garde un caractère officiel à ses yeux, mais toutes les précautions ont été prises pour assurer sa confidentialité.

Guesde ouvre le feu. « Deux morts, en pleine campagne électorale, vous en pensez quoi, exactement, Michelet ?

— Deux loupés, graves, j'en suis conscient.

— Encore heureux. Il est donc inutile que j'en rajoute. Mais je vous le dis, avis de tempête, pour vous comme pour nous. J'espère que vous me comprenez.

— Parfaitement. »

Patoux embraye. « Nous ne voulons rien savoir de ce que vous allez faire, nous avons d'autres soucis. Mais nous devons trouver qui détient le dossier Soubise et ce que cette personne compte en faire. Vite, si possible. Nous ne serions pas hostiles non plus à ce que la pression sur les écolos soit maintenue jusqu'au deuxième tour, mais sans prendre de nouveaux risques inconsidérés.

— Et surtout, tout ce qui pourrait permettre de remonter jusqu'à Guérin doit être soigneusement nettoyé. Ne finassez pas, Michelet, vous serez jugé là-dessus. »

Neal a préparé le dîner avec ce qu'il a pu trouver. Confit de canard et haricots en grains, lourd après la choucroute de midi, mais pas vraiment le choix. À table, Scoarnec, crispé, concède que la villa est agréable et convient très bien à l'usage qu'il en a. Neal lui annonce l'arrivée prochaine de Cooke, le propriétaire des lieux. Un journaliste de *The Herald*, un grand quotidien londonien.

Scoarnec connaît *The Herald*, rappelle qu'il est recherché par la police, que sa protection exige un respect minimum des règles de sécurité, un journaliste en plus…

Neal ne répond pas.

Les dernières bouchées avalées, Scoarnec remonte dans sa chambre. Après tout, un journaliste de la presse internationale peut être un contact utile, après Gédéon. Si je sauve Gédéon.

Après avoir tout soigneusement rangé, Neal s'installe dans un grand fauteuil en cuir, un œil sur la porte de Scoarnec, pour attendre.

Cooke arrive vers minuit, bref conciliabule. Il produit un ordinateur portable. « Là-dedans, j'ai la copie du contenu de la clé USB faite ce matin. Mais c'est un dossier crypté avec un logiciel de type PGP. Il faut que Scoarnec nous donne son passe privé. Où en es-tu ?

— Mal parti. Il est bloqué le bonhomme. Il semble attendre quelque chose, et peut-être même regretter de s'être laissé enfermer avec des étrangers, loin de toutes ses bases. En tout cas, il la ferme.

— Profitons de son isolement pour le bousculer un peu. Un bon petit coup de pression n'a jamais fait de mal à personne. »

Neal fait la grimace. « Je ne sais pas trop. J'ai peur qu'on ne maîtrise plus rien, après.

— Une autre idée ?

— Aller dormir, je suis très fatigué. Et attendre, s'embusquer. Nous ne sommes pas les seuls acteurs dans la partie, ni même les principaux acteurs. Il va forcément se passer quelque chose. Et nous serons là. »

Samedi

La journée va être longue. Trois villes, deux meetings, une dizaine de rencontres. Schneider, mal réveillé, est debout devant la glace, dans la salle de bains. Il se trouve mauvaise mine, l'air épuisé. Il est temps que tout cela se termine. Radio en fond sonore, journal de six heures.

Henri Joubert, ancien ministre du dernier gouvernement de gauche, annonce son ralliement à Guérin en déclarant, l'avenir a changé de camp.

Schneider grince, son avenir, sans aucun doute. Savon à barbe, blaireau, belle mousse blanche, sensation de détente et bien-être, il prend son rasoir et, soudain très attentif, commence à se raser de près.

Hier soir, en meeting à Strasbourg, Guérin a affirmé, l'Europe est l'avenir de la France. À l'autre bout de l'Hexagone, Schneider, en meeting à Bordeaux, a prononcé la même phrase. Consensus sur les questions européennes.

Schneider râle. Consensus de merde.

Du nouveau dans l'enquête sur l'assassinat du commandant Soubise. Le corps sans vie de Julien Courvoisier, l'un des jeunes militants écologistes recherchés par la police a été repêché hier dans la Marne…

Au nom de Courvoisier, Schneider fait un geste brusque et s'entaille le menton. Il jure, jette son rasoir dans le lavabo, attrape une serviette pour arrêter l'hémorragie et se précipite dans la chambre, pour téléphoner à Dumesnil. Une ravissante jeunesse blonde paresse dans le lit conjugal, en lisant *Gala*. Il l'avait oubliée, celle-là. À la vue de son visage barbouillé de mousse rosâtre, elle éclate de rire, ce qui n'améliore pas son humeur.

Schneider finit par obtenir son directeur de campagne. « Tu as entendu les nouvelles ? Pas encore ? Mais qu'est-ce que tu fous ? Un des écolos recherchés pour le meurtre de Soubise a été retrouvé assassiné... Tu crois qu'ils vont encore essayer de nous mouiller là-dedans ? C'est trop gros, il y a autre chose, un truc qui a foiré... Je crois qu'il est temps que tu voies ce commandant Pâris, et obtiennes quelques informations de première main... Eh oui, c'est toujours toi qui t'y colles, qui veux-tu que ce soit ? »

Neal se lève tôt. Mal dormi. Des pensées obsédantes, en boucle, le font naviguer entre l'angoisse et l'excitation. Descend se faire un café. Allume le poste de radio dans la cuisine. Fouille pour trouver le café, la cafetière. Et s'immobilise. *France Info : Julien Courvoisier, l'un des jeunes militants écologistes recherchés par la police a été repêché hier dans la Marne. Il portait des traces de coups qui, selon les premiers constats, auraient pu être la cause de la mort. Le procureur n'a pas fait de déclarations.* Au bout d'un moment, l'Anglais prend conscience qu'il est pieds nus sur le carrelage, vêtu d'un T-shirt et d'un slip, en plein courant d'air, et qu'il pleut dehors. Il est glacé, il abandonne l'idée de se faire un café et monte réveiller Cooke.

Moins d'une heure plus tard, un solide petit déjeuner est servi sur la table de la grande pièce, le poste de radio allumé est posé au centre. Et Neal monte tirer Scoarnec de sa chambre. « Venez écouter le journal de sept heures trente avec nous. C'est important. »

Ils sont assis tous les trois autour de la table, le café circule. La découverte du cadavre de Courvoisier est le deuxième titre de la rubrique de politique intérieure. La dépêche de l'AFP est transmise sans commentaires.

Scoarnec a laissé tomber la tasse de café qu'il portait à ses lèvres, il est tétanisé.

Cooke s'est placé debout derrière lui, les mains sur le dossier de la chaise.

Neal, face à lui, se penche en avant, proche à le toucher. « Maintenant, assez déconné. Qui a tué Courvoisier ? Qui veut votre peau ? Pourquoi ? »

Scoarnec, tête baissée, semble ne pas entendre.

Neal lui saisit le poignet, le secoue. « Vous comprenez ce que je vous dis ? Qui veut votre peau ? Pourquoi ? »

Scoarnec lève la tête, dévisage le père de Saffron comme s'il le voyait pour la première fois, quelques secondes puis il se lève, vacille, rétablit l'équilibre et dit d'une voix très basse, « suivez-moi ». Il se dirige vers le premier étage, encadré, soutenu par Neal et Cooke.

Dans la chambre, assis devant l'ordinateur, Scoarnec branche la clé USB, télécharge un petit programme de décryptage depuis une boîte Gmail personnelle, le lance, en pointant vers le contenu de la clé. Ensuite il double-clique sur un fichier vidéo, apparu en clair.

Silence tendu.

À l'écran, un film à l'image médiocre. En gros plan, le visage d'un homme, il regarde vers la caméra, puis baisse les yeux, peu de mouvements. Derrière lui, une pièce claire qui peut être une bibliothèque ou un bureau.

« Soubise », murmure Scoarnec.

Les deux autres ont compris, ils regardent sans un geste, sans un bruit, la gorge nouée.

Le policier se lève, s'en va. Pendant longtemps, il ne se passe plus rien. Des bruits de vie, loin, mal captés par un micro de piètre qualité. Et le silence. La lumière baisse doucement. L'obscurité dure, l'écran est la seule source lumineuse, faible.

Scoarnec fait avancer la vidéo en déplaçant le curseur de défilement.

Bruits de porte. Des pas. Quelques instants plus tard, une silhouette sombre, une ombre dans l'ombre, approche, bricole, penchée vers l'ordinateur. Deux minutes, peut-être trois. Voix masculine qui marmonne des injonctions à la machine *de se grouiller*. La lumière s'allume dans la pièce, l'ombre se redresse, jure *Putain !*, se retourne, son dos occupe tout l'écran, lâche un *attendez* et autre chose. Le son est pourri. Une autre voix : *t'approche pas… Recule vers la fenêtre…* La silhouette s'éloigne, apparaît mieux. Très grande, baraquée, cagoule noire, épaisse parka noire, gants noirs.

Derrière elle, Soubise, qui donne des ordres. *Grouille… Retourne-toi…* Il tient un objet aux reflets métalliques dans sa main et sort son portable. Quelqu'un attrape son poignet par-derrière, prise de corps-à-corps, le policier est précipité contre le mur, il sort du champ, craquements, hurlement. Apparition d'une seconde silhouette noire masquée, plus petite, trapue. Épisode de combat très confus, grognements, une masse passe rapidement devant l'objectif, un choc, des secousses, l'image saute violemment, se stabilise, puis les deux silhouettes à cagoules réapparaissent, essoufflées.

La petite, un homme aussi : *on calte !* La grande ne bouge pas, regarde par terre puis l'ordinateur, ne dit rien. La petite : *fissa, on dégage !* La grande semble se réveiller, fonce sur l'ordinateur. Derrière elle, l'autre lance *vent du cul dans la plaine !* Puis plus de son, plus d'image. La vidéo s'arrête.

Meurtre en direct, émotion maximum.

Scoarnec, obsédé par la mort de Julien, a les yeux brouillés par les larmes, il se laisse aller sur le lit, le visage enfoui dans l'oreiller.

Neal pense à Saffron, a-t-elle vu cette vidéo ?

Cooke est le premier à se ressaisir. Il s'installe devant l'ordinateur, à la place de Scoarnec, en lui tournant le dos, sort de sa poche un trousseau avec porte-clés en forme de clé USB. Vierge. Être toujours prêt à tout, partout, un truc de vieux routier. Il la branche et copie tous les fichiers décryptés. Puis il se lève. « Neal, suis-moi. » Pressé de prendre le large avant que Scoarnec se ressaisisse, pressé de mettre la copie en sûreté et de voir enfin tout ce que contient cette foutue clé. Il prend Neal par le bras, l'entraîne.

Scoarnec, effondré sur le lit, hébété, ne bouge pas.

Cooke claque la porte derrière lui.

Erwan reste de longues minutes prostré, submergé par des vagues d'images et de pensées violentes et inorganisées. Il reprend lentement ses esprits. Oui, il n'a pas été à la hauteur des circonstances devant ces deux vieux pisse-copies, ce qui est profondément humiliant, autant le reconnaître. Se ressaisir. Il se redresse. Reprendre la situation en main. Et d'abord, puisque les militants parisiens ne sont plus sûrs, aller voir ce qui se passe sur Facebook et essayer de contacter Marsand, alias *Goupil Lerenard*. Avec prudence, bien sûr, Courvoisier peut avoir parlé. Il s'assied devant l'ordinateur.

Dans la grande pièce du rez-de-chaussée, Neal râle. « Je veux lui poser quelques questions. Comprendre pourquoi il n'a rien fait de cette vidéo.

— Écoute-moi bien, ta fille est en sécurité tant qu'elle est en garde à vue. Mais ça ne va pas durer. Alors, si tu veux la mettre à l'abri des tueurs, dépêchons-nous de comprendre toute l'histoire avant qu'elle ne sorte. Et toute l'histoire est peut-être bien là, dans ma clé USB. Je ne sais pas si tu mesures exactement l'importance… Aide-moi. »

Ils déblaient les restes du petit déjeuner, installent leurs ordinateurs, face à face, de chaque côté de la table. Cooke vérifie que le contenu de la clé est toujours lisible et transmet le tout à Neal. Puis il passe à un premier examen du contenu. D'abord la vidéo. Il la range. Une fois, ça suffit. Puis la copie du disque dur de Soubise. Il brandit le poing en l'air, en signe de victoire et d'hommage à Courvoisier, un excellent hacker. Sur le bureau, les dossiers sont au nombre de trois, intitulés *Trinity*, *Flouze* et *Hespérides*.

Neal prend *Trinity*, Cooke *Flouze*, ils se mettent au travail.

En quelques minutes, Neal est absorbé. Curiosité, excitation, les délices de l'effraction. En jeu, retrouver sa fille, un métier, une nouvelle vie. Travailler vite, très vite, pression, en face de lui Cooke, connivence, c'est tellement bon. La matinée passe sans qu'il ait le temps de la voir.

Scoarnec n'est pas sorti de sa chambre.

Quai de la Rapée, l'Institut médico-légal. Le rouge des briques est passé, noirci par la circulation ininterrompue des voies sur berges toutes proches. La cour est grise, ton sur ton avec le véhicule et les employés des pompes funèbres qui font le pied de grue devant la porte. Ils accompagnent une famille en deuil venue récupérer l'un des siens, mort la veille dans un accident de la circulation.

Il est neuf heures et des poussières, le soleil joue à cache-cache et le lieu pue la tristesse.

Pâris et Fourcade prennent l'air sous le pont du métro aérien qui jouxte la morgue. Le substitut en avait besoin après l'autopsie de Julien Courvoisier. C'était sa première. Mais s'il est secoué, c'est sans doute plus par ce que suggèrent les découvertes du médecin à propos du calvaire de l'informaticien, à peine plus jeune que lui, que par l'acte médical en lui-même.

« Tenez. » Pâris tend son paquet de clopes ouvert au magistrat.

« Merci. » La main de Fourcade tremble légèrement quand il porte la cigarette à sa bouche. Du feu lui est offert et il aspire une longue bouffée. « Sale temps pour les écolos.

— Et pour les poulets. Soubise a subi le même genre de traitement, juste avant de crever sur son coin de table.

— Et tout ça pour quoi ? »

Pâris hausse les épaules. « Chez le collègue, ils ont volé l'ordinateur. Courvoisier était informaticien. Ils cherchent ou cherchaient des fichiers informatiques ?

— Ce n'est pas ce que je voulais dire. Comment justifier la mort de deux personnes ? Qu'est-ce qui peut valoir ça ? Soubise travaillait pour le CEA et l'Intérieur. Alors c'est quoi, le nucléaire, la raison d'État ? »

Le policier secoue la tête. « Cardona, en dépit de son petit numéro de grand commis de l'État détaché, a été très affecté par la mort de Soubise. Ou alors, c'est un très bon comédien. » Il tire sur son mégot une dernière fois puis le jette par terre. « Il y a d'autres acteurs dans cette affaire. Ils ont cherché à contenir et orienter nos investigations et mettent, depuis trop longtemps, l'intérêt général au service de leurs intérêts particuliers. Je vais trop loin, là ? »

Fourcade regarde Pâris droit dans les yeux mais ne répond pas.

« Entendons-nous bien, je n'ai aucune espèce de sympathie pour les petits cons du genre Scoarnec, Jones-Saber et Courvoisier, leur parano militante et leur rébellion en toc. Mais j'aime encore moins ceux qui usent et abusent des largesses de la République et se croient à l'abri parce que, jusqu'ici, personne n'a encore réussi à les coincer.

— Et qui seraient prêts à tuer pour se protéger ?

— Et qui seraient prêts à tuer pour se protéger.

— Pas question de laisser passer. *Dura lex sed lex.* »

Pâris sourit en regardant la Seine. Très vert, le petit proc'. Trop. Ça lui passera. Avec le temps, ça leur passe toujours. Ou pas. À moi, ça ne m'est pas passé. Pas encore. Mais je commence à me faire vieux.

« J'ai reçu un coup de fil du procureur général, hier soir.

— Aïe ! Remontée de bretelles un échelon plus haut ?

— Pas encore. Mais ça pourrait venir. Il m'a suggéré de creuser l'hypothèse d'un règlement de comptes dans les milieux écologistes radicaux, des gens fort dangereux, ce sont ses mots. Courvoisier en serait la première victime.

— Et ça sort d'où, cette connerie ?

— Je n'en sais rien. Cependant, si nous voulons pouvoir creuser la piste la plus intéressante, à savoir PRG… C'est bien à eux que vous pensiez, non ? »

Approbation de Pâris.

« Alors, il faut continuer à donner des biscuits à ma hiérarchie.

— Que suggérez-vous ?

— Trouver Scoarnec et le mettre à l'abri. Tout laisse penser qu'il sait des choses. Et qu'il n'est pas loin. La preuve, les deux autres étaient encore dans le coin. »

Nouveau hochement de tête.

« Il faut que Mlle Jones-Saber nous raconte ce qu'elle sait.

— Pas simple. Elle se tait. Cocktail de croyances politiques et de sentiments pour Erwan Scoarnec, ça la porte.

— Scoarnec est un point faible potentiel qu'il nous faut exploiter au mieux.

— Pour l'instant, elle est convaincue que tous les flics sont des barbouzes tueurs. Il faut d'abord qu'elle change d'avis là-dessus.

— J'ai confiance en vous, Pâris. » Fourcade pose une main sur l'épaule du policier.

Qui acquiesce en silence. J'aimerais pouvoir en dire autant.

« Peu après huit heures, ce matin, *Gédéon Lecanard* alias Erwan Scoarnec s'est connecté à Facebook. Nous le savons parce qu'il a écrit sur son mur et a ajouté une nouvelle photo à son album de profil. Pas de réaction de *Placide Lechien* et pour cause, il est mort, ni de *Roudoudou Lelapin.* » C'est le barbu de la SISS qui parle. Il est assis à l'arrière de la voiture de Michelet, stationnée dans un parking souterrain.

Jean, à l'avant, à côté du sous-préfet, essaie d'oublier l'odeur de pizza. Il l'emporte partout avec lui, celui-là. Jamais il change de fringues ?

« En revanche, un quart d'heure plus tard, un certain *Goupil Lerenard* est venu déposer un commentaire chez Scoarnec. Un message abscons, probablement codé. Je suis dessus, j'adore ces conneries. » Un rire lui échappe.

Michel, assis à côté de l'informaticien, le dévisage d'un air condescendant.

Toux gênée, l'exposé continue. « J'ai récupéré la photo uploadée par Scoarnec. Je l'ai bidouillée et j'ai trouvé un message codé, à l'intérieur. Ils sont malins, ils utilisent la stéganographie. J'ai trouvé une photo similaire sur le profil de Courvoisier, avec un autre message, qui date de quelques jours. Je vais m'en servir comme référence, pour essayer de décoder ce qu'ils se racontent.

— Combien de temps ? » Michelet, tendu.

Le barbu hausse les épaules.

« Il faut faire vite.

— Comme d'habitude.

— Quoi d'autre ?

— Le gars que j'ai mis sur la clé USB de Courvoisier a trouvé à quoi servait le programme qui était enregistré dessus. C'est une sorte de virus spécifiquement conçu pour les logiciels qui font tourner certaines régies télé. Je pense être en mesure de vous dire le modèle cet après-midi. Comme ça on saura peut-être quelle était la cible. Apparemment, le but c'est de mettre le bousin en rideau. À mon avis, c'est pas d'un grand intérêt. Sauf erreur de ma part, la couche informatique de ce type d'équipement est très limitée et peut être court-circuitée physiquement à tout moment.

— Donc ça ne sert à rien.

— J'ai pas dit ça. Une fois le virus actif, il faudra quand même une minute ou deux avant de relancer la régie attaquée. Surtout si c'est la régie finale. Donc il y aura quand même un écran noir temporaire. Utilisé au bon moment, ce serait gênant. »

Michelet congédie le barbu, ferme les yeux pour réfléchir et reprend la parole après quelques secondes. « Enfin des bonnes nouvelles. »

Jean lance un coup de menton interrogatif à Michel qui, pas plus que lui, ne comprend ce qui rend le préfet si joyeux.

« Cela confirme certaines choses que j'ai découvertes hier. Un billet d'avion a été réservé pour Saffron Jones-Saber il y a trois jours. Destination le Mexique. Départ jeudi prochain, le matin. Aller simple. Devinez qui a payé ? »

Michel, sûr de son fait. « Scoarnec ? »

Le sous-préfet lui sourit dans le rétroviseur. « Perdu. La carte bleue utilisée pour la réservation appartient à un certain Pierre Marsand. Et que fait-il dans la vie, ce Marsand ?

— Il travaille à la télé.

— À France Télévisions. Technicien. Régie.

— Et donc », Michel, vexé, « en quoi ça nous aide ?

— Courvoisier a rendez-vous avec Saffron Jones-Saber pour échanger des clés USB. Lui, il apporte un virus informatique. Pour une régie télé. Et la fille est en contact avec un type de la régie de France Télés ? Qui prévoit de se tirer en voyage avec elle ? Vous ne voyez pas le lien ?

— Si. Mais ça ne résout pas notre problème de vidéo. J'ai pas envie de voir ma gueule sur YouTube, moi ! »

Michelet hoche la tête. Il sent deux paires d'yeux posées sur lui. « Je crois qu'il faut arrêter de paniquer avec cette vidéo. Si elle existait, la petite Jones-Saber l'aurait donnée à vos copains de la Crim' qui la retiennent depuis vingt-quatre heures. Pour se disculper et disculper ses potes. C'est elle qui l'avait, non ? Alors pourquoi elle ne leur en a pas parlé ?

— Vous en êtes sûr ?

— J'ai mes entrées au 36. Pour l'instant, elle la boucle. »

Jean ne semble pas convaincu. « Je préférerais mettre la main sur ce qu'ils ont quand même. Pour être bien sûr qu'il n'y a rien dessus qui nous concerne. » Il tapote l'épaule du sous-préfet d'un doigt impératif. « Nous avons tous beaucoup à perdre dans cette histoire.

— C'est ce que tout le monde s'emploie à me rappeler ces jours-ci. » Michelet se tourne vers ses deux flics. « La solution, c'est Marsand. »

Jean échange un regard avec son complice puis tous deux acquiescent.

Le sous-préfet démarre. Il va passer la marche arrière quand Michel reprend la parole. « Il y a quand même un truc que je pige pas. »

Michelet lève les yeux au ciel. Qu'est-ce que Poil de Carotte va encore leur sortir ?

« La petite, c'était pas la copine de Scoarnec ?

— Si. Et alors ? » C'est Jean qui répond, agacé. Il a hâte de se mettre en chasse.

« Alors, qu'est-ce qu'elle fout à se barrer avec l'autre ? »

Vers midi, Neal et Cooke lèvent le nez, à peu près en même temps. L'heure de faire un premier point et, après, on mange un morceau.

Neal attaque. Trinity Srl. est une société italienne, domiciliée à Naples. Secteur d'activité : enlèvement et traitement des déchets industriels, gestion de décharges. Deux actionnaires principaux, pour quarante pour cent Sobo, autre société italienne également domiciliée à Naples, et pour trente pour cent, Intour, domiciliée aux îles Vierges. Soubise se donne beaucoup de mal pour savoir qui est derrière Intour, vendue, débaptisée, déménagée tous les mois, de paradis fiscal en paradis fiscal. Il remonte et bingo, voilà deux mois, il trouve PRG, détenteur de trente pour cent du capital de Trinity Srl. « Et qui, chez PRG, a suivi le dossier et procédé à cette cascade de ventes fictives ?

— Laisse-moi deviner. La fameuse Barbara Borzeix, citée par le *Journal du Soir* ? La maîtresse de feu Soubise ?

— Exact. »

Les deux hommes se tapent dans les mains par-dessus la table.

Neal poursuit. « Quelques mois avant la découverte de Soubise, il semblerait que la directrice juridique de PRG se soit lancée dans cette série de manœuvres destinées à sortir au plus vite le groupe du capital d'Intour. Plusieurs mémos présents dans le dossier montrent que Borzeix vient alors de prendre conscience d'un problème avec Trinity et ordre lui est rapidement donné de se débarrasser de cette filiale. »

Cooke prend le relais. *Flouze*, le bien nommé. PRG envisage de vendre son secteur médias au groupe Mermet. Le bruit circule déjà dans tout Paris. Le projet est plus avancé que ne le dit la rumeur générale, il y a accord sur les prix, la procédure. La somme évoquée tourne autour des quinze milliards d'euros avec les actifs téléphonie et Internet. Jusqu'ici, rien de bien neuf. Mais attention, si le CSA ne donne pas son accord, la transaction n'est plus possible. Il y a six mois, un mail envoyé à Borzeix par Elisa Picot-Robert l'informe d'une réunion avec Mermet et Guérin, dans laquelle Guérin s'est engagé à obtenir l'indispensable accord du CSA, s'il est élu président.

Un temps de silence puis Neal pose la question évidente. « Quelles sont les contreparties ?

— Pas de mails à Borzeix là-dessus. Mais j'ai pour l'instant mieux que ça. Le troisième dossier. Une société appelée *Hespérides* est minutieusement disséquée. Ses statuts, d'abord. Il s'agit d'une société dans laquelle l'État est majoritaire, via un établissement public. Divers schémas sont proposés pour procéder à une privatisation. Il y a même le projet des futurs statuts. Un calendrier est avancé pour l'opération qui doit avoir lieu dans les six mois qui suivent l'élection présidentielle. Les avoirs sont évalués, puis une réorientation de la politique industrielle et des alliances est ébauchée. Les différents mémos sont rédigés par des cadres de PRG, et envoyés à un certain CG, qui les corrige, les annote, à plusieurs reprises mentionne l'accord ou le désaccord de son patron. Tout est également visé par certains hauts fonctionnaires de Bercy. CG, je m'avance peut-être mais ça pourrait être Camille Guesde.

— L'éminence grise de Guérin ? »

Cooke acquiesce.

« Quelle imprudence !

— Je dirais plutôt de l'inconscience. Ils font leurs affaires entre amis. En gros, des intérêts privés se préparent à prendre le contrôle d'un énorme gâteau public, dès que les astres leur seront favorables, et ils rédigent eux-mêmes le contrat qu'ils accepteront de signer ensuite. On n'est jamais mieux servi que par soi-même. J'ai une petite idée sur l'identité des *Hespérides*. Là encore, des bruits courent dans Paris. Mais il nous faut des preuves. »

Cooke et Neal se lèvent, s'étirent, marchent dans la pièce. Dehors, il pleut toujours.

Neal demande : « Scoarnec, là-haut, je l'appelle, qu'il avale un truc ?

— Laisse tomber. Il mangera ce soir. »

Neal va préparer un plat de pâtes avec une sauce tomate en boîte. Ils mangent sans y prêter la moindre attention, obsédés par ce qu'ils découvrent peu à peu.

« Étape suivante, compléter nos informations sur Trinity Srl. Pourquoi PRG a-t-il éprouvé le besoin de se planquer et d'effacer ses traces ?

— Pas difficile, nous avons un très bon correspondant à Rome. Je vais l'appeler.

— Plus compliqué. Valider ces dossiers, s'assurer qu'il ne s'agit pas de pièces fabriquées.

— Je vois tout de suite deux personnes qui peuvent nous le dire, Borzeix et Cardona.

— Cardona, c'est qui ça ?

— Le patron de Soubise, au CEA.

— Admettons. Quoi qu'il en soit, aucun des deux n'aura envie de nous parler, pour des raisons différentes. Et puis ton Cardona n'est peut-être pas la bonne personne. Soubise appartenait au ministère de l'Intérieur. Son locataire actuel ne rêve pas de couler Guérin ? »

Cooke secoue la tête. « Je n'y crois pas. Ce serait déjà sorti. Café et on s'y remet. Je prends Trinity, tu prends Borzeix et Cardona. »

Neal jette un coup d'œil vers l'escalier qui mène à la chambre de Scoarnec. Pas un bruit en provenance de l'étage. Dehors, il continue à pleuvoir. Il se réinstalle devant son ordinateur en grognant.

Pierre Marsand est footballeur amateur. Ce samedi, l'équipe de Montreuil à laquelle il appartient recevait le Tremblay-en-France. Un match éprouvant, gagné de justesse par les Montreuillois. Vers quinze heures, les joueurs regagnent les vestiaires fatigués mais heureux, sur fond de congratulations mutuelles et d'évocations fanfaronnes des actions marquantes de la rencontre.

Marsand sort de la douche quand un stadier vient le chercher pour lui dire qu'il est attendu sur le parking. Par une brune *super bonne* ! Saffron ? Après le message de Scoarnec, il a essayé de la joindre, sans succès. Gédéon annulé ? Bande de couilles molles ! Mais Saffron, qu'est-ce qu'elle vient foutre ici ? Ils n'ont pourtant jamais parlé football. Qu'importe, il a les billets d'avion, ils vont se tirer comme prévu, après le débat. Et tant pis pour les autres. Il se rhabille en vitesse et se précipite dehors sous les moqueries de ses coéquipiers.

La jeune femme n'est pas à l'entrée du stade. Marsand fait quelques pas entre les voitures quand il est abordé par un grand black qui, discrètement, lui montre sa carte tricolore et l'invite, sans trop lui laisser le choix, à monter dans une Peugeot gris anthracite. Au volant, un autre homme, rouquin.

Peu méfiant, le technicien monte à l'arrière avec le premier flic et se trouve bientôt couché sur la banquette, menotté et aveugle, la tête enserrée dans une cagoule sans ouvertures. « Qu'est-ce que vous me voulez ?

— Ta gueule ! Et tiens-toi tranquille ! »

Marsand commence à protester et reçoit en réponse un coup de poing dans les côtes flottantes. Souffle coupé, il a compris le message et arrête de s'agiter.

Le trajet dure environ vingt minutes. À un moment donné, la

voiture descend dans un endroit où les sons semblent résonner. Un parking. Les policiers le font sortir, franchissent une porte puis une autre, remontent un couloir, tournent à droite, à gauche, à droite encore.

Marsand trébuche une ou deux fois et, quand il se risque à nouveau à demander ce qui se passe, il n'obtient que le silence de ses deux guides. Enfin, ils le font asseoir sur une chaise et son couvre-chef lui est retiré. Il se trouve dans une pièce nue, devant une table. Les deux flics sont là et l'observent.

Le black prend la parole. « Tu choisis mal tes potes, Pierre. Je peux t'appeler Pierre ?

— Qui êtes-vous ? Vous me voulez quoi ? »

Gifle de Michel sur le sommet du crâne. « Réponds au monsieur ! »

Marsand le dévisage, incrédule. C'est un cauchemar et je vais me réveiller.

« Alors ?

— Oui… Oui, vous pouvez m'appeler Pierre. Je crois. » Il va ajouter quelque chose mais le noir lève la main pour le faire taire.

« On sait qui tu es, où tu bosses et, surtout, on sait avec qui tu complotes. Et ce que tu complotes. Et tu choisis mal tes potes.

— Je ne vois pas ce que…

— Erwan Scoarnec, Julien Courvoisier, ça te dit rien ? »

Ils savent. « Non. »

Nouvelle gifle. « T'es sûr ? Réfléchis bien. »

Le technicien ose à peine lever les yeux vers Michel, son regard lui fait peur.

« C'est des tueurs de flics, tes potes.

— C'est faux ! C'est un mensonge. Ils ont de quoi le prouver !

— Tu les connais, alors ? » Sourire de Jean.

« T'es vraiment con, mon pauvre Pierre. Non seulement ce sont des tueurs, tes copains, mais en plus ils ont commencé à se buter entre eux. Scoarnec a flingué Courvoisier. »

Julien, mort ? Impossible ! « Quand ? Où ?

— Il a été repêché hier dans la Marne. Apparemment, il savait pas bien nager. »

Mort. Hier. Gédéon annulé ce matin par Erwan. Saf' qui a disparu.

« Ça fait de toi le complice d'un assassin.

— Non, c'était pas prévu comme ça. Il ne devait rien se passer. Je ne savais pas ! Je vous jure ! Il faut trouver Saffron, elle expliquera tout !

— Jones-Saber, la petite pute ?

— Parlez pas d'elle comme ça ! »

Michel se met à rire. « Mais il est amoureux on dirait. » Il se tourne vers Jean et montre Marsand du pouce. « Il est amoureux, ce con ! Tu t'es fait baiser, Pierre. Par une petite pute, ouais. Elle a été arrêtée, ta Saffron. Et elle nous a causé. Comment tu crois qu'on est remontés jusqu'à toi ?

— Elle ferait pas ça ! Elle... m'aime.

— Elle m'aime. » Imitation moqueuse de Michel.

« On va se tirer ensemble au...

— Mexique ? » Jean lui coupe la parole.

Ils savent tout. Elle leur a tout dit.

« Tu vois, le problème c'est que, pour l'instant, le seul qui court toujours, c'est ton pote Erwan. » Jean se penche vers le technicien et lui parle tout doucement. « Pour lui, elle nous a rien dit, par contre. Étrange, non ? » Il se redresse.

« Là, t'es dans la merde, mon Pierre. » Michel.

« Ouais, jusqu'au cou. » Jean.

Marsand se met à pleurer.

« À moins que tu nous aides. » Jean.

« Aide-nous à retrouver Scoarnec. » Michel.

Fin d'après-midi, Erwan tourne en rond dans sa chambre. Il n'est pas redescendu, aucune envie de voir les deux vieux cons. Alors il passe le temps, essaie de réfléchir à ce qu'il doit faire, sans grand succès, il a les idées embrouillées. Plus que tout, il a peur. Et il est très déçu. Pour Gédéon. Il n'aime pas perdre, et n'arrive pas à se décider à y renoncer. Frapper un grand coup. Au cœur de l'appareil médiatique d'État. Foutu ? Comment en sont-ils arrivés là ? Plus rien à faire ? Réfléchis bien.

Quand il s'emmerde trop, il surfe sur le Net. Et, depuis ce matin, il lutte contre l'envie de se connecter à son profil Facebook. Il sait qu'il n'y a plus rien à attendre de côté-là. Julien mort, Saffron en taule, Marsand, ce con de Marsand, dans la nature. Facebook, c'est fini. Comme Gédéon. Pourtant, tel le junkie, il ne peut résister à la tentation d'un dernier fixe.

Goupil Lerenard a mis son profil à jour. Le mur et aussi l'album photo.

Surpris, Erwan met quelques minutes à se décider puis il télécharge le douzième cliché, le programme idoine et décrypte le message du technicien. Il veut le voir.

« Putain, non ! » Erwan se lève, fait les cent pas autour de son lit. Il sait qu'il faut couper les ponts. Brûler ses vaisseaux. Mais il répond et accepte le principe d'un rendez-vous, le lendemain matin. Il propose un lieu et une heure, code son envoi et retourne sur la page de *Gédéon Lecanard*.

« Il a mordu à l'hameçon. » Le barbu bascule en arrière, loin de l'écran de son PC, et se tourne vers Michelet. « Il veut voir votre gars demain matin.

— Parfait. Confirmez. » Le sous-préfet sort.

Jean l'attend dans la cour intérieure de l'immeuble de la SISS. « Alors ?

— Ça a marché. Ils ont rendez-vous demain matin.

— Nickel. On chope Scoarnec, il nous donne la vidéo et après…
— Et après ?
— On fait ce qu'il faut. »
Michelet secoue la tête.
« Pas le choix, rappelez-vous. »
Le vouvoiement est revenu, même si le ton est toujours agressif et menaçant. Ces deux mecs sont dangereux. Le sous-préfet acquiesce. « Je sais. Marsand, vous le sentez comment ?
— C'est-à-dire ?
— Il va jouer le jeu ?
— Il a la trouille, il fera où on lui dit de faire. Il a la haine aussi.
— À cause de la fille ?
— Ouais.
— Peut-être que c'est un bon comédien, non ?
— J'en sais rien. Et je m'en fous.
— Pas moi. J'aimerais une solution plus », Michelet cherche le mot, « élégante. Et définitive. Qui ne laisse pas de trace.
— Tout ce qui compte, c'est cette putain de vidéo. Je veux savoir si elle existe et ce qu'il y a dessus.
— Et aussi ce que ces foutus écolos ont compris des dossiers de Soubise, ne l'oubliez pas. C'était ça, la mission, au départ. Comprendre ce que savaient les autres.
— Donc il nous faut cette clé USB.
— Et faire en sorte que les gens ne se posent pas trop de questions. En particulier nos amis de la Crim'.
— Et comment vous allez faire ça ? »
Michelet sourit. « J'ai ma petite idée là-dessus. » Complice, il prend Jean par le bras et l'entraîne vers la rue. « Je vais m'occuper de faire sonoriser l'appartement de Marsand. Vous, vous me le gardez au chaud. Veillez à ce que le bourrin qui vous sert de pote ne l'abîme pas. Nous en avons encore besoin. Je passe vous voir ce soir. »

Dans sa chambre, Erwan essaie de s'occuper mais rien n'y fait. Tous les quarts d'heure, il retourne sur Facebook. Marsand a-t-il lu la presse entre-temps ? Appris pour Julien ? Si ça se trouve, il s'est dégonflé. Et Saffron n'est plus là pour rattraper le coup. Et puis la confirmation arrive. Le technicien accepte, il le verra demain, fin de matinée, à Paris.

Erwan, cœur battant, s'allonge sur le lit, les yeux fermés, pour digérer la nouvelle. Espoir fou de reprendre la situation en main, de sauver l'essentiel, Gédéon, le gros coup, et de redevenir le chef. Que le sacrifice de Julien n'ait pas été vain. Après, on verra au jour le jour. Il se sent mieux, capable d'affronter de nouveau les deux croulants, en bas, avec leurs airs de ceux qui savent parce qu'ils ont vécu. Et de leur dire au revoir et merci. Demain, je repars au combat.

À l'heure du dîner, Scoarnec sort de sa chambre, descend l'escalier, lavé, changé, une ombre de sourire aux lèvres. Il affiche assurance et décontraction dans une mise en scène très maîtrisée.

Neal sent monter une bouffée d'agressivité.

Cooke pose sur la table une casserole fumante. « Deux boîtes de bœuf-carottes. Vous vous joignez à nous ?

— Bien sûr. »

Après avoir goûté le bœuf-carottes en conserve, l'agressivité de Neal évolue vers l'écœurement et il attaque dès la première bouchée. « Nous pensons tous les deux que vous devez remettre cette vidéo à la police.

— Si je fais ça, ils vont m'arrêter, pour toute une série de raisons valables. Plus quelques autres, qu'ils inventeront.

— Possible. Et alors ? Ça vous fait peur ?

— Je ne veux pas aller en prison.

— Vous y seriez pourtant plus en sécurité qu'ailleurs, par les temps qui courent. Votre copain Courvoisier serait encore en vie si vous y étiez allé plus vite. »

Scoarnec accuse le coup.

Pousser l'avantage, Neal continue. « Demain matin, je rentre à Paris, tôt. Je pars vers sept heures. Je vous emmène et je vous pose à la Criminelle.

Erwan se lève. « D'accord, je viens. » Il prend un grand verre de vin, le boit cul sec, le repose avec un sourire. « Pour me rincer la bouche, après le bœuf-carottes. »

Quand la porte de la chambre de Scoarnec se referme, Cooke se tourne vers Neal. « Tu es conscient qu'il y a une forte chance pour que Scoarnec n'aille pas à la Criminelle ?

— S'il n'y va pas, on avisera.

— Nous sommes journalistes, pas auxiliaires de police, tu as oublié ?

— Mon objectif premier reste de sortir ma fille de ce merdier. J'ai été clair là-dessus. Évidemment, je protège mes sources, et je n'évoque même pas les dossiers.

— Comme ça, ça me va.

— Maintenant, je sais pourquoi Scoarnec n'a rien rendu public. Il a peur d'aller en taule. »

Cooke fait une moue sceptique. « Si ça t'arrange de croire ça... Revenons à nos moutons. Trinity Srl. est l'objet d'une enquête des juges antimafia italiens depuis six mois. Elle est soupçonnée d'appartenir à la Camorra et de ne pas toujours avoir été très orthodoxe, pour ne pas dire autre chose, dans sa façon de retraiter les déchets qui lui étaient confiés.

— Et le lien avec PRG ?

— De 2001 à 2006, la Terrail, une filiale du groupe de la belle Elisa, a traité un gros chantier de rénovation de cliniques privées, en France et en Italie. Qui dit clinique dit radiologie et donc matériaux radioactifs. C'est en vérifiant le traitement de ces matériaux que Soubise est remonté à Trinity Srl.

— Le nucléaire à tous les coins de rue.

— Pas étonnant qu'ils aient voulu se sortir de ce merdier en quatrième vitesse. Ça la fout mal de siéger aux mêmes conseils d'administration que des mafieux. Ça rassure pas les marchés.

— *Indeed.* De mon côté, j'ai cherché une introduction auprès de Cardona. Il est polytechnicien, promo 72. J'ai feuilleté l'annuaire des anciens élèves, les promos 71, 72, 73. Et tu sais qui j'ai trouvé ? Te fatigue pas, tu ne devineras pas. Gérard Blanchard, le patron du restaurant *Chez Gérard*.

— *Small world.* Qui l'eût cru ?

— Son téléphone personnel est sur répondeur. Le dimanche, le restaurant est fermé, j'irai le voir lundi. Borzeix, je vais la cueillir demain à l'improviste. »

Les deux complices se sourient, ça fait du bien de retravailler ensemble, puis Cooke se met à bâiller. « Je vais me coucher, je n'en peux plus. »

Avant de monter, Neal consulte son courrier une dernière fois. Mail de maître Leterrier. La garde à vue de sa fille est, comme prévu, prolongée de quarante-huit heures. Le père de Saf' se surprend à penser que c'est plutôt une bonne nouvelle.

6

Dimanche

Neal sort la voiture du garage, referme le portail et attend Scoarnec en faisant les cent pas. L'herbe est détrempée mais la journée sera peut-être belle.

Erwan traverse le jardin, jeans et T-shirt, démarche insolente, beau, jeune et fier de l'être. Il s'appuie sur le toit de la voiture. « Avant que j'entre là-dedans avec vous, mettons-nous bien d'accord. Vous me déposerez à la Porte de la Chapelle, je continuerai en métro. Avec Saffron, vous pouvez jouer autant que vous voulez au père attentif et protecteur, mais je ne suis pas votre fils.

— OK. » Neal baisse la tête en s'engouffrant dans la voiture, pour dissimuler son envie de rire. Bonne nouvelle, pas d'inceste dans ma maison. En somme, j'ai de la chance. Pauvre con. Il conduit sagement, presque en pilote automatique, et s'efforce de penser à sa rencontre avec Borzeix. Toute proche. Peut-être décisive.

La présence de Scoarnec, obstinément tourné vers la vitre de la portière, absorbé dans la contemplation du paysage qui défile, muet, le gêne, l'irrite, l'empêche de se concentrer. Saffron est là, entre eux deux, Saffron qui a choisi l'autre. Neal finit par rompre le silence, et pose la question qui l'a hanté toute la nuit. « Saf' était-elle avec vous le soir où vous avez enregistré l'assassinat de Soubise en direct ?

— Ce n'est pas à moi qu'il faut le demander, mais à elle. » Erwan ne s'est pas retourné vers lui pour lui parler.

« Elle est en garde à vue, pour deux jours encore. Je ne peux pas communiquer avec elle, et vous le savez. Mais j'ai besoin de le savoir pour agir, comment dites-vous ? De façon attentionnée et protectrice. »

Long silence.

Scoarnec laisse passer les secondes et finit par dire, comme à regret, « oui, elle était là ».

Neal imagine le choc que sa fille a dû encaisser, elle qui n'avait jamais vu la mort de près, encore moins la mort violente. Protégée. Trop protégée ? À son âge, tu vivais en direct le massacre des otages et des preneurs d'otages aux Jeux olympiques de Munich. Et alors ? Tu en as fait quoi de ta riche expérience ? « Quoi qu'il arrive, ne faites jamais mention de sa présence, laissez-la en dehors de l'histoire de la vidéo. »

Erwan se retourne, regard braqué sur le profil de Neal. « Gardez vos conseils, je n'en ai pas besoin. Vous êtes son père, vous m'avez hébergé pendant vingt-quatre heures mais ça ne vous donne aucun droit. Votre fille pense que vous êtes bidon et je suis d'accord avec elle. Vous l'avez cloîtrée, étouffée, moi, je lui ai ouvert le monde, j'en ai fait une combattante. Alors ne vous mêlez surtout pas de nos affaires ! »

Neal s'applique à conduire un peu plus vite, pour se calmer. Sans lâcher la route des yeux, il articule, très distinctement, « *you're so full of shit* ».

Les deux hommes ne prononcent plus un mot jusqu'à l'arrivée à Paris. Neal s'arrête non loin de l'entrée du métro Porte de la Chapelle, dépose Scoarnec et répète une dernière fois, d'une voix unie, « Commandant Pâris, Brigade criminelle, 36 quai des Orfèvres, métro Cité ou Saint-Michel ».

Erwan se penche à la portière. « Va te faire foutre ! »

Neal le suit des yeux jusqu'à ce qu'il le voie disparaître dans la bouche de métro.

Pâris est cueilli par Perrin, un délégué du syndicat auquel il adhère, alors qu'il descend le grand escalier de la Crim'. Lui ici, un dimanche matin ?

« Je te cherchais. On m'a dit que tu auditionnais une gamine.

— On ? »

Sourire. « J'ai un ami qui voudrait te voir, tu as cinq minutes ? »

Pâris penche la tête sur le côté. « Et il me veut quoi, cet ami ?

— Du bien, j'imagine. »

Rire forcé de part et d'autre.

« Où ? Quand ?

— Tout de suite, dehors, devant le Palais. Il sait qui tu es. »

Pâris soupire et emprunte le couloir du premier étage, où croisent habituellement les avocats de tout poil, pour rejoindre l'entrée de la place Dauphine. Parvenu sur le trottoir, il n'attend pas trente secondes avant qu'une berline noire Citroën aux vitres teintées vienne se ranger devant lui.

À l'arrière, une portière s'ouvre et un homme apparaît, visage large, aux traits aplatis, encadré d'une coiffure poivre et sel. « Merci d'avoir accepté de m'accorder un peu de votre précieux temps. » Il s'écarte pour laisser monter le policier.

Dernier regard alentour, et la voiture redémarre.

Pâris détaille son interlocuteur, raide, apparemment peu à l'aise, qui cherche ses premiers mots. Il doit lui en coûter de venir me chercher ainsi jusqu'ici. Mais l'heure est aux va-tout. « Monsieur Dumesnil, il existe d'autres façons de me rencontrer que cet enlèvement un tantinet mélodramatique.

— Au moins vous savez qui je suis.

— Difficile, aujourd'hui, d'échapper totalement aux médias. Même pour un homme de l'ombre. » Pâris sourit. « J'imagine que, comme moi, vous êtes très occupé. Alors, si vous me disiez ce qui me vaut l'honneur de cette visite dominicale.

— Droit au but. On m'avait prévenu.

— Décidément *on* bavasse trop.

— Benoît Soubise.

— Une enquête dont je m'occupe avec mon groupe.

— J'en entends beaucoup parler.

— Dommage… Mais guère surprenant. »

Moue de Dumesnil, qui se veut complice. « Elisa Picot-Robert et Pierre Guérin… Faut-il que nous anticipions des révélations ?

— Droit au but, hein ? »

Il est presque dix heures trente quand Erwan rejoint les Buttes-Chaumont. En dépit d'une météo incertaine, il y a déjà du monde, des familles à poussettes, pas mal de joggeurs, quelques amateurs de tai-chi matinal. Sentiment de sécurité relative. Ce qui ne l'empêche pas de surveiller son environnement, à la recherche d'une paire d'yeux trop intrusive ou d'une filature discrète. Mais il ne repère rien et, après avoir fait un premier tour de sécurité, il se dirige vers le belvédère et son kiosque à musique.

Erwan n'a jamais pris Marsand très au sérieux. Trop mou, peu courageux, tout juste bon à passer les plats de l'histoire. Un simple exécutant, et pas des plus zélés. Mais facilement manipulable. Et il est bien là ce matin, fidèle au poste, sans doute anxieux de comprendre ce qui se passe.

Scoarnec ne perd pas de temps en effusions, le salut est bref. Sa voix lui paraît étonnamment fatiguée, lorsqu'il prend la parole. « Personne ne t'a suivi ? » Tu es tellement con que tu ne t'en serais pas aperçu, de toute façon. Mais qui irait te soupçonner ? « Gédéon est foutu. Il faut annuler. » Gorge nouée. Il a beau se raisonner, c'est toujours aussi difficile à admettre.

« Que s'est-il passé, putain ? Et qu'est-ce que tu as… Je veux dire, il leur est arrivé quoi, aux autres ?

— Julien est mort. » Surréaliste, incroyable, des mots qui sonnent faux. Julien, son pote, parti pour toujours. Non, exécuté. Un profond sentiment d'injustice envahit Erwan. Il faudra se venger. Puis la tristesse le submerge à nouveau. Il déglutit pour se retenir de pleurer. Pas devant Marsand.

À côté de lui, le technicien n'en perd pas une miette. Il ne montre rien mais se réjouit de voir ce baltringue de Scoarnec se liquéfier à vue d'œil. Disparu, le petit coq. Qu'est-ce que Saffron a pu lui trouver ? « Ça s'est passé comment ?

— C'est pas ton problème ! » L'agressivité aide Erwan à chasser ses larmes. « Il est mort. Et on arrête tout. » Moins tu en sais, mieux tu te portes. Et nous aussi. Aucune confiance en toi, s'ils te chopent, ils te feront cracher le morceau, garanti sur facture, et tu nous incrimineras encore plus.

Marsand dévisage Scoarnec, sans parvenir tout à fait à masquer son énervement. Tu nous as tous foutus dans la merde, et maintenant tu cherches à te couvrir. Si ça se trouve, les flics ont raison et tu as flingué Julien. Putain, tu as tué ton meilleur pote. Connard ! « Et Saffron ? » La question est lancée sèchement mais le technicien se reprend ensuite. « Elle est où ?

— Qu'est-ce que t'as à poser toutes ces questions ? Je t'ai dit qu'on annulait tout, point barre !

— Mais merde, quoi ! Les journaux disent que…

— Des mensonges !

— Et ce flic mort ? Un mensonge aussi ? »

Erwan secoue la tête. Décidément, ce mec est trop con, incapable de réagir en combattant, de voir où sont les priorités. Il se force à poser une main sur l'épaule de Marsand. « Rentre chez toi. Va au boulot comme si de rien n'était. Tu ne risques pas grand-chose. Mais dès que tu peux, pose des jours et tire-toi. Loin. Fais-toi oublier deux ou trois semaines. » La main retombe, demi-tour, et il commence à s'éloigner.

« Attends ! » Marsand panique, il ne peut pas le laisser partir. Il avale sa salive, jette un œil autour de lui, indécis. Réfléchis. Vite ! « On n'a quand même pas fait tout ça pour rien ? Et Julien ?

— Quoi Julien ?

— Des mecs le flinguent et tu laisses pisser ?

— Et qu'est-ce que tu en sais ? » En colère, Erwan revient sur ses pas et se plante, mauvais, devant Marsand.

Qui recule. « Moi je dis juste qu'on devrait au moins essayer de faire un truc. Que Julien se soit pas fait descendre pour rien !

— Ah ouais ? Tu veux faire quoi, exactement ? J'ai pas le virus qu'il nous avait préparé et sans ça…

— J'ai peut-être une solution. Genre court-circuitage manuel. Plus bourrin, certes, mais surtout peut-être plus efficace. »

Surtout peut-être plus efficace…

Assis sur un banc au pied du belvédère, Michel fait semblant de lire le *Journal du Dimanche*. Dans son oreille, la conversation entre Marsand et son complice se poursuit pendant encore deux minutes puis s'arrête. Un long moment.

OK, on tente le coup…

Sur ces derniers mots de Scoarnec, Michel regarde Jean, assis en contrebas de lui, entre des arbustes aux feuillages denses qui le masquent à la vue des promeneurs.

Le black range ses jumelles et se retourne vers son partenaire.

Discret hochement de tête entre les deux policiers.

Michel se lève et s'engage dans l'allée la plus proche. Il va aller récupérer le Kangoo pendant que Jean recolle au train des deux écolos.

Pâris admire les quais qui défilent de l'autre côté de la vitre de la berline, un spectacle dont il ne se lasse pas. Il réfléchit. Qu'a-t-il à gagner à parler au directeur de campagne de Schneider ? Faire trébucher Guérin alors qu'il s'apprête à gravir la marche suprême ? La pensée lui a traversé l'esprit, au cours des derniers jours. Et pas qu'une fois.

« Je sais que vous avez déjà eu quelques problèmes avec Guérin et sa clique », croit bon de relancer Dumesnil, « nous ne sommes pas sans relais au sein de l'appareil policier. Et nous savons nous montrer reconnaissants avec nos amis.

— Reconnaissants, mais encore ? Soyez plus clair. » Le ton de Pâris est brusquement cassant. « La première chose que vous apprenez, jeune flic, quand vous entrez dans un service un peu sensible, c'est que les politiques, il faut s'en méfier.

— Allons, évitons les généralisations.

— Vos amitiés ne durent que tant qu'elles sont utiles. Ou sans risque. Vous êtes bien renseigné ? Alors vous devez savoir que, quand j'étais au Château des Rentiers, j'en ai vu défiler pas mal, des histoires. Et vos adversaires du moment n'en étaient pas les seules vedettes. »

Le silence retombe sur l'habitacle de la berline. À l'avant, le chauffeur fait comme s'il n'entendait rien et regarde droit devant lui.

Dumesnil s'éclaircit la voix. « Le nucléaire est un problème grave. D'une importance vitale pour notre pays. Il a fallu du temps pour développer ce secteur et le rendre compétitif. Les enjeux stratégiques et financiers sont énormes. Sans parler de la dimension environnementale. S'il existe, en coulisse, des collusions entre certains intérêts économiques privés et des décideurs politiques, en vue de se partager ce gâteau sans la moindre considération à long terme pour l'avenir énergétique de la France, il faut les dénoncer.

— Et qu'est-ce qui vous fait croire que c'est le cas ?

— Le CEA est impliqué. Et PRG. Et à travers PRG, Guérin, non ? Il est logique que nous l'envisagions.

— Vous, ou vos copains grands patrons qui ont peur que la bonne affaire leur passe sous le nez ?

— La position d'Eugène Schneider sur le sujet n'est rien de moins que démocratique et républicaine. »

Pâris ne peut retenir une grimace ironique. Il laisse encore passer quelques secondes et se lance. « Mes investigations sont loin d'avoir abouti. Mais je suis prêt à mettre ma main au feu que si je les mène à terme, j'invaliderai l'hypothèse des écoterroristes meurtriers. Ils n'ont pas tué Benoît Soubise.

— Qui, alors ?

— Je n'en sais encore rien. Mais il est possible que certaines personnes déjà évoquées fassent partie des donneurs d'ordres. »

Dumesnil siffle entre ses dents. « Vous avez des preuves ?

— Si j'en avais, serais-je ici en train de vous parler ? Mais depuis quand avez-vous besoin de preuves pour faire fuiter des choses dans la presse ? Il y a le conditionnel, pour ça.

— Pourquoi ne pas l'avoir déjà fait ?

— Chacun son métier, monsieur Dumesnil, chacun son métier. Quoi qu'il en soit, je suis surveillé de près et je subis de fortes pressions. Indirectement, via le Parquet, mais aussi via ma hiérarchie. Erwan Scoarnec est un coupable qui plaît à tout le monde.

— Pas à nous. »

Ils sont de retour sur l'île de la Cité.

Pâris se fait arrêter à l'angle Pont-Neuf-quai des Orfèvres. Il descend et prend conscience des touristes, à présent réveillés, qui profitent de quelques rayons de soleil timides. Une dernière fois, il se penche vers Dumesnil. « Je ne me fais pas d'illusions sur vos motivations, je sais qu'elles n'ont que peu à voir avec les miennes. Restons-en là. Cette rencontre n'a jamais eu lieu. » Il lâche la portière et celle-ci se referme aussitôt.

La Citroën s'éloigne.

Borzeix habite au nord du Père-Lachaise, un trajet court, qui laisse juste le temps à Neal d'imaginer un affrontement sévère avec une dame de fer, et de préparer une entrée en force et quelques répliques rentre-dedans.

Il arrive dans une rue très tranquille, la remonte, se gare plus loin, fait à pied le tour du pâté de maisons et repère une voiture garée à un jet de pierre de l'entrée de l'immeuble de Borzeix. Deux hommes à l'intérieur, dont l'un lit le journal. Protection ? Surveillance ? Coïncidence ?

Une pimpante sexagénaire entre dans la résidence en traînant son chien et un caddie plein à ras bord. Neal presse le pas, la rattrape, lui tient la porte, caresse le chien, soutient le caddie, tout sourire, et se retrouve avec elle dans l'ascenseur.

Elle s'arrête au quatrième, il monte directement au dernier étage, le huitième. Il a lu sur Facebook quelques remarques sur la somptueuse terrasse de Borzeix. Sur le palier, deux portes, les noms sont sur les sonnettes. Neal se redresse, vérifie sa tenue, et sonne.

À peine quelques secondes d'attente et une grande femme superbe lui ouvre la porte. Une masse de cheveux châtain mordoré, un visage ovale qui évoque les femmes de Botticelli, des yeux vert jade, Neal en a le souffle coupé. Elle porte une sorte de djellaba multicolore et l'accueille avec un sourire bienveillant, du fond de son paradis artificiel. « Entrez, entrez. »

Neal se retrouve, déboussolé, debout au milieu d'une grande pièce très claire, trois canapés en cuir, tout un mur consacré à un bureau, un beau meuble très contemporain, en verre et acier, et une bibliothèque bourrée de livres. Il repère les cendriers pleins de mégots, l'insistante odeur du shit, quelques bouteilles plus ou moins vides, des coussins, des draps de bain qui traînent.

Borzeix se plante devant lui, le détaille avec un petit sourire. « Pas mal… Qui êtes-vous, monsieur l'inconnu, qui débarquez de si bon matin dans ma vie en mille morceaux ? »

Il faut se ressaisir, vite, entrer dans son jeu, profiter de l'euphorie et de l'angoisse. Neal soigne le sourire et l'accent. « Je m'appelle Neal Jones-Saber et je suis anglais.

— Je l'aurais parié. Je vous offre à boire ? Une bière, une goutte de gin ? Elle le prend par le bras. Venez, allons sur la terrasse, ici on dirait un champ de bataille. »

Neal hausse les sourcils, un champ de bataille, enfin, pas tout à fait… Mais bon.

La terrasse est somptueuse, très fleurie, très calme, très ordonnée, avec une vue splendide sur tout Paris, au-delà du sommet des arbres du cimetière.

Neal s'assied sur une chaise longue et opte pour une bière, qu'il n'a pas l'intention de boire.

Borzeix se sert une petite lampée de gin dans un verre à pied, et s'allonge dans un siège à côté du journaliste. « Vous tombez bien, je commençais à m'ennuyer sérieusement, toute seule ici. Alors, monsieur l'Anglais, qu'est-ce qui vous amène ?

— Je suis le père de Saffron Jones-Saber. »

Le regard de Borzeix reste flou, manifestement le nom ne lui dit rien.

« Une jeune fille de vingt ans qui est actuellement en garde à vue dans le cadre de l'enquête sur l'assassinat du commandant Soubise. »

Borzeix se redresse, pose son verre.

« Je suis convaincu qu'elle n'a rien à voir là-dedans, qu'il s'agit d'une terrible malchance, et j'essaie de l'aider à s'en sortir. Accepteriez-vous de parler de ce sujet quelques instants avec moi ?

— Je crois avoir déjà tout dit à la police, mais pourquoi pas ? »

Son interlocutrice fronce les sourcils, elle fait de gros efforts pour sortir de la brume, faire vite avant qu'elle n'y parvienne. Inutile de finasser. « Savez-vous sur quels sujets travaillait le commandant Soubise au moment de son assassinat ? »

Borzeix rit, un rire surprenant, une joyeuse autodérision. « Pas du tout, figurez-vous. Benoît et moi, nous nous sommes rencontrés autour d'une table de poker, il était bel homme, séduisant, doux. Je devais me sentir seule », coup d'œil appuyé à Neal, « comme aujourd'hui. Je n'ai jamais su qu'il était policier ou qu'il travaillait au CEA. Vous voyez, nous nous entendions très bien au lit et nous n'avons jamais, au grand jamais, parlé de nos activités professionnelles. Les policiers disent que j'ai été victime d'un tamponnage. Victime, vous croyez ? » Elle se lève, prend son verre de gin et le vide dans une jardinière de fleurs. « Je vais aller me faire du café. Qu'est-ce que vous voulez ? Du thé ? Du café, vous aussi ?

— Café, ce sera parfait. »

Borzeix disparaît vers la cuisine, revient avec un plateau, deux expressos et deux verres d'eau fraîche. Elle s'assied en équilibre sur le bord d'un fauteuil.

L'état de grâce est terminé. Il faut passer à la phase déstabilisation. « D'après ce que l'on m'a dit, Soubise s'intéressait aux projets de rachat par le groupe Mermet des activités médias de PRG. »

Borzeix rit de nouveau, plus franchement. « Pas la peine de se déguiser en père éploré pour obtenir des informations là-dessus. Les salons parisiens ne parlent que de ça.

— Soubise s'intéressait aussi, semble-t-il, au réinvestissement des sommes que pourrait dégager cette opération dans le *Jardin des Hespérides.* »

La juriste se lève, le corps tendu. L'effort pour sortir de son état de léthargie bienheureuse est douloureux, elle grimace. « Qui êtes-vous vraiment ? Et à quoi jouez-vous ? Et puis d'où tenez-vous ces informations ?

— Je suis Neal Jones-Saber, le père de Saffron, comme je vous l'ai dit. Je suis aussi journaliste, et je cherche à faire la lumière sur toute cette affaire. »

Borzeix prend Neal par le bras. « Venez, je vous raccompagne. »

Il la suit, sans arrêter de parler. « Acceptez de répondre à quelques questions, c'est dans votre propre intérêt, madame. Vous risquez gros. Dans toute l'embrouille sur le capital de Trinity Srl., le seul nom qui apparaît pour PRG, c'est le vôtre... »

Elle s'arrête, choquée. « Vous en savez, des choses.

— Quand le scandale éclatera, vous ferez un parfait bouc émissaire. Alors, mon entretien ? »

Borzeix l'entraîne dans l'entrée, ouvre la porte. « J'y réfléchirai. »

Neal se penche vers elle, parle bas. « Réfléchissez vite, vous n'avez peut-être pas beaucoup de temps. Il existe des preuves que Soubise n'a pas été assassiné par des écologistes égarés mais par des professionnels. Au service de qui ? Ceux qui veulent entrer dans le *Jardin des Hespérides* ? Ceux qui veulent les en empêcher ? Des concurrents ? Ou encore les *silent partners* camorristes de Trinity Srl. ? Et vont-ils s'arrêter là ? Qui veulent-ils faire taire ? Rendre public ce que vous savez est la meilleure des protections. »

Borzeix pousse le journaliste sur le palier de l'étage, s'apprête à fermer la porte.

Il lui tend sa carte. « Donnez-moi un rendez-vous. »

Elle la prend. « Pourquoi pas, après tout ? Demain, impossible. Disons mardi matin, huit heures trente, au *Café de la Mairie*, place Gambetta. » Sourire. « Merci d'être passé me voir. » Et elle claque la porte.

Dans la rue, Neal constate que la voiture et ses deux occupants sont toujours là. À tout hasard, il note le numéro d'immatriculation.

Borzeix retourne s'allonger sur la terrasse, tout à fait consciente que le moment est venu de faire des choix décisifs. Contre ou avec Elisa ? Y a-t-il encore un avenir possible pour elle avec PRG ? Où cela peut-il mener d'être contre Elisa ? Parfaitement consciente, aussi, d'être bien trop *stone* pour faire ces choix maintenant. Se reposer, cuver, dormir. Je verrai demain.

Elle enregistre le numéro de téléphone de Jones-Saber dans son portable, déchire la carte et la jette au vent. Et réalise soudain que Soubise n'est plus dans son paysage. La page est tournée.

Dans une brasserie proche du Père-Lachaise, Neal déjeune d'une entrecôte de bœuf de l'Aubrac et d'un aligot, le tout arrosé d'un petit saint-pourçain. De quoi effacer le souvenir du sinistre dîner bœuf-carottes de la veille. Clafoutis pas très réussi, ma belle-mère fait beaucoup mieux. Café.

Se décider à appeler Pâris. Une certaine appréhension. Exercice périlleux sur la corde raide, entre la nécessité d'en dire le moins possible, pour préserver ses sources, et assez pour obtenir la mise hors de cause de Saffron. Évidemment, si Scoarnec est déjà passé à la Crim', tout devient simple, mais il ne faut pas y compter. Il fouille ses poches à la recherche de la carte de Pâris et sort son téléphone mobile.

Vers seize heures, Neal se présente au 36, se fait accompagner jusqu'à la Crim', où Pâris l'attend derrière son bureau.

Le policier lui fait signe de s'asseoir. « Alors, qu'est-ce que vous ne pouviez pas me dire au téléphone, tout à l'heure ?

— Je suis venu vous apporter ça. » Neal tend une clé USB. « Regardez-la. »

Pâris la branche sur son ordinateur, tourne l'écran pour que Neal puisse suivre et double-clique sur le dossier qui vient de se matérialiser sous l'icône de son disque dur.

En gros plan, le visage d'un homme.

Neal va parler, il regarde Pâris, et se tait. La brutale tension de son visage dit nettement qu'il a reconnu Soubise, et qu'il voit cette vidéo pour la première fois. Scoarnec n'est pas passé. Sur les indications de Neal, Pâris zappe le long tunnel noir et reprend lorsque l'écran s'anime de nouveau. Neal, profondément mal à l'aise, ne parvient pas à détacher ses yeux de l'écran, revoit toute la scène du meurtre, fasciné, blessé par son propre voyeurisme.

Fin de la vidéo.

Pâris, visage figé, écarte l'écran, se penche vers le journaliste. « D'où ça sort, ça ?

— Secret des sources. Je suis journaliste, ne l'oubliez pas.

— Quand ça vous arrange. Quel journal ?

— J'écris pour le *Herald* sur les enjeux de la campagne électorale française.

— Et l'assassinat de Soubise est un de ces enjeux ?

— Je crois, oui. En tout cas, cette vidéo est apparue dans le cadre de la préparation de mon papier, je n'ai rien d'autre à en dire. »

Pâris se frotte le visage. « Vous m'emmerdez, Jones-Saber. Vous êtes un spécialiste du mélange des genres. Père de famille malheureux, puis journaliste manqué. Et maintenant auxiliaire de police foireux. Vous vous y retrouvez ?

— Pour l'instant, oui. J'ai récupéré ce document comme journaliste. Je vous le communique avec l'accord de mon équipe, pour tirer ma fille d'affaire. J'agis en père de famille, pas en auxiliaire de police.

— Les assassins, s'il s'agit bien de ça, sont difficilement identifiables.

— Ce n'est pas mon problème. Clairement, il ne s'agit pas de ma fille et de ses amis. Si j'obtiens qu'elle soit mise hors de cause, j'en reste là. Sinon, je lâche la vidéo sur le Net, avec mes commentaires personnels.

— C'est une menace ?

— Absolument pas. C'est une information, pour que personne ne soit pris au dépourvu.

— Votre refus de nous dire d'où vient cette vidéo lui enlève beaucoup de crédibilité.

— Je fais confiance aux compétences de votre police scientifique. Et à votre intelligence pour additionner deux et deux. »

Pâris se lève. « Je vous raccompagne. »

Ils marchent jusqu'à la sortie du service, deux étages plus bas.

« Quand pourrai-je voir ma fille ?

— Pas avant la fin de sa garde à vue. Nous préviendrons son avocat. » Un silence. « Merci de m'avoir apporté cette vidéo. »

Neal sourit. « Je suis certain que vous en ferez bon usage. »

Dans les oreilles de Jean, du rock, lourd, métallique. Cela dure depuis quarante minutes sans discontinuer. Et il ne capte rien d'autre. Impossible de savoir s'ils se parlent, ces deux cons, ce qu'ils se disent. Impossible de trouver un endroit d'où avoir un visuel sur l'appartement de Marsand.

Michel arrive, un sac en plastique à la main. Une odeur de friture chinoise envahit instantanément l'habitacle du Kangoo. « Alors ?

— Alors rien. Ils ont toujours la télé à fond.

— Marsand se fout de notre gueule, je te dis, il est pas fiable. Si ça se trouve, il est en train de tout raconter à l'autre. Cet enculé de Michelet va nous envoyer au trou avec ses conneries. » Un temps. « Il faut monter là-haut, leur faire cracher tout ce qu'ils savent et les faire taire, pour de bon. Cette fois, on prend notre temps et on la joue suicide. Un de leurs potes est mort, l'autre est en taule. Ils sont recherchés, aux abois. Ça passera.

— Passe-moi mes nems et tais-toi, j'écoute.

— Ah ouais, et t'écoutes quoi ?

— De la musique de petit blanc décérébré. Je me cultive. » Jean tend la main sans se tourner vers Michel. « Mes nems. »

Marsand est affalé sur l'accoudoir de son canapé, dans les vapes.

À côté de lui, tirant sur ce qui reste de leur troisième spliff — la beuh, pour le courage ou juste parce qu'il n'y a plus rien d'autre à partager, ou les deux —, Erwan regarde son complice, pensif. Le nouveau plan peut marcher. Qui aurait cru que Marsand était capable de tant de réactivité ? Pour autant, alors qu'il vient de passer une heure à essayer de lui faire comprendre une nouvelle fois tout l'intérêt de l'électrochoc que peut provoquer Gédéon — l'éveil, c'est à cela qu'il faut parvenir —, il doute d'avoir complètement converti le technicien aux subtilités et à l'importance de son combat. Marsand est un de ces mutins modernes, velléitaire et confortable.

Heureusement que Saffron a été là pour le motiver jusqu'au bout. Saffron le comprenait, elle. Maintenant, elle est seule dans une cellule. Un sacrifice nécessaire. Comme celui de Julien, en fin de compte. À lui de reprendre le flambeau à présent, à lui d'écrire le dernier acte. Et le premier de ce qui ne manquera pas de suivre.

Erwan regarde autour de lui. C'est le bordel. Un instant, il est tenté de baisser le volume de la télé, branchée sur *MTV*, qui diffuse un concert de Queens of the Stone Age. Apparemment, le technicien aime ça. Lui, il n'y voit que le énième avatar de l'asservissement à la culture de l'entropie.

Avec des gestes maladroits, Erwan écrase le mégot dans le cendrier et attrape un bout de pita parmi les restes de nourriture qui encombrent la table devant lui. Puis il se lève tout en le mastiquant et va s'enfermer dans la chambre de Marsand. Il faut qu'il se repose.

Lundi

Comme tous les lundis, Cardona arrive dès sept heures au bureau, la presse sous le bras, et, dans son sillage, un jeune X-Mines, fraîchement débarqué dans les sphères dirigeantes du CEA, dénommé Pierre Bonnot.

Cardona est de bonne humeur. Pour un peu, il fredonnerait. Au passage, il interpelle son assistante. « Odile, apportez-nous deux cafés, voulez-vous ? Et des viennoiseries ? Merci, vous êtes gentille. »

Peu après, Odile dépose un plateau bien garni sur le bureau.

Dès qu'elle est sortie, Cardona pousse la collation, étale les journaux économiques du matin, ouverts à la page *Vie des entreprises*. Tous titrent sur *Les liaisons dangereuses de PRG*. Les intertitres parlent d'une instruction de parquets antimafia en Italie, de trafics illégaux de matières fissiles et de l'association au long cours de la Camorra et de PRG dans ces trafics juteux.

Cardona jubile, avale deux pains aux raisins, tapote les titres des journaux. « Vous voyez, Bonnot, la Picot-Robert veut avaler Areva, nous allons l'en empêcher, en restant strictement sur le terrain économique. Ce matin, en lisant les journaux, la belle Elisa va comprendre que sa boulimie peut lui coûter cher, et qu'elle peut même perdre la guerre. Regardez. » Sur son ordinateur, Cardona affiche les cours de l'action de PRG en direct. Décrochage à l'ouverture, puis fléchissement. « Et ce n'est qu'une escarmouche. La guerre ne commencera que la semaine prochaine. »

Bonnot est stupéfait. « Avons-nous quelque chose à voir avec ces articles ?

— Il est des occasions qu'il faut savoir saisir. Et les fuites qui ont alerté la justice italienne sur la collaboration entre PRG et la Camorra, ou celles qui ont signalé à certains journalistes français l'existence d'investigations des magistrats italiens, sont très opportunes pour le CEA. Elles mettent le doigt exactement là où ça fait mal. Un demi-siècle d'indépendance sous le contrôle impartial des pouvoirs publics, en toute sécurité. Le jour où nos actifs tombent dans l'escarcelle de groupes privés, qui sait, au hasard de changements dans l'actionnariat, qui finira par les contrôler ? Vous imaginez, des centrales nucléaires aux mains de mafieux ?

— Comment Mme Picot-Robert peut-elle savoir que le coup de semonce vient de nous ?

— Ne vous inquiétez pas pour cela, elle est intelligente, elle le sait. »

Odile sur la ligne directe. *Un certain Neal Jones-Saber, du journal* The Herald, *de Londres, demande un rendez-vous. Il dit qu'il a été très intéressé par les articles de la presse de ce matin sur les trafics de matières fissiles et aimerait votre sentiment là-dessus.*

Cardona hésite quelques secondes. Non, trop tôt. « Dites que je ne suis pas disponible, mais prenez ses coordonnées, et faites-moi une fiche sur ce… comment dites-vous ? Jones-Saber. »

Mermet, assis à l'arrière de sa Mercedes, sur le trajet entre son domicile de Neuilly et le siège du groupe rue Saint-Honoré, écoute toujours *RTL*.

Ce matin, sondage exclusif Ifop-RTL sur les reports de voix au deuxième tour. Les électeurs qui ont voté Front national au premier tour déclarent avoir l'intention de voter Guérin au second à quatre-vingt-cinq pour cent.

Mermet a un sourire satisfait.

Son chauffeur commente. « Moi aussi, monsieur, je voterai Guérin au deuxième tour. »

Coup de fil de Patoux. *Avez-vous lu la presse économique, ce matin ?*

« Non, je ne la lis pas, et je ne suis pas le seul. »

Quelqu'un s'en prend à PRG...

« C'est une presse de chantage. Cela dit, ça n'a guère d'importance. »

D'accord avec vous. Je vous appelle pour savoir si vous estimez qu'il y a un risque de contagion dans la presse populaire ?

« Je ne crois pas. Mais je vérifierai par précaution pour ce qui relève de mon groupe. Soyez tranquille. » Une fois la conversation terminée, Mermet note sur son BlackBerry : *demande mémo presse éco. Capital. Décideurs. Contrôle. Tirage. Diffusion. Lectorat.*

Neuf heures, *Les Échos* sous le bras, Borzeix arrive au siège de PRG. Elle a déjà lu le journal et sait donc que le groupe subit une attaque en règle. Et elle anticipe une vive réaction de sa patronne, le contenu des révélations ne pouvant que la rendre soupçonneuse. En chemin, elle s'en est même inquiétée. Elle a peu de doutes sur l'implication de Pierre Guérin, ses sbires et, par extension, Elisa Picot-Robert et Albert Mermet, dans les événements qui ont conduit à la mort de Benoît. Aurait-il fallu qu'elle rebrousse chemin ?

Il est trop tard à présent, elle est déjà dans le hall.

Borzeix n'a pas le temps d'entrer dans son bureau que l'une de ses deux assistantes vient la prévenir qu'elle est demandée à l'étage du dessus, le dernier, le royaume des cieux. Elisa veut la voir.

Et cette dernière semble l'attendre avec impatience, la presse étalée devant elle, cours de Bourse en technicolor sur tous les écrans que compte le bureau de sa patronne. Les deux femmes se saluent de façon formelle. Un changement radical, depuis une semaine. Toute complicité entre elles s'est envolée.

Elisa Picot-Robert lui fait signe de prendre place. A-t-elle envie de boire quelque chose ? La distance est là mais le ton se veut aimable. La grande dame prend sur elle et l'effort paraît énorme.

Après les menaces, le temps de la réconciliation ?

Des cafés sont servis puis elles sont à nouveau seules. Intermède de silence, seulement troublé par le cliquetis du métal sur la céramique des tasses.

« Mes paroles ont dépassé ma pensée, la semaine dernière. »

Ce sera donc la carotte. Borzeix laisse venir.

« Et je comprends que cela ait pu vous choquer. Une attitude... » Les mots sortent avec peine. Elisa Picot-Robert a du mal à faire amende honorable, d'autant qu'elle se sent réellement trahie par la femme assise devant elle, cette collaboratrice en apparence sans état d'âme. En apparence seulement. Trop tendre et probablement trop bavarde. La presse, c'est sans doute elle. « Déplacée. Je pense, et je le déplore, que nos rapports s'en trouvent irrémédiablement dégradés. Il va nous être dorénavant difficile d'affronter un quotidien professionnel que je pressens chargé dans les mois à venir. »

Borzeix acquiesce, ne dit rien. Elle sait que ce n'est pas fini. L'amorce n'est pas celle d'un licenciement avec perte et fracas. Elisa ne s'occupe pas de ce genre de problèmes. Là, il y a une proposition à la clé.

« Vous m'aviez parlé, l'année dernière, de ce projet de cabinet spécialisé dans le droit des affaires que vous souhaitiez monter. Où vouliez-vous vous installer, déjà ?

— À Genève.

— Oui, Genève, je me souviens. Et si je vous aidais à le faire ? Avec la garantie d'un plancher annuel d'honoraires, évidemment. Qu'en pensez-vous ? »

Borzeix prend son temps pour répondre. « Ces trois dernières années ont été pour moi particulièrement riches d'enseignements. J'ai appris beaucoup à vos côtés. » La démarche de sa patronne est tout à fait logique. Pas question de garder une *ennemie* potentielle au sein du groupe. Et puis, en faisant de moi ton avocate ou celle du groupe, tu me tiens par la clause de confidentialité. « La première est de ne jamais précipiter la moindre décision. » Elle sourit, puis reprend la parole. « J'ai reçu une visite, ce week-end. » En attendant, je peux quand même lui donner quelques gages de bonne volonté. « Un homme qui s'est présenté comme le père de la jeune fille arrêtée dans le cadre de l'enquête sur le meurtre de Benoît Soubise. Elle appartiendrait à ce groupe de militants qui sont dans le collimateur de la police depuis le début de l'affaire. »

Elisa Picot-Robert ne dit rien, elle écoute.

Elle est au courant, pense aussitôt Borzeix. C'est donc elle qui a fait fouiller mon appartement. Et elle me fait probablement suivre. « Il voulait des informations sur Benoît, sur son travail. J'ai expliqué à ce monsieur que je ne pouvais pas lui dire grand-chose puisque moi-même j'ignorais ce qu'il faisait jusqu'à ce qu'il soit tué.

— Cette réponse l'a-t-elle satisfait ?

— Oui et non, il m'a paru déçu.

— Autre chose ? »

Borzeix hésite un instant. Elisa sait-elle que ce Neal Jones-Saber est journaliste ? C'est possible. Ne pas parler de la demande d'interview. Au cas où. « Il a juste évoqué des preuves, qui innocenteraient totalement sa fille et ses supposés complices.

— Des preuves ? De quelle nature ?

— Il ne l'a pas précisé.

— Merci d'avoir pris la peine de m'en informer. »

Je sais que tu sais que je sais. Et que je viens de te prévenir que le temps pourrait se gâter pour toi. Borzeix se lève.

Elisa lui sourit, lèvres serrées. « Réfléchissez bien à ma proposition. »

Après la carotte, le bâton ?

« Soyez raisonnable, mademoiselle Jones-Saber, aidez-nous. Nous savons qu'il existe des preuves de nature à vous disculper dans l'affaire qui nous occupe. Ainsi que M. Scoarnec. Dites-nous où le trouver. » En dépit de son ton conciliant, le substitut Fourcade se heurte depuis une heure au mur que lui oppose Saffron.

Énième audition de la jeune femme, dans le bureau du groupe Pâris. Sont présents Pâris, le magistrat et Estelle Rouyer, qui tape le PV.

Et Saf', qui se contente du strict minimum, fidèle à sa ligne des trois derniers jours. Mais la fatigue est là, qui creuse son visage et ternit son teint. Elle est avachie sur sa chaise, tête basculée vers l'avant, épaules rentrées. « Puisqu'il y a des preuves, pourquoi je suis encore ici ? » Mais son esprit est toujours vif.

« Parce que toi et ton petit copain vous êtes trop cons pour les utiliser ? »

Saffron se tourne vers Rouyer, qui vient de lui adresser la parole derrière l'écran de son ordi. « Toi tu me parles pas comme ça ! »

Vif et mordant.

« Je te parle comme je veux, ma puce. Et tu commences à me les briser menu, avec ton petit air supérieur de révolutionnaire bobo.

— Pourquoi ? » Fourcade.

« Pourquoi quoi ?

— Ne pas avoir communiqué vos preuves immédiatement.

— Je ne sais pas de quoi vous parlez.

— Ne nous prenez pas pour des imbéciles.

— Je ne sais pas de quoi vous parlez. »

Pâris intervient. « La seule raison qui pourrait justifier que vous n'ayez pas cherché à vous disculper plus tôt serait que vous et votre petite bande de bras cassés préparez quelque chose. Est-ce pour cela que vous ne voulez pas nous dire où se trouve Erwan Scoarnec ? »

Saffron regarde le policier. Il est perspicace mais il tourne autour du pot. De quelles preuves parle-t-il ? La vidéo ? Erwan ne l'aurait pas donnée à qui que ce soit. S'il avait dû s'en servir, il l'aurait fait lui-même, via leurs relais habituels. Et elle serait sur le Net, déjà. Et dans tous les journaux. Est-elle dans tous les journaux ou les flics bluffent-ils ? Ils ont quand même compris des choses. « Si je n'ai rien fait et que vous en avez la preuve, libérez-moi. Ou alors c'est que je suis une prisonnière politique !

— Ne racontez pas de bêtises. Vous êtes ici parce que vous êtes soupçonnée d'être la complice d'un assassin.

— Je croyais que vous aviez une preuve du contraire.

— Avons-nous dit cela ?

— C'est quoi, votre preuve ? »

Hochement de tête de Fourcade à Pâris, qui lâche. « Un film.

— Comment… Comment vous l'avez eu ? » La voix de Saf' déraille. La vidéo a été rendue publique ? Et je suis encore là ? Et Erwan court toujours ? Qu'est-ce que tu attends pour me sortir d'ici ?

« Vous ne niez donc pas que ce film existe. »

Silence.

Pâris se lève, fait le tour de son bureau et vient se planter devant Saffron. « D'où vient ce film ?

— Je ne sais pas de quoi vous parlez.

— Moi, je crois que si. Très bien même.

— Qu'est-ce que vous avez fait à Erwan ? » Seule explication. Erwan a été pris et sans doute tabassé pour dire où était la clé USB. Ils veulent savoir s'il existe des copies. Le corps de Saffron est agité d'un spasme de peur.

« Rien. Faudrait d'abord que nous l'arrêtions, pour pouvoir lui faire quoi que ce soit. »

Il ment. Nier, tout nier, jusqu'au bout. « Vos preuves, c'est des conneries.

— Qu'est-ce que vous et Scoarnec préparez ? Qu'est-ce qui peut bien justifier qu'il ait laissé Julien Courvoisier crever ? » Pâris relève de force le menton de Saffron, qui cherche à éviter de croiser son regard, et plante ses yeux dans ceux de la jeune femme. « Je pensais qu'ils étaient amis. À moins qu'il ne l'ait tué lui-même ?

— C'est pas vrai ! Erwan ne ferait pas ça !

— Ah oui ? En êtes-vous bien sûre ? »

Saffron vacille.

Fourcade en profite. « Pourquoi vous laisse-t-il moisir ici, alors ? »

Silence.

« Est-ce qu'il vaut le sacrifice que vous êtes en train de faire pour lui ?

— Vous mentez ! Vous mentez tous ! Laissez-moi tranquille ! »

Silence.

« Tu vas bousiller ta vie pour ce mec ? »

À nouveau, lentement, Saffron se tourne vers Estelle Rouyer, les yeux humides. Elle inspire un grand coup. « Pas pour lui. Pour ce qu'on défend. »

Pâris soupire.

Estelle lève les yeux au ciel.

« Vous ne pouvez pas comprendre, vous êtes enfermés dans votre système.

— Deux morts déjà, un kidnapping sous votre nez, s'il y en a une qui ne pige pas grand-chose, c'est plutôt vous. Erwan est en grand danger.

— Pas tant qu'il reste loin de vous. »

Fourcade échange un regard avec les policiers et ils mettent fin à l'entretien. Saffron refuse une fois de plus de signer son PV d'audition et Rouyer la raccompagne en cellule.

Dès qu'il se retrouve seul avec Pâris, le magistrat reprend la parole. « Têtue.

— Convaincue. » Une qualité rare. « Qu'allons-nous faire d'elle ? Nous n'avons rien à lui reprocher.

— Sauf si elle connaît l'existence de la vidéo.

— Nous n'en savons rien. Et puis cela voudrait dire que Scoarnec est la source du père.

— Vous ne pensez pas que c'est le cas ? »

Pâris hausse les épaules. « Sur la vidéo, il est clair que ce sont les assassins qui volent l'ordinateur. Donc l'enregistrement. Et s'il y a une chose dont nous pouvons convenir, c'est que les assassins ne sont pas Scoarnec et Courvoisier.

— Courvoisier est un hacker. Aurait-il pu enregistrer ce film à distance, après avoir piraté l'ordinateur de Soubise ? C'est possible ?

— J'imagine. Il faut que je demande aux services techniques.

— Si c'est le cas, la petite sait qu'elle existe. Peut-être était-elle même là au moment où le film a été fait. Elle a vu. Et n'a rien dit. Recel de preuves, non-assistance à personne en danger, suffisant pour la mettre en examen et la relâcher sous contrôle judiciaire. Je ne peux pas la laisser partir dans la nature comme ça.

— Pourquoi ?

— Vous avez lu la presse, ce matin ? » Fourcade se penche vers sa serviette en cuir et en retire un journal. Il le montre à Pâris. Dans les pages économiques, un papier sur PRG et ses douteuses amitiés italiennes. « Cette fuite, ce n'est pas nous au moins ? »

Pâris secoue la tête. Il n'a pas parlé de Trinity à Dumesnil, hier, le coup ne vient donc sans doute pas de là. Si, à travers l'un de ses plus solides appuis dans le monde des affaires, c'est bien Guérin que l'on vise. Peut-être s'agit-il tout simplement de concurrents d'Elisa.

« Cela n'empêchera pas certaines personnes de le croire. Un prétexte supplémentaire pour nous retirer l'affaire. Ça ou un non-lieu pour notre verte rebelle qui ne ferait que démontrer que nous ne considérons plus cette piste comme sérieuse.

— Vous êtes toujours convaincu par votre stratégie, concernant la vidéo ? La verser au dossier pourrait nous protéger de ce genre de désagrément. En apportant des éléments de nature à contredire l'hypothèse des écoterroristes meurtriers, nous ferions taire par avance toute critique. »

Fourcade sourit. « Ne vous inquiétez pas, je l'ai versée au dossier. J'ai juste égaré les actes qui le mentionnent pour quelques jours. Gagnons du temps en évitant d'attirer l'attention sur cet élément crucial. Je rendrai son existence officielle au moment opportun. Ou si cela devient vraiment nécessaire. »

Pâris acquiesce. « J'ai remis le CD-ROM de Neal Jones-Saber à l'Identité judiciaire. Qui en a envoyé une copie à Écully, au laboratoire central, pour une analyse approfondie du film. Nous verrons bien ce qu'ils pourront en tirer. »

Neal est assis en face de Gérard Blanchard, le patron du restaurant *Chez Gérard*, dans son petit bureau du premier étage, bourré de dossiers, factures et courriers divers.

« Merci pour votre rubrique de vendredi dernier dans *The Times*, elle me touche, parce que je trouve vos jugements justes, et votre travail bien fait. Et je compte dessus pour m'amener une clientèle anglo-saxonne qui me manque pour l'instant.

— Vous l'avez lue ?

— Bien sûr, qu'est-ce que vous croyez ? J'ai mon système d'alerte. »

Ils boivent un délicieux café, à toutes petites gorgées, dans des tasses en porcelaine.

« Alors, de quoi vouliez-vous me parler ?

— J'ai une demande très particulière. Connaissez-vous un certain Joël Cardona ? »

L'attitude de Blanchard change imperceptiblement. Il est sur ses gardes. « C'est un client assez régulier.

— J'ai accepté une collaboration à la rubrique *Politique étrangère* d'un grand quotidien britannique et je cherche à obtenir un rendez-vous avec ce monsieur. Pour le moment, je ne suis pas parvenu à le joindre.

— Cela ne m'étonne pas.

— Accepteriez-vous de jouer les intermédiaires auprès de lui ?

— Qu'est-ce qui vous fait croire que c'est du domaine du possible ?

— Entre anciens de l'École polytechnique, ce sont des choses qui se font. »

Gérard éclate de rire. « Dites donc, vous êtes bien renseigné, vous. Personne n'est au courant, ni dans le personnel ni dans ma clientèle. Mais vous savez, il y a polytechnicien et polytechnicien. Cardona est un X-Mines, sorti dans la botte. La crème de la crème. Moi, je suis un de ces énergumènes, il y en a toujours un ou deux par promotion, qui sortent en queue de peloton et qui finissent dans le théâtre, la danse ou la restauration. »

Neal choisit d'ignorer la défausse. « J'ai bien lu la presse économique de ce matin, et je crois qu'une rencontre serait profitable aux deux parties. Je vous demande simplement de lui faire passer ce message. »

Gérard hésite, pas très longtemps. « Laissez-moi votre numéro de portable. »

Pierre Marsand prend quatre pizzas dans le bac réfrigéré devant lui et les jette dans son caddie. Puis il remonte l'allée des surgelés en direction du rayon boulangerie. Deux fois qu'il fait le tour, cela va finir par sembler suspect. Il est concentré sur un paquet de pain de mie tranché aux sept céréales quand une voix se fait entendre, à côté de lui.

« Il est où, ton pote ? » Jean est là, un panier en plastique à la main.

« Chez moi. Il tourne en rond, il parle tout seul. Il va me rendre dingue.

— C'est bientôt fini. T'as trouvé quelque chose ? Clé USB, CD, ticket de consigne, reçu de poste ?

— Rien. Ni dans ses fringues ni dans son sac à dos. Il a fallu que je m'y reprenne à deux fois cette nuit, pour tout fouiller. » Par réflexe, Marsand se tourne vers le policier.

« Discret ! Concentre-toi sur tes courses. »

Le technicien, raide, se met à fixer un point devant lui. « J'ai essayé de le faire parler de la vidéo, comme vous me l'avez demandé, mais il évite le sujet… »

On le sait, ducon, on vous écoute.

« Je me demande si elle existe, en fait. Et j'ose pas trop insister. Sinon, il va se méfier.

— T'as pas la trouille, quand même ? »

Marsand baisse les yeux. « Il a tué votre copain. Et puis Julien aussi. Il me rend nerveux. J'ai pas envie qu'il découvre que je suis de mèche avec vous.

— T'inquiète, on n'est pas loin. Continue, tu t'en sors comme un chef. » Jean disparaît.

Le meeting électoral de Guérin dans le 93 s'achève. Tout s'est très bien passé, salle de taille moyenne, entrées sur carton d'invitation, pas de troubles et beaucoup d'enthousiasme. Bien sûr, le parti avait choisi une zone pavillonnaire, pas les quartiers des cités, mais certains estimaient quand même le pari trop risqué, et la presse, venue en masse, guettait le faux pas.

Guérin avait exigé ce meeting, il y tenait. Maintenant, il souffle, se décontracte, fête avec les militants la réussite de l'opération autour d'un buffet de jus de fruits et de gâteaux secs. Il est aux mains d'une dame d'âge respectable aux cheveux teints et permanentés, qui minaude. « Monsieur le Président, vous permettez que je vous appelle monsieur le Président… »

Sourire ambigu de Guérin.

« Vous savez, tous et toutes, ici, nous comptons sur vous pour nous débarrasser de ces jeunes… »

Le téléphone ultra-confidentiel de Guérin vibre dans sa poche, il s'excuse de son impolitesse, les impératifs de la campagne, et s'éloigne de quelques pas, en laissant la dame qui veut qu'on la débarrasse des jeunes aux mains de Sonia.

Guérin presse un peu le mouvement, le pot s'achève vers minuit. Une voiture les dépose devant chez eux, Sonia et lui. Et là, sur le trottoir, Guesde fait les cent pas en les attendant.

Sonia est surprise.

Guérin l'embrasse affectueusement sur le front. « J'ai quelques petites choses à voir avec lui. Je n'en ai pas pour longtemps, monte, je te rejoins. »

Dans la chambre, Sonia commence à se déshabiller lentement, en essayant de mettre des mots sur la vague de fatigue et de dégoût qui la submerge. Elle s'approche de la fenêtre, jette un œil dans la rue.

Guesde et Guérin marchent côte à côte, lentement, en parlant. Une grosse berline noire se gare à côté d'eux.

Sonia soudain attentive.

La voiture d'Elisa. Le chauffeur s'en va. Guérin monte à l'arrière, Guesde à l'avant, les portières claquent.

Sonia revient au centre de la chambre, s'immobilise, les yeux fermés pendant plus d'une longue minute, puis se dirige vers l'armoire, et prend une valise.

L'avocat de Saf' est allé l'accueillir à sa sortie de garde à vue. À deux pas du 36, Neal les attend, avec appréhension, à la brasserie du *Soleil d'Or*, quasiment déserte à cette heure tardive. Que dire à sa fille, comment lui dire ? Et si elle ne voulait pas le rencontrer ?

Il distingue la silhouette de Saffron, rigide, suivie de celle de son avocat, tous deux entrent dans le café, se dirigent vers sa table. Neal se lève pour les accueillir.

Saffron, sans un geste vers lui, s'assied, visage fermé.

L'avocat le prend par le bras, le tire à l'écart. « Votre fille a été remise en liberté sous contrôle judiciaire, c'est une situation plutôt favorable. Mais elle m'inquiète. Elle n'a pas ouvert la bouche, j'ai même l'impression qu'elle ne m'entend pas. Je vous laisse en tête à tête. Voyez ce que vous pouvez faire et appelez-moi demain, nous ferons le point. »

Neal revient vers sa fille, l'embrasse.

Saffron se laisse faire, sans réagir.

« Viens, je t'ai retenu une chambre à mon hôtel, à deux pas d'ici, nous serons plus tranquilles. Tu pourras te reposer. »

Ils marchent en silence, longent le splendide chevet de Notre-Dame, empruntent le pont puis le quai de l'île Saint-Louis. À chaque pas, Neal prend la mesure du gouffre qui le sépare de sa fille.

Dans le hall de l'hôtel, Saffron ouvre la bouche. « Il y a un ordinateur ici ? »

Neal montre une alcôve, vers le fond.

« Avant de monter, j'ai besoin d'aller sur Internet. » Saffron fixe son père. « Et je veux être seule. » Elle va s'installer dans le petit bureau réservé à la clientèle, pianote fébrilement, se connecte à Facebook, relève la trace du passage de Scoarnec, de son échange avec Marsand, samedi. Il est donc en vie et libre. Aucun message, aucun signe pour elle. Rien. Comme si elle avait cessé d'exister. Sensation de flotter sans repères, un vide dans la poitrine qui se creuse en spirale. Arrête. Arrête d'y penser, pas maintenant.

Saf' rejoint son père qui l'attend près des ascenseurs et ils montent ensemble au deuxième étage, chambre vingt-six. Une minuscule bonbonnière, qui donne sur une cour tranquille, un gros bouquet de roses rouges sur la table devant la fenêtre. Sur le lit, Neal a déposé quelques vêtements propres qu'il est allé chercher dans le petit appartement déserté de la rue du Faubourg-Saint-Martin, et il lui a acheté des affaires de toilette qui l'attendent dans la salle de bains attenante.

Saf' reconnaît l'eau de Cologne de Guerlain qu'elle utilisait à Cahors, les larmes lui montent aux yeux. « Je prends une douche. » Les mots sortent avec peine. Elle entre dans la salle de bains.

Et Neal entend le loquet qui se ferme.

Saffron se déshabille en hâte, s'assied dans la baignoire, ouvre le jet de la douche et, avec des spasmes convulsifs, se laisse aller à pleurer, enfin.

Neal s'assied dans l'unique fauteuil de la chambre, un Voltaire bien rembourré et garni de volants bleus et blancs. Il écoute les sanglots de sa fille. Il y a une porte entre eux. Un mur. Rien à faire. Et puis sans doute ne saurait-il pas trouver le mot, le geste. Une pensée fugitive, je n'ai jamais vu Lucille pleurer. Sauf au cinéma. Ne pense pas à elle. Il s'efforce de faire le vide dans sa tête, et attend, mains jointes. Lui laisser l'initiative.

Au bout d'un temps indéfini, les sanglots s'apaisent puis Saf sort de la salle de bains emmitouflée dans un peignoir bleu, le visage gonflé et rougi, les cheveux trempés serrés dans une serviette blanche. Elle s'assied sur le lit, la seule place qui reste disponible, et embraye immédiatement. « Tu as récupéré la clé ? Tu l'as donnée à Erwan ? »

Neal se concentre quelques secondes. Faire le tri. « J'ai fait ce que tu avais dit. Il m'a contacté à la sortie de *Chez Jenny*, je lui ai appris ton arrestation et l'enlèvement de votre autre copain. » La rancœur accumulée le submerge brutalement. « Un sacré connard, ton Erwan. »

La réponse ne se fait pas attendre. « Tu penses ce que tu veux, je m'en fous, mais garde-le pour toi.

— Tu as raison. » Un temps. « Il voulait une planque, dans l'immédiat. Je l'ai donc emmené voir Cooke, le seul allié que j'ai à Paris. Il nous a trouvé une villa, en Normandie, et nous nous sommes retrouvés là-bas tous les trois. Nous ne savions pas ce que contenait la clé USB, Scoarnec refusait de nous le dire et de nous donner le code d'accès. Mais quand il a appris le meurtre de Courvoisier, il a craqué et nous a tout montré. » Nouvelle pause. « La clé ne contient pas que la vidéo du meurtre de Soubise. » Neal observe sa fille.

Saffron, mal à l'aise, honteuse de ne rien savoir, s'interdit de poser des questions.

Son père continue. « Il y avait les dossiers sur lesquels Soubise travaillait au moment de sa mort. Ceux pour lesquels il a été assassiné. Je me suis remis à travailler avec Cooke sur ces dossiers. Comme… avant. » Neal s'arrête. Il craint une réaction violente, tu joues les voyeurs avec la vie de ta propre fille, et il se sentirait pris en faute, même avec cette version trafiquée de la réalité, mais rien ne vient. Saf' semble ne pas s'intéresser à ce qu'il dit.

Il reprend. « Revenons à la vidéo, la seule chose qui intéressait Scoarnec. Je sais que tu étais avec lui quand il l'a enregistrée, il me l'a dit. Donc tu l'as vue. »

Saf' acquiesce, une ombre d'effroi dans les yeux.

« Cette vidéo vous innocente tous les trois. »

Saf' acquiesce de nouveau.

« Nous ne comprenions pas, Cooke et moi, pourquoi Scoarnec ne l'avait pas transmise à la police. Nous lui avons demandé. Il nous a répondu, je ne veux pas aller en prison. J'ai cru le convaincre samedi, après la mort de Courvoisier, de la donner à la police. Mais dimanche il a disparu en emportant la clé. »

Saf' percute immédiatement. Samedi soir, contact avec Marsand, Erwan reprend espoir en Gédéon. Pourquoi ? Marsand a le virus ? Et dimanche il va le retrouver, en emportant la vidéo, qu'il a dû mettre à l'abri.

Neal voit sa fille commencer à s'animer, il poursuit. « Nous avions fait une copie de la clé, samedi matin. Quand j'ai compris que Scoarnec ne le ferait pas, j'ai porté moi-même la vidéo au commandant Pâris dimanche après midi. »

Décharge de colère, Saffron se redresse d'un coup. « Tu n'avais pas le droit de faire ça ! Cette vidéo appartient à Erwan, elle nous appartient ! Tu l'as volée, tu nous as donnés aux flics ! »

Neal se passe lentement la main sur le visage pour se calmer. Les explosions se produisent toujours au moment où on ne les attend pas. « Scoarnec ne voulait pas prendre le risque d'aller en prison…

— Évidemment ! Gédéon, c'était mercredi soir, un truc très spectaculaire. Il fallait se planquer jusque-là. Il l'aurait rendue publique jeudi.

— Gédéon ? »

Saf se referme d'un coup et Neal le sent. Il n'insiste pas, pas le bon moment, et enchaîne, sur un ton qui se veut conciliant. « Erwan n'a couru aucun risque supplémentaire, puisque c'est moi qui l'ai remise à Pâris et que je ne lui ai pas dit de qui je la tenais.

— Et il ne te l'a pas demandé ?

— Si, mais je n'ai pas répondu. Je suis journaliste, je couvre mes sources. »

Saf s'allonge, ferme les yeux.

Ce visage si jeune, marqué par la peur, les larmes. Une gamine perdue. Ne lui dis pas ce que tu penses de leur équipée lamentable, ne lui pose pas de question sur leur action spectaculaire. Laisse-la venir, attends-la.

Saffron, sans se redresser, demande d'une voix enrouée, « tu crois qu'on peut avoir quelque chose à manger dans la chambre ? »

Neal, soulagé de pouvoir bouger, se lève. « Je m'en occupe. »

Elisa revient d'une grande soirée mondaine, au *Pré Catelan*, dans le bois de Boulogne, offerte par un concurrent de PRG qu'elle a l'intention d'absorber dans les années qui viennent. Elle est venue très habillée, en smoking Saint Laurent, maquillée, coiffée, elle est éblouissante.

Les deux hommes, en costume-cravate, font pâle figure à côté de la rayonnante Elisa, qui a exigé de faire un point rapide sur les développements de la journée car, dit-elle, il faut savoir anticiper. Elle embraye sur les articles de la presse économique du matin contre PRG. « Je suis d'accord avec vous, il ne faut surtout pas répondre si l'on veut maintenir les grands médias hors de la polémique. Mais je peux vous dire que tous les grands patrons autour de moi les avaient lus, et s'en délectaient. Il n'en faudrait pas beaucoup plus pour qu'ils sonnent l'hallali. Cardona est derrière. Il utilise les armes que lui a fournies Soubise. Mais il ne s'agit que d'un avertissement. Si Cardona s'engage à fond, il peut me créer, nous créer de vrais ennuis. Il n'y a pas moyen de l'acheter ? »

Guérin interroge Guesde du regard.

« On peut essayer. On va y réfléchir. Moi, j'ai un autre souci. Les médias sont plus ou moins sous contrôle. Mais qu'est-ce qui se passe si Schneider embraye sur les dossiers Soubise pendant le débat de mercredi ?

— Il ne les a pas, ces dossiers.

— Nous ne savons plus qui les a, qui ne les a pas.

— Ça pourrait faire basculer le vote de dimanche ?

— Je ne crois pas. L'écart est trop important. Mais ça pourrait faire des dégâts, il vaudrait mieux l'éviter.

— Il faut expliquer à Schneider que c'est un risque inutile pour lui aussi.

— Patoux connaît bien Dumesnil. Ils ont été à Normale Sup' ensemble. Tu es d'accord pour qu'il lui en touche deux mots avant le débat ?

— Oui, ça me semble le bon moment. »

Elisa reprend la parole. « Pour moi, le vrai souci est ailleurs. Dans cette soirée, il n'y avait pas que du beau monde. Il y avait un vrai fouille-merde, que vous avez plus ou moins utilisé dans cette histoire, si j'ai bien compris ce qu'il m'a raconté, un journaliste dénommé Moal, qui a eu le culot de venir me parler en tête à tête. Vous saviez que la jeune Jones-Saber va être remise en liberté cette nuit ? »

Guérin et Guesde échangent un rapide coup d'œil. Le sens est clair, silence.

Guesde répond. « Je savais, oui. La Criminelle n'a pas grand-chose contre elle, les quatre jours de garde à vue sont épuisés... Je ne vois pas de réels motifs d'inquiétude.

— Je vais mettre les points sur les *i*. Le vrai souci, c'est que la Criminelle ne croit plus à la piste écolo, toujours d'après Moal, et comme ce sont de bons policiers, nous en connaissons certains, n'est-ce pas Pierre ? eh bien, ils cherchent ailleurs. Apparemment, ils seraient sur la piste d'une action de gros bras professionnels.

— Quelles sont vos sources ?

— Vous voulez rire, Pierre ?

— Peu importe, ne perdons pas de temps. Il faut donc agir, vous avez raison, parce que nous devons à tout prix garder notre liberté d'action. »

Guesde se tourne vers Guérin. « On peut obtenir le dessaisissement de la Crim' ? »

Neal revient, vingt minutes plus tard, avec un plateau chargé d'une omelette au fromage, une bouteille de beaujolais et une belle tarte aux pommes. Une prouesse à cette heure de la nuit. Ils commencent à manger en silence. Puis Neal se décide à parler, à voix basse et sans la regarder. « Quand j'ai compris que tu étais impliquée dans une histoire qui touche au nucléaire, j'ai eu un moment de panique. Le nucléaire est mon cauchemar depuis vingt ans. Il faut que je te parle de la mort de ta mère. »

Saffron sursaute, si surprise qu'elle s'intéresse brusquement à ce que dit son père. « Maman n'est pas morte dans un attentat de masse à Beyrouth quand j'avais deux ans ?

— Pas exactement, non. » Silence, qui se prolonge. Repartir là-bas, c'est toujours douloureux... « Quand j'ai rencontré ta mère, j'étais correspondant de guerre pour des journaux anglais au Proche-Orient, basé au Liban. Elle enseignait le français au lycée de Beyrouth. Nous nous sommes aimés avec passion, à la folie. Ta mère faisait flamboyer la vie autour d'elle. » Neal sourit dans le vide puis se tourne vers sa fille. « Tu es née six ans plus tard. Lucille voulait rentrer en France pour t'élever dans le calme et la paix. J'aimais la guerre, nous sommes restés. » Son visage se crispe. « Un an après ta naissance, je me suis branché sur un gros coup, la bombe atomique israélienne, le secret d'État le mieux protégé du monde. À force de travail, j'ai trouvé un témoin qui acceptait de parler, des photos, des plans, des documents. Je touchais au but, dans le plus grand secret. Un jour, un journaliste américain que je connaissais assez bien, un certain Vincent Hanna, m'invite à boire un verre et à dîner dans les environs de Beyrouth. J'accepte. »

Neal soupire. C'est le moment du grand plongeon. « J'étais censé y aller seul, mais comme l'endroit était charmant, plein de fleurs et de verdure, et que nous étions tous les trois ensemble, ta mère, toi et moi, parce que nous venions de fêter ton deuxième anniversaire, nous y sommes tous allés. Ta mère a pris le volant... Pourquoi elle ? Je suis incapable de le dire. Et, à la sortie de la ville, nous avons essuyé un tir de roquette très bien ajusté, un travail de pro. Elle est morte sur le coup. Toi et moi », Neal se permet un ricanement désabusé, « nous nous en sommes sortis avec quelques égratignures. » Un temps. « Le lendemain, les services secrets anglais m'ont suggéré de quitter le Liban au plus vite. Je suis parvenu à envoyer mon témoin et tous les documents à Londres, d'autres journalistes ont pris le relais et ils ont sorti les preuves de l'existence de la bombe atomique israélienne. Cela a fait très grand bruit, à l'époque. Et n'a absolument rien changé à l'histoire du Proche-Orient. Grande cause, petits effets. Sauf que j'ai... Nous avons perdu ta mère. »

Échange de regards entre le père et la fille. La peine est là, partagée au grand jour pour la première fois.

« Ensuite, je me suis installé à Cahors avec toi. Et je ne me suis jamais pardonné de ne pas avoir compris à temps qu'Hanna travaillait pour la CIA et correspondait avec le Mossad. Je ne me suis jamais pardonné non plus que ta mère soit morte à ma place. Et j'ai peur de tout ce qui touche au nucléaire. » Neal se tait, la tête dans les mains.

Saf' se penche vers lui, lui pose une main sur l'épaule, la passe dans ses cheveux. L'enlace de ses deux bras. « Merci, dad. » Elle l'embrasse sur la joue. « Je suis fatiguée, toi aussi. Allons dormir, tu veux bien ? »

Sonia avance vers la limousine d'Elisa, sa valise à la main. Elle la pose à côté de la voiture, ouvre la portière arrière.

Guérin, penché vers la patronne de PRG, lui tourne le dos. Il est en train de parler. « Alors nous sommes d'accord, dessaisissement de la Crim' et transfert à l'antiterrorisme ? Je m'en charge dès demain.

— Désolée de vous déranger », dit Sonia d'un ton plat. « J'ai deux mots à dire à mon mari, ce ne sera pas long, je vous le rends tout de suite. »

Guesde a l'air inquiet.

Guérin sort de la voiture, se met debout sur le trottoir devant Sonia, un peu emprunté et d'assez méchante humeur. « Qu'y a-t-il de si urgent ?

— Écoute-moi bien. J'y pense depuis un moment, ce soir j'ai pris ma décision. Je te quitte, je m'en vais. »

Guérin ouvre la bouche pour protester, hurler que c'est impossible, en pleine campagne !

Sa femme l'arrête d'un geste. « Tais-toi. *Never explain, never complain*, tu te souviens ? Tu utilisais la formule, un temps. Je pars ce soir. Demain, je transmettrai mes dossiers à Patoux, tout est en ordre, il s'y retrouvera facilement. Je ne rends rien public avant dimanche. Lundi, je demande le divorce. Je t'enverrai mon avocat. Rentre dans cette voiture, tu es attendu, on a besoin de toi. Et puis vous allez avoir un sujet de conversation. » Sonia tourne le dos à celui qui est son mari pour quelques jours encore, ramasse sa valise et s'en va d'un bon pas, ragaillardie.

Ne te fais pas d'illusions, ta carrière est jouée…

Michelet repousse le téléphone avec, en tête, les dernières paroles de Guesde.

Mais rien ne bougera avant la fin des élections. C'est tout le temps qui te reste…

À peine quelques jours pour me remettre en selle. Ou trouver une alternative, genre frapper vite et fort, le premier. Préempter d'éventuelles révélations et leur donner le sens que je souhaite. Me couvrir au maximum et lâcher des noms. Ou me barrer et monnayer mon silence en échange d'une retraite paisible dans un pays chaud. Ils ont les moyens et d'autres l'ont fait avant moi.

Que ferait Guesde, l'ami de son père, qui l'a pris sous son aile et, jusqu'ici, a su le faire monter tout en le protégeant ? Guesde se préserverait. Et c'est d'ailleurs ce que Patoux et lui ont bien l'intention de faire, si les choses dévissent.

Ne te fais pas d'illusions, ta carrière est jouée…

Pas de quartier.

Michelet s'enfonce dans son fauteuil. Il est tard et il est encore place Beauvau. Sur le bureau, devant lui, trois CD-ROM, les enregistrements des conversations de Marsand et Scoarnec au cours des dernières vingt-quatre heures. Il les a déjà parcourus une fois avant que Guesde ne l'appelle et n'en a pas retiré grand-chose. Qu'espérait-il ?

Rien.

Michelet regarde à nouveau l'heure, se dit qu'il n'a rien de mieux à faire dans l'immédiat et insère le premier CD dans son ordinateur portable.

La piste initiale est celle de la rencontre des deux activistes aux Buttes-Chaumont. L'écoute, qui s'ouvre sur une longue attente d'un Marsand soliloquant pour passer le temps et se donner du courage, est fastidieuse. Scoarnec arrive. Ils parlent. Michelet se concentre, va jusqu'au bout, quand ils quittent le parc, et revient en arrière, d'un clic de souris.

Tomber pour des zozos pareils.

Troisième fois. Michelet soupire de plus en plus à mesure que le *timecode* progresse. Il s'apprête à tout interrompre quand Marsand propose une solution alternative à leur fameux plan Gédéon. Il laisse filer, ramène le curseur de défilement en arrière d'une vingtaine de secondes. Réécoute.

Solution. Genre court-circuitage manuel. Plus bourrin, certes, mais surtout peut-être plus efficace…

Court-circuitage manuel ? À France Télévisions même ?

Retour arrière.

Bourrin, certes, mais surtout peut-être plus efficace…

Un attentat sur place ?

Retour arrière.

Plus efficace…

Devant tout le monde ?

Retour arrière.

Efficace…

Sous le nez de la presse. Après ça, fini les questions.

7

Mardi

Pâris émerge trop tôt, fatigué par une nuit peu réparatrice. Il dort mal, une routine qui s'installe et dure. Et la vision qui s'offre à lui quand il ouvre les yeux achève de le décourager. Il est dans le studio du fils de Pereira, un cube sans charme dont il pourrait presque toucher tous les murs s'il tendait le bras hors du canapé-lit. Et je dors dans un canapé-lit, magnifique !

Il se lève, se cogne dans sa valise qui déborde de fringues et grommelle jusqu'au coin cuisine. Une clope, autre sale manie qui s'accroche, mettre un jus en route et passage en revue de la situation en attendant que la cafetière daigne s'énerver. Je suis tout seul, je couche dans un clapier à étudiant, je vais sur mes cinquante piges et mon boulot commence à sérieusement me faire chier, le pied.

Sans qu'il sache pourquoi, ce matin plus que les autres, sa femme et ses filles occupent ses premières pensées. Elles ont également peuplé ses derniers rêves. Elles lui manquent. Elles ou la force de l'habitude, la régularité de certains rituels, les petits conforts, toutes ces facilités qu'établit le couple et que l'on finit par négliger. J'ai été dur, l'autre soir, j'ai voulu tout casser. Un coup de sang, la pression à laquelle je résiste de moins en moins bien ? J'ai eu tort ? Lent goutte-à-goutte noir. Trop de calcaire dans la machine qui tousse. Jamais nettoyée. Un truc qui n'arrive pas, à la maison. Et puis ils ont un vrai percolateur à expressos, chez eux. Chez eux. À la maison.

Penser à autre chose.

Pâris branche la radio. La campagne présidentielle bat son plein, comme chaque jour. Alliances, mésalliances, trahisons, petites phrases et bons mots, sondages, et puis les experts, les commentateurs, les éditorialistes, toujours plus nombreux, toujours plus sûrs d'eux. Aujourd'hui, sur toutes les fréquences, Guérin en visite dans le 93. Une poignée de main par-ci, un dialogue musclé par-là. Thème du jour, le nettoyage haute pression des racailles de banlieue. Encore des mots rien que pour les médias. Et ce café qui n'arrive pas. Il file sous la douche.

Une tasse rapide, un quart d'heure plus tard, tout habillé, plus en mesure d'affronter la journée à venir, et sa troisième cigarette, déjà. Peut-être devrais-je présenter mes excuses à Christelle, accepter de parler ? Accepter de me contenter de ce que j'ai, il est grand temps.

Pâris allume son portable. Quelques secondes puis plusieurs bips. Deux messages vocaux, deux SMS du boulot sans importance et un de Sonia.

Vous allez être dessaisis. Vite. Moi je quitte le navire… Et son capitaine. S.

Pâris s'appuie sur le comptoir, soupire en exhalant de la fumée, laisse son regard se perdre dans le vide. Il devrait réagir, téléphoner à Pereira et à Fourcade sans attendre, mais il ne le fait pas. Pas encore. Pas tout de suite.

Il baisse les yeux vers son écran.

Moi je quitte le navire… Et son capitaine. S.

À huit heures et demie très précises, Neal arrive place Gambetta, un gros paquet de journaux sous le bras. Il repère le *Café de la Mairie*, inspecte toutes les tables, pas de Borzeix. Il s'installe dans la salle, pas en terrasse, malgré le soleil qui commence à pointer. Trop exposée aux regards. Un crème et deux croissants. L'attente commence.

Neal dépouille la presse. Il n'y a pas de reprises des articles éco d'hier sur les activités de PRG en matière de déchets nucléaires. En une de tous les journaux, l'incursion de Guérin sur les terres du 93 et la reprise de ses promesses musclées, guerre sans merci à l'économie souterraine, ordre républicain dans les moindres recoins et tranquillité assurée pour les braves gens. Les commentaires sont plus ou moins sarcastiques, mais de fait Guérin polarise l'attention des médias à peu de frais, à la veille du grand débat télévisé entre les deux candidats. Schneider, en visite dans une usine sidérurgique à Dunkerque, et ses propositions pour sauver l'industrie française sont reléguées en quatrième page. Beau coup de com'.

Et Borzeix n'est toujours pas là.

Au bout de trois quarts d'heure d'attente, Neal fait signe à Cooke, assis à quelques tables de là. Les deux hommes se rejoignent et commandent une tournée de cafés. Neal l'avait prévenu, bien peu de chances qu'elle vienne, c'est une perte de temps.

Mais Cooke tenait à être là, en observateur anonyme. « Appelle-la, on ne sait jamais. Tu as son numéro ?

— Pas son portable, elle ne me l'a pas donné. Mais j'ai trouvé sa ligne, à son bureau.

— Essaye. »

À la première sonnerie, une charmante voix féminine promet à Neal de se mettre à la recherche de Mme Borzeix, qu'il veuille bien patienter un instant.

Dans le bureau de la directrice juridique de PRG, grande agitation. Trois femmes travaillent à vider systématiquement les armoires et empilent les dossiers devant Borzeix, qui fait le tri. Ce qu'elle laisse à son successeur est reclassé dans les armoires, ce qu'elle emporte à Genève est entassé dans des cartons de déménagement.

Son assistante entrouvre la porte. « Madame, M. Jones-Saber demande à vous parler.

— Dites-lui que je suis introuvable. Définitivement introuvable. »

Au *Café de la Mairie*, Cooke et Jones-Saber, moroses, font le point. La première piste pour la validation du dossier se finit en impasse. Pas tout à fait, quand même. Les réactions de Borzeix, dimanche, ne laissent aucun doute sur l'existence du *Jardin des Hespérides*.

« Certes, nous savons qu'il existe, mais nous ne savons pas ce que c'est. Donc, il est inutilisable. » Le portable de Neal sonne. Gérard Blanchard.

Cardona, ce soir, au foyer de l'Opéra, pendant l'entracte.

Cooke et Jones-Saber commandent une nouvelle tournée de cafés et trinquent à la santé du restaurateur.

Saffron se réveille pâteuse après un sommeil sans repos. Déjà dix heures. Tard. Toilette rapide, oublier le petit déjeuner, filer sans attendre. Personne chez son père et, quand elle descend, la réception lui signale qu'il a laissé un message, *absent jusqu'à onze heures, attends ici, ne fais rien sans moi.* L'absence de son père est une bonne nouvelle. Éviter l'orage pour quelques jours encore, il sera toujours temps de s'expliquer après. Là, il faut que je sache, que je trouve Marsand. Qui est le dernier à avoir communiqué avec Erwan. Si quelqu'un a des nouvelles, c'est lui.

Saf' sort de l'hôtel, coup d'œil alentour, la rue est normale, normalement peuplée de touristes, agitée, encombrée. Pas d'ombre suspecte, de regard évasif, de voiture occupée. Cela ne veut rien dire. Le soir où Julien… Elle n'a rien vu venir non plus.

Slalom entre les gens, elle quitte l'île Saint-Louis, rejoint celle de la Cité par le square, derrière Notre-Dame, remonte vers le Panthéon.

Un chemin tout en ruptures, demi-tours, coups d'œil aux vitrines pour voir qui est derrière elle. Enfin, elle entre dans un cybercafé de taille industrielle, rue Soufflot. Elle ne voulait pas faire ses manip' à l'hôtel ce matin. Saf' paie pour trente minutes, s'installe à un poste, va sur Gmail, tape ce mot de passe qu'elle sait par cœur et retrouve la liste des coordonnées de tous les conjurés de Gédéon qu'Erwan a stockée là, juste pour eux deux, en cas de coup dur.

Y figure l'adresse de Marsand.

Après avoir nettoyé l'historique du navigateur du PC, Saffron ressort. Dernier coup de sécurité et puis le métro.

Pâris n'a pas prévenu son groupe. Pas encore. Il a préféré donner à Fourcade une chance de sauver les meubles d'abord. Ils travaillent tous comme si de rien n'était. Tout juste ont-ils remarqué que l'humeur n'était pas au beau fixe. Mais ils préfèrent ne rien dire, ils savent que le chef traverse une passe difficile. Ceci explique sans doute cela.

Durand a eu Écully au bout du fil ce matin. La vidéo ne donne pas grand-chose. Ils travaillent sur les voix et « vont nous envoyer des photos de tout ce qui peut être utilisable, notamment les fringues des deux cagoulés. Mais c'est pas lourd.

— Tu vas te remettre sur la téléphonie avec Coulanges. Cette fois, il faudra ratisser plus large. Travailler sur les bornes à proximité du domicile de Soubise, identifier les numéros qui s'y sont connectés aux alentours de l'heure de sa mort, dépouiller les listings, voir où ils nous mènent.

— Le Parquet va couiner, ça va coûter bonbon.

— Fourcade suivra cette fois. » Le portable de Pâris se met à vibrer sur son bureau, il jette un œil à l'écran. « Quand on parle du loup. » Grande inspiration, il décroche. « Monsieur le substitut, quelles nouvelles ? »

C'est cuit.

« Malgré la vidéo ? »

Malgré la vidéo. L'ordre vient de très haut et ils n'en ont rien à foutre, de cette vidéo. Sauf pour me la faire envoyer à Saint-Éloi[1]*. Sans délai.*

« C'est donc eux qui reprennent. »

Comme prévu.

« Et nous ? »

Vous passez la main. À qui, je ne sais pas encore.

« À présent, cela n'a guère d'importance. »

En effet. Bonne journée, Pâris.

« Au revoir. » Ses gars ont dû sentir que quelque chose n'allait pas, puisqu'ils sont tous là, sur le seuil, à le regarder. Pâris repose son téléphone et leur sourit, amer. « L'affaire Soubise n'est plus à nous. »

Saffron a multiplié les changements, retours en arrière, observations prolongées de tout ce qui était autour d'elle dans les stations les moins peuplées. Aucun visage connu ou reconnu. Personne ne l'a suivie.

Elle revient à la surface à Botzaris, il est presque midi.

Trouver Marsand. Pour Erwan et pour autre chose aussi. La comédie que tu lui as jouée, indigne. Des bouts de phrases passionnées prononcées cette nuit par son père s'emmêlent avec le souvenir du dégoût éprouvé au contact de ce corps contre le sien. Pas fière. Il faut lui dire, face à face, adieu, raye-moi de ta vie, c'était une erreur. Au moins ça.

Saf' remonte Crimée d'un pas décidé, s'éloigne vite du parc des Buttes-Chaumont, tourne dans la rue où vit le technicien, s'arrête devant la porte de son immeuble. Grande inspiration, maintenant, il faut entrer. Marsand, face à face, adieu. Elle tape le code.

1. De galerie Saint-Éloi, aile où se trouvent les magistrats instructeurs du parquet antiterroriste, au palais de justice de Paris.

« Qu'est-ce qu'elle fout là, cette pute ? » C'est Michel qui repère la fille Jones-Saber en premier. Il l'a d'abord reluquée en amateur avide, alors qu'elle approchait d'eux, sur le trottoir, avant de réaliser qui elle était.

Jean, derrière le volant, met quelques secondes à réagir, le temps pour Saffron de franchir la porte cochère. Entre ses dents, lentement. « Putain… » Avis de tempête. « Tu sors, tu fais un tour du quartier, fissa !

— Quoi ?

— Va *checker* si elle a pas des collègues aux fesses ! »

Michel se penche pour saisir un terminal Acropol avec son oreillette posé par terre devant lui, mais Jean l'arrête du bras. « Utilise ton téléphone, il y a peut-être du monde sur les ondes. »

Michel s'extrait du Kangoo en râlant.

« Et tu restes à l'écoute. » Une fois seul, Jean attrape son propre portable et compose le numéro de Michelet. Sonnerie. Se préparer au pire si la Crim' est dans le coin. Sonnerie. Prévenir Marsand ? Sonnerie. Le black monte le volume du récepteur branché sur l'appartement. Sonnerie. Michelet ne décroche pas. Répondeur. Qu'est-ce qu'il branle, lui aussi ?

À l'étage, Saffron sonne chez Marsand, avec un peu de chance il ne sera pas là, en milieu de journée. Quelques secondes et elle entend des mouvements à l'intérieur, le technicien ouvre la porte, la voit, air stupéfait. Derrière lui elle aperçoit le studio, un désordre indescriptible et, au fond de la pièce, Erwan.

Le premier geste de Saf est d'écarter Marsand, qui s'écrase contre le mur, et de courir jusqu'à Erwan. Elle le prend dans ses bras. Ainsi, ces ordures de flics avaient raison. Elle colle sa bouche sur la sienne, empressée. « Vivant. » Entre deux baisers. « Parle-moi. »

Scoarnec, visage fermé, un œil sur Marsand qui craque, il faut qu'il tienne, ce con, repousse Saf'. « Qu'est-ce que tu fais là ? » Il la prend par les épaules, la ramène de force vers la porte. « Les flics t'ont suivie ? Tu nous les amènes par la main ? Putain, et la sécurité ? T'as pensé à moi ? Tire-toi d'ici tout de suite, tire-toi de Paris, même ! Et attends que je te contacte. »

Marsand s'est redressé. Les flics… C'est vrai, les flics. Qu'est-ce qu'ils vont penser ? Qu'est-ce qu'ils vont faire ? Il n'arrive pas à réfléchir, il se débat en pleine mélasse. Et quand Saffron passe en titubant devant lui, tout ce qu'il peut articuler c'est « t'es une belle salope », avant de claquer la porte.

Saffron, livide, en état de choc, incapable de prononcer un mot, descend par les escaliers, et débouche dans la rue, comme un automate. Elle retourne vers les Buttes-Chaumont.

Salope…

Erwan.

Tire-toi de Paris…

Vertige.

Jean voit Saffron quitter l'immeuble de Marsand. Coup de fil à Michel. « T'es où ? »

Près du parc, côté Crimée. J'ai fait tout le tour, y a personne.

Son complice est un as de la filature, il connaît tous les trucs. S'il n'a rien vu, c'est qu'il n'y a rien à voir. Peut-être ont-ils évité le pire.

On fait quoi ?

Réfléchir.

Elle voulait quoi, la gamine ?

« Je sais pas. »

Comment ça, tu sais pas ? Ils se sont pas parlé ?

« Scoarnec l'a foutue dehors. »

La petite Jones-Saber a atteint l'extrémité de la rue. Elle disparaît de sa vue.

Réfléchir vite.

T'as eu l'autre ?

« Non. »

Putain, jamais là quand on a besoin de lui, cet enculé !

Pas laisser filer la fille. « Elle vient vers toi. Tu la prends en chasse et tu la lâches pas tant que je te fais pas signe. T'as compris ? »

Ouais.

Jean raccroche. Nouvel appel à Michelet.

Michel suit sa cible à bonne distance, sur le trottoir d'en face. Il a posé des lunettes de soleil sur son nez, la météo le permet, et couvert ses cheveux roux d'une casquette.

La fille marche jusqu'à la station Buttes-Chaumont, l'air de ne pas trop savoir où elle va, et ne fait attention à rien. Quand elle descend dans le métro, il traverse sans perdre de temps et lui emboîte le pas.

Ligne 7b direction Louis-Blanc.

Pas grand monde sur le quai, risque élevé de se faire repérer. Michel se plante à une dizaine de mètres sur la gauche de Saffron Jones-Saber, légèrement en retrait pour rester hors de son champ de vision. Il enlève ses lunettes, prend soin de bien regarder ses pieds, rester sous sa visière, et n'ose rien de plus que des coups d'œil furtifs. Pas tellement pour elle, plutôt à cause des caméras, on ne sait jamais.

La rame arrive bientôt.

La cible monte, reste près de la porte, à une extrémité, dos au reste des voyageurs. Lui, même wagon, assis sur un strapontin, à l'autre bout. Une vingtaine de personnes entre eux. Il vérifie son téléphone, il a du réseau, Jean peut le joindre. Et s'il ne l'appelle pas, Michel improvisera, comme toujours.

La fille est un risque supplémentaire. Déjà que leur affaire prend l'eau de toutes parts. Et en plus, ils ne savent toujours pas ce qu'il y a sur cette vidéo. Ni si elle circule. Si ça se trouve, ces putains d'écolos de mes deux leur jouent la comédie depuis deux jours. Et elle, là, la pute, elle est venue récupérer la clé USB sous leur nez.

Louis-Blanc.

La cible descend. Il suit. Elle hésite, s'engage dans un couloir, se trompe, change de direction. Elle est paumée. Il se rapproche. Il y a plus de monde, il reste caché, hors de vue. La cible bifurque encore, le nez en l'air, elle semble chercher sa destination, le bon quai.

Où va-t-elle, cette conne ? Toujours aucun signe de Jean. Putain, c'est toujours sur lui que ça tombe, ces missions pot de pus ! La vidéo existe et c'est la gamine qui l'a, il en est sûr. Elle aussi, elle les balade. Il faut la récupérer vite, avant qu'elle ne fuite. Jean aurait dû l'écouter, il fallait se débarrasser des deux gauchos en loucedé, tranquille, dans l'appartement de Marsand. Et puis tout fouiller après, jusqu'à ce qu'ils trouvent. Parce que maintenant… Maintenant, ça risque d'être vilain.

La cible arrive sur un autre quai. Plein de gens autour.

Le panneau d'attente indique quatre minutes avant le prochain train.

Michel se place juste derrière la fille. Elle est de dos, devant lui. Juste au bord du vide. Elle ignore sa présence. Il y a sept ou huit gusses entre eux.

Il fait quoi Jean ? Michel enfonce sa casquette sur sa tête, qu'il garde baissée. Il pense à tous ces gens, autour de lui, une bousculade et zou, tous sur les voies. Ça ferait un beau carnage si un métro arrivait à ce moment-là. Lui il est malin, il reste toujours près du mur. Sur le mur, justement, les affiches habituelles, pubs pour produits de beauté, pièces de théâtre, films. Annonce au haut-parleur, Michel tend l'oreille. Il faut se méfier des pickpockets. Sans déconner ?

Trois minutes.

La cible est au bord du quai. Un coup d'épaule malencontreux et…

Michel serre ses poings dans ses poches. Jean, Jean tu branles quoi ? Appelle, merde ! Il fait un pas en avant, passe devant trois des gusses. Avec le choc, tout ce qu'elle a sur elle serait broyé. Il faut faire quelque chose pour cette vidéo. Broyer la clé USB.

Deux minutes.

Michel rentre la tête dans ses épaules, revêt la capuche de son sweat pour dissimuler un peu plus son visage. Faire quelque chose. Encore un pas en avant.

Le sous-préfet Michelet attend d'être sorti du palais de justice pour récupérer son portable. Plusieurs appels en absence. De Jean. Un problème ? Il n'écoute pas les messages et téléphone sans tarder.

Le flic décroche à la première sonnerie. Il attendait.

« C'est Michelet, il se passe quoi ? »

T'étais où putain ?

Le *tu* est revenu. Gros stress. « On se calme, c'était pour la bonne cause. Je viens de visionner la fameuse vidéo. »

Silence.

« Impossible de vous reconnaître. L'enregistrement est pourri, c'est limite si on voit que vous avez des cagoules. »

T'es sûr ?

« Oui, je suis sûr. Alors, qu'est-ce qui se passe ? »

La petite s'est pointée à l'appartement de Marsand.

« Et ? »

Elle s'est fait foutre dehors.

« Elle était suivie ? »

Apparemment pas. Michel est à ses basques pour voir où elle va.

« On s'en branle d'elle, laissez-la filer. Ce sont les deux autres qui nous intéressent. »

Saffron lève machinalement le nez vers le panneau indicateur. Réflexe idiot puisqu'elle sent le souffle du déplacement d'air qui précède le métro dans le tunnel. Un zéro orange clignote pour signaler l'arrivée du train. Réflexe idiot de quelqu'un qui ne pense plus.

Tire-toi de Paris… Salope…

Autour d'elle, mouvement de foule vers l'avant, elle se laisse faire. Fracas métallique quand la rame pénètre dans la station. Début de bousculade, tout le monde est pressé de monter. Elle résiste pour ne pas franchir la ligne de sécurité au sol. Trop près du bord. Dangereux.

Tire-toi…

Regard captivé par les phares blancs de la motrice qui grossissent. Derrière, ça pousse. Le bruit des freins est intolérable, envahissant.

Salope…

La motrice approche. Saffron se sent avancer. La motrice arrive et… passe devant elle. Courant d'air qui lui fait fermer les yeux, tourner la tête. La motrice s'arrête. Les portes s'ouvrent. Saffron monte, portée par les voyageurs pressés.

Derrière elle, elle ne voit pas la silhouette masculine encapuchonnée qui reste sur le quai, et son regard malveillant. La main de Michel a été retenue au dernier moment, elle serre encore le téléphone portable qui s'est mis à sonner alors qu'elle touchait presque le dos de Saf', dans la cohue.

Salope…

Le mot tourne dans la tête de Saffron. Elle voulait garder le beau rôle dans sa rupture avec Marsand. Raté.

Salope… Tire-toi…

Respirer lentement, à fond, et puis recoller les morceaux. Quand ce sera possible. Elle pense à son père, elle a envie de le retrouver à présent, qu'il la prenne dans ses bras. Petit à petit remontent à la surface des bribes de leur conversation de cette nuit, de cette réalité qu'elle a découverte. Correspondant de guerre amoureux de la guerre, amant flamboyant et inconsolable, coupable, forcément coupable. Un personnage émouvant et inconnu, mon père. Comment encaisser tout ça ?

La rame redémarre et emporte Saf'.

Marsand regarde Scoarnec qui tourne en rond dans son salon, plus agité que jamais. Le petit coq a peur des flics. Il dézingue sa copine, la salope, et essaie de se justifier. Il a besoin de moi plus que jamais, il est à ma merci. Je vais lui faire payer. Ils vont tous payer.

Son portable se met à sonner sur la télé. Marsand se précipite et le récupère juste avant Erwan, qui a fait mine de s'en approcher. Numéro inconnu, hésitation puis il décroche.

Tu peux parler ?

« Attends. » Le technicien couvre le micro de sa main et, en silence, prononce le mot *boulot.* Puis il s'isole dans sa chambre et referme derrière lui. À voix basse. « Saffron est passée. »

On sait.

« Comment ? »

Tais-toi et écoute.

« Faites vite, Scoarnec est en train de virer parano grave. »

Justement, tu vas en profiter, broder sur la sécurité. Et ensuite, voilà ce que tu vas faire…

Quand Neal est passé à l'hôtel, ce matin à onze heures, sa fille n'y était plus. Elle n'a plus de portable, elle est donc impossible à joindre, il l'a cherchée dans les cafés alentour. En vain. Retour en force de l'angoisse et du sentiment d'impuissance. Tous ceux qui ont vu les assassins de Soubise sont en danger de mort.

Comme il n'y avait rien à faire, il est allé, comme prévu, travailler avec Cooke et a appelé l'hôtel toutes les heures. Et à seize heures, enfin, la nouvelle attendue, Saffron est rentrée. Enfermée dans sa chambre, elle ne répondait pas au téléphone. Neal est immédiatement parti la rejoindre, bien décidé à mettre les choses au point, fermement. Tu ne pars pas sans dire où tu vas, tu ne me laisses pas sans nouvelles.

Quand Neal entre dans la chambre de Saffron, il la trouve couchée dans son lit, ensevelie sous la couette, le visage décomposé, et le corps parcouru de frissons. Il pense d'abord à une mauvaise grippe, se précipite sur le téléphone pour appeler un médecin.

Mais sa fille l'arrête. « Dad, je ne suis pas malade.

— Quoi alors ? Tu disparais, tu…

— Laisse-moi du temps. Ça arrive, tu es bien placé pour le savoir, ça t'est arrivé. Ça passera. Je t'en supplie, ne me prends pas la tête pour en savoir plus.

— Je me suis fait du souci.

— Hier, tu as été parfait, ne gâche pas tout. Et je sais que tu es là. Tu seras toujours là. » Saffron s'enfonce dans les oreillers, ferme les yeux. « J'ai besoin de dormir. Tu as des somnifères ?

— Oui.

— Donne-moi quelque chose. Pas trop fort. » Un temps. « Demain, je vais rentrer à Cahors, chez Maminette. »

Cahors, une idée formidable. Neal prend la main de Saf', l'embrasse. Puis il part téléphoner à l'avocat, pour régler les problèmes de contrôle judiciaire, rapporte des somnifères, une bouteille d'eau, une part de *cheesecake*, Saf' adore ça, et s'assied à côté du lit, dans le fauteuil Voltaire.

Les frissons se calment, Saffron s'endort, profondément.

Neal reste un très long moment, immobile, à la regarder. J'aurais dû rester toute la journée avec elle, ne pas la quitter des yeux. Impossible. J'ai tout lâché pour elle une fois. Résultat ? Pas terrible. Je ne recommencerai pas. C'est une adulte, elle a sa vie, j'ai la mienne. Sa mère serait restée avec elle ? Pas sûr. Et puis qu'est-ce que ça change ? Je veux bien être bouleversé, malheureux, avoir mauvaise conscience, mais je ne lâcherai plus.

Plus tard, il passe dans sa chambre, se douche, se change. Costume sombre, chemise blanche, cravate bleue, s'appliquer pour faire le nœud, perdu l'habitude. Coup de téléphone de la réception. « Un monsieur Pâris demande s'il peut vous voir.

— Dites-lui que je descends tout de suite. »

Quelques minutes et les deux hommes se retrouvent dans le hall de l'hôtel, l'un et l'autre embarrassés, mal à l'aise.

Pâris regarde avec curiosité la tenue de Neal. « Vous sortiez ? Je vous dérange peut-être ?

— Je vais à l'Opéra. Mais vous ne me dérangez pas du tout. Je n'aime pas l'opéra, je n'y connais rien, mais je ne veux pas manquer l'entracte. Nous avons le temps. »

Neal entraîne Pâris dans la rue, vers un bistrot qui sert des petits vins au verre et des assiettes de charcuterie. Se demande ce que Pâris fait là. Pour lui, la situation est ambiguë. Un journaliste est toujours sur le fil du rasoir quand il fréquente les flics. Laisse-le venir.

Quand ils sont servis, Pâris se lance. « J'ai été dessaisi de l'enquête Soubise. D'autres vont prendre le relais, en lien avec le Parquet antiterroriste. La vidéo a quand même été versée au dossier. »

Neal réagit d'abord en père. « Je dois m'attendre à quoi ?

— À mon avis, à rien dans l'immédiat. Ensuite, ça dépendra de ce que voudront les politiques. Mais je pense que l'affaire se dégonflera après l'élection.

— Plutôt inhabituelle votre démarche, si je peux me permettre. » Le journaliste considère le policier. « Pourquoi êtes-vous là ? »

Pâris hausse les épaules. « Parce que votre hôtel n'est pas loin du 36 ? Parce que je vous trouve sympathique ? » Sourire. « Parce que vous m'avez donné la vidéo plutôt que de la balancer dans la presse ? Ou parce que j'avais envie de m'apitoyer sur mon sort en bonne compagnie ? Je crois que j'ai du souci à me faire pour mon avenir. La question est, dois-je prendre l'initiative de partir avant qu'ils ne me cassent ? Le boulot a changé. Un coup, il faut trouver très vite un coupable, n'importe qui fait l'affaire. Le coup suivant, il ne faut surtout pas en chercher. » Il vide son verre. « Comment va votre fille ?

— Très mal, mais je ne crois pas que vous y soyez pour grand-chose. » Neal boit, à petites gorgées. Laisse aller, il n'est plus en charge du dossier, décompresse, parle. Avec qui d'autre pourrais-tu le faire ? Et puis tu l'apprécies, ce flic, au fond. « Saffron pense qu'elle aime ce type. Évidemment, il est beau gosse, genre intello un peu sportif, juste assez pour avoir la démarche souple et l'allure dégagée... »

Pâris se retient de dire, tiens, vous l'avez donc rencontré ces jours-ci ? Ça ne sert plus à rien.

« C'est un beau parleur et un homme de spectacle, et ma fille est fascinée. Elle ne se rend pas compte que c'est juste un petit con égoïste. Je ne peux pas l'encaisser.

— Je crois que je l'avais compris. » Pâris émet un petit rire. « Vous ne seriez pas un peu jaloux, par hasard ?

— Je plaide coupable. C'est classique. Vous n'êtes pas jaloux des petits copains de vos filles, vous ?

— Il n'y en a qu'un dans le paysage pour l'instant et je ne l'aime pas. Mais je ne sais pas si je suis encore suffisamment père pour être jaloux des gamins qui tournent autour de ma progéniture.

— Scoarnec est tellement imbu de lui-même qu'il fera le malheur de tous ceux qui l'approchent. Son grand œuvre, avant le meurtre de Soubise, c'était une opération de com' grand-guignolesque, affublée du nom de Gédéon. J'imagine qu'il devait y tenir le rôle principal. Il voulait fermer sa gueule sur la vidéo jusqu'à jeudi, pour que ça se fasse quand même, malgré le meurtre de Soubise. Le petit Courvoisier est sans doute mort à cause de ça. Et lui, il se planque encore, même si tout est foutu, parce qu'il a la trouille, parce que les types comme lui n'assument jamais leurs conneries. Que ma fille l'applaudisse des deux mains, sans réfléchir, ça me dépasse. Et je ne peux rien lui dire, sinon je la perds.

— Le réveil sera difficile.

— Toujours. Pour tout le monde. Vous, moi, elle aussi. » Neal termine son vin. « Pas mal, ce petit saumur champigny. Vous en voulez un autre ? »

Pâris hoche la tête.

Meeting ce soir à Lyon pour Eugène Schneider, le plus important de l'entre-deux-tours, frapper fort, marquer des points à la veille du grand débat télévisé.

Pendant que le candidat, isolé dans un petit bureau, revoit une dernière fois son discours, Dumesnil réunit les plus proches conseillers. « Il faut faire le point, et vite, avant le discours de ce soir, parce qu'il y a quelques éléments nouveaux. Autour de l'assassinat du commandant Soubise. »

Tout le monde est subitement attentif.

Dumesnil, mal à l'aise. « Je résume. Le groupe PRG et Guérin sont des complices de longue date. Vous vous souvenez du scandale Centrifor, suspicion de corruption, partage de rétrocommissions, enquête étouffée, pas de procès. Aujourd'hui, PRG finance sans doute la campagne de Guérin et lui apporte le soutien de sa branche médias. Bon, tout cela est connu, même si ce n'est pas très légal. Aujourd'hui, nous trouvons PRG mêlé, même si c'est d'une façon que nous ne pouvons pas préciser, à l'assassinat de Soubise. »

Une pause, l'auditoire attend la suite.

« Deux certitudes. Guérin intervient lourdement, par divers intermédiaires, sur la hiérarchie policière, pour que PRG soit maintenu à l'écart du dossier, ça nous pouvons le prouver, et pour que soit privilégiée, et peut-être purement et simplement fabriquée, une piste écoterroriste. Avec même une tentative, vite abandonnée, pour nous mouiller dans le coup.

— Pourquoi ont-ils abandonné si vite ?

— Parce qu'ils n'avaient rien de concret.

— Tu n'es pas naïf à ce point. Tu sais aussi bien que moi qu'on peut faire mousser pendant quinze jours sans rien à la base.

— Je crois que les politiques, dans son camp, se savaient fragiles et n'ont pas voulu nous acculer à nous défendre.

— Ça me paraît plus pertinent.

— Je continue. Soubise travaillait pour le CEA. Et, source interne au CEA, la filière nucléaire intéresse PRG.

— Normal, les centrales sont d'énormes consommatrices de béton.

— Oui, et pour les six ou sept prochaines décennies, l'avenir énergétique du monde passe par l'atome. On peut imaginer un vaste marchandage, je te finance, tu es élu, tu me donnes le nucléaire, coup double pour la Picot-Robert.

— On peut. Imaginer, mais pas prouver. Nos sources à l'intérieur du CEA nous ont mis sur la piste, mais refusent de se mouiller plus. Vous ajoutez là-dessus une louche de barbouzerie, avec déjà deux morts, et voilà le tableau.

— Et quelle est la question ?

— Ce soir, Eugène doit-il lever le lièvre ou pas ? »

Discussion générale.

« Ce n'est pas dans le ton de sa campagne jusqu'à présent. Il est constructif, pas polémique.

— Trop d'informations non confirmées.

— Est-ce susceptible de renverser la tendance dans les sondages ? »

Question à cent balles. Dumesnil prend son temps pour répondre. « Non, tout bien pesé, je ne le crois pas. Ça vient trop tard.

— Alors, tu as la réponse à ta question.

— Minute. Ce n'est pas si simple. Eugène pourrait attaquer sur l'avenir du nucléaire français, comme il l'avait évoqué la semaine dernière, et c'était bien passé, parler du rôle de l'État dans cette branche. Ce sont nos thèmes de campagne, une économie régulée et la défense de l'État. Et, à partir de cette base solide, lancer quelques ballons d'essais sur l'affaire Soubise. Nous verrons bien comment Guérin réagit. Il peut s'affoler et nous, marquer des points.

— C'est juste.

— D'accord. Pas ce soir. Ce dossier n'est pas assez préparé. Mais pour le débat de demain, on lui fait des fiches, et il y va. »

C'est l'heure de monter en scène. Schneider avance vers le groupe de ses conseillers. Dumesnil le prend par le bras et l'accompagne jusqu'à l'entrée de la salle, en lui parlant à voix basse. Le candidat opine. La porte s'ouvre, Schneider s'avance sur l'estrade, marche jusqu'au pupitre, bras levés, grand sourire. Applaudissements, sifflets et même quelques cornes et trompettes.

Neal pénètre dans le foyer de l'Opéra au moment même où résonne la sonnerie de l'entracte. Une foule de gens brillants, passionnés, envahit le lieu, multiples conversations croisées, avis péremptoires et contradictoires sur tous les aspects du spectacle.

L'Anglais, réfugié près d'une fenêtre qui donne sur la place de l'Opéra, se sent assez décalé. Il fouille la foule des yeux, sans être sûr de pouvoir identifier Cardona, dont il ne possède qu'une petite photo extraite de l'annuaire des anciens élèves de l'École polytechnique.

Une voix, sur sa gauche. « Monsieur Jones-Saber, peut-être ? »

Neal se retourne.

Cardona est là, deux coupes de champagne à la main.

Neal s'abstient de demander comment il a pu l'identifier. Sa doc est bien faite, c'est évident. Coupe en main, les deux hommes se tournent vers la fenêtre, un peu isolés de la foule.

« Très bien, monsieur Jones-Saber, dites-moi qui vous êtes et quel jeu vous jouez.

— Je suis journaliste. Je travaille pour le *Herald* de Londres et prépare un dossier sur les enjeux de la campagne électorale française et la prospective du prochain quinquennat. Ça paraîtra la semaine prochaine, après les présidentielles. Nous sommes deux à bosser sur ce dossier. L'autre, c'est le correspondant permanent du journal en France.

— Cooke ? »

Neal acquiesce. « Nous pensons que la restructuration du nucléaire français est un de ces enjeux. »

Cardona le regarde avec un demi-sourire. « Biographie très sélective. Rien sur votre passé de correspondant de guerre au Proche-Orient, et vos démêlés avec Israël à propos de sa bombe atomique. Et vous laissez de côté, avec une grande pudeur, vos intérêts familiaux.

— Je ne vous parle que de ce qui concerne notre entrevue. Il me semble que c'est légitime.

— Pourquoi vous obstiner à me rencontrer alors que vous savez pertinemment que, par principe, je ne vous donnerai aucune information ?

— Parce que je n'ai pas besoin d'informations. Je sais à peu près tout ce dont j'ai besoin. Je cherche simplement une validation, une sorte de clin d'œil, de hochement de tête pour me garantir que mes dossiers ne sont pas des montages ou des provocations, mais une accumulation de faits réels. Et j'ai besoin d'une localisation du *Jardin des Hespérides*. »

Tous deux s'abîment dans la contemplation de la place de l'Opéra dans la nuit, la perspective jusqu'au Louvre, les lumières, le cœur battant de la ville.

Cardona digère l'information, Jones-Saber détient les dossiers Soubise. Puis il se penche vers lui. « Vous avez dit à notre ami commun que notre rencontre pourrait m'être profitable. Qu'avez-vous qui puisse m'intéresser ? »

Neal sort un DVD de la poche de sa veste. « L'assassinat de Soubise enregistré en direct. »

Cardona accuse le coup.

« Authenticité validée par les services techniques de la police judiciaire. Si l'identification des assassins demande un vrai travail d'enquête, il apparaît clairement que c'est un meurtre de main-d'œuvre professionnelle, commis au cours du piratage de l'ordinateur du commandant Soubise. Les écolos sont hors de cause. La pièce a été versée au dossier, mais l'enquête vient d'être retirée à la Criminelle, donc tout est possible. Il me semble que vous pourriez souhaiter détenir un exemplaire de cette vidéo.

— Clairement oui.

— Alors ?

— Vous devriez faire une lecture attentive du décret 83-1116 du 21 décembre 1983. Vous comprendrez, sans risque d'erreur possible, où se situe le *Jardin des Hespérides*. » Cardona empoche le disque, quitte enfin des yeux la place et se retourne vers la foule du foyer. « Je crois qu'il est temps pour moi de rejoindre ma loge. Et bien entendu, nous ne nous sommes jamais rencontrés. »

Neal le regarde se perdre dans la foule, puis quitte l'Opéra et regagne en hâte son hôtel.

Guérin a choisi, avant le grand débat, de mobiliser les militants. Meeting assez restreint, pas plus de trois mille personnes, mais jeu des questions dans la salle, et devant la foule des journalistes. Une épreuve, plus dure que le marathon.

C'est fini. Il descend de l'estrade, suant à grosses gouttes et titubant de fatigue. Il est assailli par une petite foule de responsables du parti qui tentent de se faire photographier en sa compagnie. Près de lui, une voix anonyme demande, « mais où est Sonia Guérin ? Je ne la vois pas. J'ai des papiers à lui remettre ». Il s'entend rire et répondre, « si je savais où elle est… »

Guesde le prend fermement par le bras, l'extrait de la foule, le traîne jusqu'à une voiture qui les attend devant la sortie de secours.

Guérin s'effondre sur la banquette arrière.

Guesde, au chauffeur, « à Paris, sans traîner », se retourne vers Guérin, lui donne deux pilules, une bouteille d'eau, une boîte de chocolats. Tous les gestes que faisait Sonia. Quand Guérin se sent mieux, Guesde lâche, d'un ton neutre, « Dumesnil a vu Pâris.

— Merde.

— Et les conseillers de Schneider lui préparent des fiches sur le nucléaire pour le débat de demain. »

Un temps de silence.

« Patoux a vu Dumesnil ?

— Non. Pas encore. Il essaie. Ce n'est pas facile.

— Je suis à bout. Demain, si la merde remonte à flots, je ne tiendrai pas. Dis-le à Patoux. » Puis Guérin se cale dans un coin de la voiture et il s'endort.

Mercredi

Marsand émerge du petit hôtel où il s'est réfugié, rue des Favorites, dans le quinzième arrondissement, en milieu de matinée. Un instant, il s'arrête sur le trottoir et regarde en face, le bar-tabac noir de monde. Se tirer, maintenant, les planter tous ? Ou plutôt faire semblant jusqu'au boulot et disparaître ensuite en douceur ? Le temps qu'ils s'aperçoivent de quelque chose… Mais il est trop tard, derrière la vitre de la devanture, il vient de repérer Jean qui l'observe.

Marsand traverse, entre dans le troquet et se colle au comptoir. « Un café, un double, s'il vous plaît. » L'imposante silhouette du flic apparaît dans son champ de vision mais il l'ignore et attend d'être servi.

« Où est Scoarnec ? » Jean parle doucement, au milieu du chaos des conversations du matin, en bougeant à peine les lèvres.

« Dans la chambre, il dort.

— Il ne se méfie pas ?

— Si, de tout. Sauf de moi. Le con… » Le barman pose une tasse devant Marsand qui la saisit avec ses deux mains, comme s'il voulait les réchauffer. En fait, il tremble, il essaie juste de ne pas le montrer.

« Il va pas nous claquer dans les doigts au moins ?

— Pas de risque. » Rire faussement moqueur qui s'éteint rapidement. Derrière la fébrilité pointe un certain agacement. « Son grand moment approche. Il croit dur comme fer qu'il va révolutionner la politique en interrompant la retransmission du débat de ce soir, alors il va pas se défiler maintenant.

— Tiens le coup, c'est bientôt fini.

— J'espère, parce que j'en ai plein le cul de ses discours de merde, à l'autre. Il m'a pris la tête avec toute la nuit.

— T'as pas toujours dit ça. »

Marsand lance un regard méchant à son interlocuteur, genre faites-moi pas chier sinon je vous plante.

Jean le dévisage en retour, peu impressionné. « Si t'aimes pas ce que t'entends, t'as qu'à t'en prendre à toi-même. Tu t'es mis dans la merde tout seul parce que t'étais obsédé par le cul de l'autre petite pute. Alors tu vas faire comme on te dit bien sagement et avec un peu de chance tu t'en tireras les couilles nettes. On est d'accord ? »

Marsand replonge le nez dans sa tasse sans rien répondre.

« Est-ce qu'on est d'accord ? »

Après quelques secondes, un hochement de tête réticent.

« Tu as pu faire le changement ? »

Marsand acquiesce. « J'ai eu du mal à trouver quelqu'un mais c'est bon.

— Ton passe ?

— Je l'ai filé à Erwan. Avec ça, il peut entrer partout. Vous êtes sûr que…

— T'inquiète, il te verra pas parce qu'il s'en servira pas, il aura pas le temps. J'ai prévu de le coincer avant. Tu lui as donné rendez-vous à quelle heure ?

— Vingt heures trente sur place, c'est bien ce que vous aviez dit, non ? »

Le petit bureau de Cooke. Atmosphère confinée et studieuse. Traces de sandwichs sur les étagères, gobelets en carton par terre au milieu des piles de journaux, les deux ordinateurs sont allumés.

Quand Neal entre dans la pièce, Cooke se lève, très excité. Il a travaillé toute la nuit, mais apparemment ne sent pas la fatigue. « Nous y sommes, mon vieux. En plein cœur. Comparaison ligne à ligne du décret indiqué hier par Cardona et des mémos de ta copine Borzeix, aucun doute, le *Jardin des Hespérides*, c'est Areva. Et tout est prêt pour privatiser l'entreprise et la présenter sur un plateau d'argent à PRG et à la belle Elisa. Elle se paie à moindres frais le leader mondial du secteur, un groupe qui pèse déjà soixante-dix milliards d'euros et ne fera que grossir dans les années à venir. Je n'ose même pas imaginer ce que Guérin va obtenir en échange.

— Du coup, tous les dossiers Soubise sont validés.

— Oui, ce qu'il cherchait à révéler aussi, à savoir que la patronne d'un groupe privé a dicté les termes de la privatisation d'un bijou industriel public à un futur président d'abord et avant tout choisi par elle. Le casse du siècle !

— *France will never cease to amaze me.* »

Cooke rigole puis redevient brusquement sérieux. « Tu en es où dans tes histoires de famille ?

— J'ai mis Saffron dans le train pour Cahors, tous ses problèmes de contrôle judiciaire sont réglés, sa grand-mère l'attend à l'arrivée, à la gare. » Grand sourire. « Je suis disponible à cent pour cent.

— Pas trop tôt. Bon, assieds-toi. Nous avons deux sujets bien distincts, au moins pour l'instant. L'ensemble assassinats Soubise et Courvoisier, la piste écolo. Des assassinats mais pas d'assassins preuves en main. Je propose qu'on le laisse de côté pour le moment.

— La Crim' a été dessaisie hier.

— Pas mal.

— Et Scoarnec aurait un projet médiatique spectaculaire pour ce soir, pendant le débat. Info sous toutes réserves.

— Parfait. Attendons ce soir. Et mettons-nous tout de suite au travail sur le bloc Guérin-PRG-Areva-Mermet. Je te dis comment je vois le papier. Guérin, ministre des Finances en exercice, axe sa campagne sur la rupture. Pendant la campagne, on a surtout vu la rupture dans le style de l'homme et de sa communication. Nous allons raconter le pacte entre Guérin et ses amis, et montrer que la rupture, elle est là, dans la confusion totale des genres entre les sphères dirigeantes des grandes entreprises et le bien public. C'est cela, la politique que Guérin prépare. Un vrai changement de société. Pour l'instant, le pacte est secret. Pas question que les électeurs se prononcent là-dessus. Mais dès lundi, plus de complexe, Areva sera offert à PRG. Et *The Herald* fera un malheur.

— Ça me va. On se partage le travail comment ?

— Je prends l'historique. Tu prends le pacte électoral. »

Les deux hommes se lèvent, accolade, puis chacun s'installe devant son ordinateur.

Pâris arrive à la Crim' en milieu d'après-midi et gravit les escaliers qui mènent au troisième avec des semelles de plomb. Aux quelques personnes qu'il croise sur le trajet il répond d'un simple hochement de tête automatique. À cette heure-ci, tout le 36 est sûrement au courant de sa déchéance et une grande question doit alimenter toutes les conversations de couloir, combien de temps ? Combien de temps restera-t-il ? Combien de temps le garderont-ils ? Combien de temps avant de dissoudre son groupe pour en recréer un autour de Pereira, qui a l'ancienneté suffisante ? Plus rien à foutre et surtout pas envie d'en parler, de m'expliquer.

Dans le bureau, Pereira et Coulanges s'agitent autour des cartons de scellés de l'affaire Soubise.

« Ils n'ont pas perdu de temps pour les réclamer. »

Pereira se redresse. « Personne n'a rien réclamé. C'est moi qui m'en débarrasse. Le plus vite sera le mieux, qu'on passe tous à autre chose. »

Pâris sourit, c'est pour ce type de réaction qu'il aime son adjoint. Il regagne son antre, au fond, et se déshabille avant de se servir un café. « Quelqu'un en veut ? »

Personne n'en veut.

Mug en main, Pâris observe ensuite ses mecs qui s'affairent. Un long moment, le temps de siroter son café. Pereira a raison, il faut passer à autre chose, virer tout ça. Pâris pose sa tasse vide, avise les tirages papier des photos de l'IJ posées au sol et les montre du doigt. « Ça aussi, ça part ?

— Non, poubelle. Le Parquet se contentera d'un DVD. »

Pâris se penche pour en ramasser quelques-uns, remarque au passage qu'il s'agit de clichés des différents appartements visités pendant l'enquête. Dernier coup d'œil avant de tout bazarder. Studio de Saffron Jones-Saber... Classement vertical. Clapier de Julien Courvoisier... Classement vertical. Repaire d'Erwan Scoarnec... Tous les recoins en ont été immortalisés en détail. La pièce principale et sa bibliothèque, avec son étagère à polars devant laquelle le policier se souvient de s'être attardé. Le coin cuisine, bordélique. Les chiottes, avec la reproduction du slogan de 1968, *Ouvrez les yeux, éteignez la télé !*

Éteignez la télé, tu parles.

Pâris se penche sur la photo. Comme lors de son premier passage là-bas, son regard est attiré par le gros canard jaune, en bas à droite de l'affiche. Il se remet instantanément à penser à son grand-père qui lui lisait des bandes dessinées, quand il était gosse. Comment elle s'appelait, déjà, celle avec le canard ? Un canard vengeur, façon *Robin des Bois* de basse-cour ? Gédéon. Gédéon le canard.

Gédéon.

Un nom que Pâris a entendu très récemment. Il met quelques secondes à se souvenir que c'était hier soir, dans un bar, près de l'hôtel de Neal Jones-Saber. Gédéon, le nom du projet de Scoarnec et sa bande. Qu'il fallait garder secret jusqu'à jeudi. Pourquoi jeudi ? Il devait se passer quelque chose le mercredi ? Mercredi c'est aujourd'hui. Il y a quoi aujourd'hui ? Nouvel examen de la photo. Une affiche de 68. *Ouvrez les yeux, éteignez la télé !* « Il y a quoi, à la TV, ce soir ?

— De la merde », Pereira soupire, « le débat de nos chers candidats. Sur TF 1 et France 2. Tout ça pour les entendre débiter les mêmes conneries. Je crois que je vais plutôt aller au cinoche avec ma femme. Pourquoi ? »

Pâris ne répond pas. Le débat de l'entre-deux-tours. Le dernier débat. Un symbole. Fort. Jones-Saber a parlé d'autre chose, hier. *Une opération de com' grand-guignolesque.* Mercredi soir. Le soir du débat. *Éteignez la télé.* Gédéon le canard vengeur. « Est-ce qu'on a vu passer un truc en rapport avec la télévision, au cours de l'enquête ?

— Quelle enquête ?

— Soubise, Scoarnec & Co.

— Pourquoi tu demandes ça ?

— Simple curiosité. »

Pereira vient se planter devant son chef. « Te fous pas de ma gueule. »

Dans son dos, Coulanges lâche, « rien sur la télé. Enfin à part le technicien, là, Marsand ». Coulanges, l'homme qui pense transversal.

Ses deux collègues se tournent vers lui et Pâris reprend la parole pour demander, « le technicien ?

— En épluchant la téléphonie des trois gamins, j'avais trouvé plusieurs numéros communs. Parmi ces numéros figurait celui d'un type de France Télévisions, Pierre Marsand, un techos.

— Et tu l'as auditionné ?

— Ouais.

— Et alors ?

— Alors rien. Il ne m'a pas semblé bien méchant. Et il travaillait, le soir du meurtre de Soubise. C'était juste un de leurs potes. Il n'est même pas dans le STIC.

— Il fait quoi, à France Télévisions, ce mec ?

— Il bosse en régie. À la diffusion.

— Retrouve-moi son adresse. »

Le siège du parti d'Eugène Schneider est en pleine activité. Des gens fébriles dans tous les bureaux, dans tous les couloirs, s'interpellent, s'engueulent, s'isolent pour poursuivre des controverses passionnées. Et évidemment inutiles.

Le candidat s'est enfermé avec ses conseillers en communication et un journaliste ami pour le dernier *coaching* avant le grand débat télévisé.

Dumesnil, loin de toute l'agitation, pilote une réunion des conseillers les plus proches, pour l'ultime mise au point des fiches à remettre au candidat. Tout semble bien rodé. Seule la synthèse sur le nucléaire, sur laquelle trois consultants ont planché une partie de la nuit, reste à valider. Le ton en est assez agressif. *Pas un mot sur l'industrie nucléaire dans votre programme. Est-ce parce que vous vous apprêtez à la privatiser au profit de vos amis ? PRG, par exemple, dont l'intérêt pour le nucléaire est de notoriété publique depuis l'achat de Centrifor (2002, cf. note jointe) ?*

Dumesnil est très réservé. Certes, une attaque frontale peut déstabiliser Guérin, c'est un nerveux colérique, il peut perdre les pédales. Mais Schneider lui-même est resté assez discret sur le sujet pendant la campagne et pour cause, comment peut-il combattre la privatisation du nucléaire sans apparaître comme un défenseur de l'atome public et risquer du même coup de perdre des voix écolos ? Finalement, fiche et note sont jointes au paquet.

Reste à discuter du moment auquel il faudra aborder le sujet pour avoir une efficacité maximum. Trop tard, les spectateurs se sont déjà fait une opinion, beaucoup ont décroché. Pas trop tôt non plus. La fin du deuxième tiers semble le meilleur moment. Si les choses se passent de façon optimum, l'autre ne reprendra pas complètement pied avant la conclusion du débat.

Schneider sort de son conclave de communicants et rejoint les conseillers pour une dernière révision sur les thèmes à aborder.

Arrive le nucléaire, PRG, amitiés dangereuses, l'aventure le tente assez. Il a bien conscience d'être, par tempérament, plus un homme de gestion et de pouvoir qu'un opposant. Il regrette un peu le manque de brillant, de mordant, de polémique de sa campagne. Rechercher l'affrontement à un moment décisif, quand l'autre, peut-être, ne s'y attend pas, peut s'avérer payant. D'autant que Guérin a été franchement mauvais sur le dossier de l'EPR, seule incursion qu'il se soit jusqu'à maintenant permise dans le domaine du nucléaire. Bref, le *challenger* est preneur et se met à potasser la fiche qui lui est remise.

Collation légère et énergétique, dans une pièce très calme, repos vingt minutes dans le noir, puis massage, une grande demi-heure.

Quand Pâris, Pereira et Coulanges débarquent chez Marsand, il est un peu plus de dix-sept heures et la rue est calme. Devant l'immeuble, un type en bleu de maçon fume une clope, appuyé contre l'utilitaire d'une entreprise de bâtiment. Pas plus que les trois policiers il ne connaît le code pour entrer. Ils doivent donc attendre quelques minutes avant que la porte cochère ne s'ouvre sur une petite vieille qui râle de voir autant de gens devant chez elle et que « c'est comme ce fichu ascenseur qu'est tout le temps en panne ! »

Entre-temps, l'ouvrier a disparu à l'intérieur de sa camionnette.

Les trois policiers pénètrent dans le hall. Effectivement, l'ascenseur, une antiquité enfermée dans une colonne grillagée, semble ne pas fonctionner, bloquée dans les étages. Et Marsand habite au cinquième, ce que révèle un rapide examen des boîtes aux lettres.

Ils s'engagent dans l'escalier.

Pereira grommelle. « Déjà qu'on a rien à foutre ici, si en plus faut se taper la montée à pied. »

Ils sont au deuxième lorsqu'un bruit mécanique se fait entendre au-dessus de leurs têtes. Les câbles se mettent à s'agiter à l'intérieur de la cage de métal et, bientôt, une cabine en bois passe devant eux. À son bord, deux hommes en combinaisons de travail, dos tournés.

Palier du cinquième. Trois appartements. Premier réflexe, vérifier les noms sur les sonnettes. Inutile, la porte de droite n'est pas fermée. En silence, les trois officiers se concertent, ils savent que c'est là. Ce que vient confirmer le *Marsand P.* collé sur le montant.

C'est Coulanges qui, le premier, exprime sa pensée à voix haute. « Les deux gars, dans l'ascenseur ! » Aussitôt, il se met à dévaler les escaliers.

Pâris, lui, pousse le battant entrouvert et entre chez le technicien. Il fait quelques pas dans le couloir et, d'un geste du menton, indique à Pereira de contrôler la chambre, sur la gauche, avant de s'arrêter sur le seuil du salon. Puis de se mettre à examiner les lieux.

La pièce est modérément désordonnée. Quelques canettes sur la table basse, un cendrier plein, des magazines, arrangés en une pile branlante. Une télé dans un coin, au fond, sous la fenêtre ouverte.

Dehors, la rumeur de la ville.

À droite, un canapé en tissu, plutôt vieux, sur lequel sont jetés un oreiller roulé en boule et une couverture en grosse laine. Quelqu'un a dormi là. En vis-à-vis, un buffet, style paysan, dont le plateau est encombré de livres, DVD, bibelots sans valeur, d'autres cendriers remplis de monnaie, clés, briquets et autres petits objets inutiles. Et une lampe aussi, à côté de laquelle trône un tournevis rouge vif, déplacé dans ce décor terne.

Pâris suit des yeux le câble d'alimentation électrique du luminaire qui descend le long du meuble jusqu'à une prise, juste au-dessus de la plinthe. Par terre, sous la prise, des traces de poussière blanche. Le reste du parquet est relativement propre, elles sont donc récentes. Son regard remonte jusqu'à un interrupteur dont le cache plastique, de conception ancienne, est vissé dans le mur. Il s'en approche, observe les têtes de vis puis la lame du tournevis. Elles correspondent.

« Quelqu'un a pioncé dans la chambre. Récemment. » Pereira est de retour.

« Ici aussi. » Pâris montre le tournevis, « et on a bricolé ça », puis l'interrupteur et le plâtre, au sol, « il y a pas longtemps.

— J'ai pas pu les rattraper. » Coulanges apparaît, essoufflé. « Et la camionnette du fumeur a dégagé. Vous avez quoi ?

— Deux personnes ont vécu ici ces derniers jours. Marsand et…

— Scoarnec ?

— Ils se connaissent, Scoarnec est toujours en fuite et il est raisonnable d'envisager que Marsand est impliqué dans ce fameux Gédéon depuis le départ. Pourquoi pas ?

— Le débat, c'est ce soir. » Coulanges.

« Ils vont tenter le coup, malgré tout ce qui s'est passé ? » Pereira.

Pour toute réponse, Pâris hausse les épaules.

« Tu crois vraiment que les deux mecs de l'ascenseur venaient d'ici ? »

Silence.

« Qui ?

— J'en sais rien. » Un temps. « Mais il faut prévenir l'IJ et passer cet appart' au crible.

— Tu vas leur dire quoi, au Parquet ? » Le ton agacé de Pereira trahit son inquiétude. « Nous ne sommes plus sur l'affaire, je te rappelle.

— Plus sur le meurtre de Soubise, non. Mais là, c'est autre chose. Flagrance ? Nous avons eu connaissance d'une possible action criminelle en cours ? Il y avait urgence à agir ?

— Jamais ils l'avaleront, celle-là. »

Pâris adresse un sourire innocent à son adjoint, qui lève les yeux au ciel, puis se tourne vers Coulanges. « Localise-moi Marsand. Vois s'il est censé bosser ce soir et où. Discret, évitons de provoquer une panique. Et mieux vaudrait qu'il ne sache pas que nous en avons après lui. » Portable en main, sans lui faire face, il lance à Pereira,

« préviens les autres et dis-leur de ramener leurs fesses ici fissa. Je m'occupe de la Scientifique ».

Dumesnil et Schneider montent tous les deux à l'arrière de la même voiture, direction le lieu de l'enregistrement.

À la perspective d'une bonne polémique, Schneider est tout ragaillardi. « Tu n'as rien dit tout à l'heure, lors de la discussion à propos de la fiche sur le nucléaire. Je t'ai senti réticent, tu m'expliques ?

— Oui, je ne le sens pas. D'abord parce que la question est très difficile, quasiment impossible à aborder sans nous brouiller avec les écolos. Ils ne sont peut-être pas décisifs dans cette élection, et encore c'est à voir, mais nous pensons tous les deux qu'ils ont un avenir. Il ne faut pas injurier l'avenir. Le nucléaire, il faut d'abord en discuter avec eux. Ensuite, la collusion Guérin-PRG. Comme souvent dans ces histoires, beaucoup de pressentiments et peu de faits concrets et avérés.

— C'est rarement le cas, dans ce genre d'affaires.

— C'est pour ça qu'elles sont casse-gueule à aborder en pleine campagne électorale. Fort risque d'effet boomerang.

— Effet boomerang ? Explique.

— Si tu l'attaques sur ses relations personnelles avec Picot-Robert, il sera tenté de déterrer tes histoires de violence conjugale.

— Mireille a retiré sa plainte.

— Certes, mais toute procédure, même interrompue, laisse des traces. Et tu as pas mal à y perdre, en termes d'image. »

Schneider réfléchit un bon moment. Il connaît bien Dumesnil. « Il y a autre chose ?

— Oui. Ce matin, en allant vérifier les installations du plateau télé, j'ai croisé Patoux.

— Et alors ? Accouche.

— Il m'a mis un marché en main, d'une façon on ne peut plus directe. La présidence de la Banque mondiale se libère dans un mois. Si tu n'abordes pas la question du nucléaire ce soir, et si Guérin est élu dimanche, évidemment, il soutiendra ta candidature. Et il peut te garantir le poste. »

Schneider se détourne pour que Dumesnil ne puisse pas lire sur son visage sa surprise et sa blessure. Il a une réaction très vive. « Et tu l'as écouté ? Tu ne lui as pas dit d'aller se faire foutre ?

— Non. Je ne lui ai rien dit du tout.

— Il me semble qu'une telle proposition démontre à quel point Guérin est empêtré avec PRG.

— Oui, en un sens. Mais la Banque mondiale, Eugène, il faut bien y réfléchir. Un poste où tu pourras avoir une prise réelle sur le cours des choses. Intervenir dans les stratégies de développement à l'échelle internationale. Peut-être plus de poids qu'à la présidence française. Et dernier aspect, et non des moindres, un poste de cette envergure te permet de préparer ton retour gagnant en France.

— En somme, tu ne crois pas à mes chances dimanche.

— Pas plus que toi, Eugène. »

Les usages veulent que le débat de l'entre-deux-tours ait lieu à la Maison de la Radio. Mais cette année, pour des questions d'indisponibilité des studios, c'est la SFP, à Boulogne-Billancourt, qui accueille le dernier face-à-face électoral.

Lorsque Pâris et son groupe arrivent rue de Silly, où se trouve le bâtiment à façade de briques rouges qui abrite les plateaux, il y a déjà beaucoup de monde. Une foule importante de badauds et de supporters des deux candidats, des journalistes et surtout un imposant dispositif policier.

« Il faut qu'on prévienne les collègues chargés de la sécurité qu'il y a un risque d'incident. » Pereira est assis sur la banquette arrière, derrière Estelle Rouyer, au volant. Il fixe la nuque de Pâris.

« Pas question. Doigté, douceur et discrétion. Inutile de provoquer une panique. On doit trouver Marsand et ne plus le lâcher. Scoarnec ne sera pas loin. S'il se pointe. Dès qu'on les a en visuel tous les deux, on les arrache.

— Tu te rends compte des risques que tu fais prendre à tout le monde ? Si t'as envie de flinguer ta carrière, grand bien te fasse, mais t'as pensé à nous ? » C'est la première fois que Pereira se permet de remettre en cause son chef devant un tiers. Et sur un ton si agressif.

Rouyer observe Pâris du coin de l'œil, il reste concentré sur la rue devant eux.

Lorsqu'il reprend la parole, il s'exprime avec calme. « Il n'y a pas de danger. Ces gamins sont des rêveurs, pas des terroristes sanguinaires.

— T'en sais rien !

— Je sais au moins deux choses. Ils n'ont pas tué Benoît Soubise et l'un d'eux est mort salement, sans doute terrifié parce qu'il avait compris ce qui allait lui arriver. Il a eu le temps de se voir crever. Et ce ne sont pas ses petits camarades qui ont fait le coup non plus. » Pâris se retourne vers son adjoint. « Ton fils a presque le même âge.

— Laisse mon gamin en dehors de ça !

— D'accord. Mais en ce qui me concerne, pas question de donner une chance à ceux qui ont flingué Courvoisier de terminer leur basse besogne. Alors je ne vais prévenir personne et je vais coincer Scoarnec et son copain en souplesse. Tout seul s'il le faut. »

Les deux hommes se dévisagent.

« Tu as raison, je n'ai plus rien à perdre, toi si. Alors ne te sens pas obligé de rester, tu ne me dois rien. » Pâris s'adresse ensuite à Estelle Rouyer. « Ça vaut aussi pour toi. »

Un temps. Puis la jeune femme demande, « où est-ce que je me gare ? »

Derrière elle, Pereira lâche, « putain, vous faites chier, tous ! » Il vient se caler entre les deux fauteuils et montre la rue de Paris, sur leur gauche. « Fais le tour par là, le parking des cars régie est à l'arrière. »

Quelques palabres et ils arrivent bientôt à pénétrer le périmètre de sécurité. Derrière eux, les deux autres voitures du groupe suivent.

Pâris ne perd pas de temps et déploie ses hommes. Lui, Coulanges, le seul qui connaisse le visage de Marsand, et Rouyer partent vers les camions de France Télévisions, où le technicien doit officier ce soir, selon les ressources humaines de la chaîne. Les autres se répartissent entre les accès au plateau de l'émission et les installations techniques de la SFP. Leur mission, repérer Scoarnec et l'interpeller.

Très vite, il apparaît que Marsand n'est pas dans la régie mobile de la chaîne publique. Peut-être est-il sorti pisser ou fumer une clope ? Pâris ordonne à Coulanges de faire un tour du parking avec Rouyer. Lui va rester ici pour attendre. Il est dix-neuf heures quarante-cinq, le débat commence dans moins d'une heure.

Erwan Scoarnec a quitté son hôtel en fin d'après-midi, une demi-heure après son complice. Il est parti à pied, en direction de la Seine, sans se douter que Jean le suivait. Michel n'était pas loin non plus, en voiture.

La cible a marché sans se presser jusqu'au parc André-Citroën où il a fait une pause et est resté un long moment à regarder des mamans du quartier jouer avec leur progéniture. Les deux flics en ont profité pour inverser les rôles. Puis, vers dix-neuf heures quarante-cinq, Scoarnec s'est remis en route en direction du siège de France Télévisions.

Il est vingt heures dix lorsqu'il se présente à l'accueil. Il franchit les portiques de sécurité sans problème, grâce au passe de Marsand, et fait quelques pas dans le hall. L'atrium est impressionnant, ouvert sur toute la longueur, bordé de part et d'autre, jusqu'au toit translucide, par plusieurs étages de bureaux vitrés reliés entre eux par des galeries.

Juste à sa gauche, des espaces de projection et de réception. Il doit y avoir une avant-première ce soir, puisqu'une foule d'invités, petits-fours et coupes de champagne en main, déborde de l'une des salles. À moins qu'ils ne soient tous là pour la retransmission du débat.

Scoarnec ne s'attendait pas à voir autant de monde.

Un peu plus loin, du même côté, c'est le comptoir des hôtesses. Quatre jeunes femmes en uniforme y renseignent les gens. Plus loin encore, après un escalier monumental, des jardins délimitent le cœur du bâtiment.

Apparemment indécis, Erwan regarde autour de lui, en arrière. Il aperçoit les vigiles, engoncés dans leurs costumes sombres, qui laissent entrer d'autres visiteurs. Au moment où il se retourne, un grand noir et un petit rouquin. Personne ne semble faire attention à lui, à sa fébrilité, alors il s'avance. Marsand lui a expliqué que les régies se trouvaient au sous-sol, après le grand escalier. Code couleur rouge, côté Seine, niveau moins un.

Scoarnec a presque atteint les marches quand un groupe de personnes franchit une porte coupe-feu, sur sa droite. Dans un réflexe d'angoisse, sa tête se tourne vers ces nouveaux venus. Une fille, une autre fille, elle rigole, un type barbu, un autre qui parle et… Marsand. Il porte une canette de Coca à sa bouche. Il boit. Il voit Erwan, s'étrangle presque, recrache son soda. Sur son visage, d'abord la surprise… Puis la peur.

Scoarnec comprend en une fraction de seconde. Quelque chose ne va pas. L'instant d'après, le regard de Marsand se porte loin derrière lui, vers l'entrée. Instinctivement, ses yeux suivent le même chemin.

À une vingtaine de pas de là, le black et le rouquin l'observent très attentivement, l'air mauvais.

Erwan revient à Marsand, qui recule déjà. Il crie « attends ! » puis « pourquoi tu m'as donné ? » Et se met à courir après le technicien qui a disparu derrière la double porte battante.

C'est une cage d'escalier qui monte dans les étages.

Les deux filles hurlent, les hommes essaient de faire barrage. En vain.

Marsand s'enfuit jusqu'au deuxième avant de déboucher sur une galerie qui mène à une étroite passerelle.

Enragé, Erwan pousse sur ses jambes et réduit rapidement la distance entre eux. Il bouscule un type en costume qui sort de son bureau, évite de peu un second et rattrape le technicien alors qu'il a presque atteint l'autre extrémité de l'atrium. Il le plaque au sol et le frappe une fois au visage avant de le remettre debout et de le coller contre la rambarde.

Marsand, le haut du corps dans le vide, supplie Erwan. Il prend un nouveau coup dans la gueule, se fait traiter d'enculé, de vendu.

« Lâche-le, Scoarnec ! Police ! Lâche-le ! » Au bout de la passerelle, Michel braque son Sig sur les deux militants.

Erwan regarde ce flicard de merde puis son ex-complice. Son visage est déformé par la haine. « Espèce de petite pute ! » Il repousse le technicien et commence à lever les mains quand retentit une détonation.

Puis une deuxième.

Déséquilibré par les impacts, le corps de Scoarnec est violemment projeté sur le côté, vers Marsand, que le choc précipite pardessus la balustrade. Il tombe deux étages plus bas, tête la première, et meurt sur le coup.

Le bruit sourd de l'impact est aussitôt relayé par un concert de cris et une grande commotion s'empare des nombreux témoins de la scène, attirés par le chaos de la course-poursuite.

Sans attendre, Michel avance sur la passerelle tandis que derrière lui Jean empêche les gens d'approcher. Le policier se penche sur le cadavre d'Erwan et fait mine de vérifier s'il vit encore. Discrètement, il glisse dans l'une des poches du mort la clé USB de Julien Courvoisier, sur laquelle se trouvent encore ses empreintes, ils s'en sont assurés. Puis il relève la tête vers son collègue, cligne des yeux une fois.

Jean acquiesce et, s'adressant à un responsable, lui ordonne de prévenir les secours.

Pâris consulte sa montre. Vingt heures vingt. Où es-tu, Marsand ? Coup d'œil à Coulanges qui surveille les va-et-vient à quelques pas de lui, les deux hommes échangent un signe de tête négatif, et il entre dans le car régie.

Les techniciens le regardent de travers et l'un d'eux, qui semble plus responsable que les autres, l'interpelle. « Qu'est-ce que vous voulez ? »

Pâris se présente, montre brièvement sa brème, demande si « Pierre Marsand est par là ?

— Il est au siège, ce soir, il m'a planté à la dernière minute ce con. » L'homme va ajouter quelque chose quand une voix haut perchée se fait entendre derrière lui.

« Il y a eu une fusillade au siège… » C'est une fille boulotte, le genre à paniquer pour un rien, portable en main, qui commente. « Des gens sont blessés… De chez nous…

— Qui ? » demande l'interlocuteur du policier.

Pâris est déjà en train de se précipiter dehors quand il capte, au milieu de la panique qui monte, *Marsand*.

Dans le studio de maquillage, Eugène Schneider a exigé d'être seul. Même Dumesnil a été viré. Il regarde dans la glace le résultat du travail de la maquilleuse. Ce visage n'est pas le sien. Vieux et battu.

De l'autre côté de la porte, brouhaha confus, de plus en plus insistant.

Schneider ferme les yeux. *Pas plus que toi, Eugène.*

Dumesnil vient le chercher. Le traître. Alors qu'ils traversent quelques pièces bourrées de monde, très bruyantes, il prévient son candidat d'un incident survenu à France Télévisions, apparemment assez grave mais qui ne devrait pas perturber l'enregistrement. Schneider acquiesce, ses pensées sont ailleurs.

Enfin, ils pénètrent sur le plateau. Sentiment étrange, ainsi, voilà le lieu du sacrifice. Frissons.

Dumesnil s'inquiète. « Ça te convient ? J'ai tout vérifié plusieurs fois. »

Schneider approuve à nouveau. Les deux journalistes animateurs du débat l'accueillent. Ils semblent très tendus. Lui, non. Sensation cotonneuse.

Pierre Guérin pénètre à son tour sur le plateau, sourire triomphant, mains en avant.

Dumesnil entraîne Schneider vers son siège. Un technicien annonce dix minutes. Schneider s'assoit. Tout autour, l'effervescence. Contrôle des éclairages, pose des micros. Cinq minutes. Essais son, vérification de la place des caméras. Attention… Trente secondes… Ça tourne !

Laïus des animateurs.

Schneider n'est pas concentré.

La première question tombe. « Si vous êtes élu, dimanche prochain, quel type de président serez-vous ? »

Guérin se rue. « Les Français sont fatigués de ce qu'est devenue la politique. Je veux leur en redonner le goût. Je serai un président différent. Un président qui ne se contente pas de parler, mais qui agit. Un président qui a des résultats et qui demande à être jugé sur ses résultats. »

Schneider n'a jamais su ni voulu parler de lui. Il cherche un angle d'attaque. « Je me présente sur un programme que je n'ai pas élaboré seul. Je chercherai à le mettre en œuvre, avec tous ceux qui le portent. Je me concentrerai sur les deux axes principaux qui sont la réduction de la dette publique et la lutte contre l'extrême pauvreté, pour une société plus égalitaire. » Qui tu vas convaincre avec ça ? Vraiment pas bon. Pas l'homme de la situation.

Dumesnil et Patoux sont debout, côte à côte, derrière le banc de régie.

Patoux murmure. « Ton gars a perdu. »

Dumesnil hausse les épaules.

Pâris est sorti du grand mausolée de verre de France Télévisions. Il a vu les cadavres. Il a lu le choc sur les visages des témoins. Il a senti le vide qui l'emportait, d'un coup, comme jamais. Maintenant il attend dehors, cigarette au bec, appuyé contre sa voiture, au pied de l'escalier de l'entrée. Quoi, il ne sait pas. Autour de lui la vaine agitation des services de secours semble enfin se calmer.

Pereira paraît en haut des marches. Il descend, s'installe à côté de son chef de groupe. « C'est le rouquin, là. » Il n'a pas besoin de préciser qui a tiré mais croit bon d'ajouter « DCRG », en désignant l'homme du menton.

Pâris observe ce petit mec de rien, responsable des deux morts de ce soir. Il ne semble pas troublé, bien au contraire, il parle fort et se marre en se retournant constamment vers un black immense, l'air sérieux. Suit également un type plus jeune, en costume, qui pue le haut fonctionnaire à cent mètres. « Qu'est-ce qu'ils foutaient là ?

— Ça, mystère. »

Les yeux de Pâris quittent le rouquemoute pour se concentrer sur son collègue. Celui-ci finit par s'en apercevoir et s'arrête au milieu de l'escalier pour dévisager l'officier de la Crim'.

Ce défi silencieux dure de longues secondes, jusqu'à ce que le héros du soir, debout devant une berline de fonction grise, interpelle le grand noir. « Ho, Jean ! Qu'est-ce que tu branles ? Grouille-toi, merde, vent du cul dans la plaine ! »

Pâris entend les mots et se raidit. Son regard navigue entre les deux RG.

Et immédiatement Jean se rend compte qu'il a pigé.

Pâris fait un pas en avant mais Pereira le retient par le bras. Avec force. Il se retourne pour se libérer mais son adjoint résiste et, tout en secouant la tête, lâche « laisse tomber, c'est la maison ».

Après presque une heure quinze de débat sans grande révélation, chacun parlant de ce qu'il connaît le mieux, Schneider de ses dossiers, Guérin de lui, les journalistes interrogent les candidats sur l'avenir de l'industrie française, sans doute difficile dans l'économie mondialisée. Quelles seront les grandes options de l'un et de l'autre ?

L'heure prévue, la question attendue.

L'avenir de l'industrie française ou le mien ? Si Dumesnil n'y croit plus, qui peut y croire encore ? Schneider a sous les yeux sa fiche sur la recomposition de la filière nucléaire nationale et les accointances de son adversaire avec PRG. D'un geste naturel, il la prend, la glisse sous le paquet et embraye sur les PME, richesse et avenir de la France.

C'est l'heure de mettre fin à la confrontation entre les candidats. L'un des animateurs amorce le rituel final. Cooke baisse le son.

Neal se lève, s'étire. « *Bollocks !* » Et il attaque la pile de sandwichs que son ami a commandés pour tenir toute la soirée. Ils sont dans son petit appartement très soigné de célibataire épicurien, en plein Quartier latin, où ils se sont réfugiés pour suivre le débat sans être dérangés. « Guérin joue à fond son rôle de super-héros *Moi Je*. Je reconnais que c'est bien fait, ça doit marcher. Et Schneider, en parfait faire-valoir, parle du fond des dossiers sur un mode purement technocratique, et n'intéresse personne.

— Pas un mot sur le nucléaire.

— Rien n'indique qu'il soit au courant.

— Tu crois vraiment qu'il n'a aucune antenne au CEA ? »

Les deux candidats se sont levés. À l'image, ils quittent le plateau et la caméra les suit dans les coulisses.

« Je dois admettre que je suis un peu déçu de n'avoir vu aucune trace du copain de ta fille et de son Gédéon. Ça aurait mis un peu d'animation.

— Il fallait s'y attendre, *cunts* ! »

Brusquement, l'écran s'anime, un bandeau rouge barre le coin en haut à droite. Flash info. Dernière minute.

Cooke monte le son.

Un journaliste est debout devant un fond sombre, une dépêche à la main, l'air très grave. *Ce soir, pendant la grande confrontation de l'entre-deux-tours auquel vous venez d'assister, notre chaîne a été la cible d'une tentative de sabotage, dont l'objectif était visiblement d'interrompre la retransmission du débat, pour des raisons qui restent à préciser. Le saboteur, dont l'identité vient de nous être confirmée, est Erwan Scoarnec, militant d'un groupuscule radical connu pour ses méthodes violentes. Il faisait déjà l'objet d'un avis de recherche dans le cadre de l'enquête sur l'assassinat du commandant Benoît Soubise. Il a été abattu après un affrontement très violent avec les services de sécurité. Un technicien de notre chaîne, Pierre Marsand, a également trouvé la mort au cours de cet incident, en essayant courageusement d'intervenir. Les pensées de l'ensemble du personnel de France Télévisions vont à sa famille et à ses amis, qui traversent une épreuve douloureuse.*

Neal est debout, figé, livide, il jure à mi-voix, en anglais, et se rue vers son téléphone mobile, qu'il a laissé dans l'entrée, en se cognant aux meubles.

À Cahors, dans le salon de la belle-mère de l'Anglais, la télévision continue à fonctionner, dans le vide. Saffron, sur le canapé, est blottie dans les bras de sa grand-mère qui l'enveloppe, le visage dans ses cheveux, sans un mot.

Debout derrière le canapé, Pierre Salleton, portable à l'oreille, répète calmement, « ne t'inquiète pas Neal, nous ne la quittons pas… Non, pas un instant… Nous restons là… Demain, je me débrouillerai au restaurant… Entendu, je viendrai te chercher à la gare ».

8

Dimanche

La rue est calme, il est encore tôt. Seul un couple est déjà sorti. Les Masson, ils habitent trois villas plus bas que celle de Pâris. Ils ont l'habitude de toujours tout faire très tôt. L'art de se presser pour ne pas avoir à attendre, être en avance sur le temps, pour en avoir plus, du temps, et attendre, enfin.

Chez Pâris, il y a de la lumière dans la cuisine. La silhouette de Christelle passe et repasse derrière la fenêtre. Elle a dû se lever aux aurores, elle aussi. Elle sait qu'il va rentrer ce matin, il le lui a dit hier soir au téléphone. Elle a été surprise mais plus chaleureuse qu'il ne le prévoyait. Il a senti le soulagement dans sa voix, à l'autre bout du fil. Il l'imagine tendue dans la perspective de ce retour, s'occupant l'esprit et les mains en préparant le petit déjeuner. Pour elle et lui. Ils auront une heure ou deux pour eux, les filles ne se manifestent jamais avant la fin de la matinée, le week-end.

Une heure ou deux, si Pâris veut bien se bouger. Mais il reste là assis dans sa voiture, la radio en sourdine, avec sa petite valise de fringues jetée sur le siège passager. Il laisse filer, repousse le moment. Impression de déjà vu, de déjà vécu, insupportable. La défaite, ici et maintenant.

La reculade.

Après dix minutes sur le déroulement du second tour des élections, les micros-trottoirs dans les bureaux de vote, les évaluations de taux de participation, les savants évitements de commentaires politiques ou de tendances, le présentateur du journal aborde *le reste de l'actualité*. Rien ailleurs dans le monde, normal on élit chez nous. Un ou deux faits divers et surtout la seule affaire qui vaille, au moins jusqu'à ce soir, la *fusillade au siège de France Télévisions.*

Intervention courageuse des services spécialisés de la police, sur la trace du dangereux Erwan Scoarnec depuis vingt-quatre heures... Comment, serait tenté de suggérer Pâris ? Les mots *écoterroristes*, *radicaux*, *autonomes*, *Black Blocks*, *sectaire*, *violent*, *meurtre*, *homicide* sont cités tant de fois que le policier se demande si le chroniqueur n'a pas fait un pari avec ses potes. Oubliés *PRG*, *Elisa Picot-Robert*, *CEA*, même *Soubise* et, bénédiction, *Saffron Jones-Saber*.

Ignoré, Pierre Guérin.

Le mythe du sauveur Marsand, *ce technicien réservé, apprécié de tous, qui a su faire preuve d'un grand courage*, tient, quelque peu nuancé. Il est maintenant admis qu'il *aurait été influencé par le charisme diabolique d'Erwan Scoarnec, véritable gourou d'un groupuscule baptisé Gédéon* — qui a laissé filtrer ça ? — *avant de se ressaisir, réalisant le danger auquel il exposait le personnel de la chaîne, et de tenter de raisonner le dangereux radical. Il y a perdu la vie.*

Le pauvre.

Pâris imagine les tractations, en coulisse. Impensable de voir la réputation des techniciens du service public foulée aux pieds. Impossible de se désolidariser des confrères journalistes de France Télévisions protégeant leurs collègues. Tout cela, évidemment, n'étant jamais explicitement dit.

Le corporatisme n'est pas qu'une affliction policière.

Mais qui est-il pour juger ? Où se trouve-t-il, aujourd'hui ? Dans sa rue, devant son portail. À la veille d'un congé demandé vendredi matin et accepté dans la minute par le suant Fichard, trop content d'avoir les mains libres pour enterrer l'affaire. Et décider du sort de son encombrant chef de groupe.

Pâris fuit ce qu'il ne veut plus voir ou admettre ou dénoncer. *C'est la maison* a rappelé Pereira. Reculade, corporatisme et tout le reste, il a fini par céder lui aussi. S'il survit et ne s'effondre pas tout à fait, il aura de la chance.

Il est temps d'y aller et de faire bonne figure, pour ses filles, jamais vraiment désirées, sauf pour faire plaisir, et qu'il va s'efforcer d'aimer un peu, par devoir.

Pâris tire sur la poignée d'une main, attrape la valise de l'autre, met un pied dehors. Son mobile vibre et tinte dans sa poche. Un SMS. Il interrompt son mouvement, prend son téléphone, regarde l'écran, lit, deux fois, sourit. Puis il referme sa portière, glisse la clé dans le contact, démarre et s'en va.

Guérin se rend à son bureau de vote vers huit heures trente, avec l'espoir d'échapper au moins partiellement à l'œil indiscret des médias. Peine perdue. Certes, la rue, l'école maternelle dans laquelle le bureau a été installé sont désertes dans cette banlieue résidentielle. Mais devant la porte de l'établissement, la foule des photographes, cameramen et journalistes divers est déjà à l'affût.

Guesde ouvre la voie, Guérin le suit, tête baissée. Les deux hommes marchent vite.

« S'il vous plaît, messieurs, la journée est chargée », répète Guesde en écartant les uns et les autres.

Dans le bureau, Guérin relève la tête, sourit. Il entre dans l'isoloir, dépose son bulletin dans l'urne, serre la main du président du bureau et de ses assesseurs, toujours souriant, au milieu du crépitement des flashs.

Moment délicat, la sortie. Guesde ouvre de nouveau la voie. Sur le trottoir, un groupe compact de journalistes bloque l'accès à la voiture. Les questions fusent. *Où est Sonia Guérin ? Elle ne vous accompagne pas aujourd'hui ? On parle de rupture, vous confirmez ?*

Début de bousculade.

Guérin écarte violemment un journaliste. « Foutez-moi la paix, vous faites vraiment un métier de merde ! » Et s'engouffre dans la voiture, qui démarre.

Vers onze heures, Dumesnil attend au volant de sa voiture devant la porte de l'immeuble de Schneider. À côté de lui, sur le siège avant, Mireille Schneider, la femme d'Eugène, est assise, un peu raide, pas très à son aise et ne cherchant pas à le cacher. Jeans, T-shirt, veste de toile, pas de mise en scène vestimentaire particulière.

Le candidat sort de l'immeuble, monte à l'arrière de la voiture, qui démarre, direction le bureau de vote.

Mireille tend la main à son mari, avec un demi-sourire.

Il la prend, la baise. « Mireille, je te suis infiniment reconnaissant d'être ici. Je me rends compte… »

Elle le coupe d'un geste. « Tes fils t'admirent et t'aiment. Ils m'ont décidée à jouer le jeu. Je leur ai promis de venir amuser la galerie, mais pas plus. Alors ne te fatigue pas, pas la peine. »

Devant le bureau de vote, petit attroupement de photographes. Schneider ouvre la portière de sa femme, marche derrière elle, photos. Dans le bureau de vote, isoloirs, bulletins dans l'urne côte à côte, photos.

À la sortie, les questions affluent. *Un pronostic pour ce soir ? Comment voyez-vous l'avenir ?*

Schneider sourit, « bien, très bien l'avenir », et il s'engouffre dans la voiture, avec Mireille qu'il tient par le bras.

À partir de dix-huit heures les premières estimations sont connues et circulent très largement, mais interdiction d'en faire état publiquement avant l'heure de fermeture officielle des bureaux de vote.

Les militants qui affluent vers le siège du parti de Guérin tentent donc de dissimuler leur joie, mais le résultat ne fait plus aucun doute, leur champion l'emporte avec cinquante-deux à cinquante-deux virgule cinq pour cent des suffrages, quatre points au moins d'avance sur Schneider.

Ça va être un triomphe.

Le rez-de-chaussée du siège est plein à craquer, la foule déborde dans la rue, qui est bientôt bloquée. On attend l'apparition du Président, à vingt heures.

Dans les étages, le public est sélectionné. Rien que des gens connus ou puissants.

Pierre Guérin s'est réfugié au dernier étage de l'immeuble, pour attendre l'annonce de son couronnement, dans la salle du bar. Un barman y officie avec un grand professionnalisme. Autour de lui, les intimes et les complices. Des grands patrons bien sûr, Elisa Picot-Robert et Mermet en tête, des hauts fonctionnaires, quelques politiques, quelques stars et people en cour, et la garde rapprochée.

On boit sec. L'ambiance est joyeuse et décontractée, un peu comme dans une réunion de famille. Demain, il sera bien temps de s'écharper pour le partage du gâteau. Mais quelques requins flairent déjà, ici ou là, l'odeur du sang.

Pour l'instant, les choses plus sérieuses se passent sur le palier, où Guesde reçoit tous les hommes de poids qui sont venus saluer le nouveau président, avant de les orienter vers le buffet ou la salle de presse, pleine à craquer de journalistes du monde entier.

Le préfet Michelet est venu présenter ses hommages et prendre la température.

Guesde l'attire à l'écart, très chaleureux. « Je tiens à vous féliciter. Un redressement spectaculaire, inespéré. En plus, vous nous avez probablement obtenu un point d'écart avec Schneider. Écologiste rime tellement bien avec terroriste. » Il part d'un grand éclat de rire avant de redevenir sérieux. « En arrivant à l'Élysée, nous allons devoir réorganiser de fond en comble le service de sécurité de la présidence qui, pour l'instant, est peuplé de nos ennemis. Cela vous dirait, mon cher ? »

La haute silhouette de Cardona apparaît à la sortie de l'ascenseur.

Guesde se débarrasse du préfet avec tact. « La proposition est sérieuse. Réfléchissez. Vite. Je vous appelle demain. » Puis il va à la rencontre de l'administrateur général du CEA.

Les deux hommes se saluent. Round d'observation.

« Cher ami, je suis content de vous voir.

— Je suis venu saluer le nouveau président.

— Parfait. Il a déjà réfléchi à la composition de son gouvernement et m'a chargé de vous sonder. Il pense à vous pour le ministère de l'Industrie. Comment réagiriez-vous à une telle proposition ? »

Cardona a un sourire rayonnant. « Le Président me fait beaucoup d'honneur. Mais je crois que je suis plus utile à mon pays aux commandes de la filière nucléaire publique qu'à la tête d'un ministère. »

Et après ?

Trois jours que Barbara Borzeix loge au *Four Seasons* de Genève. Trois jours qu'elle a laissé Paris, ses soucis et ses élections derrière elle. Une éternité. Nouveau cadre, nouvelle vie, tout se déroule à merveille et Elisa tient ses engagements de façon on ne peut plus généreuse.

Borzeix va se plaire ici.

Ce matin, il fait beau mais frais, trop pour prendre son petit déjeuner en terrasse, et elle a opté pour le restaurant du palace, avec sa vue magnifique sur le Léman et son geyser.

Le maître d'hôtel arrive avec sa collation, légère, quelques fruits frais qu'accompagne un véritable café crème à la suisse, très mousseux. À peine a-t-il disparu qu'une voix se fait entendre, proche, sur la droite.

« Bonjour, mademoiselle Borzeix, puis-je me joindre à vous ? » C'est un homme, il parle français avec un accent anglais ou plutôt américain. La cinquantaine, chevelure poivre et sel épaisse, plaquée en arrière, barbe de trois jours élégamment travaillée, costume trois pièces gris à rayures et chemise sur mesure, cravate en soie très sobre. Parfait déguisement de requin de la finance, vieux, sage. Dangereux ?

« Je ne vous connais pas. »

L'homme tend la main. « Vincent Hanna. »

Borzeix la serre. « Cela ne m'évoque rien. »

Hanna sourit. « Je travaille pour le Carlyle Group. »

La jeune femme ne peut cacher sa surprise.

« Je vois que ce nom-là ne vous est pas inconnu.

— Votre réputation vous précède.

— Il ne faut pas croire tout ce que disent les gens.

— Carlyle n'est plus le faux nez financier de la CIA ? » Au tour de Borzeix de sourire. « Que puis-je pour vous, monsieur Hanna ?

— *Straight to the point.* J'aime ça. » L'Américain prend le temps de bien choisir ses mots. « Je crois savoir que vous avez participé à un projet baptisé *Jardin des Hespérides.*

— Vous êtes bien informé.

— Pas assez bien. C'est pour cela que j'ai besoin de vous.

— Asseyez-vous, je vous prie. » D'un geste de la main, Borzeix invite son interlocuteur à prendre place en face d'elle. « Et discutons. »

Depuis quelques jours, la vie de Neal est rythmée par les allers et retours entre Paris et Cahors, partagée entre l'urgence d'être présent auprès de sa fille et la rédaction du dossier *Herald* avec Cooke.

Celui-ci est bouclé et envoyé au journal depuis hier. La première livraison est sortie aujourd'hui, sur une pleine page, en vis-à-vis des résultats des élections françaises. Ensuite, *The Herald* publiera une demi-page par jour, jusqu'à la fin de la semaine. Un, Pierre Guérin, nouveau président de la République française, sa posture : le peuple et le travail, sa réalité : la consanguinité avec *la France d'en haut.* En encart : les dynasties qui ont prospéré sous les présidences de la Cinquième République. Deux, la meilleure amie du nouveau président, le requin tueur du CAC 40, Elisa Picot-Robert, portrait de l'héritière du fleuron du BTP français. En encart : que faut-il lire dans le divorce de Pierre Guérin ? Retour sur l'histoire mouvementée des familles Pasquier et Picot-Robert. Trois : le nucléaire civil français et les ambitions de la belle Elisa, le *Jardin des Hespérides*, extraordinaire réussite de cinquante ans de politique publique française, va-t-il être bientôt pillé ? En encart : nucléaire privé, les enjeux et les risques, la longue marche des antinucléaires. Quatre : questions autour d'un quadruple homicide, qui a intérêt à enterrer l'affaire Soubise ? En encart : l'une des victimes de la *conspiracy* parle, interview exclusive de l'activiste Saffron Jones-Saber, la vidéo qui dérange.

Neal est très content de cette série de papiers, l'une des meilleures qu'il ait écrites. De quoi faire sauter dix gouvernements britanniques. Si, avec ça, ils n'arrivent pas à secouer le cocotier français, rien ni personne n'y parviendra jamais.

Pendant tout le voyage qui le ramène vers Cahors, dans ce train désert, il oscille entre l'angoisse de revoir Saf', la peur d'être maladroit et la jouissance profonde d'avoir repris le métier.

À la gare, Augustine, sa belle-mère, l'attend sur le quai, frêle silhouette élégante avec ses cheveux blancs permanentés, son visage et ses yeux délavés. Elle l'embrasse et l'embarque dans sa vieille voiture.

Tout de suite, Neal. « Comment va Saf' ?

— Mieux, elle a dormi cette nuit, pratiquement sans somnifères. Je trouve que ce n'est pas si mal.

— Augustine, ne vous moquez pas de moi. »

Augustine réfléchit, hésite, puis se lance. « Nous avons beaucoup parlé. Entre femmes. De choses très personnelles, douloureuses, qu'elle ne souhaite pas évoquer avec vous. Ne cherchez pas à en savoir plus. Peut-être est-il difficile de bâtir une relation forte sur le mensonge, encore que… mais on peut très bien s'accommoder du non-dit. Rien de plus destructeur que la recherche hystérique de la *vérité*. Neal, êtes-vous assez adulte pour m'écouter ?

— J'essaierai.

— Saffron est plus forte que je ne le pensais. Elle a décidé de ne pas se laisser détruire par ce qu'elle vient de vivre. » Augustine a un geste vers Neal. « Nous allons essayer de l'entourer et de l'aider, n'est-ce pas ? » Elle arrête la voiture devant le *Sanglier Bleu*, apparemment fermé. « Votre ami Salleton nous attend. Avec Saf'. »

Après le petit déjeuner, Neal rentre avec sa fille et monte dans sa chambre. Il lui donne une valise rapportée de Paris. « Comme tu me l'as demandé, je suis passé à l'appartement de la rue du Faubourg-Saint-Martin. J'ai ramassé toutes tes affaires, il n'en restait pas beaucoup. J'ai aussi pris le courrier, il est dedans. Et je me suis occupé du dédit et du changement d'adresse.

— Merci, dad.

— Tu as une idée de ce que tu vas faire maintenant ?

— Non. Mais je sais ce que je ne veux pas faire. Véto, terminé. Pour le reste... »

Neal acquiesce, il va lui falloir du temps. « J'ai tout arrangé avec *The Herald* pour ton interview. Tu as bien réfléchi ? Tu es bien sûre de vouloir aller jusqu'au bout ? »

Saffron, qui s'est mise à fouiller dans le courrier que lui a remis son père, sourit brièvement, hausse les épaules. « Oui. Marrant, on dirait que ça te fait plus flipper que moi. »

Neal n'a pas le temps de répondre.

Sa fille ouvre une enveloppe bulle blanche et en sort une clé USB. Elle pâlit, la tient serrée. Des larmes se mettent à couler sans retenue.

Neal comprend, Scoarnec l'a envoyée pour la mettre en sûreté avant l'opération Gédéon. Sinistre salopard. Si j'avais su... Poubelle. Faire quelque chose. Il tend la main pour prendre la clé. « Saf', surtout, oublie...

— Arrête ! Tu ne comprends rien. Il m'a fait confiance une dernière fois, je peux enfin me laisser aller. » Elle ouvre grand la main, la clé au centre de la paume. « Tu vois cette chose dérisoire ? Tu en as une. La police en a une. Dessus, on voit mourir un homme, mais on ne peut pas identifier les assassins. Scoarnec, Courvoisier, Marsand sont morts à cause de ce truc. C'est pitoyable. Et ça me fait deux très bonnes raisons de raconter toute l'histoire, pour ne pas l'oublier. Ils viennent quand, tes amis de Londres ? »

Malfa est la plus grosse bourgade de Salina, la tranquille Éolienne. Sur ses hauteurs, dans un petit hameau entièrement restauré, se cache un hôtel minuscule au luxe élégant, tout en sobriété.

Sonia n'y est pas descendue sous son vrai nom, elle se cache. Et depuis qu'elle est là, elle n'est pas sortie, sauf un soir, pour aller dîner au village. Profil bas. Tout juste a-t-elle demandé à recevoir un peu de presse française, chaque jour. Et le patron s'est débrouillé pour se la faire livrer par le premier hydrofoil du matin, en provenance de Palerme.

En dehors de cette lecture quotidienne, rien. Baignade, soleil, bonne chère et…

Pâris sort de la piscine, vient s'effondrer sur la chaise longue voisine. En passant, il lui caresse la joue.

Quelques gouttes d'eau fraîche tombent sur la peau de Sonia, chauffée par le soleil. Elle frémit et abaisse son journal pour le regarder.

« Quelles sont les nouvelles du jour ?

— Mon futur ex-mari, son divorce. Sa victoire est quasi oubliée. Tout le monde se demande ce qui a pu se passer, où je suis.

— Et ?

— Ils le savent. »

Pâris se redresse sur un coude, inquiet.

Sonia sourit. « Je suis à l'île Maurice, dans un palace, avec mon amant. Ils ont au moins raison sur ce dernier point. »

Pâris se rallonge.

« Les gens de l'hôtel t'ont trouvé le *Herald*. L'article de ton copain est très bien. Ils annoncent une interview de sa fille. » Un temps. « Tu en penses quoi ?

— Rien. Ton divorce, c'est tout ce qui compte. Pour tout le monde et surtout pour moi. »

DES MÊMES AUTEURS

DOMINIQUE MANOTTI

Aux Éditions Gallimard

Dans la collection Série Noire

BIEN CONNU DES SERVICES DE POLICE, 2010 (Folio Policier n° 611)

Chez d'autres éditeurs

LORRAINE CONNECTION, Rivages, 2006

LE CORPS NOIR, Seuil, 2004

NOS FANTASTIQUES ANNÉES FRIC, Rivages, 2001

KOP, Rivages, 1998

À NOS CHEVAUX, Rivages, 1997

SOMBRE SENTIER, Seuil, 1995

Retrouvez Dominique Manotti sur son site internet : www.dominiquemanotti.com

DOA

Aux Éditions Gallimard

Dans la collection Série Noire

LE SERPENT AUX MILLE COUPURES, Série Noire, 2009

CITOYENS CLANDESTINS, 2007 (Folio Policier n° 539)

Dans la collection Folio Policier

LA LIGNE DE SANG, 2010, n° 453

Retrouvez DOA sur son site internet : www.markusfreys.com

Déjà parus dans la même collection

Thomas Sanchez, *King Bongo*
Norman Green, *Dr Jack*
Patrick Pécherot, *Boulevard des Branques*
Ken Bruen, *Toxic Blues*
Larry Beinhart, *Le bibliothécaire*
Batya Gour, *Meurtre en direct*
Arkadi et Gueorgui Vaïner, *La corde et la pierre*
Jan Costin Wagner, *Lune de glace*
Thomas H. Cook, *La preuve de sang*
Jo Nesbø, *L'étoile du diable*
Newton Thornburg, *Mourir en Californie*
Victor Gischler, *Poésie à bout portant*
Matti Yrjänä Joensuu, *Harjunpää et le prêtre du mal*
Äsa Larsson, *Horreur boréale*
Ken Bruen, *R&B — Les Mac Cabées*
Christopher Moore, *Le secret du chant des baleines*
Jamie Harrison, *Sous la neige*
Rob Roberge, *Panne sèche*
James Sallis, *Bois mort*
Franz Bartelt, *Chaos de famille*
Ken Bruen, *Le martyre des Magdalènes*
Jonathan Trigell, *Jeux d'enfants*
George Harrar, *L'homme-toupie*
Domenic Stansberry, *Les vestiges de North Beach*
Kjell Ola Dahl, *L'homme dans la vitrine*
Shannon Burke, *Manhattan Grand-Angle*
Thomas H. Cook, *Les ombres du passé*
DOA, *Citoyens clandestins*
Adrian McKinty, *Le Fleuve Caché*
Charlie Williams, *Les allongés*
David Ellis, *La comédie des menteurs*
Antoine Chainas, *Aime-moi, Casanova*

Jo Nesbø, *Le sauveur*
Ken Bruen, *R&B — Blitz*
Colin Bateman, *Turbulences catholiques*
Joe R. Lansdale, *Tsunami mexicain*
Eoin McNamee, *00h23. Pont de l'Alma*
Norman Green, *L'ange de Montague Street*
Ken Bruen, *Le Dramaturge*
James Sallis, *Cripple Creek*
Robert McGill, *Mystères*
Patrick Pécherot, *Soleil noir*
Alessandro Perissinotto, *À mon juge*
Peter Temple, *Séquelles*
Nick Stone, *Tonton Clarinette*
Antoine Chainas, *Versus*
Charlie Williams, *Des clopes et de la binouze*
Adrian McKinty, *Le Fils de la Mort*
Caryl Férey, *Zulu*
Marek Krajewski, *Les fantômes de Breslau*
Ken Bruen, *Vixen*
Jo Nesbø, *Le bonhomme de neige*
Thomas H. Cook, *Les feuilles mortes*
Chantal Pelletier, *Montmartre, Mont des Martyrs*
Ken Bruen, *La main droite du diable*
Hervé Prudon, *La langue chienne*
Kjell Ola Dahl, *Le quatrième homme*
Patrick Pécherot, *Tranchecaille*
Thierry Marignac, *Renegade Boxing Club*
Charlie Williams, *Le roi du macadam*
Ken Bruen, *Cauchemar américain*
DOA, *Le serpent aux mille coupures*
Jo Nesbø, *Chasseurs de têtes*
Antoine Chainas, *Anaisthêsia*
Alessandro Perissinotto, *Une petite histoire sordide*
Dashiell Hammett, *Moisson rouge*
Marek Krajewski, *La peste à Breslau*

Adrian McKinty, *Retour de flammes*
Ken Bruen, *Chemins de croix*
Bernard Mathieu, *Du fond des temps*
Thomas H. Cook, *Les liens du sang*
Ingrid Astier, *Quai des enfers*
Dominique Manotti, *Bien connu des services de police*
Stefán Máni, *Noir Océan*
Marie Ledun, *La guerre des vanités*
Larry Beinhart, *L'évangile du billet vert*
Antoine Chainas, *Une histoire d'amour radioactive*
James Sallis, *Salt River*
Elsa Marpeau, *Les yeux des morts*
Declan Hughes, *Coup de sang*
Kjetil Try, *Noël sanglant*
Ken Bruen, *En ce sanctuaire*
Alessandro Perissinotto, *La dernière nuit blanche*
Marcus Malte, *Les harmoniques*
Attica Locke, *Marée noire*
Jo Nesbø, *Le léopard*
Élmer Mendoza, *Balles d'argent*
Dominique Manotti - DOA, *L'honorable société*

Composition : Nord Compo.
Achevé d'imprimer
sur Roto-Page
par l'Imprimerie Floch
à Mayenne, le 20 février 2011.
Dépôt légal : février 2011.
Numéro d'imprimeur : 79012.

ISBN 978-2-07-012622-4 / Imprimé en France.

169033